KB034972

신선神仙되는 길이 보인다
경이적인 현상이 눈앞에 펼쳐진다!!
선도수련의 현장을 체험으로 파헤친 충격과 화제의 소설

약편 선도체험기 3권을 내면서

이번 약편 선도체험기 3권은 『선도체험기』 6권부터 10권까지의 내용을 추려서 구성하였다. 시기적으로는 1990년 9월부터 1991년 9월까지 체험한 수련 내용이다. 『선도체험기』 8권과 9권은 오행생식원에서 강의를 들으면서 기록한 내용인데, 약편에 포함하기에는 분량이 많아 제외했다.

구도자는 스스로 건강을 돌볼 줄 아는 능력을 갖추어야 한다. 더욱이 수련으로 기운이 돌기 때문에 이전에 아팠던 부위나 숨은 병이 발현되며 낫는 명현현상이 생기는데, 이를 모르고 병원에 가면 곤란하다. 여기에 경제적인 자립이 가능해야 기초 도인으로서의 자격을 갖추는 셈이 된다. 나의 목표는 수련자를 기초 도인으로 만들어 주는 데 있기도 했다.

수련은 정충, 기장, 신명, 견성의 순으로 발전한다. 이는 몸공부, 기공부, 마음공부를 통해 견성을 준비하는 과정이라 할 수 있다. 기장과 신명의 경계선에서는 자칫 옆길로 새나갈 수 있어 수련을 강화해야 한다. 이에 백일수련을 시작하였고, 중간에 단식수련도 병행했다. 그 결과 흰빛이 상단으로 들어와 중, 하 단전에 꽉 차면서 온몸이 빛의 덩어리로 바뀌었다. 순백의 빛의 소용돌이, 이것이 진아(眞我)의 정체, 내 생명의 실체임을 확인했다. 아래 대각경(大覺經)은 이러한 깨달음을 두 개의 문장으로 표현한 것이다.

"나는 하느님의 분신으로 하느님의 무한한 사랑, 무한한 지혜, 무한한 능력과 생명력을 구사하고 있다. 이 큰 깨달음을 통하여 나는 뜬구름과 같은 오감의 세계를 벗어나 상부상조하는 대조화의 세계, 하느님과 나, 남과 나, 우주와 내가 하나로 합쳐지는 실상의 세계 속에 살고 있다."

이렇게 『약편 선도체험기』 3권은 본성을 찾는 과정이 그려졌는데, 책이 나오도록 작업을 도와준 조광, 책을 출판해 준 글터 한신규 사장님에게 감사의 뜻을 표한다.

단기 4353년(2020년) 11월 10일

서울 강남구 삼성동 우거에서 김태영 씀

차 례

Contents

10권

〈6권〉

오래 사는 비결

1990년 9월 29일 토요일 15~27℃ 맑은 후 구름

오후 2시에 김용식 씨가 네 번째로 왔다. 그는 오기만 하면 나에게서 유난히 기를 많이 빼어간다. 내가 전생에 그에게서 무슨 빚을 그렇게 많이 진 것일까? 다행히도 그의 안색은 처음 올 때보다는 몰라보게 좋아졌다. 백회가 막힌 뒤 세 번째 시도 끝에 다시 열렸다. (밤에 다시 막혔다는 전화가 왔다.) 뒤이어 천승복 법사가 보낸 평생회원인 김진구, 최홍식 씨가 왔다. 김진구 씨는 단전에 축기가 많이 되어 있어서 30분 만에 열렸는데, 최홍식 씨는 전연 운기가 안 되어 열지 못했다.

"선생님 실례지만 올해 연세가 어떻게 되시는지요?"

김진구 씨가 물었다.

"그건 알아서 뭘 하려고 그러시오."

"선생님께서 쓰신 『선도체험기』를 보면 오십 대 후반이신 것 같은데 실제는 그렇지도 않으신 것 같아서 여쭈어 본 겁니다."

"그래요. 그럼 얼마나 되어 보입니까?"

"제가 보기엔 꼭 사십 대 후반으로 보이거든요."

“하하하 이거, 요즘은 실업자가 돼 놔서 술 살 돈도 없는데 야단났군.”

“아니, 아첨을 하자는 것이 아니고 진짜로 그렇게 보입니다. 제가 보시다시피 어디 거짓말하게 생겼습니까?”

“하긴 좀 미안한 표현 같지만 우직할 정도로 정직한 얼굴이어서 거짓말로 꾸며댄 것 같지는 않습니다. 그러나 똑같은 대상도 보는 사람의 관점에 따라 다른 게 아닐까요? 금년 초에도 도봉산에 등산을 할 때면 곧잘 젊은 애들이 날보고 할아버지라고 부르곤 해서 속으로 약간 언짢기는 했지만 결코 실망을 한 일은 없습니다. 나이가 별로 많이 들지 않고도 늙은이 행세를 하고 빨리 죽어야지 하고 입버릇처럼 되뇌는 사람은 틀림없이 빨리 죽게 되어 있습니다. 그런 사람은 몸이 늙기도 전에 마음이 먼저 늙어버리는 통에 몸도 덩달아 빨리 늙어버립니다.

그러나 나는 아직 나 자신이 늙었다는 생각을 가져 본 일은 없습니다. 나이를 좀 먹었다는 것은 알고 있지만, 그것이 반드시 늙음과 직결되는 것은 아닙니다. 늙음과 직결되는 것은 나이보다는 나는 이제 늙었다는 생각과 빨리 죽어야지 하는 체념입니다. 나이가 사람을 죽이는 것이 아니라 바로 이러한 사고방식이 수명을 단축시키는 겁니다.

선도수련을 열심히 하여 운기조식을 활발히 하고 늙음과 죽음 따위의 단어를 잊고 산다면 나이보다 몸이 먼저 늙는 일은 결코 없을 겁니다. 인간의 수명을 결정하는 가장 중요한 요인은 사람은 누구나 나이를 먹으면 죽는다는 고정관념입니다. 항상 마음을 젊게 가지고 자기가 맡은 일에 몰두하는 사람은 아마 늙을 만한 시간도 없을 겁니다.”

“선생님은 바로 그러한 사고방식을 가지고 계시기 때문에 앞으로도 절대로 늙지 않으실 겁니다. 그리고 관상학상으로 보아 미릉골이 선생님처럼 저렇게 툭 튀어나온 분은 천성적으로 장수한답니다."

"그런 말을 하는 사람들이 있더군요. 그러나 하는 일도 없이 오래만 살면 무슨 의미가 있겠습니까? 사는 날까지 늙을 만한 여유도 없이, 열심히 자기 할일을 하는 것이 오래 사는 비결이 아닐까요?"

"옳으신 말씀입니다."

1990년 9월 30일 일요일 16~24℃ 밤에 비 조금

오후 2시 천승복 법사가 7명의 사범들을 인솔해 왔다. 평일엔 수련을 지도해야 하기 때문에 시간을 낼 수가 없다고 했다. 한 사람을 빼고는 평균 5분 내지 15분 안에 백회가 열렸다. 이젠 날이 갈수록 기운이 더 세어지고 요령도 생겼다. 피시술자와 운기를 하기 때문에 일방적인 손기를 당하는 일도 없게 되었다. 여섯 명을 한꺼번에 백회를 열어주고도 멀쩡한 얼굴로 앉아 있는 나를 보더니 천승복 법사가 말했다.

"피곤하지 않습니까? 김 선생님."

"별로 그런 줄 모르겠는데요."

"대단하십니다. 전에 최중호 씨는 한꺼번에 열 명을 열어주고는 완전히 뻗어버린 일이 있었는데."

"그래요? 그거 첨 듣는 말인데. 왜 그랬을까요?"

"한꺼번에 너무 많은 기운을 소모했기 때문에 그랬을 겁니다."

"그렇지 않아도 나 역시 손기가 되지 않나 하고 처음부터 주의 깊게 관찰해 왔는데, 아직은 그런 증세는 없습니다. 그래 최중호 씨는 그 후 어떻게 됐습니까?"

"그리고 나서는 운사합법을 그만둔 것으로 알고 있습니다. 처음부터 욕심부리지 말고 요령을 터득해 나갔어야 되는 건데, 그렇지 못한 것이 실패의 원인이 아닐까요?"

1990년 10월 3일 수요일 추석 7~24℃ 대체로 맑음

오전 10시 김진구 씨로부터 자기 아내의 백회가 도루 막혀버렸다는 전화가 왔다. 천상 또 와야 하는데, 이왕이면 점검도 받을 겸 아들하고 셋이서 함께 오라고 했다. 11시에 셋이서 배 한 바구니를 사 들고 왔다. 3미터 앞에 이정희 씨를 앉혀 놓고 점검을 해 보니 어떤 사악한 기운이 백회를 꽉 막고 있었다. 장심, 인당, 중단전, 하단전에 축기를 다시 한 다음에 시도해 보았다.

"아아! 아지랑이 같은 뽀오얀 기운이 가물가물 백회에서 빠져나가는 것이 보입니다."

이정희 씨가 눈을 감은 채 말했다. 그녀의 영안에는 사기가 물러가는 모습이 분명 포착되었던 것이다. 체질적으로 기 감각이 아주 예민했다. 백회가 다시 열린 뒤에 내가 물었다.

"무슨 일이 있었군요."

"네 실은 어제 저녁에 예. 세 식구가 103배를 하는데 예. 갑자기 이상한 생각이 드는거라예에."

"이상한 생각이라뇨?"

"도대체 단학이라 카는 것이 종교도 아니고 혹시 미신 같은 게 아닐까 하는 의심이 일어나는 순간, 갑자기 예에 눈앞이 캄캄해지면서 무엇이 백회를 콱 막아버리는기라예에. 그러자 백회로 들어오던 기운이 꽉 막혀버렸어예에."

"왜 갑자기 그런 의심을 하게 되었습니까? 적어도 저한테 와서 백회를 열어달라고 하실 때는 선도가 미신이라는 생각은 없었을 꺼 아닙니까. 그런데 무엇 때문에 그렇게 마음이 변해버렸습니까? 일체유심조(一切唯心造)라는 말이 있지 않습니까? 또 삼계는 유심소현(三界唯心所現)이라는 불경 귀절도 있구요. 모든 일이 마음먹기에 달려 있다는 말이 아닙니까? 이정희 씨가 그렇게 의심을 하니까 그 순간을 노리고 있던 파장(波長)이 맞는 사기(邪氣)가 재빨리 침입하여 잘 가동되고 있던 백회를 콱 막아 버린 게 아닙니까? 확신과 믿음이 없는 일은 아예 시작하지 않는 것만 못합니다.

눈앞에 나타나거나 머릿속에 떠오르는 대상 여하에 따라 마음과 느낌과 기분은 반응을 일으키게 되어 있습니다. 이것이 바로 기(氣)이고 이 기를 다스리고 통제하는 것이 신(神)입니다. 그리고 그 마음이나 기분에 따라 움직이는 것이 몸 즉 정(精) 또는 자율신경입니다. 사람은 이처럼 정기신(精氣神) 셋이 삼위일체가 되어 적절히 균형을 잡아가면서 생존하고 있습니다. 기(氣)는 신(神)이 좌우합니다. 신은 관념 또는 주관이라고 할 수 있습니다. 어떤 대상에 대한 주관이 확실히 서 있지 않기 때문에 마음과 기분이 자꾸만 흔들리는 겁니다. 앞으로도 선도에 대한 주관이 흔들리면 언제든지 사기는 침입할 것입니다. 제가 왜 이런 말을 하는지 아시겠습니까?"

"네, 잘 알았습니다. 다시는 그런 의심을 일으키지 않겠습니다."

1990년 10월 5일 금요일 12~25℃ 구름 조금

어제 오후 2시쯤 우리집에는 선단원의 일반 회원들과 남녀 사범들과 수사들이 합쳐서 16명이나 들끓고 있었다. 이때 마침 직장에 나가 있는 아내가 집안 분위기를 점검하려고 전화를 걸었다. 보통 때는 전화가 걸려오면 반드시 내가 받았는데 이때는 방안에서 시술하느라고 하도 바쁘게 돌아가는 통에 마루에 있는 전화의 벨 소리를 못 들었다. 마침 전화기 옆에 있던 여자 수사(修士)가 전화를 받았다.

"네에 말씀하세요."

"전화받는 사람은 누구예요?"

하고 아내가 물었다.

"그러는 당신은 누구예요?"

여자 수사도 만만치 않게 나왔다.

이 통에 전화로 티격태격이 벌어졌다. 저녁에 퇴근한 아내는 화가 머리끝까지 치밀어 올라서 발을 동동 굴렀다.

"우리집이 뭐 돗대기 시장이예요. 뭐예요. 왜 여자들까지 끌어들이고 야단이예요."

저녁 내내 떠들어 대던 아내는 새벽녘이 되어서야 스스로 화가 풀어졌다.

"에이, 내가 양보해야지. 남편이 좋아서 하는 일, 굳이 말리지는 않겠어요."

그 대신 특수한 경우 이외에는 평일과 토요일에는 오후 2시에서 5시 사이, 일요일에는 오전 9시에서 12시 사이, 즉 아내가 집을 비우는 때만 개방하기로 합의했다.

자시 수련을 하고 자리에 누워서 눈을 감자, 이윽고 분명 이 세상 것은 아닌 선계의 화려한 천연색 장면들이 나타났다. 그중에서도 어느 책에서도 본 일이 없는 꼬불꼬불한 몽골 글자 비슷한 문자들이 거대한 벽면 전체에 나타났다. 그런데 이상한 것은 도저히 해득할 수 없는 수많은 글자 중에서도 유독 뚜렷하게 내 시선을 끄는 것이 하나 있었다. 그것은 가을추(秋)자였다. 이 글자는 한참 동안 사라지지 않고 나를 응시하는 것 같았다. 하도 뚜렷하고 크게 보인 글자여서 오래도록 인상에서 지워지지 않았다.

가을추(秋)자는 오행으로 따지면 금기(金氣)에 해당된다. 금기는 잡아당기고 눌러서 통제하고, 다스리고, 이미 있던 것을 다른 것으로 바꾸는 기운이다. 곡식을 거두어들이되 쭉정이는 털어버리고 알곡만 챙기는 숙살지기(肅殺之氣)이다. 봄에 파종하여 여름 내내 자라나서 가을에 영근 곡식을 거두어들여서 선별하여 겨울에 대비하여 저장하는 것을 말한다.

그렇다면 지난 몇 해 동안 도를 닦아온 수련자들을 선별하여 제대로 수도가 된 사람은 경혈을 열어줌으로써 인재를 거두어들이라는 뜻이란 말일까? 그렇다면 이 글자는 내가 지금 하는 일을 상징적으로 나타내 준 것일 수도 있다는 생각이 들었다. 그러나 아무리 생각해 보아도 나같이 인격도 수련도 부족한 인간에게 그러한 막중한 소임이 내려졌으리라고는 생각되지 않았다. 그러나 그럴 때마다 내 눈 앞에는 큼직한 가을추(秋)자가 또렷이 떠올랐다. 나는 곰곰이 생각해 보았다. 과연 나에게 그런 사명이 떨어졌을까?

기초 도인

1990년 10월 6일 토요일 14~20℃ 대체로 맑음

상단전의 주요 경혈을 열어주는 것은 어디까지나 수련을 돕자는 데 있지, 그것 자체로 성통이 되는 것은 아니다. 성통이 되자면 큰 깨달음이 있어야 한다. 나 자신이 하느님(또는 부처님) 자신이라는 큰 자각이 없이는 아무도 성통이 되었다고 할 수 없다.

성통이 된 사람은 우선 의식이 바뀌어야 한다. 그 자신이 하느님의 분신 또는 하느님 자신이라는 확고한 중심 자각이 있어야 한다. 중심 자각만 했다고 되는 것도 아니다. 하느님(또는 부처님)의 속성을 가져야 한다. 다시 말해서 하느님의 무한한 사랑, 무한한 지혜, 무한한 능력과 생명력을 구사할 수 있어야 한다. 이 큰 자각을 통하여 그는 뜬구름과 같은 오감의 세계 즉 우리가 사는 이 물질의 세계를 벗어나 모든 사람들이 상부상조하는 대조화의 세계, 하느님과 나, 남과 나, 우주와 내가 하나로 합쳐지는 실상(實相)의 세계 속에 살고 있음을 깨달아야 한다.

상단전의 경혈이 열리는 것은 이러한 자각에 도달하기 위한 가장 기초적인 작업에 불과하다. 상단전 8개 혈, 중단전 4개 혈, 도합 12개의 혈이 열리고 나면 우선은 스스로 도를 닦을 수 있는 능력을 갖추었다고 본다. 반드시 어느 스승에게 의지하지 않고도 저 혼자 도의 길을 갈 수 있는 자립심이 생기게 되는데 필자는 이러한 사람을 '기초 도인'이라고 명명해 보았다. 선단원이나 도장이나 스승이나 선사나 법사나 사범이 해야 할 일은 바로 이러한 기초 도인을 대량으로 양성하는 일이라고 본다.

도인이 될 수 있는 전제조건에는 두 가지 있는데, 첫째가 바로 독립심이다. 위에 말한 기초 도인의 능력을 갖추는 것도 중요하지만 경제적으로 누구에게 의지하지 않고도 혼자 살아갈 수 있는 능력이 있어야 한다. 실례를 들어보자. 우선 미성년자는 이 범위에 들 수가 없다. 부모나 친권자의 부양이 없이는 살아갈 수가 없기 때문이다. 남녀가 결혼을 하여 분가를 했다고 치자. 부부가 맞벌이를 하여 경제적으로 각각 완전히 독립이 되어 있다면 좋겠지만 남편이 아내에게 또는 아내가 남편에게 경제적으로 예속이 되어 있다면 독립을 했다고 볼 수 없다.

도의 길을 가는 데는 어떠한 난관이라도 뚫고 나갈 수 있다는 자신감뿐 만이 아니고 실제로 재정적으로도 홀로 서지 않으면 안 된다. 또 부부 중 한쪽의 반대가 하도 심해서 도인의 길을 걸을 수 없다면 이것도 독립했다고 볼 수 없다. 또 자녀들 때문에 이 길을 걸을 수 없을 정도로 정에 약하다면 이것 역시 독립을 했다고 볼 수 없다. 한말로 도인은 이 세상의 온갖 난관은 물론이고 인정이나 부부애와 부모 자식 간의 정, 그밖에 이루 헤아릴 수 없는 온갖 유혹도 과감하게 헤쳐나갈 수 있는 의지력이 있어야 한다. 다시 말해서 도를 위해서는 온갖 세속적인 유대를 초월할 수 있는 각오가 되어있어야 비로소 독립을 했다고 할 수 있다.

두 번째로 중요한 것은 스스로 병을 치료할 수 있는 능력이 있어야 한다. 갑자기 뜻하지 않은 교통사고로 팔다리가 부러지고 인사불성이 되어 병원에 실려가지 않는 이상, 적어도 내과적인 병은 스스로 치료할 수 있는 능력이 있어야 한다. 도인이 되겠다는 사람이 만성 위장병이나 간염이나, 신경통, 관절염, 고혈압, 결핵, 당뇨병, 각종 암, 에이즈 같은 병에 걸려서 스스로 치료하지 못하고 의사의 신세를 져야 한다면 그는 이미 도인이 될 자격을 상실한 것이다. 어떠한 방법을 동원해서든지 자기 병은 자기 스스로 고칠 수 있는 능력을 꼭 갖추어야 한다.

이러한 능력도 갖추지 못한 주제에 함부로 도인이 되겠다고 나서는 것은 총도 없이 싸움터에 나가겠다는 것이나 불알 떼어놓고 장가가겠다는 것만큼이나 어리석은 일이다. 이러한 두 가지 전제조건이 갖추어지면 맘 놓고 도를 닦을 수 있다. 종교적인 신앙의 힘으로 하느님의 자녀가 되는 방법도 있고 참선을 하여 해탈을 하는 길도 있지만 우리는 기를 운용하여 성통공완하는 선도를 통하여 이 길을 가고자 한다.

오후 1시. 선단원의 봉고차로 K지원에 나가서 지도자 9명, 평생회원 1명 도합 10명의 백회를 열어주었다. 평생회원 이경환 씨는 유독 힘이 들었다. 젊은 지도자 10명을 열어주는 것보다 더 많은 기운이 소모되었다. 그의 백회는 단단한 암벽처럼 요지부동이었다. 수련을 더 한 뒤에 오라고 해서 보냈으면 간단히 끝나는 건데, 그때만 해도 어떻게 하든지 열어주어야겠다는 사명감으로 미련하게도 애를 썼다. 세 시간 이상을 애를 먹은 끝에 간신히 성공을 거두었다. 유갑성 씨가 옆에서 많이 거들어주었다. 이훈숙 사범은 비교적 쉽게 열렸다.

"간밤에 꽃다발을 한아름 친구들한테서 받고 좋아하는 꿈을 꾸었는데 이런 좋은 일이 있으려고 그랬나 봅니다."

그녀는 백회가 열린 것을 진정으로 고마워했다. 다리의 부상도 완전히 회복되지 못한 처지에 10명이나 백회를 열었는데도 뻗어버리기는 커녕 멀쩡했다. 약간 피곤은 느꼈지만, 좌우 앞뒤에서 그리고 아래 위에서 꾸준히 받쳐주는 신비한 기운이 있었다. 바로 이 기운을 믿고 나는 맘놓고 원하는 사람의 백회를 열어줄 수가 있었다.

1990년 10월 7일 일요일 14~25℃ 구름 많음

호주 교포로서 한국에 와서 도장에서 특수 수련을 받고 있는 김용수 씨가 곧 호주로 돌아간다고 했다. 이왕이면 돌아가기 전에 백회를 열어주었으면 좋겠다고 했다. 호주에 가서도 꾸준히 혼자 수련을 하려면 약간의 무리를 해서라도 백회를 열어주는 것이 좋겠다는 의견들이었다. 그러나 아무리 집중 수련을 했다고 해도 겨우 12일밖에 안 되었다. 그동안에 두 번이나 시도를 해 보았지만 실패만 거듭했었다. 그러나 오늘 드디어 세 번째 시도에서 성공을 거두었다.

"어떻습니까. 무슨 느낌이 옵니까?"

"네, 확실히 백회로 박하 같은 화한 기운이 쏟아져 들어옵니다."

이렇게 말하면서 그는 신비한 듯 눈을 반짝였다. G법사도 점검을 받으러 왔다. 백회가 이미 열려 있었는데, 겨우 새끼손가락이 드나들 정도로 구멍이 작았다. 가운데 손가락이 드나들 만큼 넓혀주었다. 백회 뚫기는 암벽 타기의 스릴을 능가할 때가 있다. 시술자와 피시술자 사이에 교감이 이루어지지 않으면 안 되는 아주 민감한 작업이다. 양자는 순전히 기 감각만으로 의사소통이 이루어져야 한다. 긴밀한 협동작전을 방불케 한다. 마치 남녀가 운우지정(雲雨之情)을 나눌 때처럼 상대방의 느낌을 일일이 확인해 가면서 다음 단계로 이어져 나가야 하는 것이다. 피시술자의 백회가 열리면서 그 말할 수 없이 상쾌한 기운을 처음으로 접할 때의 감격은 두 사람만이 공감할 수 있다. 그 외 누구도 이 희열을 공유할 수 없는 것이다. 이것은 일종의 법열이기도 하다. 그뿐 아니라 홍익인간 했다는 기쁨이 남는다.

그러나 수련자는 백회가 열림으로써 영격이 높아지고 수련에 일대 전기를 맞게 된다. 그전과는 완전히 차원이 다른 영적인 세계를 맛볼 수 있게 되는 것이다. 기운으로 하늘과 교류할 수 있는 길이 트이게 된다. 그는 비로소 하늘이 있고 내가 있는데, 그 하늘과 나는 기운으로 연결되어 한몸이 된다는 것을 피부로 느끼게 되는 것이다.

지도신명

1990년 10월 8일 월요일 13~22℃ 가끔 구름

자시에 103배 수련을 다시 시작했다. 한 달 전에 시도했다가 실패한 일이 있어서 조심조심 시작해 보았는데, 무사히 103배를 끝낼 수 있었다. 한 달 동안에 상처가 꽤 많이 회복된 것을 알 수 있었다. 어떤 사람은 말한다.

"운사합법 능력은 누구나 기장(氣壯) 단계에서 한 번씩 느끼는데 몇 번 시험을 해보고 자신의 능력을 확인한 뒤에 그만두고 계속 수련에 정진해야 합니다. 그렇지 않고 운사합법을 계속 시행하면 서서히 자기도 모르게 손기(損氣)가 쌓이고 쌓여서 몸까지 상하게 됩니다."

그러나 나는 지난 한 달 동안 근 50명이나 백회를 열어주었는데도 아직 아무 이상이 없을 뿐만 아니고 상처도 회복되어 이제는 한 달 전에는 할 수 없었던 103배까지 할 수 있게 되었다. 위에서 우려한 사람의 말대로라면 나는 그동안에 수련도 건강도 후퇴했어야 하는데 오히려 발전하고 있다. 그러나 속단은 금물이다. 조금 더 시간을 갖고 추이를 지켜보아야 한다. 103배는 나 자신 속에 깃들어 있는 신성(神性)을 향하여 내가 하느님의 분신(分身)임을 끊임없이 몸을 움직여 절을 함으로써 확인하는 것이다.

바로 이러한 자세로 103배를 꾸준히 하면 수련이 비약적으로 향상되는 것을 경험자는 누구나 시인하지 않을 수 없게 될 것이다. 나는 지난 3월 25일 암벽을 타다가 낙상, 중상을 입고 입원한 이래 오늘까지 꼭 6개월 13일 만에 다시 103배를 하는 것이다. 내가 이만큼 건강이 회복되었다는 것이 끝없이 감격스러웠고 내 능력으로 그동안 50명이나 되는 도우들의 백회를 열어주어 그들의 수련을 도왔다는 것도 고마운 일이 아닐 수 없었다.

막상 103배를 끝내놓고 보니 왜 진작 시작하지 못했나 하고 후회가 될 지경이었다. 나는 한 달 동안에 내 건강이 이렇게 빨리 개선될 줄은 미처 상상을 못했던 것이다. 103배를 거뜬히 끝낸 나는 『삼일신고』을 열 번, 『삼일신고』를 한 번 암송하고 『참전계경』을 10개 조씩 읽고 나서 잠시 명상을 하다가 좌공에 들어갔다. 한 시간 동안에 자시 수련을 끝냈다.

오전 10시 반, 근 한 달 만에 민소영 씨에게서 전화가 왔다.

"안녕하세요. 수련 잘되시죠?"

"네, 전 잘되고 있는 편입니다. 민 선생님도 수련 잘되십니까?"

"아주 잘되고 있어요."

그래 요즘은 어떤 수련을 하고 계십니까? 한 수 가르쳐 주실 수 없겠습니까?"

"전 며칠 전에 환웅 할아버지와 단군 할아버지의 영정과 『천부경』 액자를 수련실에서 다 떼어내고 모든 흔적을 말끔히 없애버렸어요."

"아니 어떻게 그럴 수가 있습니까. 환웅 할아버지와 단군 할아버지는 선도의 대스승이 아닙니까? 『천부경』 역시 선도의 핵심 경전이구요."

"아무것에도 구애받지 않는 대자유인이 되자면 응당 그렇게 해야 된다고 생각합니다. 한국 지도, 세계 지도도 치워버렸어요. 우주 지도라면 모를까 한국이나 세계 지도 정도는 성에 차지 않거든요."

"그동안에 의식의 대전환이 있었군요."

"네, 생각만 하면 곧 한웅 할아버지가 나오셔서 어떻게 요구 사항이 많은지 그 일 처리하다 보면 아무 일도 할 수 없어요. 이제 전 수련 자체를 초월할 수 있는 단계에 왔다고 봅니다."

"그래도 선도의 대스승을 그렇게 저버릴 수 있겠습니까?"

"누가 저버린다고 했어요? 그냥 마음속에서 지워버린다는 얘기죠."

"그 얘기가 그 얘기 아닙니까?"

"그렇지 않죠. 그분들은 어디까지나 진리에 도달하기 위한 방편이지 진리 그 자체는 아니지 않습니까? 스승 역시 우리가 진리를 터득하기 위한 방편이지 어디까지나 진리 그 자체일 수는 없지 않습니까. 어떤 목적지로 가다가 앞에 가로 놓인 강을 배를 타고 건넜으면 배삯을 내고 떠나면 그만이지 언제까지나 그 배나 뱃사공에게 연연할 필요는 없다는 얘기죠. 스승은 어디까지나 수련생들의 수련을 도와만 주면 되지 그들 위에 군림하면 안 된다는 겁니다.

"다 맞는 얘깁니다.

1990년 10월 12일 금요일 9~21℃ 가끔 구름

오전 11시경 정숙희 씨의 전화를 받고 시험적으로 기운을 순환시켜 보기로 했다. 나는 그녀의 백회를 의식하고 기운을 보냈고 그녀는 내 하단전으로 기운을 보내기로 했다. 한방에 앉아서 운기를 할 때와 똑같은 효과가 나타났다. 과연 5분 뒤에 그녀로부터 전화가 왔는데, 그녀도 똑같은 기운을 느꼈다고 했다. 이 경우 기운은 공간을 초월한 셈이다. 거리상으로 20리나 떨어진 곳에서도 운기는 3미터 앞에와 똑같이 된다는 것을 확인했다.

1990년 10월 17일 수요일 8~17℃ 대체로 맑음

오후 8시경 K지원에서 있는 30명 정도의 평생회원 모임에 참석했다. 두 사람의 법사들과 같이 이들의 명문을 열어주었다. 셋이 나란히 앉아서 명문을 열어 주기 시작했는데, 회원들은 될수록 내 앞으로만 오려고 해서 15명의 명문을 열어주었다. 두 명의 회원은 내 중지가 명문에 닿자마자 전신에 뜨거운 기운이 확 퍼져나가면서 진동이 일어났다고 말했다. 피시술자의 단전이 희미하게 투시되었다. 붉으스럼한 구형이 보였는데, 수련 정도에 따라 색깔의 선명도가 달랐다. 수련이 잘된 사람일수록 선명했다.

1990년 10월 22일 월요일 12~24℃ 대체로 맑음

오전 11시 이종훈 씨가 점검받으려 와서 말했다.

"저어 김 선생님, 자시 수련 때는 백회로 여우가 드나드는 것이 보입니다."

"어떻게 하다 그렇게 되었죠?"

"지난주에 안창수 씨하고 같이 시골에 갔다가 어느 절의 산신각을 찾은 일이 있습니다. 그 산신각 문을 열자마자 안 씨는 아무 일 없었는데, 저한테만은 여우처럼 생긴 귀신이 백회로 쑥 들어오는 겁니다. 그 순간 몸이 오싹하면서 속이 메슥메슥하는 거예요."

"아무래도 단전이 허한 것 같은데요. 그래 그 후엔 어떻게 됐습니까?"

"수련 때는 백회로 들어와서 태양혈로 나갔다가 백회로 다시 들어오곤 했습니다. 아무리 쫓아버리려고 해도 제 힘으로는 안 되는데요."

그와 3미터 간격을 두고 마주 앉아 내가 그의 백회에 기운을 넣어주고 그는 자신의 단전에서 내 단전으로 기운을 보내라고 했다. 운기가 되는 순간, 섬뜩한 기운이 단전으로 들어오면서 약간 오한이 나고 속이 메슥메슥했지만 못 견딜 정도는 아니고 참을 만했다.

"이젠 어떻습니까?"

"그 여우 귀신이 김 선생님 단전으로 빨려들어 간 것 같습니다. 몸이 개운하고 가뿐한 것이 이제 살 것 같습니다."

"이제 다시는 그런 사기가 안 들어올 겁니다. 그러나 단전을 강화하는 것을 잠시도 잊어서는 안 됩니다. 행주좌와어묵동정(行住坐臥語默動靜) 염염불망의수단전(念念不忘意守丹田)이란 말을 잠시도 잊지 않도록 하셔야 합니다. 단전이 허하니까 그런 사기가 침입한 것입니다. 사기는 일종의 병균과 같다고 할 수 있습니다. 몸이 약해지면 병균이 잘 침입하는 것과 같이 수련자는 단전이 허하면 사기가 쳐들어오기 쉽습니다. 집안이 허술하면 도둑이 드는 것과 똑같은 이치죠."

"그럼 선생님 어떻게 하면 단전이 강화될 수 있습니까?"

"행주좌와어묵동정 염염불망의수단전이라고 하지 않았어요. 언제나 단전에 의식을 두면 자연히 단전호흡은 이루어지게 되어 있으니까요. 호흡은 무리하지 않는 범위 안에서 깊고 길고 가늘고 고르게 들이 쉬었다가 내쉬면 되는데, 항상 자연스럽게 해야 됩니다."

"네 잘 알겠습니다."

그는 올 때와는 달리 얼굴이 밝아져서 돌아갔건만 나는 그와 헤어진 지 세 시간이 지나서야 그와 운기할 때 들어온 오싹하고 메슥메슥한 여우 형상의 사기가 빠져나갔다.

1990년 10월 23일 화요일 10~23℃ 차차 흐림

자시 수련 때였다. 11시부터 11시 30분까지 입정 상태에 들었다. 아주 선명한 천계(天界)의 광경이 보였다. 삼국 시대나 고려, 또는 조선조 시대의 궁전을 몇 배로 확대시켜 놓은 것 같이 웅장하고 으리으리했다. 신선들의 동작은 하나같이 유장하면서도 열심히 무엇인가를 서로 토론하고 있었다. 다른 한편에서는 학문적인 논쟁을 벌이는 것 같았다. 거실, 창고 같은 건물 내부하며 다소 음침한 느낌을 주는 주방 안의 모습까지도 보였다. 여기가 어딘지 알아보려고 주위를 두리번거려 보았지만, 간판이나 글씨 같은 것은 보이지 않았다. 대부전(大府殿)을 볼 때와 비슷한 광경이었지만 그때보다는 한결 더 선명했다.

오전 11시경 민소영 씨에게서 오래간만에 전화가 왔다.

"안녕하세요. 요즘 여전히 바쁘시죠."

"네, 뭐 그럭저럭 지내고 있습니다."

"제가 수련 중에 보니까, 김 선생님의 지도신명이 보이더라구요."

"그래요 누군데요?"

"그렇지 않아도 제가 그분보고 누구시냐고 물었더니 자부선인(紫府仙人)이라고 하시더군요."

"자부선인이라면 배달국 14대 치우천황 때 대학자이고 신선이었던 분이 아닙니까? 황제헌원에게 삼황내문경을 비롯한 많은 경전을 전수해 주었죠. 지금 전하는 황제내경(黃帝內經)은 바로 그때 전수받은 경전에서 나온 거라는 것이 황제내경에도 씌어있다고 하더군요. 대단하신 분이시네요."

그녀는 또 이런 말도 했다.

"김 선생님과 저는 어디까지나 스승과 제자 사이가 아니라 같은 도의 길을 가는 도반(道伴) 사이로만 지내는 거예요. 아시겠죠?"

"내가 뭐 그런 거 따지는 사람입니까? 처음부터 친구로 사귀었으면 끝까지 그 관계가 유지되는 거지 중간에 변할 수도 있단 말입니까?"

"그런 게 아니구요. 하도 그런 걸 따지기 좋아하는 사람이 많아놔서 하는 말이예요. 선생님처럼 소탈하신 분은 오히려 대하기가 까다롭지 않은데, 어떤 사람은 꼭 스승과 제자 사이의 관계를 유지하려고 애쓰는 것 같아서 그럽니다."

"그런 걱정은 마십시오. 스승과 제자 사이는 어떤 약속이나 서약을 한다고 해서 유지되는 것은 아니라고 생각합니다. 스승이 능력이 있고 학식과 인격이 있으면 제자들은 오지 말라고 해도 모여들 것이고, 제 아무리 한때 능력과 학식과 인격이 출중하다고 해도 한번 타락하거나 무능해지기 시작하면 제자들은 썰물처럼 빠져나가게 되는 겁니다. 자식들의 존경을 못 받는 부모일수록 효도를 찾고, 무능한 스승일수록 사제지간의 도리와 배사율(背師律)만을 찾는 법입니다. 상대적이고 가변적인 무상한 인간관계가 바로 스승과 제자 사이입니다. 석가모니가 스승을 세 번이나 바꾼 이유가 바로 스승의 무능 때문이었습니다. 그것보다는 차라리 도반끼리라면 서로 거리낌없이 부담없이 대할 수 있어서 사제지간보다는 오히려 더 영속적이 아닌가 생각되는군요."

"아주 사방팔방 상하가 탁 트이셨군요."

음양중(陰陽中)

10월 25일 목요일 12~18℃ 한두 차례 비

하루 종일 10여 명의 수련생의 백회를 점검하고, 한 명의 사범의 백회를 뚫어주었다. 눈코뜰 새 없이 바쁘게 하루를 보냈다. 무엇 때문에 매일같이 사람들은 나를 찾아오는가. 나에게서 도움을 받기 위해서인가? 내가 남을 도울 수 있는 것은 무엇인가? 그것이 바로 내 능력일까. 나는 이런 의문 속에 나도 모르게 사로잡혀 있었다.

재산과 명예와 권력 같은 것은 이미 의존할 수 있는 것이 아니라는 것은 조금이라도 교양을 갖춘 사람이라면 누구나 다 알고 있는 일이어서 논의의 대상조차 될 수 없다. 그렇다면 우리가 최후로 의존할 수 있는 것은 자신의 건강과 그 건강에서 우러나오는 힘, 즉 기력과 이 두 가지 요인을 바탕으로 생겨나는 양심이다.

선도에서는 건강을 정(精)이라고 하고 기력을 기(氣), 양심을 신(神)이라고 한다. 정은 음(陰)이고 기는 중(中)이고 신은 양(陽)이다. 우주의 삼라만상이 생성 발전 소멸하는 원리는 바로 이 음양중이 있기 때문이다. 태극기처럼 음과 양만 있으면 운행이 정지되고 말지만 빨강과 파랑 이외에 노랑이 들어가 삼태극이 되면 비로소 숨통이 트이고 활동을 개시할 수 있게 된다. 중(中)이라는 힘이 중간에서 화해하고 중개하지 않으면 음양만으로는 움직임이 정지되고 말기 때문이다. 원자에도 양·음전기 외에 중성자가 있으므로 비로소 활동을 한다. 양쪽을 중재하고 중화할 수 있는 노랑이 끼어들어가 있기 때문에 비로소 우주는 움직이게 되어 있다. 휴전선을 사이에 둔 남북한은 언제까지나 대립을 계속하고 있지만 제3국이나 유엔 따위의 중재로 비로소 교류의 숨통이 트인다.

사람인(人)자는 뜻을 풀어보면 사람은 혼자서는 살 수 없고 둘이서 서로 상부상조해야만이 삶을 영위할 수 있음을 상징적으로 나타낸 것이다. 그러나 실제로 작대기 두 개를 맞물려 세워 놓아보라. 땅을 파고 엇비스듬히 묻혀버리기 전에는 절대로 서 있지 못한다. 이때 작대기 하나를 더 추가해야 비로소 세발자전거처럼 서 있을 수 있게 된다. 우리 민족의 삼신 사상은 바로 여기에서 유래되었다. 천지인(天地人) 삼재도 바로 여기서 나왔다. 조화주, 교화주, 치화주도 그렇고 환인, 환웅, 환검, 삼신 사상도 그렇다. 사람도 바로 정·기·신이 하나로 융합되어야 바로 제 구실을 한다. 정은 혈통줄, 기는 기운줄, 신은 신명줄과도 연결된다.

우리가 단전 강화를 중요시하는 이유는 이것이 바로 생명 활동의 기초를 이루고 있기 때문이다. 이것이 불충분하면 헛것이 보이고 사기의 침입을 당하기 쉽고 남의 유혹에 넘어가기 쉽다. 중심이 확실히 잡혀 있지 않기 때문이다. 하단전 강화는 어떠한 지진에도 끄떡하지 않게 건물의 기초 공사를 튼튼하고 확고하게 다지는 것과 같다.

백회만 열리면 그만이라고 생각해서는 안 된다. 백회가 열리면 하단전은 더욱 더 강화되어야 한다. 백회 호흡으로 들어오는 기운을 그만큼 더 많이 수용하여 축적할 수 있어야 하기 때문이다. 이때 만약에 하단전이 취약하면 백회에서 들어오는 기운을 미처 수용할 수 없으므로 도리어 역상하게 된다. 이른바 주화입마(走火入魔)라고 하는 현상이 일어나는 것이다. 이를 방지하기 위해서라도 백회가 열린 사람은 한층 더 단전을 강화하도록 유의해야 한다.

백회를 열고나서 간혹 두통을 호소하는 것은 바로 호흡으로 단전을 강화하는 일을 소홀히 했기 때문이다. 선도 수련자는 그렇기 때문에 평생 동안 단전에 의식을 두고 단전호흡을 생활화하도록 유의해야 한다. 돈을 많이 벌었으면 그 돈을 수용하기 위하여 금고도 더 튼튼한 것으로 장만하고 집안 경비도 강화하여야 한다.

선도수련은 하단전 강화에서부터 시작된다. 단전호흡으로 항상 하단전이 따뜻한 상태가 유지되어야 한다. 하단전에 축기가 완성되면 저수지의 물이 넘쳐서 논으로 흘러 들어가듯 좌우 12정경과 기경팔맥으로 흘러 들어가게 된다. 이처럼 하단전은 저수지의 구실도 하고 발전소의 역할도 한다. 태양계의 중심은 태양이고 은하계의 중심은 북극성이듯 소우주인 인간의 중심은 하단전이다.

다시 말해서 인간 생명의 원천은 바로 하단전인 것이다. 발전소의 가동이 시원치 않으면 전기 불이 깜박이듯 하단전의 가동이 시원치 않으면 헛것이 보이고 사기의 침입을 받게 된다. 하단전이 충실해야 정 · 기 · 신(精氣神)이 제대로 조화를 이루게 되는 것이다. 인격의 완성도 수련의 향상도 바로 이 정기신의 조화에서만 가능하다. 우리가 최후로 의존할 수 있는 것은 바로 이 셋이 하나로 조화된 자기 자신이다. 능력은 바로 여기에서 나온다.

1990년 10월 26일 금요일 8~17℃ 대체로 맑음

11시 민소영 씨가 오래간만에 찾아왔다. 3미터 앞에 마주 앉자 열려 있는 백회를 점검하고 임독맥을 터주었다. 그녀가 먼저 입을 열었다.

"김 선생님 머리 위에 자부선인께서 빛을 비추고 계시는 것이 제 눈에는 보입니다. 김 선생님은 아직은 지도신명과 직접 교류를 틀 만큼 신이 밝지 않기 때문에 저를 중개로 하여 의사가 전달되고 있습니다.

"신이 그렇게 어두워서 죄송합니다."

"죄송하실 것까지는 없어요.

"김 선생님께서 그렇게 겸손하시니까 그런 능력이 내리셨죠."

"그런 능력이라뇨?"

"왜 거 운사합법인가 하는 것 말입니다."

"아직 민 선생 따라가려면 멀었습니다."

사실 그녀는 굉장한 능력자다. 그녀는 내 모습을 떠올리기만 했는데도 내 기운이 빨려들어 온다고 했다. 그제와 어제 아침 7시부터 밤 12시 사이에, 기운줄이 마치 철도 차량 사이의 에어 호스마냥 그녀와 나 사이에 연결되었고 거의 일방적으로 기운이 빠져나갔는데, 이것은 물론 그녀가 나와 기운줄을 연결했기 때문이었다. 만약에 나쁜 맘을 먹고 어떤 사람에게 계속 의식을 집중하면 파멸지경에 이르게 될 것이라고 그녀는 말했다.

"너무 자기비하를 하시는 것도 병입니다. 앞으로는 수련 중에 선생님의 기운이 꼭 필요할 때 이외에는 기운줄을 연결하지 않겠어요."

"감사합니다. 그 말씀 꼭 이행해 주시기 바랍니다."

"사실은 오늘 여기 온 것도 제 보호천신의 지시로 선생님의 기운이 필요해서였습니다."

민소영 씨가 돌아간 다음에 나는 그녀에게서 들은 대로 조화주 하느님을 마음속으로 그리면서 명상에 들어갔다. 실로 엄청난 기운이 백회와 인당으로 몰려들어 왔다. 다음엔 환인, 환웅, 단군 할아버지 순으로 모습을 각각 떠올려 보았다. 역시 강력한 기운이 소용돌이치면서 몰려들어오는 것이었다.

그다음엔 역사상 이름난 군왕이나 애국지사, 구국의 영웅들을 차례로 떠올려 보았다. 이들에게서도 역시 그들의 수련 정도에 따라 정도의 차이는 있지만, 기운이 들어왔다. 그러나 내가 알 만한 살아있는 사람에게서는 별로 큰 기운을 받을 수 없었다. 어떤 사람을 떠올리면 도리어 내 기운이 빨려 나가는 것을 느낄 수 있었다. 이 실험을 통하여 나는 중요한 것을 하나 발견했다. 그것은 하느님에게 기운줄을 연결하는 것이 가장 안전하고 확실하다는 것이다. 왜 그럴까? 그것은 우리 인간은 본래 하느님이었기 때문이다.

그러나 우리가 하느님이요 그의 분신이라는 사실을 제대로 인식하고 깨닫고 있는 사람은 드물다. 예수 그리스도는 그러한 사실을 깨닫고 있었지만 그것을 널리 공표하지는 못했다. 당시의 분위기가 그런 사실을 발표하기에는 하도 험악했기 때문이다. 하느님의 피조물인 인간이 감히 하느님의 분신 또는 하느님 자신이라고 한다면 그것은 참람

한 죄요, 천벌을 받을 일이라는 것이 그 당시의 기성 종교의 지배적인 신념이었기 때문이었다. 그래서 예수는 겨우 자신을 하느님의 아들 또는 사람의 아들이라고만 했을 뿐이다. 석가모니도 이러한 사실을 알고 있었지만 그는 하느님이라는 말 대신에 부처라는 말을 썼다. 부처는 깨달은 사람을 말한다. 다시 말해서 깨달은 사람이 하느님이라고는 명백히 밝히지 않았다. 불교에는 하느님이라는 개념조차 없기 때문이다.

그러나 우리 조상들은 아득한 옛날부터 인심은 천심이라고 했고 사람 속에 하느님이 있다고 믿어왔다. 그리고 이제는 조금도 거리낌 없이 사람은 누구나 하느님의 분신이며 하느님 자신이라는 진실을 공표할 수 있게 되었다. 그러므로 이것은 결코 새로운 발명도 발견도 아니다. 『삼일신고』에 신훈편(神訓編)에도 명백히 나와 있다. "하느님은 더 없는 높은 자리에 계시사, 큰 덕망과 큰 지혜와 큰 능력을 가지시고 하늘을 낳으시고 무수한 세계를 주관하시고, 삼라만상을 만드시고, 티끌 하나라도 빠뜨린 것 없고, 더없이 밝고 신령하시어 이루 이름 짓고 헤아릴 수 없나니라. 목소리와 기운으로 기도하면 절대로 볼 수 없지만, 마음속으로 원하면 그대의 머릿속에 이미 내려와 계시느니라."

하느님은 인간의 머릿속에 내려와 안주할 수 있다는 것을 밝힌 것이다. 다시 말해서 하느님은 인간이 원하기만 하면 머릿속에 내려옴으로써 인간은 바로 하느님 자신이 될 수 있다는 것을 밝힌 것이다. 이것은 바로 이 지구상에 존재하는 모든 종교와 심신수련 단체가 희구하는 최후 목표이다. 이것을 현대어로 좀 더 적극적으로 표현하면 다음과 같다.

'나는 하느님의 분신으로서 하느님의 무한한 사랑, 무한한 지혜, 무한한 능력과 생명력을 구사하고 있다. 이 큰 깨달음을 통하여 나는 뜬구름과 같은 오감의 세계를 벗어나 상부상조하는 대조화의 세계, 하느님과 나, 남과 나, 우주와 내가 하나로 합쳐지는 실상의 세계 속에 살고 있다.'

우리 자신들이 누구나 하느님의 분신이고 하느님 자신이라는 사실을 깨닫고 하느님의 무한한 사랑, 지혜, 능력, 생명력을 공급받을 뿐 아니고. 여기에서 한걸음 더 나아가 이것을 구사할 수 있어야 하는 것이다. 물질세계, 오감의 세계는 우리의 감각으로는 아무리 단단하고 천년만년을 갈 수 있을 것 같이 보여도 결국은 기의 응집체에 지나지 않는다. 이 기의 응집체는 시간이 흐르면서 변하게 되어 있다. 상생, 상극, 상화(相生, 相剋, 相和)하면서 조금도 쉬지 않고 생성, 발전, 변화하는 것이 우주와 자연의 원리이다. 바로 이 조화의 원리를 깨닫고 터득하고 생활화하는 것이 진리의 첫걸음이다. 이 조화를 주재하시는 분이 바로 하느님이고, 우리는 바로 그 하느님의 분신이고, 하느님 자신이다. 깊은 수련으로만 깨달을 수 있는 진리이다.

1990년 10월 29일 월요일 9~19℃ 구름 조금

오후 2시, M지원의 유지운 사범이 3백 페이지쯤 되는 크라운판 책 두께만한 것을 들고 왔다. 그는 나에게서 백회를 열었는데, 점검도 다 끝나고 해서 찾아올 이유가 없었다. 그는 들어오자 넙죽 절부터 하고는 쪼그리고 앉았다.

"절하는 것이 생활화되어 있어서 그렇게 절이 쉽게 되는 모양인데, 사실 나는 필요 이상으로 절하는 것을 원치 않아요. 쪼그리고 앉지 말고 편히 앉아요. 절이란 부모님에게도 일 년에 한 번 세배 때나 하는 것 아니예요? 선단원에서 대선사에게 만날 때마다 세 번씩 절하는 습관이 되어 있어서 그런 모양인데 나한테는 그럴 필요가 없어요."

"그래도 백회를 열어주신 은혜를 어떻게 평생 잊을 수 있겠습니까? 그 고마운 생각을 하면 세 번 아니라 백 번 절을 해서라도 보답을 했으면 합니다."

"백회 열어줄 때 한 번 절을 해서 고마움을 표시했으면 됐지 만날 때마다 그럴 필요는 없습니다. 그래 바쁠 텐데 무슨 일로 왔어요?"

후리후리한 키에 선하디 선한 얼굴에는 한점의 티도 없었다.

"모처럼 시간이 나서 선생님을 찾아뵈려고 왔습니다. 진작 인사를 닦아야 하는 건데 너무 늦어서 면목 없습니다."

"별말을 다 하는구만, 그래 그 후 수련은 잘돼요?"

들어오는 순간부터 그와 나 사이에는 활발한 운기가 되고 있었지만 확인이라도 하듯 물어보았다.

"네, 선생님 덕분에 너무나 잘됩니다. 선생님 정말 고맙습니다."

"별말을 다 하는군."

둘은 마주 앉아서 명상에 들어갔다. 훈훈한 기운의 장이 형성되어 두 사람을 감싸고 돌았다. 어느덧 30분이 흘렀다.

"선생님 그럼 저 이젠 돌아가 보겠습니다."

"아니 벌써?"

"도장에 가서 수련생 지도해야 하니까요."

그는 아까 들고 온 3백 페이지는 나갈 만한 크라운판 책을 포장한 것 같은 것을 방바닥에 놓고 일어섰다.

"이건 뭔데, 가져가야지. 책이 아닌가?"

"아닙니다. 선생님, 떡입니다."

"떠억?"

나는 깜짝 놀랐다. 몇십 명의 사범들의 백회를 열어주었지만 아직 나를 찾아와 개인적으로 인사를 닦은 사람은 없다. (이후에도 이런 일은 다시 없었다.) 그를 보내고 난 뒤 나도 모르게 왈칵 눈물이 솟구쳐 앞을 가리었다. 돈으로 따지자면 3천 원 정도밖에 안 되는 것이지만 이렇게 내 마음에 깊은 감동을 준 일은 일찍이 없었다. 한 달 월급이라야 겨우 10만 원 정도밖에 안 될 텐데, 백회를 열어준 은혜를 잊지 않고 인사를 하러 찾아 온 것이 하도 기특하고 고마워서 그날 내내 나는 흥분이 가시지 않았다.

선단원 사범들은 으레 경혈을 열어주어야 큰 기운을 받아 수련생을 제대로 지도할 수 있으니까 마땅히 나는 그들을 도와주어야 하고 그들 또한 나에게서 백회를 여는 것을 당연한 일로 받아들였을 것이다. 그런데 유지운 사범 한 사람만은 별도로 나에게 인간적인 고마움을 표시할만한 여유를 찾은 것이다. 바로 그것이 눈물겹도록 나를 감격하게 했다.

1990년 10월 30일 화요일 9~21℃ 대체로 맑음

오전 10시 2분 전부터 책을 읽고 있는데, 갑자기 강한 기운이 단전을 달구고 온몸을 휩쌌다. 부드러우면서도 약간의 탁기가 섞여 있었다. 나에게 이만큼 강한 기운을 보낼 수 있는 사람이 누굴까. 물론 짐작이 가기는 했다. 그 기운은 내 기운줄과 연결이 되면서 활발하게 순환이 되었다. 과연 15분쯤 뒤에 민소영 씨한테서 전화가 왔다.

"첫날 기 순환할 때에 대면 지금은 선생님 기운이 70%밖에는 안 되는 것 같네요."

"그때는 의식적으로 기운을 보냈었고 지금은 나도 모르게 기운이 끌려간 꼴이니까 그럴 수밖에 없겠죠."

오후 1시에 그녀는 다음과 같은 메시지를 보내왔다.

"지금 김 선생님은 내기(內氣)를 충실히 해야 할 때니까 선생님의 능력을 함부로 외부에 공표하시지 마시랍니다. 사람을 만나는 일도 되도록 삼가고, 많은 사람이 운집한 곳에서는 기를 뺏기니까 가지 마시랍니다. 남에게 기운을 보내는 일도 중단하시랍니다. 선생님이 부상을 당한 것은 다 그럴 만한 이유가 있다고 하십니다."

1990년 10월 31일 수요일 8~20℃ 대체로 맑음

오전 9시 15분쯤부터 갑자기 단전이 뜨거워 오기 시작했다. 직감적으로 민소영 씨와 기운줄이 연결되었다는 것을 알았다. 그런데 놀라운 것은 어제부터 그녀의 기운이 그전과는 비교도 안 되게 강해졌다는 것이다. 지난 24일과 25일에는 일방적으로 내 기운이 그쪽으로 끌려가기

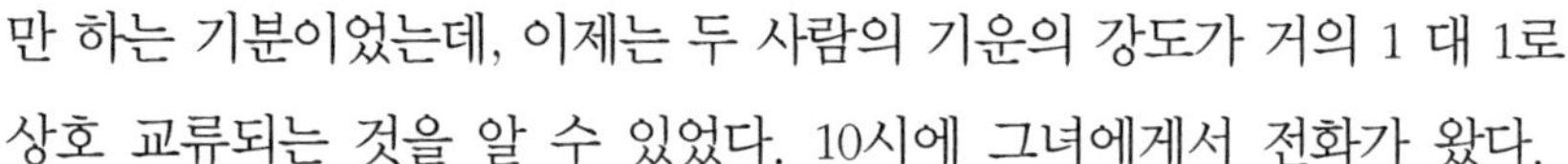

만 하는 기분이었는데, 이제는 두 사람의 기운의 강도가 거의 1 대 1로 상호 교류되는 것을 알 수 있었다. 10시에 그녀에게서 전화가 왔다.

"기운 잘 교류되죠?"

"어떻게 되는 겁니까? 이래도 상관없나요?"

"뭐 어때요. 주고받는 건데. 아무도 손기당하는 일 없고 오히려 상부상조하는 건데 나쁠 거 없죠."

"어제는 자부선인께서 그러지 말라고 하셨다면서요."

"그건 일방적으로 손기당하지 말라는 얘기죠. 상호 교류는 오히려 서로에게 이익이 되는 겁니다."

"스웨덴보로그가 한 말이 생각나네요. 영계에서는 의사소통이 텔레파시로 이루어지니까 언어가 필요 없고, 생각만 해도 기운이 가서 뜻만 맞으면 교류가 이루어진다고 하지 않았습니까?"

"알고 있어요. 하지만 지금 일은 제 보호천신의 지시로 이루어지는 일이니 그리 아세요."

1990년 11월 1일 목요일 9~20℃ 한때 소나기

어제부터 나 아닌 다른 사람과 기운을 순환시킨 이후 몸의 상태가 급격히 좋아졌다. 기분도 좋아지고 식욕도 나고 수련도 잘되고 피곤을 모르겠다. 어차피 인간이란 혼자서만 독불장군으로 살 수는 없는 법이다. 비슷한 능력자들끼리 상호 협조하면서 살아가게 되어 있는 것이 인간 사회다.

이 세상에서 나의 능력으로 인해 자기 향상을 꾀할 수 있는 사람이 있다면 기꺼이 도와주어야 한다. 남을 도와주는 것은 내 영격이 그만큼 향상되는 것을 의미한다. 나는 무슨 일이 있어도 남의 수련을 도와주는 것을 치부의 수단으로 이용하지는 않을 작정이다. 선도수련을 이용하여 돈벌이에 치중하는 사람은 틀림없이 영적으로도 타락하고 인간적으로도 파멸을 면치 못하게 된다는 것을 익히 알고 있기 때문이다.

1990년 11월 5일 월요일 10~18℃ 흐리고 비 후 맑음

오후 5시 민소영 씨 전화.

"기 순환 시작한 이후, 2년 전에 선단원에서 한창 수련 잘될 때처럼 큰 기운이 들어와 그전에 몸속에서 착 가라앉았던 기운까지 활성화되면서 몸속에서 대변혁이 있어나고 있어요."

"이런 기회에 마음에도 큰 깨달음을 얻으셔야겠네요."

"그래야 되는 건데. 아직 멀었어요. 제가 마음이 워낙 좁아 놔서."

"바로 그러한 겸손한 자세가 큰 깨달음을 유도하는 겁니다. 겸손이란 마음을 비웠다는 증거니까요. 마음을 비운 사람이라야 큰 깨달음을 얻을 수 있습니다. 교만으로 속이 꽉 차 있는 사람은 철철 넘치는 쓰레기통 모양 아무것도 받아들일 수 없습니다. 바다라는 말 아시죠. 이 세상 무엇이든지 심지어 공업용 폐수와 독소, 방사능 폐기물까지 아무 말 않고 받아들여 소화하고 정화하지 않습니까? 바로 이 바다라는 단어에서 받아들인다라는 동사가 나온 것입니다. 항상 바다처럼 넓은 아량을 갖도록 노력해 보세요."

"말이 쉽지 그렇게 되나요? 미워하는 사람이 있는데."

"미워하는 것은 그 사람의 미망(迷妄)이지 그 사람의 본성은 아닐 꺼 아닙니까. 인간의 본성은 바로 신성(神性)이 아닙니까? 그러니까 미망을 일깨워주는 것은 그 사람의 본성을 미워하는 것이 아닙니다. 하느님과 나, 남과 나, 우주와 내가 하나인데 누가 누구를 미워하구 말구 할 게 있겠습니까?"

"모처럼 좋은 말씀 들려주시네요."

"실은 나도 하도 부족한 인간이어서 그렇게 되어보고자 하는 방향으로 눈을 돌리다 보니 나도 모르게 그런 소리가 나왔을 뿐이죠. 뭐, 저라고 민 선생님보다 나은 게 뭐가 있겠습니까?"

"저렇게 겸손하시니까 큰 능력을 앞으로 더욱더 받으실 거예요."

"자꾸만 비행기 태우시라고 그런 소리하는 건 결코 아닙니다."

"걱정 마세요. 저도 다 안다고요."

오늘은 일진이 무척 좋은 날인 모양이다. 옭매어졌던 매듭들이 속 시원히 풀리는 날인가 보다.

1990년 11월 6일 화요일 8~13℃ 오후에 비

3개월 동안 해 온 운사합법. 내가 부디 안 하겠다면 당장이라도 그만 둘 수 있는 일이지만 그렇게는 되지 않았다. 또 그러고 싶지도 않았다. 왜 그럴까? 그건 나도 모르겠다. 어떤 보이지 않는 의지가 나를 통해 작용하고 있는 것 같은 느낌이 든다. 민소영 씨에게 전화를 걸어 지금의 내 심정을 얘기하고 의견을 물어보았다.

"전 선생님이 백회 뚫어주는 것을 처음부터 반대했어요. 백회는 수련이 진전되면서 자연히 열리게 되어 있는 것이지 왜 인공적으로 열어 주어야 합니까. 그건 하늘이 하는 일을 간섭하는 겁니다. 또 선생님 입장에서 보더라도 그런 일에 기를 소모해서는 안 된다고 봅니다. 발전소 댐 수위가 일정 수준에 이르면 자동적으로 발전기가 가동되어야 발전이 될 텐데, 선생님은 발전기가 가동도 되기 전에 자꾸만 물을 쓸 데 없는 일에 빼 쓰는 것과 같다 그거예요."

"그렇다면 무엇 때문에 나에겐 이런 능력이 생긴 거죠. 별 쓸모도 없다면 말입니다."

"그건 기장(氣壯) 수련 단계에서는 누구나 잠깐 그런 능력을 갖게 되는데, 선생님은 그걸 하늘의 사명을 받으신 것처럼 착각을 하시는 거예요. 시술을 하는 사람이나 받는 사람이나 이익이 없으리라고 생각해요. 전에 도장에 나갈 때도 대선사가 제 인당혈을 열어주겠다는 걸 전 반대했어요. 수련이 진전되면 자연히 열어질 텐데 뭣 때문에 미리 열어요. 자연의 이치에 어긋나는 일은 애초부터 반대예요. 기운을 아끼세요. 남의 백회 열어주는 기운으로 수련에 더욱더 정진하세요. 그래야 김 선생님은 앞으로 3개월 안에 큰 진전을 이루실 꺼예요."

"듣기 좋으라고 하는 소리겠죠."

"두고 보세요. 그렇게 되나 안 되나."

"그건 앞으로 지켜보면 알게 될 거구요. 아무래도 이상하죠?"

"뭐가요?"

"찾아오는 사람은 될 수 있는 대로 다 해 주고 싶으니 왜 그렇죠. 돈이 생기는 것도 아니고 그렇다고 내 지위가 올라가는 것도 아닌데 말입니다."

"두 가지로 해석할 수 있을 꺼예요."

"두 가지라고요?"

"네. 첫째는 명예심일 꺼예요. 내가 남이 못하는 일을 할 수 있다는 것을 과시하고 싶은 욕망 말입니다. 둘째는 동정심이겠죠."

"듣고 보니 정곡을 찌르신 것 같습니다. 확실히 그 두 가지가 있다는 것도 인정 안 할 수 없습니다. 그러나 단지 그것만은 아닌 것 같습니다. 나 자신도 알 수 없는 무의식적인 충동 같은 거 말입니다.

"아이아이 이젠 더 말하고 싶지 않아요. 그만 두세요. 전화 끊을께요."

이처럼 무참하게 일방적으로 전화를 끊기고 나서 나는 가부좌를 틀고 앉아 명상에 들어갔다. 이제는 누구의 도움도 없이 나 자신이 혼자서 탐구할 수밖에 없었다. 나도 인간이니까 그녀가 지적한 대로 명예심이나 동정심이 없다면 거짓말이다. 그러나 단지 그것만은 아닌, 이 두 가지를 능가하는 다른 무엇이 도사리고 있는 것만은 틀림없었다. 9월 초순에 비몽사몽간에 내 눈에 크게 비친 가을 추(秋)자가 망막에 떠올랐다. 어쨌든 간에 앞으로는 아무나 함부로 법을 전수해 주지는 말아야겠다. 신중한 선택을 해야겠다.

1990년 11월 8일 목요일 5~13℃ 오후에 비

오전 10시경 L씨가 왔기에 마지막 점검 끝내주다. 너무나 사교성이 없는 사람이다. 아무리 좋게 생각해 보려고 해도 호감이 가지 않는다. 이런 사람도 있고 저런 사람도 있게 마련이지, 친밀감이 가는 사람과 안 가는 사람을 일일이 가려서 사람을 대한다는 것은 소인배의 소치라고 나 자신을 질책했지만, 그에게는 기운이 흘러가지 않는다. 억지로 되지 않는다. 혹시 전생에 나와 좋지 않은 인연을 맺었던 사람이 아닐까 하는 생각도 들었다. 그렇다고 금생에도 그 인연의 줄에 얽매인다면 수련을 하는 목적 자체가 상실되고 만다. 우리가 수련을 하는 이유는 바로 이러한 인연의 거미줄에서 벗어나자는 데 있다. 이것을 뛰어넘지 못하면 또다시 그 인연의 줄에 발목이 묶이게 된다.

어제는 어떤 도우와 함께 그의 차로 관악산 국사편찬위원회 뒷산 중턱까지 올라갔다 내려온 뒤에 종로 지원에서 다섯 명의 평생회원의 백회를 열어주고 많은 사람을 만나서 그런지 오후 4시까지 피로가 회복되지 않았다. 4시 반이 되면서 점차 생기가 났다. 정좌 수련에 들어갔다. 종로 선원 부속 의료원에 나가서 물리치료를 받으라는 텔레파시가 전해왔다. 5시 15분 의료원에 도착했다. 물리치료를 받고 있는데, 키가 작달막하고 네모난 얼굴에 안경을 쓴 중년이 자꾸만 나에게 접근해 오다간 나가곤 하더니 물리치료가 끝날 무렵에 들어왔다.

"어떻게 하면 김 선생님을 만나서 수지침을 놓아드릴 수 있을까 하고 평소에 궁리하고 있었는데 오늘 용케 만나게 되었습니다. 공개강연 때도 기회를 엿보았지만, 사람들이 하도 많이 둘러싸고 있어서 엄두를 못 냈었습니다."

"수지침에 자신이 만만하신 것 같습니다."

"네, 그저 조금 할 줄 압니다. 선생님의 『선도체험기』 덕분에 단학을 알게 되었습니다."

"아 그러세요? 반갑습니다."

"네, 저 지금 송파 지원에 나가고 있습니다."

이렇게 말하면서 그는 재빨리 안주머니에서 명함을 한 장 꺼냈다. 과학기술연구원 책임 연구원 강재식 금속공학박사. 그는 손가락만한 크기의 끝이 뾰족하고 매끈한 쇠붙이를 꺼내더니 내 오른손 새끼손가락 끝마디 안쪽 부분을 찔러댔다.

"어떠세요. 유달리 아픈 곳이 있을 겁니다."

"아아 바로 고기가 몹시 아프고 시큰대는데요."

"그럼 바로 요기가 김 선생님 오른발 부상 부위의 반응점입니다."

이렇게 말하면서 그는 안주머니에서 꺼낸 침통에서 30대 가량의 짧고 가는 침을 빼내어 바로 그 반응점에 무조건 찔러 꽂았다. 눈꼽만한 반응점 부위에 그는 수 없이 많은 침을 자꾸만 꽂아댔다. 나중에는 고슴도치 털처럼 되었고 그곳에서 검붉은 피가 흘러나왔다. 진저리를 치게 아팠다.

"이거 보세요. 이 검은 피가 혈액순환을 막고 있으니까 부상 부위가 빨리 낫지 않는 겁니다."

그는 피가 나오는데도 계속 침을 찔러댔다.

1990년 11월 9일 금요일 8~11℃ 흐리고 비

오후 5시. 강재식 박사가 또 수지침(手指鍼)을 놓으려고 집에까지 왔다. 그 정성이 지극했다. 천주교 신자이면서도 그는 조상과 국조에 대한 경모의 정이 뚜렷하고 확고했다. 단학에 대한 웬만한 책은 안 본 것이 없다고 했다. 선도수련을 시작한 지는 2개월밖에 안 되었는데도 심지가 굳어서 도저히 사기 따위가 침입할 틈이 없어 보였다.

"실제로 수련을 해보니 단학은 관념이나 사상이 아니고 실상이고 실체임을 알게 되었습니다."

역시 그는 보통이 아니었다. 그의 침놓는 모습을 지그시 응시하면서 나는 생각했다. 나에게 내려진 운사합법 능력은 바로 이러한 인재를 구하기 위한 것이라는 느낌이 가슴에 와 닿았다. 그의 임독맥으로 기운을 돌려 보니 이미 충분한 축기가 되어 있었다. 나도 모르게 그의 백회로 의식이 집중되었다. 그의 백회는 아주 쉽게 열렸다. 그와 나 사이에는 이미 태어날 때부터 이때쯤 만나서 내가 그에게 법을 전하라는 프로그램이 입력되어 있었던 것 같은 느낌이 들었다.

그에게서 오늘도 어제에 이어 수지침을 무려 30대 이상을 맞아서 그런지 거울을 비춰보니 두 눈이 다 떼꾼해지고, 심한 피로까지 엄습해 왔다.

1990년 11월 10일 토요일 -4~1℃ 대체로 맑음

오전 8시 20분부터 좌선에 들어갔다. 입정 상태. 이북의 어머니를 마음속에 떠올렸다. 자리에 누으신 모습이 보인다. 앓고 계시는 것 같다. 그러다가 겨우 일어나서 기동을 했다. 프랑스에 있는 현아를 의식했다. 잠자리에서 쿨쿨 자고 있었다. 그쪽은 밤 12시 20분이니까.

오후 1시 40분부터 40분간 다시 입정. 이번에는 포도, 가지, 토마토 밭에 무성한 열매가 주렁주렁 탐스럽게 매달려 있는 것이 눈에 들어왔다. 내가 지금 하고 있는 일이 결코 헛된 일이 아니라는 신호 같기도 하다.

오후 2시 강재식 박사가 또 왔다. 얼굴이 환하고 기쁨이 충만해 있다.

"신암장님 덕분에 백회가 열린 뒤에 줄곧 시원한 기운이 들어와서 아주 기분이 좋습니다."

"다행입니다."

"제 집사람은 이제 수련한 지 겨우 한 달밖에 안 되었는데요. 인당에서 쏴한 기운을 느낀답니다. 어떻게 수련 속도가 빠른지요. 저보다 한 달 늦게 시작했는데도 이제는 저보다 오히려 한발 앞서는 것 같습니다."

"부부가 그렇게 다 같이 수련이 잘된다니 부럽습니다."

"에헤 뭘요. 그런데 아무리 생각해도 참으로 이상한 일입니다."

"뭐가 말입니까?"

"글쎄 제 집사람 말입니다. 수련 시작한 지 꼭 두 주일 만에 심한 설사를 하더니 배와 다리의 군살이 몽땅 빠져서 처녀 때의 체격을 되찾았습니다."

"애기가 몇인데요?"

"딸 둘 아들 하납니다."

"새장가 든 기분이겠네요."

"그렇지 않아도 좀 그렇습니다."

그는 머리를 긁적긁적했다.

무슨 말을 하려고 하는데도 그는 금방 말이 나오지 않아서 머뭇거리고 있다는 것을 눈치챘다.

"한번 데려와 보세요."

"네, 그래도 될까요?"

"열어 드릴만 하면 열어드리죠 뭐. 두 분이 다 백회가 열리면 음양조화가 이루어질 꺼고. 그렇게 되면 파장이 같은 에너지가 공명작용을 일으키게 되면 에너지의 파동이 두 배로 증폭된다는 물리학의 법칙에 따라 두 분의 수련은 급격히 향상될 겁니다."

"고맙습니다. 신암장님, 그러면 기회 닿는 대로 집 사람도 데리고 오겠습니다."

그는 입이 함박만 해서 돌아갔다.

1990년 11월 24일 토요일 1~12℃ 맑은 후 흐림

오전 10시. 안창수 씨가 왔다. 기도원에 수용되어 있는 환자를 문병하러 갔다가 사기를 받아 얼굴이 껌했다. 몸도 으실으실하고 피곤하다고 했다. 3미터 앞에 앉게 하고 백회와 단전으로 기운을 순환시켰다. 20분쯤 지나니까 껌했던 그의 얼굴에 화색이 돌기 시작했다.

최원식 씨 차로 오전 11시 반 본부 도착. 나를 기다리고 있던 장유석 씨의 백회를 열어주었다. 시원한 기운이 들어오는 것을 느낀다면서 얼굴이 밝아졌다. 내 기운으로 해서 사람들이 수련에 도움을 받을 수 있다면 아낌없이 베풀어주기로 했다. 어떤 사람은 기운을 아껴야 하고 그 기운으로 자기 자신의 수련을 향상시키는 데 써야지 그렇게 자꾸만 남에게 빼내어 주다가 보면 어떻게 자기 수련은 할 수 있겠느냐고 한다.

그러나 내가 남에게 베풀어주는 기운은 본래 나의 것이 아니고 하늘로부터 받은 것이다. 내 기운은 하늘 기운이다. 하늘로부터 받은 기운을 나의 기운이라고 착각을 하고 쓰지 않고 잔뜩 가두어 놓는다면 웅덩이에 고인 물처럼 썩어 버릴 것이다. 그러나 흐르는 물은 퍼서 쓰면 쓸수록 더 많은 물을 공급받을 수 있다. 기운도 마찬가지다. 나는 일종의 중간 저수지나 변압기와 같은 존재로서 기운을 홍익인간 하는 데 쓰면 쓸수록 더 많이 받아들일 수 있다고 확신한다.

내 기운으로 수련에 도움을 받은 사람들이 생기를 띄고 명랑해지는 것을 보면 이미 그것으로 보상을 받은 것이다. 일시에 기를 많이 쓰고 나면 당장엔 피로하고 힘든 노동을 한 직후처럼 음식도 많이 먹히지만 얼마간 시간이 흐르고 나면 새 기운이 힘차게 쏟아져 들어온다. 기운을 교류할 때 상대방에서 흘러들어 온 탁기나 사기도 백회, 제중, 혈해, 용천혈로 빠져 나간다.

1990년 11월 29일 목요일 9~16℃ 맑은 후 구름

9시 45분 안창수 씨가 "경혈도(經穴圖)"라는 상하로 된 책을 사 들고 왔다. 선도를 하려면 경혈에 대한 지식이 꼭 필요하기 때문에 얼마 전에 부탁했던 것이다.

"선생님, 전 마주앉아 있는 사람의 보호령을 볼 수 있습니다."

"어떻게요?"

"상대방을 마주보는 자리에 앉혀놓고 두 눈을 감고 보호령을 보아야겠다고 마음만 먹으면 곧 나타납니다.

"그럼 어디 내 보호령을 좀 보아 주시겠소?"

내 보호령은 내가 알기로는 두 분이었다. 한 분은 도승 차림이고 또 한 분은 갑옷 입은 장군이었다. 둘이 본 것을 비교해 보면 객관적으로 입증이 될 수 있다. 둘은 가부좌하고 마주 앉았다. 그는 두 눈을 감고 명상 속에 잠겨 입을 열었다.

"스님이 한 분 용두지팡이를 짚고 산에서 내려오는 모습이 보이는데요."

"누군지 알아보세요."

잠시 후, 그는 또 입을 열었다.

"한글로 '지선'이라고 씌어 있는 것이 보입니다. 스님은 사라지고 지금은 찬란한 갑옷 차림의 장군이 서 있고 무수히 도열해 있는 창끝만이 배경에 보이는데, 누구냐고 물으니까 '계백'이라는 한글이 보입니다. 또 벙거지 비슷한 고구려 때의 절풍(折風) 같은 모자를 쓴 지도신명이 보이는데 자부선인이시군요."

"그만하면 됐어요. 그럼 이젠 내가 안창수 씨의 보호령을 볼 차례요."

눈을 감고 그를 향해 잠시 정신을 집중하고 있었다. 나는 보이는 대로 일러 주었다.

"삼국 시대 이전의 갑옷 차림을 한 무관이 서 있습니다. 또 정좌 수련하는 도인이 보입니다. 두 분은 분명 보호령 같습니다."

잠시 후에 다른 장면이 나타났다.

"선비 복장을 한 사람이 석양을 등지고 쓸쓸히 혼자서 걸어가고 있습니다. 잠시 사이를 두고 이번에는 휘황찬란한 고관 복장을 한 사내가 가마를 타고 어디론가 분주히 가고 있는 모양입니다. 전부 네 장면이 비쳤는데 전부가 삼국 시대나 또는 그 이전 복장 같은 느낌이 듭니다."

안창수 씨와 나는 눈을 뜨고 평상시의 대화를 나누었다.

"안창수 씨가 본 내 보호령의 모습은 내가 본 것과 꼭 같은데요. 한 사람이 본 것이 아니고 두 사람이 똑같은 것을 보았다면 이것은 객관성이 있는 것 아닙니까?"

"과연 그런데요. 제 보호령 역시 선생님이 일러주신 그대로입니다. 저도 역시 장군 복장을 한 분과 도인을 보았거든요. 그런데 나중의 두 장면은 무엇을 말하는지 모르겠습니다."

"내가 보기에는 전생의 두 장면 같습니다. 평범한 선비로 지낼 때도 있었는가 하면 무관으로 장원급제하여 금의환향하는 모습이 아닌가 생각됩니다. 사람의 직업이라는 것은 아무렇게 선정이 되는 게 아니고 전생서부터 쌓아온 인연에 따라 금생에서도 정해지는 게 틀림없는 것 같습니다. 금생에 군인이나 경찰관 직업을 가진 사람은 전생에도 그와 비슷한 직업을 가졌을 겁니다. 경찰관은 옛날에는 무관인 포도대장이 틀림없고 나 역시 과거에 장교생활만 10년을 했으니 무관이 틀림없지 않습니까? 그러니까 전생의 인연에 따라 보호령도 결정되는 것 같아요. 나는 전생에 도승과 무관을 지냈었고 안창수 씨도 도인과 무관이었던 때가 있었던 게 틀림없어요. 그래서 조금이라도 영안이 뜨인 사람은 상대의 인격을 알아보고 싶을 때 보호령을 보면 된다고 합니다. 보호령을 보면 대개 그 사람의 본색을 알 수 있으니까요."

"네, 그렇겠는데요. 중요한 흥정이나 담판을 할 때는 반드시 상대의 보호령부터 살펴볼 필요가 있겠는데요."

"아무리 능수능란한 사기꾼도 자기의 보호령까지 가짜로 내세울 수는 없을 테니까요. 아마 크게 참고는 될 것 같군요. 보호령은 수련을 지도하는 영적인 부모와 같습니다. 그래서 옛날 선조들은 중요한 단안을 내릴 때 상대를 앞에 앉혀놓고 지그시 눈을 감고 깊은 명상에 잠기곤 한 것 같아요."

"네에, 정말 그랬겠는데요. 보호령 뿐 아니고 전생까지 쫙 다 봐버리면 그 사람의 본색이 남김없이 드러날 판이니 속임수는 더 이상 통하지 않겠는데요."

"그 대신 입이 무거워야 할 겁니다. 상대가 불쾌하게 여길 말은 일체 발설하지 말아야겠죠. 또 이러한 초능력을 사리사욕을 위해서 쓴다면 기필코 그 능력은 오래 가지 못할 겁니다. 사람은 누구나 하느님의 분신인데 수련을 통해서 이 사실을 깨달아 하느님의 사랑과 지혜와 능력을 백만분의 일이라도 구사할 수 있다면 그러한 사람은 우주 전체와 연결된 생명체라고 할 수 있습니다. 인간이 인간 전체를 위해서 홍익인간하게 되면 우주 전체의 생명을 살리는 힘이 각자의 내부로 들어와서 활동을 하게 됩니다. 이때 초능력을 발휘할 수 있게 되는데, 겨우 개인의 욕망을 충족시키는 데 이것을 이용한다면 우주의 생명력을 모독하는 것이 됩니다.

이것은 애써 불러들인 하느님의 사랑과 지혜와 능력을 스스로 막아버리는 결과가 됩니다. 이렇게 되면 소우주인 우리 인간과 대우주인 하느님과 연결 되었던 생명줄을 갉아먹는 꼴이 되는 거죠. 사리사욕과 욕망의 늪에서 과감히 빠져 나오는 길만이 자기 내부에 들어온 우주 전체를 살리는 생명력을 고갈시키지 않고 키울 수 있는 첩경이 될 겁니다."

"정말 함부로 사용했다간 큰 벌을 받을 것 같은 느낌이 듭니다."

결론적으로 말해서 우리 둘은 절대로 이 능력을 사사로운 일이나 호기심을 만족시키는 일에 이용치 않기로 단단히 다짐했다.

12시 50분 안화숙 씨가 와서 한 시간쯤 수련을 하고 돌아갔다. 그녀의 보호령은 고구려 고분에서 흔히 보이는 하늘을 날아오르는 선녀의 모습 그대로였다. 그 어려운 외판원 일을 하면서도 꾸준히 수련을 해 나가는 것은 그래도 저렇게 훌륭한 보호령이 뒤에서 보살펴주기 때문이라는 것을 알 수 있었다.

3시에 L은행에 나가는 K씨가 점검을 받으러 왔다. 영안으로 살펴보니 직감적으로 수백 살은 되었을 것 같은 신령스러운 기운이 감도는 도사가 육환장을 짚고 서서 이쪽을 바라보고 있었다. 그런가 하면 삼국 시대나 그 이전의 푸른 복장을 한 고관이 가마를 타고 뒤에는 많은 시종들이 따라가고 있었다. 그러고 보니 우리집에 찾아오는 사람들은 하나같이 만만치 않은 사람들인 것 같다. 모두가 한몫씩 단단히 할 인재들인 것 같은 느낌이 든다.

1990년 11월 30일 금요일 8~14℃ 비 조금

3시 40분. 청단회 회원인 유영숙 양이 수련받으러 오다. 중완이 막히는 이상한 병을 앓고 있는데 양의사도 한의사도 도저히 못 고치는 병이란다. 고등학교 때부터 무려 10여 년 동안 이름도 모르는 병을 앓고 있는데, 이제는 치료를 포기하고 선도수련이나 하면서 요행 낫기를 바라고 있단다. 나이 30이 내일 모랜데도 시집갈 엄두도 못 내고 몸은 젓갈 짝마냥 바싹 말랐다. 그녀는 누구의 소개를 받아 요행을 바라고 우리집에 자주 드나든다. 불쌍한 생각이 자꾸만 들고 어떻게 좀 도움이 될 수 없을까 하고 늘 궁리 중이다.

오늘도 3미터 전방에 앉아 운기를 하고 있다. 우리집에 출입하기 시작하면서 백회가 열려서 기운은 날로 강화되고 있다. 몸도 좀 호전되는 것 같다고 한다. 다소 명랑해지고 식욕도 난다고 하지만 뚜렷한 효험을 본 것은 아니다. 상쾌하고 따뜻한 기운을 받을 수 있으니까 그녀는 우리집에 자주 온다. 운기가 활발해지면서 그녀의 창백했던 얼굴이 홍도처럼 밝으레 물든다.

나는 눈을 감고 영안으로 지그시 그녀를 응시했다. 극채색의 화려한 복장을 하고 관을 쓴 선녀가 보인다. 곱게 차려 입은 공주 같은 모습의 여아가 서 있고 파란 옷으로 성장한 여인이 여아를 돌보고 있다. 그 장면이 사라지고 갑자기 인체의 내장이 천연색으로 나타난다. 가슴 쪽에 자색의 폐장이 좌우에 있고 그 가운데 심장이 그 왼쪽 밑에 간장, 그 오른쪽에 비스듬히 위장이 있고 그 아래는 대장과 소장이 차지하고 있는데, 색깔이 선명한 것이 있는가 하면 우중충하고 선명치 못한 것이 있었다. 분명 선명치 못한 쪽에 병이 있는 것 같았다. 중완혈이 위치한 소장(小腸) 부분의 색깔이 유독 우중충했다. 나에게 만약에 해부학 지식이 있다면 좀 더 명확한 해석을 할 수 있었겠지만 그렇지 못한 것이 유감이었다.

유영숙 양은 한 시간쯤 수련을 하다가 돌아갔다. 그녀의 몸의 상태에 대해서 속 시원한 해명을 해 주지 못한 것이 안타까웠다. 7시. 명상 중 보호령인 주황색 옷을 입은 도승이 나타난 뒤, 지도신명이 거대한 품속에 나를 감싸 안고 있다. 어머니 품속마냥 아늑하고 포근해서 나도 모르게 졸음이 왔다.

현대 의학의 맹점

1990년 12월 2일 일요일 -6~0℃ 대체로 맑음

오후 2시에 안창수 씨 오다. 그는 이제 확고하게 자리가 잡혀가는 선도인이 되었다. 특히 투시에 능했다. 인체 투시와 사기를 뽑아내는 데 자신이 있는 것 같았다. 그뿐 아니라 그 사기를 추방해버리고 없애버리는 데도 일가견을 갖고 있었다. 그는 경험담을 얘기했다.

"제가 근무하는 직장에 말입니다. 50대의 꽤 까다롭게 반찬투정 잘하는 인부가 한 사람 있습니다. 속병이 있는지 몸은 북어처럼 삐쩍 말랐구요. 며칠 전에 무심코 그 사람의 오른쪽 다리에 눈이 갔습니다. 나도 모르게 유심히 살펴보았더니 무릎뼈와 종아리 사이에 푸르끼한 사기가 몰려있는 게 보였어요. 그 부분이 불편하지 않느냐 물었더니 언제나 그곳이 저리고 아프다는 겁니다. 가만히 그 자리에 서 있게 하고는 그곳에 손바닥을 대고 사기를 뽑아내기 시작했어요.

그러자 갑자기 뱀 한 마리가 톡 튀어 나오는 겁니다. 그 순간에 안욱희 법사가 일전에 일러준 말이 생각났어요. 이런 때는 선계(仙界)의 학을 부르라는 겁니다. 그래서 그 학을 맘속으로 불렀더니 갑자기 흰 학이 한 마리 날아와서 그 뱀을 쪼아먹었습니다. 그런데 어느새 그 뱀이 학의 똥구멍으로 빠져 나와 꾸불꾸불 도망치는 겁니다. 안욱희 법사가 일러준 대로 이번에는 용을 불렀습니다. 과연 두 눈을 무섭게 부릅뜬

붉은 용이 나타나 입에서 마치 화염방사기에서처럼 불을 내뿜는 거예요. 그러자 꼬불꼬불 잽싸게 도망치기에 여념이 없던 그 뱀을 순식간에 불태워버리는 거예요.”

그가 만약에 국내 유수의 대기업체의 중요한 부서의 책임자가 아니었다면 누구나 무슨 황당무계한 소리를 하는가 하고 의심을 했을지도 모른다. 그러나 그의 인격으로 보나 사회적 지위로 보나 교육 정도로 보나 엉뚱한 거짓말을 꾸며댈 것으로는 생각되지 않았다.

“참 재미있는 얘긴데, 아무한테나 그런 말을 하면 정신이상자로 의심을 받을지도 모르겠는데요.”

“그럼요. 제 집사람한테도 이런 얘기는 못 합니다. 당장 머리가 돌았다고 할 거 아닙니까? 그래서 아무한테도 이 얘기를 못하다가 김 선생님은 이해해 주실 것 같아서 비로소 맘놓고 처음으로 털어놓는 겁니다.”

그는 오늘도 내 부상당한 발에서 탁기를 뽑아주었다.

“이제는 전보다 상처가 많이 나았습니다. 발가락 끝까지 기운이 통해서 발톱으로 탁기가 빠져나가는 것이 보입니다.”

과연 매케하고 고약한 가스 냄새가 코를 찔렀다.

“오른발은 왼발에 비해서 뼈가 엉성합니다.”

“아직도 부어서 그럴 꺼예요.”

“네에, 그렇겠는데요.”

“부상을 당하여 골절된 부위가 붓는 것은 무엇 때문인지 아세요?”

내가 물었다.

“왜 그렇습니까?”

"그것은 자연치유력이 발동되고 있음을 말해줍니다. 피부가 칼이나 쇠꼬챙이 같은 데 찔리면 우선 피가 흐릅니다. 그것은 자상을 입을 때 침입한 병균에 오염된 혈액을 몸에서 씻어내기 위해서입니다. 상처에서 친입한 병균이 다 씻겨나가면 흐르던 피는 자동적으로 멎습니다. 그와 동시에 상처 부위에 아직 남아있는 병균을 잡아먹기 위해서 백혈구가 몰려들어 옵니다. 그런데 이때 무리하게 지혈을 하면 병균이 씻겨나가지 못하게 되므로 오히려 자연치유를 방해하게 됩니다.

호흡기 점막에 병균이 착상하면 자동적으로 기침을 하여 그 병균을 몸밖으로 내쫓아버립니다. 그런데 이때 코데인 같은 기침 멎는 약을 복용하게 되면 병균을 체외로 추방하는 자연치유를 저지하게 됩니다. 그와 마찬가지로 감기에 들었을 때 열이 나는 것은 몸속에 침입한 바이러스 균을 고열로 죽여버리려는 자연치유력이 가동된 것을 말합니다. 그런데 병원에서는 환자의 머리에 얼음주머니를 얹어 놓으면 이 역시 자연치유력을 억제하여 오히려 병을 악화시키는 꼴이 됩니다.

골절이 되었을 때 그 부위가 부어오르는 것은 상처를 보호하려는 자연치유력의 작용입니다. 그런데 병원에서는 부기를 빨리 가라앉힌다고 얼음주머니를 올려놓으면 이 역시 자연치유를 못하게 하는 것이 됩니다. 차라리 그냥 가만히 내버려두면 자연히 치유가 되는 건데, 증상치료를 한다고 오히려 상처나 병을 악화시키는 것입니다. 열이 오른다든가 붓는다든가 기침을 한다든가 하는 것은 전부가 자연치유가 활발히 진행되고 있다는 것을 말해주는 것인데도 이것을 증상 치료 또는 대증(對症) 치료를 한다고 그 증상을 없애려고 얼음주머니를 쓰고 투약을 하고 주사를 놓음으로써 오히려 상태를 악화시키는 일은 얼마든지 있습니다.

체표면의 열은 40도를 오르내리지만 체내의 열은 그와는 반대로 아주 차가울 때가 있습니다. 그 때문에 감기몸살이나 전염병이나 소아마비 환자들은 체온계 상으로는 몸이 펄펄 끓고 있는데도 춥다고 덜덜 떨면서 두꺼운 이불을 뒤집어쓰고 땀을 내려고 합니다. 차라리 그 상태로 내버려두어 푹 땀을 내게 했으면 아무 일 없이 거뜬하게 나을 수 있는 병인데도 대증 치료를 한다고 해열제를 먹이고 얼음주머니를 머리에 얹고 열 내리는 주사를 놓고 하면 이 환자의 병은 돌이킬 수 없이 악화되어, 소아마비 환자의 경우는 영영 불구자가 되든가 사망을 하게 됩니다.

현대의학은 체온계로 체표면의 열은 잴 수 있지만, 체내 깊숙한 곳의 열은 잴 수 없습니다. 그러나 우리 선조들은 맥을 짚어봄으로써 감각으로 속이 냉하고 겉에 열이 있다는 것을 정확히 짚어내어 콩나물국에 고춧가루를 타서 마시게 하고 이불 푹 쓰고 땀을 흠씬 내게 함으로써 거뜬히 일어나게 했던 것입니다.

맥이 떠 있으면서 급하면 체 표면이 냉하고, 맥이 가라앉아 있으면서 급하면 속이 냉한 겁니다. 맥이 떠 있으면서 느리면 체 표면에 열이 있고, 맥이 가라앉아 있으면서 느리면 속에 열이 있는 것을 말합니다. 현대과학으로는 이것을 측정하는 방법이 전무합니다. 체온계로는 체 표면의 열만을 잴 수 있지 체내 깊숙한 곳의 열을 잴 수 있는 방법은 없기 때문에 엉뚱한 오진을 하게 되어 수많은 환자들이 죽어가고 있는 실정이지만 과학적으로 입증할 수 없다는 미명하에 속수무책인 것입니다.

결국은 과학 만능주의가 사람을 잡는다고 할 수 있죠. 인간은 과학이라는 꾀에 걸려 넘어지고 있는 것입니다. 그러나 과학이란 진리에 도달하기 위해서 인류가 발견한 수많은 방법들 중의 한 분야일 뿐이지 그 전부는 결코 아닙니다. 그래서 나는 외상이나 골절상을 입었을 때 이외의 내과 분야에서의 현대의학을 믿지 않습니다."

"그러나 항생제 같은 것은 그래도 질병 치료에 큰 공을 세운 것이 아닐까요?"

"그 공을 부인하는 것은 아니지만 이를 남용함으로써 인간의 자연치유력을 떨어뜨리는 결과를 가져 온 것도 사실입니다. 선천성면역결핍증 즉 에이즈 같은 치명적인 질병은 바로 항생제 남용으로 발생된 무서운 병이 아닌가 생각됩니다. 현대의학은 인체의 각 장기가 할 일을 대신했기 때문에 막상 장기가 할 일이 없어진 겁니다.

당뇨병에 걸렸을 때를 예로 들어봅시다. 인슐린을 만들어내는 것은 췌장이므로 이 장기의 기능을 회복시키는 것이 급선무인데도 현대과학은 공장에서 인슐린을 대량 생산하여 투약함으로써 췌장이 할 일을 빼앗아버리게 됩니다. 그와 마찬가지로 항생제 역시 원래 백혈구가 할 수 있는 일을 빼앗아 버리는 결과를 가져 온 것입니다. 결국은 인체 내의 각 장기들이 할 일을 공장에서 대량 생산된 의약품들이 대신함으로써 인체 내의 각 장기들은 하릴없이 위축되고 자연치유력은 점점 더 퇴보하여 끝내는 면역성까지 상실당하게 됩니다. 과학이 마침내 질병에 대한 면역성까지 앗아가 버려 공장에서 생산된 의약품이 아니면 병에 걸려도 꼼짝 못하는 무방비 상태로 인간을 퇴화시켜버린 겁니다.

골절상을 입어서 그 부분이 부어오른다는 것은 골절된 부위를 보호해주는 부목과도 같은 역할을 하는 겁니다. 부어 있으면 아무래도 그 부분을 함부로 움직일 수 없게 하고, 안정을 유지할 수 있게 하여 자연치유력이 최대한 발휘될 수 있는 여건을 만들어 주는 겁니다. 그렇다고 해서 정형외과의 역할을 무시하는 것은 아닙니다. 엑스레이 상으로는 수술이 필요한데도 자연치유력에만 의존케 함으로써 불구자가 되게 해야 된다고 주장하는 것은 결코 아닙니다. 현대의학을 믿을 수 있는 부분은 오직 외과수술 분야라고 생각합니다."

"그렇다면 선생님은 현대의학의 대증 요법이나 증상 치료는 믿을 수 없다고 하셨는데, 통계나 병명 치료는 어떻게 생각하십니까?"

"현대의학의 맹점 중의 하나는 통계 치료입니다. 가령 백 명을 실험 대상으로 현미나 소금을 얼마를 먹였더니 고혈압 환자가 얼마나 줄었다든가 하는 것은 전연 신빙성이 없습니다. 폐대장이 건실한 금형 체질에는 많은 현미가 필요 없고, 신방광이 약한 토형 체질은 소금을 많이 먹어야 합니다. 염분이니 설탕이니 고추 같은 것은 일률적으로 몸에 해롭다고 하는 것도 말이 안 됩니다. 왜냐하면 사람에게는 크게 나누어 여섯 가지 체질이 있는데, 그 체질에 따라 설탕이나 매운 음식이나 염분을 많이 필요로 하는 사람도 있고 적게 필요로 하는 사람이 있습니다. 가령 임상 실험 대상을 백 명으로 잡았다고 할 때 그 사람들이 어떤 체질을 가진 사람들인지 체질별로 분류해서 실험해 보지 않는 한 믿을 게 못 됩니다. 따라서 일률적으로 염분이나 매운 음식이나 당분은 몸에 나쁘다는 통계는 이 여섯 가지 체형이 감안되지 않는 한 전연 신빙성이 없습니다.

병명 치료 역시 증상 치료와 마찬가지로 신빙성이 없습니다. 음양중, 사상, 오행으로 볼 때 병이라는 것은 육장육부의 균형이 깨졌을 때 발생하게 됩니다. 인체를 소우주로 보고 무엇 때문에 몸의 균형이 깨어졌는가를 알아냄으로써 무슨 병이든지 고칠 수 있습니다. 병이라는 것은 바로 이 깨어진 균형을 바르게 함으로써 고칠 수 있으므로 어느 특정 부위의 병명에 매달릴 필요가 없게 됩니다. 만약에 전체의 균형을 생각지 않고 하나의 병에만 매달릴 경우 그 병을 다행히 치료했다고 해도 금방 다른 병을 유발할 수도 있기 때문입니다.

지금으로부터 5천 6백여 년 전 배달국 제14대 치우천황 때 자부선인이 쓴 『삼황내문경(三黃內文經)』에서 파생된 것으로 보이는 『황제내경』은 세계 최고(最古) 최대의 의학 원전으로 공인되고 있는데, 이 책의 영추 종시편 서문에 보면 '만병의 근원은 오장육부의 음양(陰陽), 허실(虛實), 한열(寒熱)에 있다고 했습니다. 또 만병의 근원이 오장육부에 있다는 것은 하늘의 도리인데, 이 도리를 믿지 않고 되지 못한 사방(私方), 즉 증상, 병명, 국소, 통계 치료를 하면 하늘의 재앙을 받을 것'이라고 했습니다."

"증상, 병명, 국소, 통계 치료를 믿을 수 없다면 무엇을 기준으로 병을 치료할 수 있겠습니까?"

"체질과 맥을 보고 육장육부의 음양, 허실, 한열을 판단하여 거기에 알맞는 처방을 하면 됩니다."

"그렇다면 체질은 어떻게 분류할 수 있는지요?"

"목, 화, 상화, 토, 금, 수 여섯 가지로 분류할 수 있는데, 목은 대체로 얼굴이 길고 간담이 실하고, 화는 얼굴이 역삼각형이고 심소장이, 상화는 화와 같은데 관자놀이가 튀어나오고 심포삼초가, 토는 얼굴이 둥글고 비위가, 금은 얼굴이 네모고 폐대장이, 수는 얼굴이 삼각형이고 신방광이 실한 사람을 말합니다. 그런데 목은 화를 도와서 목생화, 화생토, 토생금, 금생수, 수생목 순으로 서로 도와주는가 하면, 목은 토를 견제하여 목극토, 토극수, 수극화, 화극금, 금극목 순으로 견제를 하게 됩니다.

가령 목형 체질은 간담이 실한 대신에 목극토 하여 비위를 견제해야 되는데 이것이 지나치면 비위를 상하기 쉽습니다. 마찬가지로 토극수 하여 비위는 신방광을 상하기 쉽고, 수극화 하여 신방광은 심소장을 상하기 쉽고, 화극금 하여 심소장은 폐대장을 상하기 쉽고 금극목 하여 폐대장은 이번에는 간담을 상하기 쉽고 목극토 하여 간담은 비위를 상하기 쉽습니다. 따라서 우리 인체는 목, 화, 토, 금, 수가 서로 돕고 견제하여 상생 상극하면서 적당한 균형을 이루어 끊임없이 돌아가야 아무 탈이 없는데, 이 균형이 깨지면 이상이 오고 병이 되는 겁니다.

마치 태양계가 태양을 중심으로 수성, 금성, 지구, 화성, 목성, 토성, 명왕성과 같은 위성들이 끊임없이 돌고 돌아 태양계가 아무 이상 없이 운행하고 은하계는 북극성을 중심으로 돌고 도는 것과 똑 같습니다. 이치로 따진다면 우리 인체의 육장육부가 상극상생의 균형을 깨지 않고 원만하게 운행만 된다면 태양계가 궤도 이탈을 하지 않고 영원히 돌고 도는 것과 같이 사람도 영원히 신진대사를 계속하여 죽는 일이 없다고 할 수 있습니다."

"그런데도 사람이 죽는 것은 무엇 때문이라고 보십니까?"

"육장육부의 균형이 깨어지기 때문입니다."

"그렇다면 육장육부의 균형만 깨어지지 않고 제대로 돌아간다면 영원히 죽지 않는다고 할 수 있는 거 아닙니까?"

"이론상으로는 바로 그렇다고 할 수 있죠."

보호령

1990년 12월 3일 월요일 -7~-2℃ 대체로 맑음

오전 10시. 일전에 내가 백회를 열어준 강혜자 씨로부터 전화가 걸려왔다.

"저어 김 선생님 백회가 막혀버린 것 같아요."

"무슨 일이 있었습니까?"

"어저께 남편과 같이 시골집에 내려가던 길이었어요. 남편이 운전하는 승용차를 타고 갔는데요. 도중에는 기운이 아주 잘 들어왔어요. 주말이어서 고속도로가 막히는 바람에 자꾸만 지체하다가 그만 날이 저물었습니다. 어느덧 밖은 깜깜했구요. 하도 지루해서 나도 모르게 깜빡 잠이 들었는데 꿈인지 생신지 비몽사몽간에 길가의 초상집에서 검은 그림자 같은 유령이 두 번이나 달겨드는 거예요. 그 순간 몸이 오싹했어요. 그리고 고향 마을 입구에서는 아무것도 보이지 않는 어둠 속인데도 처녀들이 저희들끼리 떠드는 소리가 들렸어요. 차가 밀리는 통에 새벽 4시에야 겨우 고향집에 도착했어요. 고향집에서 점심 들고 어제 오후 여섯 시에야 서울에 도착했습니다."

나는 전화로 그녀와 이야기하는 도중에 그녀의 백회로 기운을 보내어 사기가 막고 있던 백회를 다시 열어주었다. 그 바람에 그 사기가 내 몸속으로 스며들어왔지만 혈해, 용천, 백회로 해서 밖으로 추방했다.

그녀가 이야기를 끝내자 내가 물었다.

"지금은 어떻습니까?"

"선생님과 통화하는 중에 백회가 다시 열리고 지금은 아주 상쾌하고 포근한 기운이 들어오고 있습니다."

"통화 도중에 제가 손을 봤으니까 다시 막히는 일은 없을 겁니다."

"선생님 고맙습니다. 곧 찾아뵙겠습니다."

오후 1시 40분. 과연 강혜자 씨가 귤을 한 꾸러미 사 들고 왔다.

"선생님 진정으로 고마워서 그럽니다. 선생님에게 절을 올리고 싶습니다."

"전 절 같은 거 받지 않습니다. 마음과 말로 고마움을 표시했으면 됐지 구태여 절까지 받을 필요가 있겠습니까? 그렇지 않아도 어떤 도인이라는 사람이 제자들에게 만날 때마다 세 번씩 절을 받는 것을 속으로 심히 못마땅해하고 있는데 제가 절을 받으면 어떻게 됩니까."

"선생님 그거하고 이거하고는 질적으로 다릅니다. 진정으로 고마워서 절을 하는 것하고 자기 자신을 우상화시켜서 제자들 위에 우뚝 서서 언제까지나 지배하겠다는 것하구는 그 의도가 하늘과 땅의 차이입니다. 제 호의를 거절하시는 것도 예의가 아닌 줄 압니다."

이렇게 말하면서 그녀는 어느 틈에 일어나 절을 했다. 할 수 없이 나도 엉거주춤 일어나서 맞절을 했다. 현직 대학교수이고 전문의쯤 되면 이 사회의 엘리트요 지도층이다. 자존심도 유달리 강할 것이다. 그러한 그녀가 이처럼 예의를 차릴 때는 진정 고마워서 그럴 것이라는 느낌이 들자 절을 받는 나 자신도 부담을 느끼지 않았고 오히려 마음이 가벼웠다. 삿갓으로 얼굴이 반쯤 가려진 도승 차림의 그녀의 보호령이 흐뭇한 표정으로 이 광경을 지켜보고 있었다.

1990년 12월 5일 수요일 2~11℃ 대체로 맑음

오전 11시 30분 유영숙 양 오다. 3미터 앞에 앉혀 놓고 운기를 하고 있는데, 자주색 두루마기에 가체(조선 왕조 시대에 귀부인들이 이용한 일종의 가발)를 한 귀부인 복장을 한 그녀의 보호령이 고맙다고 인사를 했다. 통증이 있다고 호소하는 복부에 기운을 집중적으로 보냈다. 그러자 심한 비린내가 풍겨와 눈을 뜰 수 없었고, 가스 때문에 목이 칼칼했다.

한 시간쯤 뒤에 그녀가 귀가한 뒤에도 역한 비린내로 속이 뒤집어지는 것 같고 비위가 상해서 집에 앉아 있을 수가 없어서 영동백화점까지 산보 삼아 걸어서 갔다 왔다. 그래도 비위가 가라앉지를 않아서 소주를 몇 잔 마셔보았지만 별무효과였고 취하지도 않았다. 할 수 없이 생강차를 한잔 끓여 마셨더니 다소 뒤집힌 비위가 가라앉는 것 같았다.

1990년 12월 6일 목요일 4~13℃ 한때 비 조금

오전 10시 30분. 유영숙 양이 왔다. 어제보다는 탁기가 많이 줄어들었다. 어제가 고비였던 것 같다. 그녀와 3미터 간격을 두고 앉아 계속 운기를 하고 있는데, 귀부인 차림의 그녀의 보호령이 나타나 몇 번이고 허리 굽혀 진정으로 고마움을 표시했는데 그 뜻이 텔레파시로 전해왔다.

오후 3시 반, 강혜자 씨가 안개꽃을 사 들고 찾아왔다. 유영숙 양보다 강한 기운이 흐르고 있었다. 유영숙 양은 수련을 시작한 지 무려 5년이나 되었고 강혜자 씨는 이제 겨우 2개월도 안 되었건만 기운의 강도는 이처럼 현격한 차이가 났다. 수련 기간과 기운의 강도는 반드시 일치하지 않는다는 것을 알 수 있다.

1990년 12월 8일 토요일 10~14℃ 대체로 맑음

오후 6시 40분 이미 약속한대로 최원식, 강혜자 부부가 자기네 승용차를 몰고 와서 우리 부부를 태우고 관세청 근처에 있는 '백자'라는 한식집에서 저녁 식사 대접을 했다. 운사합법을 시술받은 부부로부터 우리 내외가 처음으로 받아보는 극진한 대접이었다. 넷이 한 식탁에 둘러 앉아 이야기꽃이 피었다. 강혜자 씨가 먼저 입을 열었다.

"김 선생님, 전 선도수련을 시작한 뒤 백회가 열리고 운기를 할 수 있게 된 지금의 생활이 참 행복합니다."

"그러세요. 그것 참 축하할 일입니다. 우선 기운을 느끼고 운기를 할 수 있다는 것은 우리가 관념상으로만 알고 있던 하느님을 몸으로, 피부로, 감각으로 느끼고 체험할 수 있는 것을 말합니다. 하느님은 모든 것, 즉 우주 전체를 말합니다. 하늘의 기운을 자기 몸에 끌어들이고 순환시킨다는 것은 내 몸이 나 혼자만의 몸이 아니고, 남과 더불어 상부상조하는 대조화의 세계, 하느님과 나, 남과 나, 우주와 내가 결국은 하나로 합쳐지는 실상의 세계 속에 살고 있다는 것을 말합니다. 나는 나 개인만을 위한 내가 아니고 전체와 더불어 살고 있다는 것을 무의식중에 깨닫고 있으니까 행복감을 느끼게 되는 겁니다. 이기적이고 외로운 인생은 언제나 불행합니다. 선도는 하느님이 바로 나 자신 속에 있다는 것을 깨닫는 수련이고 이 깨달음이 바로 행복입니다. 강혜자 선생이 지금 느끼고 계시는 행복은 바로 이런 것이라고 생각합니다."

"듣고 보니 그 말씀이 정말 가슴에 닿는데요."

그녀의 얼굴은 법열 속에 파묻힌 행복감으로 은은하게 빛나고 있었다. 나는 무심코 눈을 감고 영안으로 그녀의 모습을 보았다. 닷새 전에는 도승 차림의 보호령을 분명 보았었는데 오늘은 화려한 극채색의 관을 쓴 아주 급수가 높은 선녀가 만족한 표정으로 이쪽을 응시하고 있다. 최원식 씨가 말했다.

"김 선생님 덕분에 우리 부부가 이렇게 통천문을 다 같이 열고 새로운 세계를 맛볼 수 있게 된 것을 얼마나 다행으로 생각하는지 모릅니다. 모두가 다 단군 할아버지의 은덕이라고 생각합니다."

"참 최원식 사장님의 춘부장께서는 대종교에서 높은 직에 계시다는 말을 들은 것 같은데 사실입니까?"

"네, 아버님은 몇십 년 전부터 대종교에 몸담고 계십니다. 그래서 저는 철들 때부터 단군 할아버지를 받들어 모셔왔고 아버님을 따라 단전호흡 수련도 해 왔습니다. 그러다가 중학생 때 박태선 장로한테 매혹되어 신앙촌에서 몇 년을 살다시피 한 일도 있습니다."

"그러세요. 그럼 종교적 감각이 유달리 발달하셨겠네요."

"네, 그런 방면에 좀 일찍부터 눈을 떴다고 할 수 있습니다. 그래서 여러 종교단체를 기웃거려 보기도 했습니다. 누가 진짜고 누가 가짠지는 금방 구별이 갑니다. 어렸을 때 그런데 푹 빠졌던 경험이 있어서 웬만해서는 절대로 누구의 사기나 최면에 걸리거나 하지는 않습니다. 전 요즘 이런 생각을 가끔 합니다."

"어떤 생각요?"

"김 선생님은 선사님이 아니십니까? 선단원 안에는 선사님이 몇 분이나 있습니까?"

"정확히는 모르겠는데 한 칠팔 명 되지 않나 생각됩니다."

"선사님이신 김 선생님 옆에 있어도 이렇게 많은 기운을 받을 수 있는데 선사님보다 더 높은 대선사님 옆에 있으면 얼마나 더 많은 기운을 받을 수 있을까 하고 말입니다."

"여봇, 김 선생님 앞에서 그런 실례의 말이 어디 있어요?"

그의 아내가 가볍게 눈을 흘겼다.

"아니 괜찮습니다. 수련자는 항상 자기보다 수련이 높은 사람을 따라가야 합니다. 일반 사회에서도 진취적인 사람들을 가만히 보면 언제나 자기보다 한 수 위에 있는 사람들과 늘 어울립니다. 그래야만이 하나라도 더 배울 수가 있으니까요. 매우 긍정적이고 밝고 명랑한 성격을 가진 사람이 흔히 택하는 방법이죠. 그러나 세상을 부정적으로 보는 비판적이고 내성적인 사람은 언제나 자기보다 못한 사람들과 잘 어울리고 위 사람들을 뒤에서 헐뜯기를 좋아합니다. 이런 사람들은 언제나 이 사회의 말썽꾸러기이고 국외자죠. 이런 걸 생각하면 최 사장님의 생활 방식은 얼마나 훌륭합니까? 그런 생활 방식이야말로 앞으로 크게 발전될 소지가 충분히 있다고 봅니다."

이렇게 말하면서 나도 모르게 잠시 눈을 감고 그를 응시했다. 언뜻 나이가 수백 세는 되었을 것 같은 노 신선이 육환장을 짚고 서 있는 모습이 뽀얀 안개 속에서 떠올랐다. 대단히 신령스러운 보호령이었다. 그들은 식후에도 우리집에 와서 9시 30분까지 운기를 하다가 돌아갔다.

1990년 12월 10일 월요일 7~11℃ 흐리고 비

오전 10시 40분 유영숙 양이 왔다가 오후 3시 돌아갔다. 그녀의 기운이 점점 더 강해진다. 탁기도 많이 빠져서 이제는 나도 견딜 만했다. 귀부인 복장을 한 그녀의 보호령이 고맙다는 인사를 한다. 오후 5시 반에 성창배 씨가 점검받는 동안 구군복 차림의 관리가 보인다.

오후 7시에 본부에 도착. 특별 수련실에서 강재식 박사와 마주 앉아서 운기를 하고 있는데, 그의 머리 뒤에 삿갓 쓴 도승이 나타났다. 삿갓에 얼굴이 반 이상 가려 있기에 답답한 느낌이 들면서 얼굴을 보았으면 좋겠다는 생각이 들었다. 바로 그 순간에 그는 삿갓을 벗어 보였다. 머리 깎은 젊은 얼굴이었다. 그 장면이 바뀌면서 키가 구척 같은 신장(神將)이 우람하게 우뚝 버티고 서 있었다.

1990년 12월 11일 화요일 -3~3℃ 눈 조금

오전 9시 45분 유영숙 양 오다. 어제보다 기운이 더 강해졌다. 이제 병의 고삐를 단단히 잡은 것 같다. 그녀의 보호령이 자꾸만 절을 한다.

"김 선생님, 저는 부모형제 이외에는 누구에게도 오래 같이 있으면 거부감을 느꼈는데 선생님만은 예외로 거부감이 느껴지지 않습니다.

어제는 하도 강한 기운이 들어와서 그 충격으로 잠을 다 설쳤습니다."

"마음이 꽉 닫혀 있어서 그럽니다. 그 꽉 닫혀 있는 마음을 활짝 열어야만이 꽁한 성격도 바뀌고 병도 달아날 겁니다. 그리고 강한 기운이 들어올수록 단전에서 의식이 떠나면 안됩니다. 행주좌와어묵동정(行住坐臥語默動靜) 염염불망의수단전(念念不忘意守丹田)이란 글귀를 한시도 잊지 말고 단전에 기를 모아 축기를 해야 합니다. 까딱 하면 기가 떠버릴 우려가 있으니까요."

하고 간곡히 타일러주었다. 몸은 약한데 너무 강한 기운을 받으면 미처 감당을 못할 것 같아서 이런 주의를 주었다. 그녀가 돌아갈 때도 안심이 안 되어,

"보호령이 물론 보이지는 않겠지만 분명 유영숙 씨를 감싸고 있으니까 그분에게 간곡히 부탁하세요."

"뭐라구요?"

"나와 기운줄을 연결해 달라고 말입니다."

"네 그러겠습니다."

그녀가 돌아간 후 과연 한동안 기운줄이 연결되어 강한 기의 순환이 이루어졌다. 나는 그녀가 빨리 건강이 회복되기를 간절히 염원했다. 나이 서른이 넘도록 결혼할 엄두도 못 내는 것이 애처롭고 딱했다. 남들 같으면 그 나이에 시집가서 아들 딸 낳고 한창 인생의 재미도 보고 쓴맛 단맛도 볼 나이에 바람만 세게 불어도 날아가 버릴 검불 같은 몸으로 건강을 찾으려고 애쓰는 것이 처량하기까지 했다. 이렇게 나를 찾아오는 것을 보면 전생에 끊을 수 없는 인연이 있었던 것 같은 느낌

이 들었다.

오후 4시 반. 안양 지원에서 수련한 지 1년 4개월 된 김창석 씨가 왔다. 그는 장심 이외에는 아무 혈에서도 기를 느끼지 못했다. 아무래도 무엇인가 잘못된 것 같았다.

"수련 시작하신 지 1년 4개월이나 되었다면서 왜 그렇게 기 감각이 둔할까요?"

"글쎄, 저도 잘 모르겠습니다."

"수련은 매일 거르지 않고 하십니까?"

"그럼요. 거의 하루도 빼지 않고 제 딴에는 열심히 하고 있습니다."

"금년에 연세가 어떻게 되십니까?"

"갓 쉰 살입니다."

"보통 사람보다 좀 특이한 일을 하고 있다고 생각하시는 일은 없습니까?"

"그런 게 뭐 있을 수 있나요?"

"제가 보기에는 담배나 술을 하시는 것 같지는 않는데요."

"네 그렇습니다. 술 담배하고는 담을 쌓고 있습니다."

"제가 보기에는 아무래도 정상 이상으로 어디론가 정력이 새어나가고 있는 것 같은 느낌이 듭니다. 혹시 성생활에 이상이 있는 게 아닌지 모르겠네요. 일주일에 방사는 몇 번이나 하십니까?"

"많이도 안 합니다. 그저 평균 일 주일에 두 번 정도나 될까요?"

"나이 오십에 일주일에 두 번이 많지 않다는 얘기입니까?"

"그러면 많은 편인가요?"

“보정(保精)이 거의 안 되어 있군요. 지금과 같은 빈도로 부인과 잠자리를 계속하신다면 밑 빠진 독에 물 붓기가 아닐까요?”

“그럴까요. 저는 그런 데는 전연 관심을 두어보지 않았거든요.”

“갑자기 횟수를 줄인다는 것은 리듬을 깨어버리니까 어렵겠지만 차츰 빈도를 줄여보십시오. 물론 부인하고 잘 상의해서 동의를 얻어내야 합니다. 처음엔 일주일에 한 번, 그다음엔 2주일에 한 번, 그다음엔 한 달에 한 번 정도로 줄여보세요. 확실히 정(精)이 모일 것입니다. 정충(精充) 기장(氣壯)이거든요. 우선 정이 축적되어야 기운을 느끼고 운영도 할 수 있게 됩니다. 그런데 지금까지 바로 그 정이 고일 새 없이 배출되어 버리니까 기운이 뻗어나갈 기회를 얻어 보지 못한 겁니다. 나이 오십이면 옛날 같으면 할아버지 소리를 들을 나인데 그게 뭐가 좋다고 그렇게 열중할 필요가 있겠습니까? 횟수를 한 달에 한 번 정도로만 줄여놓으면 확실히 수련이 급속도로 진전이 될 겁니다.”

“그럴까요?”

그는 미심쩍다는 듯이 고개를 갸웃거렸다.

“그렇게 되나 안 되나 한번 실험해 보세요. 지감 조식 금촉은 선도수련의 삼대원칙입니다. 이 세 가지를 지키지 못하는 사람은 선도수련을 할 자격이 없다고 봅니다. 그런데 김창석 씨는 지감 조식보다는 금촉의 성색취미음저(聲色臭味淫抵) 중에서 음(淫)에 사로잡혀 있습니다. 음은 쉽게 말해서 성생활 또는 섹스입니다. 사람이 이것을 외면할 수는 없는 일이지만 이것에 얽매이면 안 됩니다. 필요에 따라 횟수도 마음대로 조정할 수 있고 금욕생활도 할 수 있어야 합니다. 다시 말해서

성을 마음대로 통제할 수 있어야 된다 그겁니다.

금촉에는 여섯 가지가 있습니다. 성색취미음저(聲色臭味淫抵) 쉽게 풀어보면 소리, 색깔, 냄새, 맛, 성생활, 촉감 이 여섯 가지를 자유자재로 컨트롤할 수 있어야 된다 그겁니다. 어떤 사람이 음악에 푹 빠져서 그 세계에서 도저히 헤어나지 못하고 있다면 그것도 문제입니다. 우리는 소리의 세계에서도 완전히 해방이 되어야 합니다. 그와 마찬가지로 색깔, 냄새, 맛, 촉감의 세계에서도 얽매이지 말아야 합니다. 이 여섯 가지 감각의 세계를 초월하여 자유자재로 조절할 수 있을 때 금촉 수련이 제대로 되었다고 할 수 있습니다. 말이 나온 김에 아주 다 말해 버리겠는데요. 지감(止感)이 무엇인지 아십니까?"

"지감 수련을 말씀하시는 겁니까? 두 손바닥을 이렇게 마주 대하고 기를 느끼는 수련 말씀하시는군요."

그는 두 손바닥을 마주 대하고 아코디온 켜듯 움직었다.

"이것은 알지(知)자 지감(知感)수련이고 제가 말하는 것은 여섯 가지 감정을 조절할 수 있는 멈출지(止)자 지감(止感) 능력을 말합니다. 희구애노탐염(喜懼哀怒貪厭) 쉽게 풀어보면 기쁨, 두려움, 슬픔, 노여움, 탐욕, 혐오의 감정에 사로잡히지 않고 이러한 감정들을 맘대로 조절할 수 있는 것을 멈출지(止)자 느낄감(感)자 지감(止感)이라고 말합니다. 사람이 지나치게 기쁨에 날뛰면 심소장을 상하고 두려움이 심하면 신방광을, 지나치게 슬퍼하면 폐대장을, 격분하게 되면 간담을, 탐욕이 많으면 비위를, 증오심이 많으면 심포삼초의 생명력을 병들게 합니다.

그러므로 수련자는 마땅히 이러한 여섯 가지 감정을 적절히 조절할 줄 알아야 합니다. 욕심을 가지고 수련을 하게 되면 백이면 백 저급령에 빙의되어 수련은 고사하고 인생 자체에 파멸을 가져 옵니다. 그런데 김창석 씨는 지금까지 지감, 조식, 금촉 중에서 조식 수련만 열심히 해 오신 것 같습니다. 이것만 가지고는 단순한 육체 운동 이상의 효과를 기대할 수 없습니다."

"이제야 어렴풋이나마 감이 잡히는 것 같습니다. 저는 지금까지 수련을 해오면서 도인체조와 단전호흡만 열심히 하면 다 되는 줄 알았는데, 지금 선생님 얘기를 듣고 보니 그렇지 않다는 걸 알게 됐습니다. 그보다 더 중요한 여섯 가지 욕망과 여섯 가지 촉감의 세계에 대해서는 전연 관심을 두지 않았었는데 그게 큰 실수였다는 것을 깨닫게 되었습니다. 정말 좋은 말씀 감사합니다." 그는 그제야 비로소 확실한 무엇을 좀 깨달았다는 표정이었다.

1990년 12월 13일 목요일 -2~-4℃ 밤에 비나 눈

오전 10시 유영숙 양 오다. 나와는 10 대 7로 기운이 강해졌다. 그러나 아직도 탁기가 나온다. 나와 같이 있는 시간이 길수록 탁기는 불어난다. 사기불범정(邪氣不犯正)의 원칙에 따라 두 사람이 기운을 순환시키는 사이에 몸속에 잠재해 있던 그녀의 사기가 밖으로 피하여 도망치는 것 같다.

오후 1시 반. 20일 전에 나에게서 백회를 연 모 지방 은행에 나가는 김태수 씨가 와서 엉뚱한 제의를 했다.

"김 선생님 이렇게 하면 어떨까요?"

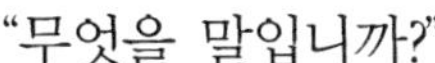

“무엇을 말입니까?”

“다름이 아니고 김 선생님께서 제 보호령에게 부탁을 해 주실 수 없을까 하구요.”

“부탁이라니 무슨 부탁을 말입니까?”

“제 수련을 좀 더 열심히 도와주라고 말입니다.”

“학교 담임선생이 학부모 보고 자기가 맡은 학생의 공부에 좀 더 신경을 써달라고 부탁하는 것과 같군요. 보호령이란 원래가 수련을 지도하기 위해서 선계에서 파견된 신명(神明)인데, 그런 부탁을 한다는 것은 효자보고 효도하라는 말과 같지 않습니까?”

“그래도 김 선생님이 특별히 좀 부탁을 드리면 효과가 있을 것 같아서 그러니 꼭 좀 부탁드립니다.”

“그래요. 그럼 그러시죠. 뭐.”

나는 눈을 감고 그의 보호령을 불렀다. 노도사(老道士)가 나타났다. 마음속으로 김태수 씨의 수련을 좀 더 열심히 지도해 주도록 부탁하자 그는 금방 알았다는 듯 허리를 굽혀 보였다. 이로써 나는 처음으로 나 이외의 다른 사람의 보호령과의 의사소통이 이루어진 셈이다.

1990년 12월 15일 토요일 –6~1℃ 대체로 맑음

12시 40분. 유영숙 양이 왔다. 이제 그녀의 내기(內氣)는 나와 10 대 8정도로 강화된 것 같았다. 그녀가 항상 걱정하는 비장만 치유된다면 비약적인 발전이 있을 것 같다. 그녀의 보호령이 우리나라 고유의 예법대로 절을 했다.

오후 3시. 강재식 박사와 이영자 부부가 왔다. 이영자 씨와는 5분쯤 대화를 하는 동안에 자동적으로 백회가 열려버렸다. 이로써 우리집에 출입하는 사람들 중에서 김진구 이정희, 최원식 강혜자, 강재식 이영자 부부 등 세 쌍의 부부 수련자가 태어난 셈이다. 나에게는 부럽기 짝이 없는 일이다. 나는 이들 세 쌍의 수련을 도와주고 있지만 내 아내에게는 속수무책이니까.

1990년 12월 16일 일요일 −5~4℃ 대체로 맑음

새벽잠이 얼핏 들었을 때였다. 유영숙 양의 보호령이 나타나 유양의 신정혈을 열어달라고 간청하면서 절을 했다. 깨어보니 꿈이었다. 오전 10시 반에 유영숙 양 왔기에 3미터 앞에 앉혀놓고 신정혈에 의식으로 기운을 보냈더니 금방 뚫려버렸다. 신정혈로 들어온 기운을 임독으로 돌리도록 유도하지 않았는데도 청량하고 상쾌한 기운이 백회에서보다 더 세게 들어온다고 했다. 고마움의 표시로 보호령에게 세 번 절을 하게 했다.

오후 5시 50분. 정좌수련을 하던 나는 나도 모르게 내 보호령을 불렀다. 두 분이 차례로 나타났다. 한 분은 도승 차림이고 또 한 분은 갑주를 입은 장수였다. 전생을 비춰보았다. 흰 도복 차림으로 수련하는 사람의 모습이 보인다. 뒤이어 금병매(金瓶梅)라는 소설에 나오는 명대(明代)의 화려한 전각 같은 건물이 보이고 그 내부 장면이 나타난다. 중후한 귀족 차림을 한 사내가 나타난다. 얼굴을 보니 틀림없는 지금의 내 얼굴과 똑같다. 그의 아내로 보이는 짧은 주렴이 달린 왕관을 쓴 흰 옷 차림의 여자가 등장한다. 얼굴을 보니 아주 낯이 익다. 유영숙 양을 나에게 보낸 분이다. 그녀는 기쁨이 은은히 속에서 번져 나오는 행복한 미소 띤 얼굴인데 날렵한 동작으로 내 앞에 오더니 일정한 거리를 두고 선다. 먼저 그녀가 진수성찬이 차려진 상 저쪽에서 큰 절을 하자 사내도 뒤따라 맞절을 한다.

장면이 바뀌었다. 두건을 쓴 다섯 살쯤 된 여자아이가 서 있는데 멀찍이서 부부가 지켜보고 있었다. 유난히 두 눈망울이 또랑또랑한데 유영숙 양의 얼굴을 그대로 축소해 놓은 것 같다. 첫 번째는 결혼식 장면 같았고 두 번째 장면은 결혼한 뒤에 얻은 딸 모습을 부부가 지켜보고 있는 광경이었다. 그 장면들이 너무나도 생생하여 꼭 생시와 같았다. 건물 내부 장치나 집기 각종 치장이나 옷차림 등으로 미루어 보아 대륙에서의 고려 때 같은 느낌이 들었다. (고려사를 읽어보면 고려는 한반도가 아니라 대륙에 있었다는 것을 알 수 있다.) 이러한 장면은 약 5분간 계속되었다. 현실로 돌아온 나는 유영숙 양이 나를 찾아온 이유를 비로소 알게 되었다. 전생의 부녀의 인연이 아직 완전히 해소되지 않았기 때문이라는 것을 알게 된 것이다.

상단전 열어주기

12월 18일 화요일 -3~3℃ 흐린 후 맑음

오후 1시 10분. 민소영 씨가 오래간만에 왔다. 이웃 음식점에서 등심구이와 냉면을 대접받았다. 그녀의 지도령의 지시를 받고 상단전을 열려고 왔다고 말했다. 그렇지 않아도 어쩐지 아침부터 그녀의 상단전의 혈을 열어야 한다는 텔레파시가 계속 왔었다. 그녀의 백회는 이미 점검을 한 일이 있었다. 벌써 몇 개월 전인데, 그때 보니 백회는 이미 열려 있었지만 너무나 구멍이 커서 가운데 손가락이 들락날락 할 정도로 좁혀주고 임독 유통법을 가르쳐준 일이 있었다. 선단원엘 2년 이상이나 다녔으면서도 그녀는 이러한 기본적인 수련조차 받지 않고 있었다.

"어떻게 된 겁니까. 기초 수련도 안 되어 있으니."

"그런데 관심을 두지 않았어요. 전에 대선사가 미간혈과 인당혈을 뚫어주겠다는 것을 거절했어요."

"왜요?"

"경혈이란 수련을 하면 자동적으로 열리게 되어 있는데, 무엇 때문에 인공적으로 엽니까? 그래서 그만두겠다고 했죠."

"그럼 오늘은 무엇 때문에 오셨습니까?"

"아까 얘기했지 않아요. 위에서 가라고 해서 왔다구. 그런 거 그렇게 꼬치꼬치 따지시겠다면 그냥 돌아갈래요."

"돌아가시지 않아도 됩니다. 맡아놓은 일이니까요."

백회는 이미 점검을 끝냈고 신정, 두 개의 태양혈, 미간혈, 도합 다섯 개의 상단전의 경혈을 열었다.

"역시 김 선생님의 시술이 진짜라는 것을 알겠군요."

"그걸 어떻게 알 수 있습니까?"

"우선 김 선생님은 제 몸에 전연 손을 대지 않고 시술을 끝내시니까요. 제 직감이라는 것도 있구요. 이왕에 해주시는 김에 제 명문도 완전히 터주시겠어요."

"그러죠."

나는 10분간 그녀의 명문에 집중적으로 기를 보냈다. 온몸의 기운이 빨려 들어가는 것처럼 강한 흡인력이 가동되고 있었다. 일방적으로 기운을 보내기만 하면 손기가 될 것 같아서 될수록 순환을 시켰다. 시술을 하는 동안 내내 그녀의 두 보호령이 지켜보고 있었다. 하나는 조선왕조 시대의 왕비복 차림이고 다른 하나는 극채색의 왕관을 쓴 지위가 아주 높은 여자 선관 차림이었다. 상단전 다섯 개 경혈을 열어주기는 처음 있는 일이었다. 모두가 다 나 혼자의 뜻으로 진행되는 일이 아니라는 것을 알 수 있었다.

"김 선생님, 애쓰셨습니다. 고마움의 표시로 일배를 드리겠습니다."

"같은 도우끼리 그럴 필요가 있겠습니까? 마음으로 고마워하면 그것으로 끝나는 거죠."

"그래도 그렇지 않습니다. 그러나 선생님과 저 사이는 스승과 제자 사이는 아니고 어디까지나 같은 도반(道伴) 사이라는 것은 꼭 명심해

주시기 바랍니다."

"좌우간 전 그런 형식 같은 것에는 구애되지 않는 사람입니다. 모든 인간관계는 혈연을 제외하고는 상대적입니다. 그리고 상호보완적입니다. 서로가 필요한 때 만났다가 그 필요가 없어지면 헤어지는 것은 가장 자연스런 이치입니다."

그녀는 어느새 일어나 일배를 했다.

1990년 12월 26일 수요일 -10~8℃ 대체로 맑음

오전 9시 20분. 민소영 씨가 오래간만에 전화를 했다.

"김 선생님, 안녕하세요?"

"네 그간 별고 없었습니까?"

"네, 잘 있습니다. 김 선생님 기운 좀 보내주시겠습니까?"

"그러죠."

운기가 시작되고 얼마 안 되어 아주 고약한 탁기가 빨려 들어왔다. 당장 운기를 중단하고 싶었지만 그럴 수는 없어서 계속 기운을 순환시켰다. 한동안 온몸이 독가스에 저려진 것 같고 숨이 막히고 괴로웠다.

"왜 이렇게 심한 탁기가 옵니까?"

"제가 중단을 맞았어요."

"중단을 맞다니요?"

"가슴에 큰 타격을 받았다는 말입니다."

"물리적인 타격이 아니고 심리적인 충격을 받았다는 뜻인가요. 무슨 일로 그렇게 가슴에 상처를 받으셨는지요?"

"나중에 기회 있을 때 얘기하겠습니다."

운기를 끝낸 뒤에도 탁기로 고전을 했다. 제중, 기해, 용천, 백회 등으로 탁기를 뽑아냈지만 근 한 시간 만에야 정상을 회복했다. 전생부터 깊은 인연이 있어서 금생에까지도 이어지고 있는 것 같았고, 그 때문에 그녀는 내 기운을 필요로 하는 것 같다. 그러나 언젠가는 이 필요가 충족되고 나서 더 이상 나에게서 얻을 것이 없을 때는 찾지 않게 될 것이다.

내가 그들에게 어떠한 방법으로든지 도움을 주는 한 나는 그들과 어느 전생에선가 맺어졌던 업연은 풀어지게 될 것이다. 아무런 인연도 없는 사람들에게 내가 도움을 주었다면 그것이야말로 공덕이 될 것이다. 이처럼 나를 필요로 하는 사람들은 모여들고 수요가 충족되면 지체 없이 떠나간다. 그래서 나는 될 수 있는 대로 오는 사람 막지 않고 가는 사람 잡지 않는 것을 내 생활의 신조로 삼는다.

오후 3시. 환갑이 넘은 도월성(道月星)이라는 스님이 『선도체험기』를 읽고는 나를 찾아왔다.

"불도에 입문하신 지는 얼마나 되셨는지요?"

"25년이 되었습니다."

"어이구, 그러면 그동안 깊은 깨달음의 경지에 이르셨겠는데요."

"수도에 열과 성을 꾸준히 기울이지 못하고 워낙 바탕이 미흡해서 아직은 밑바닥을 헤매고 있는 중생의 한 사람이올시다."

"겸손의 말씀이시겠지요."

"김 선생님은 민족정기 확립과 상고사 찾기 운동에도 조예가 깊으신 걸로 알고 있습니다만, 이번 『선도체험기』를 보니 선도에도 높은 경지에 오르셨다는 것을 알고 이렇게 찾아왔습니다."

"제가 경험한 사실들을 토대로 소설 형식으로 썼을 뿐입니다."

"그래도 대단한 도력을 가지신 걸로 알고 있습니다."

"과분한 말씀이십니다. 혹시 스님께서는 기운을 느끼십니까?"

"기운요? 그런데 별로 신경을 쓰지 않아서 모르겠는데요."

"혹시 단전호흡 같은 것은 하신 일이 없으십니까?"

"참선하는 도승들은 그런 것을 하는가 본데 저는 그런 거 해 보지 않았습니다."

"수도하시는 가운데 명상에 잠겼을 때 단전이 따뜻해 오든가 그런 경우를 경험해보시지 못했습니까?"

"가끔 단전이 따뜻할 때가 있었던 것 같기도 합니다."

그와 대화를 나누면서 지그시 눈을 감고 영안으로 그를 응시해 보았다. 지금의 그의 모습과 흡사한 보호령이 나타나 합장 배례한다. 백회를 열어주는 것이 좋겠느냐고 의식으로 물었더니 깊숙이 허리 굽혀 찬성의 뜻을 표했다.

"그러면 제가 스님의 백회를 열어드리도록 하겠습니다."

"아이고 정말 감사합니다."

스님은 당장 일어서서 큰절을 했다. 그는 백회를 연다는 것이 무엇인지를 확실히 알고 있는 눈치였다. 3미터 앞에 앉혀 놓고 백회를 뚫었건만 그는 느끼지를 못했다.

1990년 12월 29일 토요일 -8~1℃ 대체로 맑음

가까운 수련생들과 같이 강화도 마리산에 천제를 올리러 가기로 한 날이다. 새벽 5시 반에 일어나 목욕재계했다. 최원식, 강혜자 부부가 마련한 봉고차 편으로 8시 45분에 마리산 참성단 입구에 도착. 근처 식당에서 아침 식사를 하고 안욱희, 유갑성, 최원식, 강혜자, 김진구, 이정희 부부 등 11명의 생체과학회원들과 10시 정각에 산에 오르기 시작했다. 부상 이후 처음 하는 등산이어서 약간 걱정이 되었으나 별 탈 없이 11시에 정상에 올랐다. 아늑하고 포근하고 은은한 기운이 짙게 서려 있었다.

싸가지고 간 간단한 제수를 제단에 차려놓았다. 촛불을 켜놓자 심하게 불던 바람이 갑자기 잠잠해졌다. 일동이 조화주 하느님과 삼황천제님께 각각 3배씩 하고 『천부경』과 『삼일신고』를 외울 동안 내내 주위는 고요했다. 천제를 마친 후 남쪽 능선 편편한 곳에서 김진구 씨 부부가 싸온 김밥으로 점심 요기를 하고 12시까지 15분간 수련하고 하산했다. 1시 반에 귀로에 올라 3시 반에 본부 착. 최원식 씨 부부와 함께 점심 들고 다섯 시에 귀가.

1990년 12월 30일 일요일 -6~3℃ 대체로 맑음

오후 일곱 시. 한옥련 아주머니가 떡, 부침개, 군고구마 등을 싸 갖고 병문안차 왔다. 그녀는 기도 느끼지 못하고 경혈 자리도 모르지만 심성이 그지없이 맑고 지혜롭고 수양도 많이 되었으므로 순전히 내 힘으로 일방적으로 대천문을 뚫어보았다. 백회를 여는 데 성공하여 임독맥을 터주고 기운줄을 연결하는 데 성공했다. 단학 수련을 전연 하지 않은 사람도 대천문을 열 수 있다는 것을 알게 되었다. 기운도 느끼고 운기되는 것을 느낀다고 했다.

"해의 중심 같은 노랗고 둥근 빛이 보이고 햇살 같은 기운이 현아 아버지(나) 이마와 내 이마 사이를 잇고 있는 게 보이네."

하고 그녀는 말했다.

"그밖에 다른 느낌은 없어요?"

내가 물어보았다.

"온몸이 훈훈한 게 기분이 좋은데."

옆에서 이 광경을 지켜보던 아내가 거염이라도 난듯

"여보 나도 좀 해줄 수 없어요?"

하면서 다가앉았다.

"글쎄, 그게 될까?"

"아니 아주머니도 되는데 나라구 안 되라는 법은 없지 않아요."

하고 눈을 똑바로 뜨고 대들듯했다.

"아주머니야 염불도 많이 하시고 수도생활을 늘 하고 계시지 않소."

"그럼 안 된다는 거예요?"

"그렇게 원한다면 어디 한번 시험해 봅시다."

아내는 뜻밖에도 대천문이 금방 열리고 신정, 태양, 미간혈까지 뚫었다. 생전 선도수련이라곤 해보지도 않은 두 사람의 대천문을 열어준 나는 스스로 생각해도 놀라운 일이 아닐 수 없었다. 아내는 비록 기를 느끼지는 못하지만 내 의도대로 운기를 하고 기를 조종할 수 있다는 것이 큰 발견이 아닐 수 없었다.

1990년 12월 31일 월요일 -3~4℃ 흐린 후 눈

오전 10시 반. 유영숙 양과 마주 앉아서 운기를 하는데 갑자기 태양처럼 생긴 빛의 덩어리 일곱 개가 내 백회에서 차례로 떠올라 그녀의 백회로 접근해 갔다. 하나씩 차례로 그녀의 대천문 속으로 집어넣어 하단전까지 내려보내어 차곡차곡 저장했다.

"어떤 느낌이 일지 않아요?" 하고 내가 묻자,

"빛의 덩어리 하나가 처음에 들어오자 단전이 따뜻해지기 시작하더니 하나씩 더할 때마다 따뜻해지는 범위가 점점 더 넓어집니다."

처음 겪는 일이다. 전생의 부녀의 인연이 아직 다하지 않아서 아직도 내가 갚아야 할 빚이 남아있는 모양이다.

단기 4324년(서기 1991년) 1월 1일 화요일 -1~2℃ 한두 차례 비

마리산 등산 후유증이 본격적으로 나타나기 시작. 오른 발목과 허벅지가 시큰대고 아파서 발걸음조차 떼어놓기가 힘이 들었다. 오후 6시. 안욱희 씨가 머리가 아프다고 전화로 호소해 왔다. 기운을 보내어 그의 백회를 막고 있던 사기를 쫓아버렸지만, 그것이 내 신정혈을 막고 떠나지 않다가 9시경에야 사라졌다. 오후 9시 반. 성창성 씨한테서 전화가 왔다.

"안녕하십니까. 코스타리카에 와 있는 성창성입니다."

"네 안녕하세요."

"선생님 제 백회가 막혀버렸습니다. 다시 좀 뚫어주십시오."

"네 알았습니다. 전화 끊지 마시고 백회에 의식을 집중하세요."

나는 그의 백회를 의식하고 기운을 보냈다.

"어떻습니까?"

"네, 이제 다시 기운이 들어오기 시작합니다. 선생님 고맙습니다."

"거긴 지금 몇 십니까?"

"아침 여덟십니다."

"전화요금 많이 나올 테니까 지금 전화 끊으시고 10분간 기운 보낼 테니 받으세요."

"네, 고맙습니다. 선생님."

아내는 내가 상단전을 터준 뒤여서 그런지 심한 몸살을 앓고 있다.

"기몸살을 앓고 있는 모양이군" 하고 내가 말하자,

"그런 미신 같은 소리 하지 말아요." 아내는 내 말을 일축했다.

"남미의 코스타리카에서 전화를 걸어온 성창성 씨의 막힌 백회도 방금 열어주었는데 그것도 못 믿겠소."

"당신이 거짓말을 할 리는 없는 줄 알지만 어떻게 그럴 수 있을까요?"

"기는 시공을 초월한다는 말 못 들었소?"

"하도 꿈같은 소리여서 모르겠어요."

새해 첫날도 저물어 간다. 1990년 한 해를 돌아본다. 비록 지난 3월 25일에 암벽에서 떨어져 중상을 입기는 했지만 수련만은 비약적으로 발전하여 운사합법이라는 능력을 갖게 되어 내 딴에는 될 수 있는 대로 홍익인간의 이념을 살려 공덕을 쌓는다고 불편한 다리를 이끌고 다니면서 부지런히 애도 썼다. 기록된 것만도 121명, 기록하지 않은 것까지 합치면 130명 정도의 대천문을 열어주고 일부는 신정, 미간, 태양혈까지 뚫어주었다. 그 대신 『선도체험기』 3권을 발간한 이외에는 전연 글을 못 썼다. 가까운 장래에 체험기 4권 집필을 꼭 시작해야겠다.

1991년 1월 2일 수요일 -7~1℃ 맑음

오후 3시 안욱희 법사가 왔다. 그와 마주 앉아 30분쯤 운기를 하자 비로소 기운줄이 연결되었다. 그는 내 발에서 탁기를 뽑아냈다. 옆에 앉아 있던 최원식 씨가 냄새를 못 견디고 방문을 열어놓았다. 사람은 서로 돕게 마련이다. 나와 운기한 뒤 공명현상이 일어나면서 몸의 컨디션이 좋아지자 안욱희 씨는 고맙다고 절을 했다.

그는 민소영 씨의 사진을 보고는 "단전에 악어가 한 마리 보이고, 천모(天母) 소리 듣게 되겠는데요. 크게 한번 재기할 상입니다" 했다. 유영숙 양의 사진을 보고 나서는 "35세가 되어야 병이 완치되는데 그동안 내내 신암장님을 찾게 될 것 같네요. 37세가 되어야 결혼을 하게 되겠구요." 이렇게 말하고 나서 그는 내 머리쪽을 잠시 살펴보고 나서

"신암장님 머리 위엔 독수리가 한 마리 보입니다. 도승 이외에도 호랑이를 탄 신선이 한 분 보이구요. 인당이 반쯤 열려서 꽃봉오리가 보입니다."

이렇게 말하고 나서 최원식 씨를 살펴 본 뒤에는 "3년 뒤엔 관을 쓰겠습니다" 하고 말했다.

"3년까지 기다릴 것 없이 지금 아예 한턱 내는 게 싸게 먹히겠는데."

내가 받아넘기자 모두가 웃음을 터뜨렸다.

1991년 1월 3일 목요일 -10~1℃ 맑음

오전 11시 반 유영숙 양이 왔기에 "35세에야 병이 낫고 37세가 되어야 결혼을 하게 된다고 어제 우리집에 온 안욱희 법사가 유영숙 씨 사진을 보고 말하더군요"하고 내가 말하자

"전 수련을 열심히 해서 제 운명을 바꾸어 보겠어요."

"바로 그 말을 듣고 싶었어요. 운명이란 바로 미망의 축적이예요. 그 미망의 그림자를 통해 보이는 것이 오감의 현실 세계구요. 바로 이 미망을 수련을 통해서 걷어버리면 신성이 나타납니다. 이때는 인연도 운명도 다 초월해버리게 됩니다."

"선생님의 그 말씀을 믿기 때문에 저는 더욱더 열심히 수련에 매달릴 작정이예요."

"그 말을 들으니 내 가슴이 다 확 트이는 것 같습니다."

오후 3시. 민소영 씨가 와서 3미터 앞에 마주 앉았다. 운기가 시작되자마자 심한 탁기가 내 몸속으로 스며들어오면서 머리가 어질어질하고 가슴이 꽉 조여 왔다. 내가 이런 사정을 얘기하자 그녀는

"그래요? 전 답답하던 가슴이 시원하게 뚫렸는데요" 했다.

나는 탁기를 빨리 뽑아내려고 제중, 혈해, 용천, 백회 쪽으로 뽑아냈지만 별 효험이 없었다. 나중엔 세수 대야에 소금물을 만들어 탁기를 흡수시켜보았지만 역시 별무효과였다. 세 시간 지난 뒤에야 들어온 탁기가 서서히 빠져 나갔다. 밖에는 눈이 오기 시작했다. 5시 30분.

"선생님 우리 아이들도 백회를 좀 열어주셨으면 합니다" 하고 민소영 씨가 말했다.

"몇 살인데요?"

"열네 살, 열두 살입니다."

"점검을 해 보아야 알겠는데요."

"제 차로 모실 테니까 우리집으로 가시죠."

잠실종합운동장 부근까지 갔을 때는 눈이 하도 많이 쏟아져서 차들이 엉기기 시작했다. 한 시간 이상 제 자리 걸음을 하다가 6시 반에 할 수 없이 전철로 나 혼자 집으로 돌아오고 말았다. 오늘 민소영 씨의 인당에서는 꽃나무와 꽃봉오리가 보이고 파아란 천에 붉은 깃동을 단 새 옷을 입은 보호령이 지키고 있어서 인상적이었다.

1991년 1월 6일 일요일 −11~−1℃ 대체로 맑음

오전 11시. 인당에서 갑자기 삐약삐약 병아리 우는 소리가 나면서 욱신욱신 쑤시기 시작했다. 병아리 우는 소리가 그치자 누가 드릴을 조작하여 계속 인당 속을 파고드는 것 같았다. 강하고 시원하고 상쾌한 기운이 그 드릴로 뚫린 구멍으로 계속 쏟아져 들어왔다. 미구에 인당이 터질 것만 같은 느낌이다. 오후 3시부터 6시까지 네 사람의 평생회원과 사범들이 와서 대천문과 그 밖의 상단전의 혈들을 열고 갔다.

1991년 1월 12일 토요일 −6~0℃ 대체로 맑음

오전 11시. 안창수 씨가 와서 말했다.

"전에는 영동백화점 근처까지만 와도 기운이 바뀌었는데 오늘은 영동교에 진입하면서부터 벌써 기운이 바뀌면서 강한 기운이 들어오기 시작합니다. 처음엔 영문을 모르고 왜 이렇게 기운이 바뀌는가 하고 생각했었는데, 알고 보니 그 진원지가 신암장님 댁이었습니다."

"이 집이 원래 명당자리가 돼서 그럴 겁니다."

3미터 간격을 두고 마주 앉아서 그의 상단전을 점검하기 시작했다. 점검을 하는 동안 나도 모르게 내 인당과 그의 인당 사이에 수도관 같은 기의 파이프가 연결되더니 강한 기운이 나한테서 그쪽으로 흘러가고 있었다.

안창수 씨가 눈을 감은 채 말했다.

"신암장님! 제 인당의 막혔던 부분이 펑하고 뚫리면서 조그마한 사람의 모습을 한 인부들이 분주히 굴 뚫는 작업을 하는 것이 보입니다."

"그래요!"

이렇게 말하면서 나는 그의 인당 쪽을 영안으로 주시하기 시작했다. 수많은 신명들이 곡괭이와 삽으로 흙을 파내고 한쪽에서는 미장 작업을 하는 모습이 보였다.

"저거 보십시오. 한쪽에서는 시멘트를 바르고 타일을 붙이는 것도 보입니다. 그런데 어마어마하게 큰 전각이 보이고 문루에는 천부(天符)라고 쓴 한자가 보이구요. 그 가운데에는 삼태극이 보입니다. 그리고 만장 같은 긴 깃발이 펄럭이는데요. 거기 보니까. 걸군신위(傑君神位)라고 쓴 한자가 보입니다" 하고 그는 신기한 듯이 말했다.

이렇게 우연한 기회에 나는 안창수 씨의 인당을 열어주게 되었다.

인당은 처음에는 하나의 굴로 되어 있는데 차츰 깊어갈수록 중간에 쌍굴로 갈라져서 뒤통수의 양 옥침 쪽으로 뻗어나가는 것을 알 수 있었다. 따라서 인당은 후두부의 두 개의 옥침혈과 함께 세 개의 경혈이 한 조로 되어 있음을 알 수 있다. 안창수 씨의 인당을 나도 모르게 우연히 뚫어주다가 보니 어느덧 나는 내 인당도 이미 열려 있었다는 것을 알게 되었다. 바로 내 인당을 통하여 흘러나간 기가 상대의 인당을 뚫어주고 뒷머리의 두 개의 옥침혈까지 관통한 것이다.

이렇게 하여 일단 인당이 열리면서 그 통로로 시원하고 상쾌한 기운이 들어왔다. 두 개의 옥침혈과 앞 이마의 인당혈까지 세 군데서 일제히 들어오는 기운으로 어떤 때는 머리 전체가 시원하고 상쾌하여 없어져버린 듯한 느낌을 받을 때도 있었다. 그런데 여러 사람의 인당을 열어주다 보니까, 사람마다 신명들이 공사하는 공법이 조금씩 다르다는 것도 알게 되었다.

인당이 열리는 것을 불교에서는 천안통이 열린다고 한다. 기 감각이 예민한 사람은 인당이 열림과 동시에 곧바로 투시가 된다. 안창수 씨 같은 경우는 원하기만 하면 상대방의 보호령도 보이고 전생까지도 보인다고 했다. 그러나 이것은 일종의 에너지 낭비이므로 함부로 그런 일을 하지 말자고 서로 다짐했다. 오후 2시 이후 일곱 명의 수련생들이 다녀갔다.

1991년 1월 13일 일요일 −9~2℃ 대체로 맑음

오전 10시 반부터 40분이나 걸려서 유갑성 씨의 인당을 열어주었다.

일개 소대 정도의 신명들이 부지런히 굴 뚫는 작업을 벌이고 있었다. 기계화되기 이전의 구식 작업 광경을 방불케 했다. 한편에서는 곡괭이로 바위를 찍어내고 다른 한편에서는 삽으로 퍼내고 있었다. 그 작업이 일단 끝나자 밀차로 깨어낸 돌을 퍼 날랐다. 그 공사 뒤에는 고무호스로 물을 뿌려 굴속을 닦아냈다.

굴 뚫는 공사가 마무리되고 나자 잇달아 일개 소대 정도의 선녀들이 날아갈듯이 유연한 동작으로 춤을 추는 가운데 만조백관들이 양쪽으로 주욱 늘어서고 붉은색과 황금색이 잘 배합된 곤용포를 입고 금관을 쓴 옥황상제가 왕좌에 앉아 있고 그 좌우에는 삼황천제 할아버지들이 늘어 서 있다. 인당이 개통된 준공식이 벌어진 것이다. 식이 끝나자 깜깜한 어둠이 깔렸다.

오후 2시 반에서 3시에 걸쳐서 강재식 박사와 최원식 씨의 인당도 열어주었는데, 모든 절차는 유갑성 씨의 경우와 대동소이했다. 인당 여는 시간이 점점 줄어든다.

도장 그만두기

1991년 1월 14일 -9~-3℃ 맑음

내가 선단원 출판부장 일을 그만두었다는 사실을 지방 출장에서 돌아온 원장이 알고는 아침에 전화를 걸어왔다.

"나 선단원 원장이예요. 오늘 점심 때 나와 좀 만날 수 없을까요?"

"선약이 있어서 못 만나겠는데요." 이날 점심 때 나는 민소영, 유영숙, 김신옥, 이영훈(일산장) 등 네 사람과 점심을 같이 하기로 예정이 되어 있었던 것이다.

"그럼 언제 시간이 나겠어요?"

"저녁때는 시간이 납니다."

"그럼 이따 다시 연락하겠어요."

이렇게 말하는 원장의 목소리는 탈진한 사람처럼 맥이 하나도 없었다. 기운을 느낄 줄 아는 그는 이미 내 마음이 자기를 떠났다는 것을 재빨리 간취한 것 같았다. 다른 때 같았으면 선약을 연기해서라도 그가 만나자는 제안을 거절할 수 없었겠지만 이젠 사정이 달라져 있었던 것이다.

오전 11시. 유영숙 양과 민소영 씨가 왔다. 민소영 씨의 요청으로 그녀의 인당을 열어주었다. 12시 40분. 약속대로 이영훈, 김신옥, 민소영, 유영숙 네 사람과 함께 이웃 식당에서 점심을 들었다. 김신옥 법사와 이영훈 선사는 거의 일 년 만에 만났다. 두 사람 다 그전보다 한층 더 원숙해졌고 기운도 안정되어 있었다. 그동안 곁눈질 안 하고 열심히 수련에 정진해 온 흔적을 그들의 얼굴에서 직감적으로 느낄 수 있었다. 우리는 식사를 들면서 많은 얘기를 나누었다.

"어떤 사람은 하늘의 법통이 자기한테 내려와 있다고 공언하고 있는데, 일산장님께서는 어떻게 생각하세요?"

민소영 씨가 물었다.

"법통이 어느 특정 개인에게 내려온다는 것은 말이 안 됩니다. 하늘을 향해 마음이 열린 사람에게는 누구에게나 하늘의 법통이 내리게 되어 있지 어느 개인에게만 내린다는 법은 있을 수 없습니다. 하늘은 비를 뿌릴 때 독초에도 농작물에도 다 같이 내려주지만 식물에 따라 독도 되고 식량도 됩니다. 받아들이는 자세의 차이 때문입니다."

"그렇다면 법의 소중함을 어떻게 알릴 수 있겠어요?"

"법은 특별난 게 아닙니다. 자연의 법이 가장 소중합니다. 자연의 법, 우주를 지배하는 법 이상 소중한 법이 어디 있겠습니까? 법은 자연 속에, 자기 자신 속에 있는데, 엉뚱한 곳에서 찾으려고 하니까 갖가지 부조리가 싹트게 됩니다. 나라는 인간은 곡식과 채소와 가축의 고기를 먹고 삽니다. 이러한 음식을 못 먹는다면 사람은 살 수 없습니다. 옷과 주택이 있어야 합니다. 이러한 의식주의 소재는 어디서 나옵니까. 자연에서 나오는 겁니다. 따라서 사람은 자연이 없으면 잠시도 생을 영위할 수 없습니다. 그러니까 인간은 어쩔 수 없이 자연의 일부입니다. 다시 말해서 인간은 자연과 하나입니다. 인간은 누구나 자연의 일부이므로 사람은 너와 나를 막론하고 다 같이 자연의 일부에 지나지 않습니다. 이렇게 추구해 나가다 보면 결국 우리는 남과 내가 그리고 우주와 내가 그리고 결국은 전부 다 하나라는 결론에 도달하지 않을 수 없습니다. 이것이 바로 법이고 도이고 한입니다. 따라서 법은 외계에 동떨어져 있는 것이 아니고 우주와 자연과 인간 속에 이미 존재하고 있는 겁니다."

이영훈 씨는 거침없이 콸콸 흐르는 냇물처럼 말을 쏟아놓았다.

"그럼 이제 그런 얘긴 그만하고 아무래도 중동전이 임박한 것 같은데, 누가 이길 것 같아요?"

민소영 씨가 또 물었다.

"텔레비전에서 부시와 후세인의 얼굴을 보니까, 벌써 기운이 부시 쪽으로 흐르는 것 같습니다. 부시가 이길 겁니다."

이영훈 씨는 수련 중에 한소식 얻은 사람 모양 이야기에 조금도 거침이 없었다. 그러나 그의 표정과 어투에 비어져 나오는 권위의식 같은 일종의 탁기가 저항감을 일으켰다. 그는 기업체에 초청을 받아 수련을 지도하고도 일체 사례금을 받지 않으며 아직 총각이기도 하지만 여색을 전연 가까이 하려고 하지 않는다는 소문이 나 있지만, 스승과 제자의 의리를 강조하고 절을 받고 선호를 내리고 하는 것은 역시 민주화 시대의 도인답지 못한 일이고 옥의 티 모양 그의 앞날을 어둡게 한다는 말들이 떠돌고 있었다. 막상 일 년 만에 대하고 보니 헛소문이 아니라는 인상을 짙게 받았다.

현대의 도인은 옛날 왕조시대처럼 권위 의식에 사로잡혀서는 안 된다. 자기를 따르는 제자들과도 소탈하게 마주 앉아서 친구처럼 대화를 나눌 수 있을 정도로 온갖 권위와 가면을 벗어 던지고 적나라한 자기 모습을 내보여야 한다. 이렇게 될 때 더 많은 제자들이 모여들게 된다. 권위의식은 마치 독재자의 색안경처럼 친화력을 잃게 만든다. 겉으로는 절을 하지 않더라도 마음속에서 진정으로 절을 하는 제자들을 많이 갖는 사람이 진정한 스승이다. 물론 집중적인 수련 기간엔 수련 효과를 내기 위해서라도 일시적으로 형식적인 예절법이 적용될 수도 있겠지만 어디까지나 일정한 기간에 한해서이다.

민소영 씨가 점심값을 냈다. 요즘 며칠 동안 인당을 열어주느라고 기운이 많이 소모되어서 일까, 불고기가 의외에도 많이 먹힌다. 사실 인당을 여는 일은 세 개의 혈을 동시에 뚫는 공사이므로 상당한 에너지가 투입된다는 것을 알 수 있었다.

오후 여섯 시. 다시 전화 연락을 하겠다는 원장에게서는 아무 기별이 없고 그 대신에 김시화 사범과 천승복 법사가 찾아왔다.

"신암장님! 저희들이 신암장님에게 여러 가지로 섭섭하게 대하여 온 것이 지금 생각하면 미안하기 짝이 없습니다만, 다 나이 어린 사람들이 모든 일에 미숙한 탓으로 널리 양해하시고 다시 본부에 나오셔서 같이 일하시는 것이 어떻겠습니까. 스승님께서 저희들을 보내어 간곡히 말씀드리라는 부탁을 받았습니다."

"원장이 직접 와서 나를 설득해도 들을까 말까 한데 이렇게 대리인을 보내서 일이 되겠습니까? 나는 이미 마음을 결정했으니 이젠 누가 뭐라고 해도 나가지 않을 겁니다."

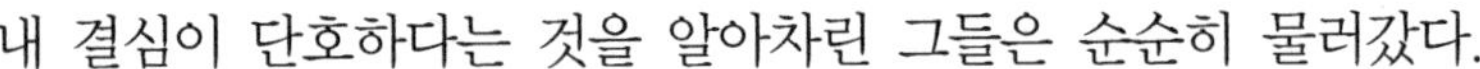

내 결심이 단호하다는 것을 알아차린 그들은 순순히 물러갔다.

1월 16일 수요일 −5~6℃ 눈 조금

오전 11시 김진구, 이정희 부부가 왔다. 두 사람 다 인당을 열어주었는데 이정희 씨의 경우는 색다른 데가 있었다. 인당을 뚫는 공사를 시작하자마자 이조 시대의 졸개의 복장을 한 일개 분대쯤 되는 신명들이 굴 속에 다이너마이트를 설치하고는 황급히 밖으로 뛰어나와 대피했다. 굴이 폭파되었다. 신명들이 굴속으로 들어가 폭파된 모양을 유심히 살펴 나갔다. 굴 한가운데가 너무 깊게 파여져 있었다. 전체적으로 볼 때 굴의 모양새가 매끈하지를 못하고 깊이 파인 데와 툭 튀어 나온 데가 있어서 울툭불툭 했다. 신명들의 태도로 보아 공사를 신속히 진행시키려고 다이너마이트 폭파를 실험해 보았는데 성과가 좋지 않은 것 같았다.

오후 4시 25분. 박유석 씨의 인당을 열어주었다. 이번에는 공법이 그 전과는 전연 달랐다. 굴속 레일 위를 구르는 차량에 설치된 착암기로 막장을 파 들어갔다. 처음에는 곡괭이와 삽으로 굴을 파다가 능률을 높이기 위해서 다이너마이트를 이용해 보았지만 역시 성과가 좋지 않자 이번에는 차량 위에 설치된 대형 착암기를 이용하는 것 같았다. 기계화된 작업공정으로 20분 만에 관통 공사는 끝나고 호화로운 준공식과 행진이 있었다. 문무백관들의 찬란한 복장들이 이색적이었다.

1991년 1월 17일 목요일 −5~0.6℃ 차차 맑음

오후 2시. 성창배 씨의 인당을 열어주었다. 레일 차 위에 장착된 대형 착암기를 한 명의 신명이 조작하고 있었다. 공사 시간이 점점 단축되어 간다. 20분이 10분대로 줄어들었다.

1991년 1월 20일 일요일 −2~7℃ 맑음

아침 6시 반. 12명에 가까운 도우들이 모여 마리산 참성단으로 향했다. 8시에 마리산 입구에 도착. 봉고차 안에서 이정희 씨가 차려온 아침 식사를 들고 9시에 등산을 시작했다. 10시에 참성단 도착. 10시 20분 김회성 씨가 준비해 온 제수를 차려놓고 천제를 지냈다.

"조화주 하느님 그리고 삼황천제님, 저희들 수련생 일동은 오늘 모처럼 참성단에 올라 약소하나마 제수를 진설하였사오니 부디 흠향하시고 수련을 도와주소서. 또한 저희들이 수련할 수 있는 도장 일이 정상화되도록 도와주소서."

하고 염원하면서 일동 앞에 선 내가 네 분에게 3배씩 12배를 하자 일동도 따라 했다. 절을 끝내고 『천부경』과 『삼일신고』를 암송하면서 영안으로 앞을 보았다. 절에 모셔 놓은 만불상처럼 수많은 신명들이 도열해 있었다. 한가운데에는 조화주 하느님, 삼황천제, 그리고 역대 환인천제, 환웅천황, 단군 할아버지들이 줄지어 서 있고 그 밖에도 수없이 많은 신명들이 꽉 차 있었다. 붉고 금빛 나는 옷과 장식에서 내비치는 광채로 주위가 휘황찬란했다. 일개 대대 이상의 신명들이 모였다. 이 광경은 나만 본 게 아니고 안창수 씨도 보았다고 했다.

"신암장님의 인도로 12배 할 때부터 만불상 같은 광경이 나타났는데 『천부경』, 『삼일신고』 암송하고 나서 마지막에 3배 끝낸 뒤 신암장님이 이제 그만 합시다 하고 말하는 순간에 그 광경은 홀연 사라졌습니다" 하고 그는 말했다. 강재식 씨 큰 딸(국교 6학년)도 같은 광경을 보았는데, 특히 선녀들도 많이 눈에 띄었다고 말했다. 하산 도중 김회성 씨가 대추혈에 사기를 맞았다면서 고통스러워하기에 풀어주었다.

1991년 1월 21일 월요일 1~10℃ 한때 비

오후 2시 15분 정숙희 씨가 왔기에 내가 선단원을 그만 두었다는 얘기를 했더니

"작년에 처음 김 선생님을 만났을 때부터 원장과 곧 헤어질 것 같은 예감이 들었어요." 했다.

"왜 그런 예감이 들었을까요?"

"김 선생님은 원장이 수용하기에는 너무 커버렸어요. 그건 그렇구요. 오늘 제 전생을 보아 주셨으면 좋겠는데."

"꼭 그럴 이유라도 있습니까?"

"네. 나중에 말씀드릴께요."

모처럼 하는 부탁이기에 나는 무심코 눈을 감고 그녀와 기운의 파장을 맞추면서 전생을 비춰보았다. 눈에 비치는 대로 말해 주었다.

"틀림없이 옛날 궁전중의 한 전각 내부입니다. 삼국 시대 때의 복장 같은 느낌이 듭니다. 왕의 복장을 한 남자와 나란히 앉아 있습니다. 아무래도 부부간 같습니다. 그러니까 전생이 삼국시대 때의 왕비 같습니다."

이 말을 끝으로 그 장면은 사라졌는데 왕의 복장을 한 남자는 분명

내 얼굴을 닮았다. 오후 3시 반. 최원식 씨가 와서 옆에서 지켜보다가 자기도 전생을 보아 달라고 했다. 눈을 감고 보이는 대로 말해 주었다.

"양자강 같은 큰 강가에 거대한 정크선이 여러 척 정박해 있습니다. 그 배에는 온갖 물화(物貨)가 잔뜩 실려 있습니다. 거상(巨商)으로 보이는 사람이 평교자를 타고 급히 강가로 다가가고 있습니다. (장면이 바뀐다) 관운장 비슷하게 생긴 장수가 갑옷에 번쩍번쩍 빛나는 투구를 쓰고 연월도를 비껴들고 수많은 부하들을 이끌고 적진에 육박하면서 칼을 휘두르고 있습니다. (장면이 바뀐다) 흰 도복 차림의 사내가 각종 호신술, 태권도 시범을 보여주고 있습니다. (장면 사라짐) 결국 세 장면이 보였습니다. 내가 보기에는 세 번에 걸친 전생이 비친 것 같습니다. 결국 상인, 장수, 무술인의 세 가지 전생이 나타난 것 같습니다."

"애쓰셨습니다. 그렇지 않아도 어떤 용한 점쟁이가 절보고 관운장의 기운을 타고 났다고 한 말이 생각납니다."

그러고 보니 그의 용모며 성격이며 체격은 관운장과 닮은 데가 많은 것 같기도 했다. 오후 4시 15분. 유영숙 양이 왔다. 옆에 앉아서 최원식 씨의 전생 보아주는 광경을 보고는 그녀가 말했다.

"김 선생님 보아주시는 김에 제 전생도 보아주십시오."

역시 비치는 대로 말해 주었다.

"고려 때 궁전 내부 광경입니다. 수많은 궁녀들이 분주히 오가고 있습니다. 그중에 나이가 50세쯤 된 유영숙 씨의 모습이 나타납니다. 그 50대의 여자는 긴 회초리를 들고 있고 그 앞에는 벌거벗은 궁녀들이 수십 명, 아니 수백 명 긴 줄을 서 있습니다. 50대 여인이 갑자기 채찍을 휘둘러 벌거벗은 여자를 사정없이 후려칩니다. 매를 멈추고는 한 여자에게 심한 꾸중을 합니다. 또다시 채찍을 휘두릅니다. 여자들이 매를 피하여 폭풍 만난 버드나무처럼 몸을 이리저리 피합니다. 또 뭐라고 심한 꾸지람을 합니다. (장면 사라짐) 이처럼 전생의 장면들이 보이는 것은 보호령의 협조 없이는 불가능한 일입니다. 당사자에게 무엇인가 메시지를 전달하기 위해서입니다. 이때 자신의 전생을 본 사람은 무엇 때문에 이런 장면들이 보였는가를 심사숙고하여 수련에 보탬이 되도록 해야 합니다."

"저도 어느 정도 짐작한 일이긴 하지만 막상 김 선생님의 얘기를 듣고 보니 제가 전생에 너무 악업을 많이 쌓은 것 같습니다. 그 때문에 이렇게 잘 낫지 않는 병으로 고생을 하는 거구요." 유영숙 양이 자기 심정을 숨김없이 토로했다.

본성 찾기

1991년 1월 26일 토요일 -7~2℃ 대체로 맑음

오전 9시. 민소영 씨와 40분간 기운을 순환시켰다. 지금까지 그 어느 때보다도 기운이 맑고 강해졌다. 그동안 수련이 크게 향상된 것을 알 수 있었다. 운기도 잘되어 공명현상이 일어났다. 그녀가 물었다.

"선생님께서는 지금 정충 기장 신명 견성 중 어느 단계에 와 있다고 생각하세요?"

"그걸 어떻게 금방 말할 수 있나요?"

"제가 솔직히 말씀드릴께요. 선생님께서는 지금 기장(氣壯)과 신명(神明)의 경계선 상에 와 계십니다. 여기에서 십중팔구가 사이비 종교의 교주나 초능력자가 되고 맙니다. 앞으로 어떻게 하실 거예요?"

"가능하면 국내의 모든 선도단체들 간부들의 상단을 열어주어 수련을 도와주고 단결과 융합을 꾀하고, 잡지를 발간하여 이를 뒷받침해주려고 합니다."

"환웅 할아버지께서 진정으로 원하시는 건 그게 아닙니다. 앞으로 백일 동안 열심히 수련하시어 우선 성통을 하셔야 합니다. 지금 하시려는 일은 일단 중단하시고 백일 후로 미루세요. 지금 세상에 나가시면 고작 초능력자로 주저앉고 맙니다. 우선 성통하셔야 됩니다."

"어떻게 말입니까? 수련 방법을 알아야죠."

"우선 명상을 하시고, 할아버지상이 앞을 가려서 수련에 방해가 되니까, 그 상도 잠시 내리시고 허공, 무심을 암송하세요. 그리고 명상 이외의 시간에는 한, 한기운, 한마음, 한누리를 외우세요. 사명이나 법통이니 하는 것은 마음의 움직임에 맞는 영계의 파장과 일치하여 생겨나는 공명현상에 지나지 않습니다. 우선 본성을 찾으셔야 됩니다. 본성을 찾은 뒤에 신명을 부려야 됩니다. 자비심을 갖도록 하셔야 의통이 열립니다. 허공, 무심 수련이 마무리되면 삼합진공 수련법을 알려드리겠습니다.

정기신(精氣神)은 신(神)의 단계이고 심(心) 성(性) 한은 신명(神明) 단계입니다. 신(神)은 윤회의 사슬에서 완전히 벗어난 것이 아니지만 신명(神明)은 여기서 완전히 벗어난 경지입니다. 신의 단계를 벗어나려면 마음공부가 깊어져서 본성을 보아야 합니다. 그다음에 한의 세계를 뚫을 수 있습니다. '심성한'의 세계에 도달하려면 천지기운, 천지 마음 대신에 한기운, 한마음, 한누리를 염원해야 합니다.

또 보호령이니 전생이니 하는 것은 신의 경지에 속하는 것으로서 낮은 차원입니다. 우선 본성을 만나도록 전력투구하세요. 지금은 세상에 나설 때가 아닙니다. 제가 김 선생님에게 이런 말씀을 드리는 것은 무슨 전생의 인연 때문이 아니고 앞으로 일어날 일을 예견했기 때문입니다. 환웅 할아버지는 단학이나 어느 개인의 일에 간섭하시려고 하지 않습니다. 북방 문제, 걸프 전쟁, 남북통일, 핵 문제 세계 평화와 같은 보다 큰 대국적인 문제에 관심을 갖고 계십니다. 앞으로 전개될 후천세계는 인권이 존중되는 세상이기 때문에 성통한 사람들이 신명을 부리게 됩니다. 지금은 선도단체의 통합 작업을 하려고 해도 되지 않습니다."

통화는 끊어졌다. 사실은 내가 직접 받아야 할 하늘의 메시지를 그녀가 대신 전달해 주는 것 같은 느낌을 받았다. 내가 그녀보다 기운은 강할지 모르지만 신은 밝지 못한 것이다. 이래서 인간은 상부상조하게 되어 있는 모양이다.

오후 2시. 김신옥 씨가 조홍용이라는 사람을 데리고 와서 백회를 뚫어 달라고 했다. 수련에 임하는 태도가 하도 오만무례하고 무성의해서 그냥 돌려보내려고 했지만, 이 일을 부탁한 민소영 씨와 김신옥 씨의 체면을 생각해서 마지못해 해주었다.

오후 5시. 안창수 씨가 와서 마주 앉아 운기를 하다가 문득 중단을 뚫어주고 싶은 충동이 일어났다. 중단은 임맥에 속하는 전중과 중완혈 그리고 방광경에 속하는 등쪽의 양 심유혈이 서로 연결되어 있다. 말하자면 네 개의 경혈이 한 개 시스템을 이루고 있는 것이다. 마음공부가 어지간히 되지 않은 사람은 조금만 긴장을 하든가 스트레스를 받아도 중단이 막힌다. 『삼일신고』 진리훈에 나오는 희구애노탐염(喜懼哀怒貪厭) 즉 기쁨, 두려움, 슬픔, 노여움, 탐욕, 혐오 등 여섯 가지 감정에 휘말리면 영락없이 중단이 막혀버리고 만다. 우리가 성통을 하느냐 못 하느냐를 판가름하는 가장 중요한 열쇠의 하나가 바로 중단이 위에 말한 여섯 가지 감정에 의해 수시로 막히느냐 막히지 않느냐의 여부에 달려 있다고 해도 과언이 아니다.

이 중단이 막히지 않으려면 마음이 항상 바다처럼 넓어야 한다. 마음속에 맺히는 것이 없고 쌓이는 것이 없고 걸리는 것이 없어야 한다. 그렇게 되려면 희구애노탐염의 감정 여하에 따라 스트레스나 충격을 받지 않을 만한 경지에 도달하지 않으면 안 된다. 사람이 이 세상에 고고의 소리를 내고 태어난 뒤 희구애노탐염의 감정에 좌우되지 않는, 철부지 어린이일 때까지는 중단은 막히는 일이 없다.

그러나 철이 들면서부터 기쁨, 두려움, 슬픔, 노여움, 욕심, 혐오를 알고 난 뒤에는 이 여섯 감정에 좌우되어 충격도 받고 긴장도 하게 되면서 중단은 막히기도 하고 자정 작용에 의해 어느 정도 열리기도 한다. 그러나 앙금은 조금씩 조금씩 쌓여간다. 몇십 년의 세월이 흐르는 동안 이것은 암벽 같은 두터운 껍질을 형성한다. 다시 말해서 기가 체한 상태가 된다. 이것은 암벽같이 기의 유통을 방해하게 된다.

중단을 뚫는 것은 바로 이 기의 껍질을 뚫어버리는 것을 말한다. 일단 중단이 뚫리면 일시적으로 기의 유통이 원만해진다. 마치 십년 체증이 내려가는 통쾌감을 느낄 수도 있다. 누구의 시술을 받지 않고도 혼자 수련을 하다가 보면 이런 경지를 맛보는 수도 있다. 그러나 스스로 뚫렸던지 시술을 받아 뚫렸던지 간에 한번 뚫린 후에도 마음공부의 수준에 따라 다시 막히는 수가 종종 있다. 그렇다고 해서 철들면서 쌓인 앙금으로 이룩된 두꺼운 껍질과 같은 벽을 그대로 둘 수는 없다. 내가 뚫으려고 하는 것은 바로 이 껍질인 것이다.

안창수 씨의 전중을 뚫기 시작한 지 30분. 공정은 인당을 뚫을 때와 거의 같았다. 밀차에 실린 착암기를 하나의 신명이 조작하면서 막장을 뚫어 나가듯 했다. 거의 완성 단계에 이르고 공사가 일단 마무리되자

성대한 준공식이 거행되고 나서 마치 연극의 막이 내리듯 검은 장막이 내려버리고 말았다.

"이제 다 끝났습니다. 기분이 어떻습니까?"

"가슴에 뭉쳐있던 응어리가 확 풀려 나간 듯 아주 시원하고 중완과 등어리의 양 심유혈이 화끈화끈하구요. 백회에서 들어온 기운이 맞바로 하단전으로 내려가 쌓이는 것 같습니다."

백일수련

1991년 1월 27일 일요일 -6~3℃ 대체로 맑음

새벽 5시 반에 일어나 목욕재계하고 1백일수련에 들어가기로 작정했다. 작년 12월 30일 이후 세 번째 마리산 참성단 천제를 지내기 위해 가까운 도우 6명이 모여 6시 43분에 출발했다. 9시 30분에 참성단에 올라 10시 정각에 천제를 지냈다.

천제 지내는 동안 영안으로 보니 오늘은 지난번과는 달리, 5색이 찬연한 넓은 띠가 좌우로 폭넓고 길게 펼쳐져 있고 금관을 쓴 할아버지를 필두로 하여 수많은 신명들이 좌우로 일렬로 정렬되어 있었다. 천제 올리는 도중에 세 명의 도우들이 도착하여 모두 아홉 명으로 불어났다. 돌아오는 길에 김포가도 길가에 있는 식당에서 삼계탕으로 점심을 때우고 3시경 귀가했다.

1991년 1월 28일 월요일 -6~5℃ 구름 조금

12시 25분. 민소영 씨의 요청으로 그녀의 중단을 20분 만에 뚫어주었다.

오후 6시부터 7시 사이에 유영숙 양의 중단을 뚫어주기 시작했다. 중단만을 뚫어주려고 했는데 공사를 진행시키다가 보니까 나도 모르게 기운이 흘러나와 인당까지도 동시에 뚫려버리고 말았다. 인당과 중단을 뚫고 나서 운기를 해보니 마치 고층 건물 사이에 가설된 통로와도 같은 세 가닥의 파이프로 시술자와 피시술자 사이가 연결되어 그 도관으로 기운이 직접 유통되고 있었다. 인당과 인당, 전중과 전중, 하단전과 하단전 사이에 도관이 직접 연결되어 기운이 순환하고 있었다. 시술자의 기운이 피시술자의 백회로 해서 임독을 돌아 하단전에서 회수되던 것과는 딴판이었다. 이처럼 공법은 시술을 하는 사이에 발견되고 개발되고 발전되었다.

1991년 1월 30일 수요일 −4~4℃ 대체로 맑음

백일수련 나흘째. 어제부터 너무나 강한 기운이 폭포처럼 쏟아져 들어온다. 오직 가부좌 틀고 앉아서 명상에만 잠겨 있고 싶다. 독서도 집필도 대화도 귀찮다. 누가 내 머리 위에서 수련을 지휘감독하고 있는 것 같은 느낌이 들었다.

1991년 1월 31일 목요일 −5~4℃ 대체로 맑음

백일수련 닷새째. 103배는 이제 그만하라는 강력한 텔레파시가 전해온다. 103배 시작한 지 1년 7개월 만의 일이다. 그러나 하루에 적어도 한 번씩 20분 내지 30분 동안 도인체조하는 것은 거르지 않고 있다. 도인체조를 하지 않으면 우선 근육과 뼈가 굳어버린다. 그래서는 안 된다. 언제나 근육과 뼈가 어린애처럼 유연해야 운기가 잘된다. 이 때문에 비록 103배는 중단하더라도 도인체조는 평생 그치지 말아야 한다.

도인체조한 뒤에는 가부좌 틀고 앉아 심파를 가라앉힌 뒤에 반드시 『천부경』을 열 번 외운다. 그다음엔 『삼일신고』 한 번 외우고, 『참전계경』을 10개 조 이상씩 뜻을 새겨 읽으면서 마음공부를 한다. 대각경을 또 열 번쯤 암송하고. 그 뒤에는 내내 명상에 들어간다. 한기운, 한마음, 한누리를 외우고 나서 또 대각경을 외운다. 그러노라면 소나기처럼 기운이 쏟아져 들어온다. 빗발은 점점 더 굵어져서 무더운 여름날 시원한 폭포 줄기 한 가운데 앉아 있는 것 같다.

그럴수록 단전에 의식을 집중하여 축기를 한다. 외기(外氣)는 어떤 경우에도 일단 단전에 들어와서 지기(地氣)와 합쳐서 단(丹)이 형성된 뒤 24정경과 기경팔맥으로 골고루 순환되어야 한다. 지감 조식 금촉만 할 수 있고 마음공부만 계속되면 수련은 자꾸만 진척을 하게 된다. 이때 간혹 가다가 너무 많은 기운이 들어와 머리가 띵하고 어지러울 때가 있는데, 이런 때는 단전에 의식을 더욱더 집중해야 한다. 단전이 조금이라도 허하면 기운은 위로 떠버리게 된다. 기운이 역상(逆上)한 것이다. 이것을 주화입마(走火入魔)라고도 한다. 이것을 사전에 예방하기 위해서라도 항상 단전에 의식을 두어야 한다.

초등학교, 중학교, 고등학교, 대학교, 대학원으로 단계적으로 진학을 할수록 가르치는 교사나 교수진이 바뀌게 되는 것과 같이 수련도 일정한 단계를 넘어서면 지도신명이 바뀌게 된다. 대학원생에게 지도교수가 따라 붙는 것과 같다. 깊은 명상 속에 잠겨 있으면서 나는 지도신명을 찾았다. 도대체 나를 지도하고 계시는 신명이 어떤 모습을 하고 계신지 궁금했다. 나에게 이처럼 큰 기운을 내려주시고 또 능력을 주시는 분이 어떤 모습을 하고 있을까? 명상 중에 계속 이것을 염원했더니 드디어 한 형상이 나타났다. 절풍건(折風巾)을 쓴 단아하고 깨끗하고 소박한 학자풍의 용모. 고대의 흰 도포 같은 차림으로 앉아 있는 옆모습이 보였다. 허공과 무심 속에서 삼매경에 잠겨 있다고 할까? 그러면서도 우주의 삼라만상을 다 그 무심 속에 포용하고 있는 것 같은 만족한 미소를 띠고 있다. 신명 역시 하느님의 분신이다.

1991년 2월 1일 금요일 -5~1℃ 대체로 맑음

백일수련에 들어간 이후 이상하게도 집을 찾는 사람들이 썰물처럼 줄어들었다. 내 수련을 도우려는 섭리의 작용 같다. 사람들이 많이 찾아오면 아무래도 기운을 빼앗기게 되는 것은 사실이다. 오후 3시. 명상수련을 하고 있는데 아내에게서 전화가 걸려 왔다.

"다섯 시쯤 집에 들어가서 반찬 만들어 놓고 동창생 친구 만나러 갈 꺼예요."

그런데 유영숙 양이 이미 자기 집에서 3시에 떠나 우리집으로 온다는 전화를 받은 지 얼마 안 되었으므로 지금 오는 도중에 있어서 오지 말라고 연락할 길이 없었다. 4시 10분에 유영숙 양이 왔기에 "오늘은 집 사람이 다섯 시에 퇴근한다니까 일찍 돌아가야겠어요. 마누라가 집에 있는 동안에는 수련하러 오는 손님을 받지 않기로 약속을 해놓았거든요."

이 말을 듣고도 유 양은 오느라고 피로해서 그런지 금방 일어설 생각을 않고 있다가 4시 50분에야 일어나 갈 준비를 한다고 이층 현아 방에 올라가서 수련복을 막 갈아입고 내려오는데 아내와 맞닥뜨렸다. 그

렇지 않아도 마음이 조마조마했었는데 기어이 일이 터지고 말았다. 유양을 보내놓고 나서 아내 왈,

"당신이 의사요? 뭐요? 여기가 병원이요? 수련 도장이요? 그렇지 않으면 사무실이요? 주부가 없는 사이에 안방에서 남의 처녀애와 무슨 짓을 하는지 알게 뭐란 말예요. 물론 당신이 엉큼한 짓은 안 하리라는 것을 알고 있지만 남들이 알면 뭐냔 말예요?"

"그런 식으로 말하면 나도 할말이 없소. 그러나 몸이 아파서 오는 아이를 어떻게 해요. 그래도 우리집에 와서 앉아 있다가 가면 몸이 많이 좋아진다고 자꾸만 오는 걸 가지고 뭐라고 하겠소."

"정 그렇다면 자기 어머니를 데리고 오든지, 아니면 동생이나 친구를 데려오든지 하라고 그래요. 아무리 나이 차이가 많다고 해도 역시 아무도 없는 방에 남녀가 둘이 앉아 있는 것은 남보기 창피하단 말예요. 그 애가 우리집에 자꾸만 찾아오는 것이 미안해서 떡도 가져오고 엿도 가져오고 한 것을 생각하면 미안하기 짝이 없는 일이지만 어떻게 하겠어요. 당신이 편작처럼 용한 의사가 아닌 이상 다른 방도를 강구해야지. 안 그래욧!" 하고 빽소리를 지른다.

아내가 이렇게 나오는 이상 유영숙 양은 어쩔 수 없이 우리집에서 발길을 돌릴 수밖에 없다. 때가 된 것이다. 벌써 3개월 동안이나 일주일에 너댓 번씩 우리집엘 왔었는데 결국은 오늘이 마지막 날이 되고 말았다. 이것도 그녀가 거쳐가야 할 인생의 한 과정인 것 같다. 이젠 내가 그녀에게 해줄 만한 일은 다 해주었다는 신호인 것이다. 그녀가 나를 찾은 것은 전생의 업연(業緣)때문이었다. 이것으로 일단 내가 그

녀에게 갚아야 할 것은 다 갚았다고 생각한다. 확실히 작년 11월 13일에 처음 찾아왔을 때보다 그녀의 건강이 좋아진 것은 틀림없다. 내가 그녀의 상단과 중단을 열어준 것은 모두 다 그녀의 보호령과 상의해서 한 일이다.

중 상단전 이외에도 많은 혈을 열어주었다. 순전히 병을 낫게 하기 위해서였다. 그 통에 얼마나 많은 탁기와 사기가 지독한 가스처럼 그녀의 몸에서 빠져 나왔는지 모른다. 그 가스 때문에 하루 종일 고생을 한 일도 한두 번이 아니었다. 이것은 일종의 치유 과정이었다. 그런데도 어떤 사람은 내가 그녀의 상단전을 열어준 것은 위험천만한 일이었다고 말했다. 인영맥이 촌구맥에 비해서 너무 크기 때문이라고 했다. 그것도 그럴듯한 얘기이기는 해도 나는 반드시 그렇게 기계적으로만 만사를 생각지 않는다.

그녀가 우리집에 오게 된 것은 기운이 그렇게 시켰기 때문이었다. 꼭 그녀가 거쳐가야 할 과정이었기에. 결과적으로 그녀의 병세가 오기 전보다는 훨씬 좋아진 것이 그것을 입증한다. 이미 끝난 일을 가지고 왈가왈부 하는 것은 부질없는 말장난이 되는 수가 있다. 그녀가 나를 찾은 것이지 내가 그녀를 불러들인 것은 결코 아니다. 한 가지 사실을 놓고도 보는 관점은 얼마든지 다를 수 있지만 사실 자체는 변할 수 없다. 나는 도움을 바라고 찾아온 그녀에게 내가 할 수 있는 성의를 다했을 뿐이다. 그것으로 나는 조금도 후회는 없다. 그녀의 병세가 악화되지 않은 이상 누가 어떤 평가를 내리든 나는 상관 않기로 했다. 왜냐하면 이미 지나간 과거사가 되어버렸으니까. 나는 그녀를 나에게 소개해

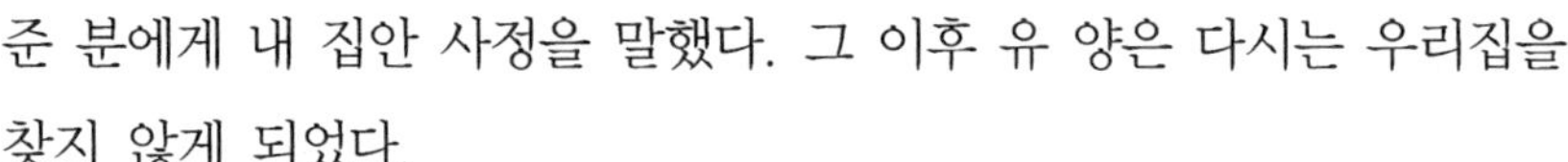

준 분에게 내 집안 사정을 말했다. 그 이후 유 양은 다시는 우리집을 찾지 않게 되었다.

1991년 2월 2일 토요일 −7~2℃ 대체로 맑음

백일수련 7일째. 요즘은 찾아오는 사람도 뜸하고 기운 빼앗기는 데가 없어서 그런지 상처가 아주 신속하게 치유되고 있다. 굳었던 관절이 풀리고 작년 3월 25일 부상당한 이후 신지 못했던 구두도 다시 신을 수 있게 되었다.

1991년 2월 4일 월요일 −1~1℃ 아침 눈 온 후 갬

백일수련 9일째. 며칠 동안 103배를 중단했더니 생체 리듬이 깨지는 통에 몸에 무리가 왔다. 할 수 없이 103배를 다시 시작했다. 중단을 하더라도 무리 없이 서서히 해야겠다. 오전 9시 정좌 수련을 하고 있는데, 갑자기 어디선가 좋지 않은 기운이 몰려오는 느낌을 받았다. 격전을 앞둔 위기감 같다. 그 순간 나는 영안으로 내 주위를 살펴보았다. 헤아릴 수 없이 많은 신장과 신명과 선녀들이 상하 사방에서 나를 수십 겹으로 에워싸고 있는데, 세 겹만 나를 향하고 나머지는 바깥쪽을 삼엄하게 경계하고 있다. 이들을 뚫고 들어올 만한 사기는 있을 것 같지 않다.

〈7권〉

가상의 세계

1991년 2월 8일 금요일 -4~4℃ 대체로 맑음

백일수련 13일째. 시간 나는 대로 하루에 서너 시간씩 정좌하여 명상 수련을 하고 있다. 오후 3시와 4시 사이. 명상 수련 중 거대한 적황색의 기운 덩어리가 머리 위에 떠 있는 게 보였다. 그 기의 덩어리는 한참 머물러 있다가 사라졌다. 앞으로 일어날 일을 예고하는 무슨 징후 같은 생각이 든다.

오후 4시 반. 강재식 씨가 와서 말했다.

"집 사람이 여기 와서 인당을 연 후에 아주 수련이 잘되고 있습니다. 저보다 한 달이나 늦게 시작했는데, 이젠 저보다 훨씬 앞질러 가고 있습니다."

"어떤 징후가 있는데요?"

"인당으로 계속 강한 기운이 들어오고 기의 색깔이 보인다고 합니다."

"그럴수록 방심하지 마시고 단전 강화 수련을 계속하도록 하세요. 기에 취해버리든가 현혹되면 안 되니까요."

"단전 강화 수련을 어떻게 하면 되겠습니까?"

"그럴 때일수록 잠시도 단전에서 의식이 떠나지 않도록 해야죠. 기라는 것은 어떤 의미에서는 바람과 같은 것이거든요. 불어오는 기의 바람을 적절히 조절하고 이용하여 수련을 향상시키는 데 이용해야 하는데 까딱하다 여기에 휩쓸려버리면 몸이 떠버리게 됩니다. 제주도를 풍다(風多) 석다(石多) 여다(女多)의 섬이라고 해서 삼다도(三多島)라고 하지 않습니까. 바람이 하도 많이 부니까 집집마다 지붕에 돌을 누질러 놓지 않았습니까? 돌의 무게로 지붕이 날아가지 않게 하기 위해서죠.

단전은 바로 돌이고 기는 바람과 같다고 생각하면 됩니다. 바람이 많이 불수록 큰 돌을 누질러 놓듯 기운이 많이 들어올수록 단전이 강화되어야 심신이 안정을 얻게 됩니다. 염념불망의수단전(念念不忘意守丹田)은 선도의 기본 철칙입니다. 이것을 소홀히 했다가 도에서 이탈하여 접신이 되고 빙의가 됩니다."

"단학이 좋기는 참으로 좋은 것인데도 그런 함정이 늘 도사리고 있군요. 한시도 방심하지 말아야겠네요."

"그럼요. 하지만 다 사람이 하는 일인데요 뭐. 지극정성만 있으면 못할 일이 어디 있겠습니까?"

1991년 2월 10일 일요일 1~3℃ 비나 눈

저녁 7시와 8시 사이에 깊은 명상 수련에 들어갔다. 어느덧 입정 상태, 신명계의 웅장하고 화려한 경치가 펼쳐진다. 산천경개며 전각들이 하나같이 지상에서는 도저히 맛볼 수 없는 생기에 넘쳐 있고 색깔들은 진하고 고혹적이었다. 어찌하다가 보니 나는 천야만야한 낭떠러지에 서 있는데 아주 낯익은 도우 한 사람이 내 발목을 움켜잡고 살려달라고 애원을 했다. 문득 살펴보니 그의 몸뚱이의 삼분의 이가 이미 단애 밑에 떨어져 버둥대고 있었다. 그는 원래 내가 도와주기로 되어 있는 도우였는데 여러 번 나와의 중대한 약속을 어긴 벌로 생사의 기로에 처해 있었다.

살려주면 안 되니 그대로 방치해 두라는 강한 텔레파시가 순간순간 전달되어 왔다. 나는 눈 딱 감고 그대로 서 있었다. 그러자 버둥대던 그는 기진해버리고 내 발목을 잡고 있던 손을 놓아버렸다. 나는 장승처럼 그대로 버티고 있었다. 그러자 조화의 중심이라고 할까, 우주의 핵심에서라고 할까 하는 곳에서 강력한 기운이 회오리치면서 내 인당으로 들어오는데, 그 순간 머리가 빠개지는 것 같았다.

이 통에 입정 상태에서 깨어났다. 나도 모르게 내 머리통을 만져보았지만 아무 이상도 없었고 물론 통증 같은 것도 없었다. 백일수련 보름 만에 있은 일이다. 큰 기운을 받은 것은 사실인데, 바른 마음으로 지감, 조식, 금촉 수련을 제대로 하는 도우들을 나는 힘껏 도울 것이다. 내가 받은 기운은 바로 이런데 쓰라는 것이다.

1991년 2월 11일 토요일 –2~6℃ 가끔 구름

백일수련 16일째. 독서와 명상 수련으로 거의 하루를 보냈다. 내 수련을 돕는 듯 전화 거는 사람도 찾아오는 사람도 없었다. 오전 명상 수련 시에는 내 몸 전체가 깊은 나락으로 빠져들어가는 것 같은 느낌을 받았다. 현재(顯在)의식에서 무의식의 세계로 빠져 들어갈 때에 흔히 있는 현상이다. 이때는 이 세상의 온갖 집착을 다 버리고 모든 것을 놓아버리는 심정이 되어야 한다. 이 세상의 모든 집착을 끊어버리지 않으면 도의 자리, 공의 자리, 조화의 자리에 들어갈 수 없기 때문이다. 마음을 텅 비우는 것이 마음공부의 출발점이자 종착점이다.

1991년 2월 13일 수요일 -1~7℃ 맑은 후 구름

우리집에 출입하는 공해문제연구소 직원 도우(道友) 일동 7명이 설날이 내일 모레라고 사과와 귤을 한 궤짝씩 가져왔다. 아내에게 그 얘기를 하자.

"그 사람들 뭣 때문에 우리집에 자주 오는 거예요?"하고 물었다.

"여기 와서 수련도 하고 도담도 나누고 하려고 오는 거지 뭐."

"선단원에 나가면 안 되나요?"

"거기보다는 우리집에 오면 더 많은 기운을 받을 수 있다는군."

"그럼 남의 남편한테서 기운 다 빼앗아 가면 당신 빨리 늙을 거 아니예요?"

"그렇지 않아요."

"그렇지 않긴요. 옛날에 돈 많은 늙은 양반들은 나이 어린 소녀를 사서 품고 자곤 했답디다. 그렇게 3년만 하면 늙은 양반은 기운이 펄펄 나고 젊어지는 대신에 계집아이는 애늙은이가 되거나 노파처럼 폭싹 늙어버린답디다."

"그건 도를 떠난 사람들의 얘기예요. 선도하는 사람들은 안 그래요.

한 촛불에서 다른 촛불로 불을 당겨 주었다고 해서 원래의 촛불이 줄어들거나 시드는 것 보았소?"

"흥 잘도 둘러대시네요."

"한 촛불이 여러 초에 불을 당겨놓으면 주위에 촛불이 많아지니까 열기가 더 불어나는 것처럼 기운도 주변 사람들한테 전해줄수록 점점 더 커지는 거예요. 나 봐요. 남에게 기운을 준다고 해서 내가 쇠약해지기는커녕 더 기운이 강해지고 있지 않소. 이래서 기운의 장(場)이 형성된다오."

"무슨 요지경 속인지 난 모르겠어요. 당신 좋아서 하는 일이니 실컷 하시구랴."

그러나 나는 아내의 반대를 끝까지 무릅쓰고 가정 파탄까지 일으키면서 선도에 집착하고 싶지는 않다. 득도하겠다고 부모처자 다 버리고 그들의 가슴에 멍까지 들게 하면서 출가를 단행하는 승려들을 나는 늘 못 마땅해 온 사람이다. 자기 혼자만 성불하기 위해서 가족들을 비탄의 구렁텅이로 몰아넣거나 가슴에 못을 박고 한을 남기는 짓을 한다는 것은 극도의 이기주의의 발로라고밖에는 생각되지 않기 때문이다. 더구나 자연의 이치를 어겨가면서까지 삭발을 하는 것도 역시 내 눈에 거슬리는 행위다. 머리칼은 머리를 보호하라는 것이지 깎아버리라는 것은 분명 아니다.

가족을 버리고 출가, 삭발까지 할 만큼 단호한 결단을 내릴 수 있는 사람이라면 가족과 더불어 화목하게 살면서 마음공부를 하여 자기 자신을 감싸고 있는 미망을 걷어버릴 일이다. 일단 이 뜬구름이나 짙은 안개와 같은 미망만 걷어버린다면 누구든지 나 자신은 바로 하느님의 분신이라는 중심 자각에 도달하게 되어 있다. 이것이 해탈이고 성불이다. 이로써 신불(神佛)의 큰 자비와 지혜와 능력과 생명력을 발휘할 수 있는 기초적인 조건이 갖추어지게 된 것이다. 인연(因緣)과 오감(五感)의 세계에서 벗어나게 되므로 환한 빛 속에서 누구나 본래의 신성을 되찾게 된다. 나도 살고 가족도 살고 이웃도 사회도 민족도 인류도 다 같이 공생공존하는 대조화의 세계를 이룩할 수 있는 기틀이 마련된다. 마음이 바뀌면 모든 것이 바뀌게 되어 있는 것이 마음의 법칙이다. 일체유심조(一切唯心造)와 삼계유심소현(三界唯心所現)은 일찍이 불교가 갈파한 이 마음의 법칙을 설명한 것에 지나지 않는다.

1991년 2월 15일 금요일 음력 신미년 1월 1일 설날 1~9℃ 눈, 비

백일수련 20일째. 한 10년 전부터 나는 설날과 추석에는 조상님들에게 반드시 차례를 지내기로 했다. 이북에 계신 부모님의 생사여부를 아직 확인할 수 없으니까 그때까지는 제사를 이것으로 대체하기로 한 것이다. 아이들은 다 객지에 나가 있고 우리 내외만이 간단한 제수를 차려놓고 제상에는 환웅천황 할아버지 초상과 조부모와 부모님의 지방을 붙여놓았다. 오전 9시경. 제상 앞에 꿇어 앉아 헌주한 뒤.

"조화주 하느님, 삼황천제 할아버님, 할아버님, 할머님, 아버님, 어머님 영전에 고하나이다. 신미년 새해를 맞이하여 소생은 여러 조상님들게 애틋한 사모의 정을 금치 못하와 간소한 제상을 마련하였사오니 감림하시어 흠향하소서. 우리 민족과 국토가 하루 속히 통일을 이루게 하시고 온 세계의 인류가 하나같이 하느님의 분신임을 깨닫게 해 주시고 뜬구름 같은 미망의 세계에서 벗어나 상부상조하는 대조화의 세계, 하느님과 나, 남과 나, 우주와 내가 하나로 합쳐지는 실상의 세계 속에 살고 있음을 깨닫게 해 주소서" 하고 염원하고 나서 나는 103배에 들어가고 아내에게는 15배만 하게 했다.

103배 끝내고 『천부경』 10번, 『삼일신고』 한 번, 한, 한기운, 한마음, 한누리를 각각 세 번씩 암송하고 나서 영안으로 무심코 제상 쪽을 살펴보았다. 할아버님, 할머님, 신선, 선녀, 옥녀들이 강강수월래를 하듯 원무를 추고 있었다. 눈을 들어 그 위쪽을 살펴보니 옥황상제의 복장을 한 하느님, 삼황천제, 조상님들이 나란히 서서 담소하면서 이 광경을 지켜보고 있었다.

조상님들이 춤을 추면서 즐거워하시는 걸 보니 내 맘도 그지없이 흐뭇하다. 초라하고 간소한 제상을 앞에 하고서도 그렇게 많은 신명들이 축제 분위기 속에서 원무를 추는 것을 보니 나에게는 더 없는 영광이었다. 내 마음의 파장이 이분들의 그것과 맞지 않았다면 이렇게 나타나시지 않았을 것이라는 생각이 들자 나는 갑자기 나 자신을 뒤돌아보게 된다. 나 같은 범부(凡夫)에게도 신명들께서는 이처럼 감응을 해 주시는 것을 보니 누구든지 지극정성으로 수련을 하고 영안만 뜨인다면 이러한 광경을 접할 수 있을 것이 아닌가 하는 생각이 들었다.

혹 독자들 중에는 하느님이 어떻게 그런 형상으로 나타날 수 있을까 하고 의아해할지 모르지만 하느님은 전체이고 일체(一切)이다. 이 세상, 이 우주의 모든 것이 다 하느님인 것이다. 마음의 파장에 따라 하

느님은 삼황천제님, 옥황상제님도 되고 부처님으로도 예수님으로도 나타날 수도 있다. 내 경우처럼 조화주 하느님을 삼황천제님과는 별도로 부르면 내 마음의 파장에 따라 그에 상응한 모습으로 나타날 수 있는 것이다. 그분들이 담소하고 원무를 추는 광경은 마치 대형 텔레비전 화면에 비치는 영상과도 방불했다. 마리산 참성단에서도 경험한 일이어서 놀라지는 않았지만 집에서는 처음 겪는 일이다.

1991년 2월 20일 수요일 -9~-1℃ 눈 조금

오전 10시 반. 실로 오래간만에 민소영 씨한테서 전화가 왔다.

"김 선생님, 그동안 안녕하셨어요?"

"네, 별고 없이 잘 있습니다. 물론 민 선생님은 수련도 잘되시겠죠? 건강도 좋아지시고."

"네, 덕분에. 그리고 앞으로는 김 선생님하고 기 순환을 하지 않아도 되겠어요. 이제 그럴 단계는 지났고 저 혼자서도 얼마든지 수련을 해 나갈 수 있을 만한 자신을 갖게 되었습니다."

"네에. 그러세요. 참으로 축하할 일입니다."

"언제까지나 김 선생님한테 기운 보내달라고 할 수는 없는 일 아니겠어요? 남한테 의존할 처지는 지났다고 봅니다."

"옳은 말씀입니다. 혹시 유영숙 씨한테서 무슨 소식 못 들었습니까?"

"요즘은 통 연락이 없는데요. 왜 그러세요? 무슨 일이 있으세요?"

"그동안 통 소식이 없어서 궁금해서 그럽니다."

오후 5시. 민소영 씨에게서 또 전화가 걸려 왔다.

“유영숙 씨와 통화가 됐는데요. 그 아가씨가 김 선생님에게 대단한 곡해를 하고 있어요. 김 선생님한테는 절대로 발설하지 말아달라고 하면서 말하는데요.”

“뭐라구요?”

“글쎄. 김 선생님이 자기한테 사기(邪氣)를 보내서 몹시 고생을 하고 있다는 거예요. 그분은 절대로 그럴 분이 아니라고 하니까, 그렇지 않으면 이렇게 먹은 것이 내려가지 않고 중완에서 막힐 리가 없다는 거예요.”

“제가 무엇 때문에 그 아가씨한테 사기를 보낸단 말입니까? 말도 안 되는 얘기죠. 그렇지 않아도 우리집에 석 달 동안이나 드나들면서 완전히 건강을 회복하지 못한 채 못 오게 된 것을 늘 아쉽게 생각해왔는데 무엇 때문에 사기를 보낸단 말예요?”

“그러게 말입니다. 혹시 그 아가씨가 김 선생님한테서 결례를 했거나 섭섭하게 한 일도 없나요?”

“그런 일 전연 없습니다. 어떻게 하든지 남들처럼 건강을 회복해서 시집가서 아들딸 낳고 잘살게 되기를 늘 기원했을 뿐인데요.”

“물론 그러실 테죠. 선생님께서는 워낙 기운이 강하시니까 누구한테든지 조금이라도 불쾌하게 생각하든가, 괘씸하거나 섭섭하게 생각하기만 해도 엄청난 영향을 줄 수 있다는 걸 그 애가 어떻게 알고는 자꾸만 그런 망상에 빠져 있는 것 같습니다.”

“그야말로 망상입니다. 수련이 진척되면서 혹시 남에게 무슨 좋지 않은 영향이라도 끼칠까 봐서 저는 저대로 굉장히 조심을 하고 있습니다. 수련하기 전 같으면 예사로 괘씸해하고 섭섭해하고 미워하고 원망했을 일도 될수록 긍정적으로 좋게 생각하려고 얼마나 애를 쓰고 있는지 모릅니다. 그래서 수련한다는 것이 보통 어려운 일이 아니라는 것을 날이 갈수록 절감하고 있습니다."

"물론 그러시겠죠. 또 마땅히 그러셔야 하구요. 불행한 사람은 불행하다고 생각하기 때문에 불행해진다는 말이 있지 않습니까? 모든 것이 마음먹기에 달린 일인데 그 애는 그렇게 꽁하게 마음을 열지 않고 있어서 탈입니다. 맘을 활짝 열고 모든 것을 긍정적으로 받아들이면 성격도 활달해지고 적극성을 띠게 되어 웬만한 병은 스스로 극복할 수 있을 텐데 말입니다."

"밤새도록 도깨비와 피투성이의 싸움을 하다가 날이 새고 보니 몽당비를 안고 있었더라는 얘기 같네요. 알고 보면 아무것도 아닌 걸 가지고 혼자 씨름을 하고 있는 것이 틀림없습니다. 잘 타일러 주십시오. 저는 항상 좋은 염원을 보내고 있다고 말씀해 주시구요."

"네, 잘 알겠습니다."

1991년 2월 25일 월요일 -9~-2℃ 대체로 맑음

백일수련 30일째. 오후 4시경부터 독서 중에 갑자기 강한 기운이 백회로부터 창끝처럼 뚫고 들어와 바로 회음까지 내리 꽂혔다. 즉시 가부좌 틀고 앉아 명상에 들어갔다. 몸 안팎이 두터운 기운에 감싸이면서 무아지경에 빠지고 말았다. 백회로만 기운이 들어오는 것이 아니고 신정, 태양, 인당, 미간, 옥침혈로도 욱씬욱씬 밀려들어왔다. 내 몸은 완전히 하얀 기운의 덩어리로 변하면서 황홀한 기분에 사로 잡혀 있었다.

나는 이미 육체에서 떠나 구름을 타고 하늘을 지향 없이 유유히 날아가고 있었다. 형상이 없는 기운의 파동이라고 할까 덩어리라고 할까 그러한 존재로 바뀌어 있었다. 망아(忘我)의 경지, 몰아(沒我)의 경지, 삼매(三昧)의 경지가 이럴까? 빛의 파동은 이따금 흰 구름과도 같은 빛의 덩어리로 탈바꿈한다. 아득한 곳에서 초인종 소리가 들린다. 그 소리가 점점 더 가까이 들러온다. 드디어 나는 현실로 돌아왔다. 누가 찾아온 모양이다.

정신을 차리고 보니 어느덧 다섯 시가 되어 있었다. 강한 기운을 느낀 것이 4시였는데. 벌써 한 시간이 흘렀단 말인가? 나는 인터폰을 잡았다. 성창배, 이경순 교사 부부였다. 그들은 성남에서 일부러 시간을 내어 찾아온 것이다.

"선생님 집필에 방해나 되지 않았는지 모르겠습니다. 좀 더 일찍 오려고 했는데, 집사람의 학교 수업 때문에 너무 늦었습니다."

"괜찮습니다. 부인께서는 가정주부로만 알고 있었는데, 이제 보니 두 분이 다 교편을 잡고 계시는군요. 그렇게 안팎으로 버시면 곧 부자 되겠습니다."

"선생님도 맞벌이를 하고 계시는 걸로 알고 있는데요."

"맞습니다. 마누라 덕분에 겨우 집은 한 채 마련했습니다. 혼자서 벌었다면 어림도 없는 얘기죠. 부인께서도 선원에 나가십니까?"

"아뇨, 아직 못 나가고 있습니다. 집안 살림까지 해야 되니까 워낙 시간이 없어 놔서요. 집사람은 처음부터 선원에 나갈 의향은 전연 없이 몸이 뚱뚱해지는 것을 막아보려고 적당한 실내운동 종목을 찾고 있다가 제가 103배 하는 걸 보고는 좋은 운동이 될 것 같다면서 무조건 따라 한 겁니다. 그렇게 저를 따라 하다가 보니까 삼황천제님에 대해서도 알게 되었고 삼대경전이라든가 단학의 원리나 수행법도 알게 되어 단전호흡도 따라 하게 되었죠. 그런데, 멋도 모르고 수련을 시작해 놓고 보니까 그 진도가 저보다도 굉장히 빠릅니다."

"거 참 이상하네요. 강재식 박사 부인도 남편보다 수련을 한 달이나 뒤늦게 시작했는데, 지금은 오히려 남편을 앞지르고 있거든요. 앞으로 다가올 후천시대에는 여성이 남성을 누르고 주도권을 잡는다고 하던데, 그래서 그런지 모르겠습니다. 하긴 지난 수천 년 동안 남성우위 시대가 판을 쳤으니까 운세가 바뀔 때도 오지 않았나 생각됩니다."

"부권 시대가 바야흐로 모권 시대로 바뀌는 거 아닙니까? 역사는 되풀이한다는 말이 실감이 나는 것 같습니다. 그래서 좌우간 지난 1월 18일에 선생님한테서 집사람이 백회를 열고는 더욱더 수련 진도가 빨라졌습니다."

"네에, 그래서 오셨군요."

나는 대화중에 이미 이경순 씨와 운기를 하고 있었다. 전보다 훨씬 강하고 맑은 기운이 흐르고 있었다. 신정, 태양, 미간혈 순으로 뚫어주고 나서 인당혈을 열어줄 때는 10분도 채 안 걸렸다. 그런데 특이한 것은 그전처럼 신명들은 공사 끝난 뒤에 축하식을 하는 일도 없이 막을 내려버렸다. 신명계에서도 이제는 하도 심상한 일이어서 축하식 같은 것을 생략하기로 한 것 같았다.

"무슨 변화를 느끼십니까?"

"그럼요. 환하고 시원하게 머리 전체가 없어진 것 같습니다."

"전 말입니다. 김 선생님께서 인당 열어주신 뒤에 성남 집에서 안양에 있는 김현숙 사범과 기운을 교류해 보았는데요. 아주 기운이 잘 들어오는 것을 느낄 수 있었다고 말하더군요."

성창배 씨가 말했다.

1991년 2월 26일 화요일 −4~4℃ 맑은 후 구름

지난 일요일 아내는 관악산 등산 중 비탈을 내려오다가 눈 덮인 빙판을 잘못 딛고 나딩굴어지면서 저절로 왼손으로 땅을 짚다가 타박상을 입었다. 엄지와 식지가 소복히 부어 올랐다. 자꾸만 아프다고 하기에 마주 앉혀 놓고 운기를 해 보았더니 아내의 부상 부위와 대칭이 되는 내 오른팔과 손에 통증이 왔다. 그 통증을 단전에 모아서 용천과 백회로 빼어버렸더니 아내는 아픔이 사라지면서 시원해졌다고 했다. 백일수련이 진척될수록 기운은 점점 더 강해지면서 사기 따위는 이제 도저히 침입을 못 한다. 운기 시엔 일단 들어왔다가도 금방 쫓겨나간다.

삼매경과 벽사문

1991년 2월 27일 수요일 1~4℃ 비나 눈

오전 8시 40분. 민소영씨 전화.

“김 선생님 안녕하세요.”

“네, 잘 지내고 있습니다.”

“요즘 뭘 하고 계세요?”

“백일수련하고 집필하고 독서하고 그렇죠 뭐.”

“집필은 당분간 중단하시고 수련에만 전력투구하시는 게 좋겠어요. 이번 기회를 놓치면 3년 뒤에나 비슷한 기회가 찾아 올 것 같습니다. 지금 김 선생님의 머리 위에는 지도신명께서 떠 계시면서 김 선생님의 수련을 지도하고 계시는 것이 보입니다. 이 기회를 놓치시면 후회하게 될 꺼예요. 지금 같으면 원하시기만 하면 김 선생님은 기를 타고 5분 이내에 사마디 즉 삼매경에 들 수 있겠는데요. 어떠세요. 요즘 그런 무아지경에 빠지신 일 없으세요?”

“있습니다. 두 번 정도 있었습니다.”

“그것 보세요. 제 말이 틀림없죠? 일단 한을 아신 다음에 허공무심의 경지와 파장이 일치되어야 합니다.”

내 수련 상황을 족집게 마냥 알아맞히니 그녀의 말을 믿지 않을래야 않을 수가 없었다. 사실은 내가 신이 지금보다 좀 더 밝아서 직접 메시지를 받아야 하는 건데, 아직은 그렇지 못하니 그녀가 나대신 역할을 해주는 것임을 알 수 있었다. 『선도체험기』 4권 원고를 430매 써 놓고 일단 집필을 중단하고 백일수련에 전념키로 방침을 굳혔다.

전화가 끝난 뒤에 곧 실천에 들어갔다. 곧 입정 상태. 강재식 박사의 장모님의 지병이 악화되어 목숨이 경각에 달했다는 소식을 들었었는데. 드디어 운명을 한 것 같다. 검은 양복에 베 완장을 두른 강재식 박사와 소복한 그의 부인이 많은 문상객들에 둘러 싸여 매장 장면을 지켜보고 있다. 그 장면이 사라지자 가부좌 틀고 앉아 수련하는 나 자신의 모습이 보인다. 그런데, 과연 그 머리 위에 흰 발광체가 떠 있으면서 빛을 내려 쬐고 있다. 민소영 씨가 영안으로 보고 알려준 것을 이제 나는 직접 보게 된 것이다.

오전 10시. 삼매, 사마디, 무아지경 계속됨. 허공과 한이 하나로 합치면서 나는 허공으로 떠오른다. 내 몸은 무중력 상태의 우주인처럼 자꾸만 창공 높이 부상(浮上)한다. 지구가 축구공만 해진다. 점점 작아져서 드디어 야구공, 더 줄어들어 콩알만 해진다. 삼황천제 할아버님들이 저 아래쪽에 굽어보인다. 석가, 공자, 노자, 장자, 소크라테스 같은 성인들도 보인다. 이들은 모두가 내가 허공에 이르게 하는 데 필요했던 인도자들이었다는 자각이 인다. 강을 일단 건넜으면 타고 온 배는 버릴 수밖에 없다. 갈 길이 아득한데 그 배를 육지까지 끌어 올려 메고 갈 수는 없는 일이다.

오후 5시. 삼황천제님께 나를 지금의 경지까지 이끌어주신 은혜를 기려 9배를 드렸다. 오늘로써 일시 중단했다가 다시 시작했던 103배도 끝내기로 했다. 1989년 9월 25일에 시작한 이래 17개월 만이다. 삼황천제님과 103배는 내가 한과 허공의 경지를 흘깃 볼 수 있게 하기까지 지대한 역할을 했다. 그러나 이제 나는 일체의 집착에서 벗어나야 했다. 집착은 자유분방한 생명력의 신장을 방해하고, 도(道)에 합치할 수 없게 한다.

1991년 2월 28일 목요일 −1~5℃ 한때 눈 조금

하루 종일 정좌 수련. 가부좌만 틀고 앉으면 금방 무아지경에 빠진다. 백일수련 시작한 지 33일째까지 일어난 수련 상황을 정리해 본다.

1. 백회로 청허(淸虛)한 기운이 밝은 빛과 함께 쏟아져 들어와 몸안에 골고루 퍼지면서 전신을 안팎에서 포근한 봄빛처럼 감싸준다.
2. 어머니 품속의 젖먹이 모양 그 상태가 그지없이 편안하고 아늑하다.
3. 우주와 내가 하나의 기운 속에 녹아들어 '나'라는 존재는 자취를 감추어 버리고 몸이 통째로 허공 속에 녹아 없어진 느낌이다.
4. 은근한 반사광이 내 주변을 비춰준다.
5. 평상시의 감각과 생각이 사라진다. 마음에 걸리는 문제에 대한 분명한 해답이 지혜로 변해 떠오른다. (다섯 살 어린애가 집채만한 황소를 끌고 가는 것은 지혜가 황소보다 뛰어나기 때문이다.)
6. 시간이 순식간에 지나가 버린다. 5분밖에 안된 것 같은데 어느덧 한 시간 두 시간이 흘러가 버린 것을 시계를 보고서야 알게 된다.
7. 이 세상에서 벌어지는 온갖 일들이 산 정상에서처럼 굽어보인다.

8. 삼황천제 할아버님들도 저 아래 산기슭에 굽어보인다.(이 경지는 수련자에게 자칫 교만을 불러들일 수 있는 시험이 되기도 할 것 같다. 박사학위 딴 사람이 초등학교나 중학교 담임선생을 대하는 심정이다. 세 분 할아버님은 내 수련을 도와주신 큰 스승님들이다.)
9. 머리 위에 은근하고 포근한 빛의 덩어리가 떠 있어서 간단없이 내 머리 위를 내려 쬐어주고 있다.
10. 백회, 인당, 태양, 신정, 옥침, 미간, 두유, 낙각... 두부의 온갖 경혈들이 총 가동하는데 그중에서도 유독 인당과 백회와 신정이 가장 활발하게 작동된다.
11. 전중, 거궐, 중완(임맥) 그리고 등 뒤의 양 심유혈(방광경)이 뜨겁게 달아오른다. 이들 경혈 등은 중단전 시스템에 속한다.
12. 기해, 관원, 회음, 명문 등 이른바 하단전 시스템이 뜨겁게 달아오른다.
13. 완전한 망아(忘我) 상태에 빠져 어떤 때는 나 자신의 이름도 직업도 생각나지 않는다.
14. 황홀하고 흡족하여 세상에 부러운 것이 없고 무조건 마음이 즐겁다.

지금까지 나에게는 글 쓰고 독서하고 바위 타는 것 이상의 즐거움이 없었다. 그러나 이제 나는 이 세 가지를 훨씬 능가하는 참 즐거움을 찾았다. 그게 정좌하여 무아지경에 빠지는 것이다.

1991년 3월 1일 금요일 -6~3℃ 대체로 맑음

오전 열한 시. 정좌. 삼태극 같은 거대한 색깔이 보이고, 둥근 흰빛이 떠오른다. 그동안 어렴풋이 느껴왔던 머리 위의 기운을 오늘 비로소 확실히 깨달았다. 내 머리 위에 서려 있는 그 강력한 기운은 이제 내 수련을 끊임없이 독촉하고 감독하고 있었다. 모든 일을 제쳐놓고 정좌 수련에만 전념하라는 강한 메시지까지 감지되었다. 지도신명의 정체를 눈으로 확인하고 싶었다. 차츰 현상이 보인다. 검은 건을 쓴 젊고 단아한 도포차림의 모습이다. 여기서 말하는 젊음이란 물론 시간을 초월한 생기발랄한 생명력을 말한다.

오후 5시 10분. 좌선 시에 황홀경 속에서 백회에 장치할 사기를 막는 문에 대해 생각했다. 바로 그 순간 내 머릿속이 보였다. 큰 창고 내부 같다. 그 안에 무엇이 차곡차곡 무진장 쌓여 있다. 자세히 살펴보니 백회에 장치하는 사기와 탁기를 걸러내는 반지처럼 생긴 둥근 고리에 돔형으로된 암청색의 황금빛 나는 가늘고 정교한 망사(網紗)로 되어 있다. 백회를 연 뒤에는 지금까지 사기를 막는 문을 달아주지 못해서 간혹 가다가 잡귀가 그곳으로 들어오는 수가 있었는데, 이제부터는 그것만 장치하면 안전하게 되었다. 하늘 기운은 들어오게 하면서도 사기나 탁기만을 걸러내는 문이라는 뜻으로 벽사문(辟邪門)이라고 이름 지었다.

오후 5시 40분. 최원식 씨의 사촌누이 동생의 장례식 참석차 내게서 백회를 연 가까운 도우들이 몰려왔기에 그들에게 시험적으로 벽사문을 달아주었다.

1991년 3월 2일 토요일 −3~5℃ 맑은 후 구름

어제에 이어 7명에게 벽사문을 달아주었다. 벽사문은 3차원 세계에 살면서 오관(五官)으로만 사물을 분별하는 보통 사람들은 분별키 어려운, 차원이 다르고 밀도도 전연 다른 기의 응집체이다. 그러나 수련을 통해서 영안이 뜨인 사람에게는 분명 그 정체가 보인다. 비행접시 비슷하기도 하고 서양식 건축물 지붕의 일종인 돔 같기도 하고 석유난로의 연소통 같기도 하다. 색깔은 암청색을 띤 황금색의 가늘고 촘촘하고 정교한 망사(網紗)로 되어 있고 전체적으로는 황금빛을 발사한다. 이것이 일단 백회에 장치되는 과정에 그 모습을 보는 사람도 있고 그렇지 않은 사람은 쏴하고 화한 박하와 같은 상쾌하고 청신한 접촉감을 느끼게 된다. 지금까지 숱한 사람들이 이것을 장치했는데 아직 사기나 잡귀가 백회로 들어온 예는 없었다.

1991년 3월 3일 일요일 −2~8℃ 대체로 맑음

오전 10시. 세 사람에게 벽사문 달아주다. 오후 8시 35분. 성창성 씨에게서 전화.

"안녕하십니까. 코스타리카에 나와 있는 성창성입니다."

"네, 안녕하세요? 수련은 잘되고 있습니까?"

"혼자서 하다가 보니 한다고 하긴 하는데 어떻게 되는지 모르겠습니다. 선생님 기운 좀 보내주십시오."

"전화 끊고 15분간 보내드리겠습니다."

"네, 고맙습니다."

뜻이 있는 곳에 길이 있다. 신통하게도 기운은 지구의 반 바퀴를 돌아서도 마치 3미터 앞에 앉아 있는 것과 같이 교류가 되었다.

1991년 3월 4일 월요일 1~10℃ 차차 흐림

오후 5시. 금오 김홍경 저 『동의(東醫)에의 초대』를 다 읽었다. 동양의학을 비교적 쉽게 강의식으로 써 놓았다. 재미있고 유익한 얘기들이 많고 새로운 일깨움을 많이 얻었다. 특히 선도수련을 하는 사람들은 적지 않은 도움을 받을 것이다. 한의학은 기의 공부로 이루어진 것임을 알 수 있다. 기의 공부를 중국에서는 기공(氣功)이라고 한다. 단학이나 선도니 하는 옛 명칭을 쓰는 것보다 공산당이 싫어하는 유심론적인 냄새가 덜 나고 참신하고 과학적인 느낌도 주기 때문에 이런 명칭이 나온 것 같다. 그러나 따지고 보면 선도나 단학은 기공부터 시작되므로 어찌 보면 어울리는 낱말이기도 하다.

옛날 한의학의 대가들은 예외 없이 기공부 즉 기공을 한 분들이었다. 그들이 기공부를 하지 않았다면 경락을 어떻게 알고 침자리인 경혈을 어떻게 짚어 낼 수 있었겠는가? 음양중, 사상, 오행, 육기 역시 기공부에서 나온 것이다. 역학 역시 기공부를 한 사람들이 아니면 깊은 연구를 할 수 없게 되어 있다. 그래서 한의학과 역학과 기공부는 삼위일체를 이루고 있었다. 이 세 분야가 일치되었을 때만이 소기의 진가를 발휘할 수 있다.

그런데 세월이 흐르면서 역학(易學)과 한의학에서는 기공부를 점차 소홀히 하는 경향이 생겨나기 시작했다. 역학과 한의학에서 기공부가 빠져버리면 마치 넋 빠진 등신처럼 껍질만 남게 된다. 바로 이 때문에 역학은 점술로 타락했고 한의사들은 기공부를 하지 않았다. 때문에 옛 선배들이 만들어 놓은 경혈도에 따라 기계적으로 침을 놓을 뿐이다. 기 수련이 안 된 한의사들이 침을 놓아보았자 큰 효험이 없다. 같은 혈자리에 침을 놓아도 시술자의 기 수련 여하에 따라 효험엔 큰 차이가 나게 마련이다.

또 역학에 따라 침놓은 시간을 제대로 알지 못하면 역시 효험이 없을 뿐만 아니라 역효과를 내는 수가 있다. 그것은 사람의 체질에 의해 계절이나 하루의 시간대에 따라 기운이 각 경혈을 흐르는 양상이 다르기 때문이다. 사람의 세포는 인체를 축소해 놓은 것이고 사람의 몸은 우주를 축소해 놓은 것이다. 따라서 인간은 태양계와 은하계, 우주 전체의 움직임과 유기적인 연관을 갖고 6장 6부가 상생상극 상화 운동을 하면서 균형을 맞추어 제대로 돌아가야 한다. 사람은 어쩔 수 없이 우주의 일부이고 우주와 동떨어져서는 한 순간도 생존할 수 없는 존재이다. 따라서 우주 안의 삼라만상은 하나인 것이다. 사유나 관념상의 문제가 아니고 실상이 그런 것이다. 부분은 전체이고 전체는 부분이다. 하나는 전부이고 전부는 하나인 것이다. 색즉시공이고 공즉시색이고 일시무시일이고 일종무종일이다.

거의 하루 종일 기몸살로 고생했다. 내 목표는 아무리 강한 기운을 받아도 몸살기를 느끼지 않을 정도로 강한 체질을 만드는 것이다. 수련하면서 시간이 흐를수록 기몸살의 강도가 조금씩 줄어드는 것은 사실이다. 그러나 아직은 멀었다. 지금도 몸살기로 자꾸만 눕고 싶고, 온

몸이 쑤시고 저리다. 기운은 계속 들어오는데도 몸은 아프니 명상에 깊게 잠길 수가 없다. 그러나 앓으면서도 잠깐잠깐 기공 상태에 빠진다. 중국에서는 바로 이 기공부의 상태를 줄여서 기공태(氣功態)라는 술어를 만들어 냈다. 입정 상태를 말하는 것이다. 바로 이 짧은 입정 상태 속에서 인당에서 거대한 황금색 계란이 두 쪽으로 갈라져 나가는 것이 보였다.

1991년 3월 5일 화요일 0~10℃ 구름 많음

일전에 운사합법 시술을 해 준 조경화 씨가 발마늘이 몸에 좋다면서 볶아먹으라고 어제 가져 왔다. 시험적으로 세 웅큼을 볶아 먹었더니 뱃속이 몹시 불편했다. 위장이 쓰리고 아팠다.

오전 10시 40분. 입정 상태에서였다. 연분홍색 옷차림의 선녀들이 여럿이 내려와 춤을 춘다. 텔레비전 화면 속에서처럼 축소된 모습이 아니고 등신대의 체격 그대로 내 앞에서 춤을 추다가 그중 세 명의 선녀가 고려자기처럼 우아하게 생긴 용기를 받들고 오더니 내 앞에 내려놓는다. 용기를 기울여 주발에다 액체를 따르더니 먹으라고 받쳐준다. 무심코 받아 마셨다. 담백하고 시원한 맛. 이것을 마신 뒤엔 거북한 속이 가라앉았다.

12시 40분. 속이 편안해지면서 깊은 명상에 잠길 수 있었다. 운사합법으로 수련자에게 상단전을 터주고, 벽사문을 달아주어 사기나 잡귀가 백회로 침입하는 것을 막아줄 수 있고 배탈이 났을 때 선녀들이 내려와 선약을 마시게 하여 낫게 해 준 일 등이 아무래도 심상치 않다고 민소영 씨에게 전화로 얘기했더니 그게 다 시험이라고 했다.

"그런데 집착하지 마시고 계속 전진해야 됩니다. 지난 6개월 동안에도 운사합법에 사로잡혀서 더 이상 정진을 못하고 주저앉아 계셨는데, 벽사문이니 선약이니 하는 데 또 집착을 하게 되면 작은 성공에 만족하여 큰일을 망치게 됩니다. 성인(聖人)이 되어야지 그 밑에서 일하는 기능보유자 정도로 만족해서는 안 됩니다.

선생님이 정작 하실 일은 일심으로 사람의 영혼을 교화 개발해서 큰 깨달음을 얻게 하고 암흑 속에서 방황하는 중생들에게 빛을 주는 것이지, 술(術)이나 기공(氣功) 같은 낮은 차원에 발목이 잡혀 있으라는 것이 아닙니다. 이미 강력한 기운줄이 연결되어 있는데도 그런 사소한 일로 주저앉으시려고 하십니다. 선생님을 지도하는 신명께서는 바로 이 점을 무척 안타까워하신단 말입니다. 저는 의사소통을 대신할 뿐입니다."

듣고 보니 구구절절 다 옳았다. 내가 직접 받아야 할 메시지였다. 운사합법이나 벽사문은 꼭 필요로 하는 사람에게 쓰라는 것일 뿐이지, 그 초능력에 한눈을 팔다가 곁길로 새라는 것이 아니라는 얘기다. 어디까지나 수단으로만 이용할 것이지 그것 자체가 목적이 될 수 없다는 경고였다. 나를 대신해서 이러한 하늘의 뜻을 지체 없이 전달해 주는 그녀에게 고마움을 느끼지 않을 수 없었다.

『천부경』 수련

1991년 3월 7일 목요일 1~10℃ 차차 흐림

오전 10시. 민소영 씨 전화.

"중단으로 『천부경』을 풀라는 메시지가 왔습니다."

"무슨 뜻이죠?"

"『천부경』은 결국 한인데, 그것을 머리로만 풀려고 하시지 말고 마음으로 풀어보라는 얘기죠. 그것을 마음으로 풀어야 길이 열린답니다. 그릇보다 기가 강하면, 기를 이기지 못하고 그 강한 기운에 압도되어 접신이 되어버립니다. 참다운 깨달음이 있은 뒤에 글을 써야 참다운 글이 되지, 깨달음도 얻기 전에 글을 써보았자 대서장이밖에 더 되겠습니까? 상단과 중단은 단번에 열리는 것이 아닙니다. 큰 깨달음이 있을 때마다 한 꺼풀씩 열립니다. 운사합법 정도로 기고만장해 있을 때가 아닙니다."

오후 1시 50분부터 2시 40분 사이, 소식 듣고 찾아온 세 사람에게 벽사문을 달아주었다. 치부와 명예를 위해서 사용하는 초능력이 아니니까 양심에 거리낄 것은 없었다. 그저 담담하게 수련을 도와줄 뿐이다.

이들이 돌아가자, 중단전에 의식을 두고 『천부경』을 외우기 시작했다. 될수록 『천부경』의 뜻이 가슴에 와닿게 하도록 애쓰면서. 아닌 게 아니라 경을 외우고 전중에 의식을 집중하면서부터 중단전 전체가 달아오르기 시작했다. 전중, 중완, 등쪽의 양 심유혈이 동시에 뜨거워오기 시작한 것이다. 이들 네 경혈이 서서히 달아오르면서 잔잔한 진동이 일기 시작하더니 입으로는 표현할 수 없는 환희와 감동과 전율로 온몸이 충만해 온다. 아픈 것 같기도 하고 저린 것 같기도 아린 것 같기도 하다.

"천이삼 지이삼 인이삼 대삼합 육생칠팔구 운삼사성환오칠(天二三 地二三 人二三 大三合 六生七八九 運三四成環五七)"까지는 여전히 수수께끼다. 그러나 이성으로 표현할 수 없는 뜨거운 감동이 느낌으로 가슴에 닿았다. 한 변에 아홉 자씩 정사각형 안에 가득찬 『천부경』 여든 한자 전체가 보인다. 그 여든 한자의 글자들이 한순간 갑자기 내 가슴속으로 완전히 빨려 들어온다. 그와 동시에 둥그런 도자기 같은 것이 가슴속에서 으깨어진다. 대형 착암기 석 대가 토치라이트를 켜고 내 전중을 파고 들어온다. 한 시간 반 동안 이러한 공정이 지속되고 나서 공사가 끝나자 신선과 선녀 수백 명이 성대한 준공식을 거행한다.

오후 7시 5분부터 25분까지. 『천부경』 외우면서 인당에 의식을 걸었다. 중단과 비슷한 공정이 20분 만에 끝났다.

『천부경』은 한의 원리를 응축시켜 놓은 글이다. 흥망성쇠를 되풀이하는 삼라만상의 조화의 원리를 81자의 한자로 축약시켜 놓은 것이다. 『천부경』의 일(一)은 우주의 시작이고 종착점이다. 일은 한을 음차(音借)한 것이다. 그러니까 한은 우주의 시작이고 끝이다. "일시무시일... 일종무종일"이 그것을 말해준다. 한은 전체이기도 하고 지극히 작은 일부분이기도 하다. 그 지극히 작은 물질적으로 더 이상 분해할 수 없는 원자 속에도 우주의 원형이 들어 있다. 그런데 그 원자는 핵과 중성자와 전자로 구성되어 있다. 이것은 음양중을 말한다. 이것을 더 이상 분석해 들어가면 소립자밖에 남지 않는데 소립자는 물질이 아니고 에너지의 파동이다. 바로 이 에너지의 파동이 삼라만상의 시발점이고 이것을 우리 조상들은 한 또는 하나라고 표현했다. 바로 이 한의 변화 양상과 원리를 서술해 놓은 것이 『천부경』이다.

하나는 시작 없는 하나에서 시작되어 … 그 하나는 끝없는 하나에서 끝난다. 다시 말해서 하나는 시작도 끝도 없다는 얘기다. 이 원리가 인도 지방에 흘러가 불교의 색즉시공 공즉시색(色卽是空 空卽是色)이라는 표현으로 바뀌었지만 내용은 같다고 할 수 있다. 다시 말해서 물질은 허공이고 허공은 물질이라는 뜻이다. 하나가 셋으로 바뀌어 무궁무진한 변화를 일으키지만 한의 본질은 변하지 않는다. 참마음으로 바라보면 사람 속에 우주가 들어 있다는 것을 알게 된다. 이것을 『천부경』에서 "일묘연 만왕만래 용변부동본 본심본 태양앙명 인중천지일(一妙衍萬往萬來 用變不動本 本心本 太陽昻明 人中天地一)"이라고 표현해 놓은 것이다.

요컨대 사람의 마음속에는 우주가 들어 있다는 뜻이다. 인심(人心)이 천심(天心)이라는 뜻인데, 그것은 사람의 마음속에 하늘이 들어 있어(人乃天)서 사람은 바로 하느님이라는 것을 말해 준다. 사람의 마음은 바로 하느님의 마음인 것이다. 이 실상을 깨달으면 바로 사람은 하느님이 되는데, 그렇지 못한 것은 사람의 마음이 굴절되고 이지러지고 더럽혀졌기 때문인 것이다. 바로 그 굴절되고 이지러지고 더럽혀진 마음의 창으로 본 것이 오감의 세계이다.

그러나 사람은 누구나 바로 하느님의 분신(分身)이라는 중심 자각을 갖게 되면 하느님의 무한한 사랑, 무한한 지혜, 무한한 능력과 생명력을 구사하게 된다. 왜냐하면 그 사람은 이미 하느님과 하나가 되었기 때문이다. 바로 이 큰 깨달음을 통하여 뜬구름 같은 오감의 세계를 벗어나면 상부상조하는 대조화의 세계, 하느님과 나, 남과 나, 우주와 내가 하나로 합쳐지는 실상의 세계 속에 자기 자신이 살고 있다는 것을 깨닫게 된다. 신인일치(神人一致), 자타일체(自他一體), 우아일체(宇我一體)의 경지 속에 살게 된다는 것이다. 『천부경』의 큰 뜻을 내 나름대로 풀어본 것이다.

"천이삼지이삼인이삼 대삼합육생칠팔구 운삼사성환오칠(天二三地二三人二三大三合六生七八九運三四成環五七)"까지는 백 사람이면 백 사람 다 자기 나름대로 해석할 수 있다. 만약에 사심이 없는 기공부의 상태에서 이를 해석했다면 비록 백인백색이라고 하더라도 그 해석이 틀리다고는 아무도 말할 수 없을 것이다. 이처럼 『천부경』은 변화무쌍하기 때문이다. 따라서 『천부경』은 머리로, 이성으로 해석하려고 하지 말고 가슴으로 풀어야 한다.

젖먹이는 어머니를 가슴으로 직감으로 받아들이지 이성으로 받아들이지 않는다. 젖먹이는 자기 어머니를 앞에 놓고 저 여자가 진짜 내 어머니인가 아닌가, 나를 낳았다는 산부인과 의사의 출생증명서를 가지고 있는지, 혈액형 상으로 내 핏줄임을 입증할 수 있는지 따위를 따지려 하지 않고도 본능적으로 어머니임을 온몸으로 느껴버린다. 우리도 『천부경』을 이성으로 따져서 받아들이려고 하지 말고 어린아이가 어미를 온몸으로 알아버리듯 가슴으로 받아들여야 한다. 『천부경』이 바로 인간이 걸어가야 할 길이고 진리임을 우리는 직감으로 본능적으로 가슴으로 느낄 수 있도록 해야 한다. 그렇게 되자면 『천부경』과 친해야 한다.

어떻게 하면 친해질 수 있을까? 친하고 싶은 사람은 무조건 자주 만나야 한다. 자주 만나는 가운데 자기도 모르게 친해지게 된다. 영어 속담에 "눈에 보이지 않으면 마음에서 멀어진다(Out of sight, out of mind)"라는 말이 있다. 『천부경』도 이와 마찬가지로 늘 마음속에서 떠나지 않도록 머릿속으로가 아니라 가슴으로 느낌으로 암송하도록 해야 한다. 『천부경』은 결국 인심은 천심이고 사람 속에 하늘이 있음을 말한 것이다.

1991년 3월 8일 금요일 3~6℃ 가끔 비

성인(聖人)이 되기를 바라는 사람이 있다. 성인은 되고 싶다고 해서 되는 것이 아니다. 수련을 지극정성으로 하다가 보면 자기도 모르게 그렇게 되어지는 것이지 의식적으로 되는 것이 아니다. 성인이란 무엇인가? 사람들을 영적으로 인도할 수 있는 스승을 말한다. 그러한 사람은 적어도 물욕, 색욕, 명예욕, 자기 과시욕, 자기 우상화욕, 권력욕에서 해방되어야 한다. 자신의 핏줄이 갑자기 횡액을 당해도 비탄에 빠지지 않고, 은혜를 베푼 사람이 갑자기 창끝을 들이대도 놀라거나 원망하지 않는 사람이라야 한다.

이러한 기본적인 자질을 갖춘 뒤에는 우선 주위 사람들에게 도움은 줄지언정 불편은 주지 말아야 한다. 최소한의 깨달음을 통하여 항상 마음이 편안하고 하늘과 기운이 늘 통하고 우주와 내가 하나임을 늘 자각하고 이웃을 내 몸같이 아끼고 이를 몸으로 실천하는 데 즐거움을 느껴야 한다.

그것은 당사자의 그릇의 크기와 기량과 근기에 따라야 한다. 이 말은 이웃을 내 몸같이 사랑하라고 했다고 해서 유능한 사업가가 갑자기 장사를 집어치우고 밑천까지 털어서 이웃돕기에 쓰고 자기는 알거지가 되라는 뜻이 아니다. 자신의 사업 수완을 최대한으로 발휘하여 큰 돈을 벌어 그 재력으로 사회에 이바지하라는 뜻이다. 대학교수나 과학자가 하던 일을 집어치우고 가산을 정리하여, 식구들은 유리걸식하게 만들어 버린 채, 빈민구제에 쓰고 자신은 빈털터리가 되어 방랑하라는 뜻은 아니다. 자신의 학문을 더욱 연구 발전시켜 큰 업적을 쌓아 인류에게 공헌하라는 얘기다.

거지와 도둑과 사기 협잡꾼, 깡패, 조직 폭력단 등을 빼놓은 모든 직업인은 대통령에서 환경미화원에 이르기까지 전부 다 성인이 될 수 있다. 자기 직업에 철두철미 지극정성을 다하면 누구나 조만간 도의 경지에 이르게 된다. 일상적인 직업이 극에 달하면 도와 합치된다. 도의 경지에 이른 사람은 하늘을 알게 되고 이 세상 만물의 이치를 스스로 깨닫게 된다. 그 이치와 도리와 경우를 깨우친 사람이 바로 성인이다. 선도니 단학이니 기공이니 종교니 심신수련이니 하는 것을 전연 모르는 직업인도 자신의 직업에 충실하다 보면 도를 깨치게 되는 것이다. 과학자도 예술가도 정치인도 관리도 공예가도 근로자도 자기 직업에 지극정성을 다하면 자연히 만물의 이치와 사람 사는 도리와 경우를 깨우치게 되고 여기서 한걸음만 더 나아가면 하늘의 뜻을 알게 된다. 성인은 바로 이들이다.

이런 사람이 선도수련을 하게 되면 일취월장하여 금방 큰 깨달음을 얻게 된다. 기본 바탕이 이미 되어 있기 때문이다. 이들은 직업과 대인관계를 통하여 이미 마음공부가 되어 있는 사람들이다. 경험과 실패를 통하여 이미 마음을 갈고 닦은 사람들이다. 이들은 원망과 분노와 복수심, 두려움, 슬픔, 탐욕, 혐오감을 품으면 얼마나 괴롭다는 것을 체득한 사람들이다.

그들에겐 스승이 따로 없다. 자기 주변의 온갖 사물이 다 스승이다. 개미와 베짱이, 토기와 거북이, 탐욕스러운 자칭 스승, 청백리, 탐관오리, 의로운 사람, 모진 사람, 도둑놈, 자선가, 창녀와 탕아, 성공한 사람, 실패한 사람, 거지와 부자, 공산주의자의 흥망, 성인과 살인자, 사기꾼과 협잡꾼… 이 모든 사람이 다 우리의 진정한 스승이 될 수 있다. 악인과 사기꾼이 어떻게 스승이 될 수 있단 말인가? 악인과 욕심쟁이 사기꾼의 최후가 어떤가. 물론 일시적으로 잘사는 예도 없는 것은 아니지만 결국 그들은 비참한 최후를 맞게 된다. 이것이 산 교훈이다. 그러므로 그들은 깨달음을 주는 타산지석(他山之石)이 될 수밖에 없다.

『천부경』의 문자들을 하나하나 머리로 해석하려 하지 말고 이것을 통째로 가슴속에 품어보자. 그리하면 그것이 광원(光源)이 되어 삼라만상의 진상을 환히 비춰줄 것이다. 중단이 트이고 마음이 열리는 과정이다. 그리되면 이 세상의 이치가 환히 밝아오고 마음은 그지없이 편안하고 흡족할 것이다. 가슴속에 작은 태양을 품게 되므로 어두운 그늘이 있을 수 없다. 온갖 집착과 욕망에서 해방된다.

집착과 욕망은 사심에서 나온다. 사심을 가진 채 수련을 하여 기공 상태에 들어가면 백발백중 사신(邪神)이나 저급령에게 빙의된다. 이런 자가 바로 가짜 스승이다. 이런 자일수록 돈을 챙기고 자기를 내세우려고 한다. 자기가 아니면 아무도 성통시킬 수 없다고 떠벌인다. 제자들을 자기 밑에 영원히 묶어두고 종처럼 부려먹으려 든다. 가짜임을 깨닫고 떠나는 사람을 배신자로 규탄한다.

진정한 스승은 절대로 제자를 묶어두려고 하지 않는다. 무슨 비법을 전수한다는 등 사기극을 벌이지도 않는다. 단지 제자들의 신성을 깨우쳐주고 스스로 독립해서 수련을 할 수 있도록 도와줄 뿐이다. 제 발로 걸을 만한 능력이 있는 제자는 미련 없이 떠나보내야 한다. 스승의 사명은 제자를 일깨워줌으로써 자신의 신성을 자각시키는 것이지 심복으로 수족처럼 부려먹는 것이 아니다.

'한'은 바로 하느님이고 진리이다. 이 우주 생명의 원동력이다. 그것이 변하여 삼라만상이 되고 무궁무진한 조화를 일으키는 원리와 법칙이 바로 『천부경』이다. 이 진리는 정 · 기 · 신(精 · 氣 · 神) 삼위일체가 되어 사람의 몸과 마음속에 이미 잠자고 있는데, 『천부경』은 바로 이 잠자고 있는 진리를 일깨워 준다. 이 진리를 가슴에 껴안고 소화하여 피가 되고 살이 되고 뼈가 되게 하자.

그리하면 그대의 가슴과 뱃속 깊숙한 곳에서 뿌듯한 희열이 용암처럼 치솟아 오를 것이다. 무엇이 달라져도 크게 달라진 자신을 깨닫게 될 것이다. 『천부경』은 하느님과 인간을 결합시키는 글이다. 이때 정좌하고 깊은 명상에 잠겨보자. 온몸이 빛과 열의 덩어리로 화하여 활활 타오르는 것 같기도 하고, 자기 자신이 작은 태양이 되어 주위에 끊임없이 온화한 빛을 발산하고 지금껏 얽히고 설켰던 매듭들이 시원히 풀리는 통쾌함을 맛보게 될 것이다.

오후 3시. 입정 상태에서 갖가지 돌부처상이 서 있는 돌산 옆에 큰 절간이 보인다. 그 절 안에서 백발노인이 나타나 대령해 있던 가마를 타고 가는데, 그 노인이 어느새 변하여 내 얼굴 모습으로 바뀐다. 그대로 한참 더 타고 가다가 내려서 길 위를 거닐다가 부저 소리에 깨었다. 다시 명상.

신명들과의 싸움

1991년 3월 11일 월요일 1~6℃ 눈비 후 갬

백일수련 44일째.

오후 1시 40분. 요즘은 어쩐지 머리가 띵하고 흐릿하여 좋지 않은 기운이 안개처럼 눈앞을 가리고 있다. 머리가 달아오르고 갑갑하다. 좌우간 내가 원치 않는 휘장 같은 것이 나를 덮어씌우고 있는 것 같다. 혹시 내가 무슨 일에 너무 집착을 하여 마음의 균형이 깨어지려고 하는 것은 아닐까? 상의해 볼만한 대상을 찾다가 민소영 씨에게 전화를 걸었다.

"김 선생님께서 무슨 일에 너무 집착을 하고 계시니까 그런 현상이 일어나는 거예요."

"제가 뭘 그렇게 집착을 했게요?"

"가령 운사합법이라든가, 누구의 비리를 척결해야 한다는 정의감 같은 것도 집착이 될 수 있죠. 어떤 집착이라도 갖기 시작하면 그 마음의 파장을 계속 내보냅니다. 우주 안에는 반드시 그 파장과 사이클이 맞는 다른 생명체가 있게 마련인데 그 파장과 동조되면 공명현상이 일어나게 되죠."

"그럼 그 다른 생명체라는 것은 구체적으로 무엇을 말합니까?"

"같은 인간일 수도 있지만 대체로 영계나 신명계에 존재하는 현상계와는 차원이 다른 생명에너지인 경우가 많습니다."

"그게 무슨 문제가 되는 모양이죠?"

"이때 정도 이상의 강한 집착을 가질 때 까딱하면 접신이 되는 수가 있습니다. 그래서 수련자는 일체 집착을 가져서는 안되는데 선생님은 수련 목적 이외의 다른 일에 지나치게 관심을 기울이는 것 같습니다. 그 때문에 그 분야에서 주파수가 맞는 신명이 들어오려고 하고 있는 겁니다."

"그렇다면 일체의 집착에서 떠나야 되겠군요."

"물론입니다. 그리고 선생님의 보호령과 지도신명에게도 잘 부탁하셔서 이 일에 협조를 받도록 하시고 단전을 강화하면서 수련에 일로 매진하셔야죠."

그녀와 대화하는 도중에 나는 이미 사태를 파악하고 모든 집착에서 벗어나는 일에 전력투구하리라고 마음을 굳혔다. 지도신명과 보호령에게도 간절히 부탁했다. 전화를 끊자마자 가슴속에서 전쟁이 일어났다. 나한테 접신을 시도하던 신명과 이를 거부하는 내 의지, 그리고 이를 지원하는 지도신명과 보호령들 사이에 일대 각축전이 벌어진 것을 알 수 있었다. 나는 어떤 일이 있어도 접신이 되는 것을 완강하게 거부했다. 지금은 비록 힘이 약하더라도 내 힘으로 마음을 닦아 일어서야 했다. 누구의 간섭도 받기를 단호히 거부했다.

가슴속이 부글부글 끓는 것 같기도 하고 양자 간의 치열한 몸싸움으로 중단이 메슥거리고 현기증까지 일어났다. 그러다가 참을 수 없는 졸음이 몰려 와서 누웠다. 두 시간쯤 숙면을 취하고 나자 머리가 한결 개운해지고 두뇌 속에 잔뜩 끼었던 안개 같은 것이 말끔히 걷힌 것 같다. 이제 나는 제 페이스를 찾은 느낌이다. 지금의 상태를 확인해 보려고 민소영 씨에게 또 전화를 걸었다.

"이젠 김 선생님의 원래의 목소리로 거의 되돌아 왔네요."

"그럼 아까는 제 목소리가 아니었습니까?"

"아까는 분명 접신을 시도하는 신명의 신기(神氣)가 실려 있었어요. 이런 일이 앞으로 무수히 반복될 겁니다. 허지만 김 선생님은 기가 워낙 장해서 능히 극복하실 수 있을 거예요. 누구나 다 겪는 시련이니까 슬기롭게 뚫고 나가셔야 됩니다. 이런 때 욕심과 집착에 발이 묶이면 백발백중 옆길로 새게 됩니다. 온갖 잡신이 다 꼬여드는데 당하는 재주 있나요? 허지만 김 선생님은 기도 장할 뿐더러 굉장히 빠른 속도로 수련이 진행되고 있으니까 잘해내실 겁니다. 색탐을 청산 못한 채 수련을 하면 색신(色神)들이 수련자를 통하여 색을 즐깁니다. 재욕, 명예욕, 자기 우상화 욕구 등도 마찬가집니다. 아직도 선생님 목소리에는 약간의 이상 파장이 섞여 있습니다.

"이상 파장이라뇨?"

"아직도 완전히 원래 목소리가 회복되지 않았다는 뜻입니다. 그러니까 한동안 고전을 하셔야 할 것 같네요."

하늘의 마음은 늘 허공무심, 무사무념의 상태다. 마음의 중심을 잃을 정도로 어떤 일에 깊은 집착을 갖게 되면 그 방면의 신령의 파장과 동조되어 접신이 될 위험이 있는데 나는 지금 반쯤 파고든 이들 신명들과 피투성이의 공방전을 벌이고 있다.

1991년 3월 12일 화요일 0~8℃ 구름 조금

아침부터 사기가 인당을 딱 가로 막고 있다. 수련이 좀 되는가 싶을 때 M씨의 전화가 와서 심기가 흩어져 버렸다. 나에게 들어오려고 애쓰는 신명들을 곰곰이 생각해 보았다. 하나는 운사합법 신명이고 또 하나는 사리분별 신명이었다. 이들 두 신명은 한몸이 되어 결사적으로 접신을 시도하고 있었다. 이미 반쯤 들어와 있다가 내가 이를 깨닫고 내보내려고 하자 항쟁을 벌이고 있었다. 내가 필요한 때나 위급한 경우에 이들의 도움은 받을 수 있지만 이들이 내 몸속에 들어와 주인 행세를 하는 것은 도저히 용납할 수 없다. 그것은 한 말로 내가 무당으로 전락하는 것과 같다. 무슨 일이 있어도 그럴 수는 없었다.

나는 어디까지나 도의 길을 가려는 것이지 어느 신명에게 의지하여 안일을 추구할 생각은 추호도 없다. 나는 이러한 내 뜻을 이들 신명들에게 거듭 상기시켰다. 그러면 한동안 잠잠하고 마음도 평온하다. 괘씸하고 가증스럽다는 생각이 이는 순간 내 몸밖에서 대기하고 있던 사리분별 신명이 얼씨구나 하고 파고 들어온다. 항상 경계를 하고 있던 나는 내 보호령과 신장과 지도신명에게 부탁하여 이들을 내쫓아달라고 부탁했다. 그러나 일단 내 몸밖으로 나갔던 이들은 조금만 방심을 하면 어느새 또 들어오려고 갖은 시도를 다한다.

운사합법 신명과 사리분별 신명이 하나로 뭉쳐서 내 몸속으로 파고 들어오려는 양상은 가관이다. 이들 신명은 분명 사신(邪神)은 아니다. 때가 된 수련자의 경혈을 열어줌으로써 수련을 도와주려는 아주 선량하고 갸륵한 맘씨를 지닌 운사합법 신명과 정의감이 유달리 강하여 불의를 보면 참지 못하는 불같은 성미를 갖고 있어 자기가 목표로 하는 불의가 소멸될 때까지 저돌적으로 나오는 사리분별 신명이다. 내가 꿋꿋하게 도의 길을 걸으면서 마음의 중심이 어느 한쪽으로라도 기울어지지 않는 한, 이들 신명들은 필요할 때 내가 이용할 수 있다.

그러나 내가 운사합법 초능력에 집착하든가 지나친 정의감에 사로잡혀 있을 때는 내 마음의 균형이 흔들리면서 이들 두 신명은 하나가 되어 따뜻하고 매끄럽고 부드러운 젊은 여자의 살결처럼 내 몸에 찰싹 붙어 순식간에 빨려 들어오는데 미처 손 써볼 여유도 없었다. 할 수 없이 살살 달래서 등을 밀어 사정사정하다시피 하여 내보내는 수밖에 없었다. 나가라느니 못 나가겠다느니 하고 실랑이를 벌이면서 어느새 하루해가 저물어갔다.하루 종일 인당에 휘장을 덮은 듯한 기운이 막고 있어서 마음이 안정이 되지 않았다. 음식을 먹어도 가슴에 걸려서 내려가지 않았다.

오후 8시 20분. 강재식 박사 부부가 왔다. 부인에게 벽사문을 달아주었지만 내 컨디션이 좋지 않아서 중단을 열어주지 못했다. 다음 기회로 미루는 수밖에 없었다.

1991년 3월 13일 수요일 -2~7℃ 구름 조금

운사합법 신명과 사리분별 신명 중 후자가 유독 끈질기게 달려들려고 한다. 하도 집요하게 파고들어서 한치의 틈도 허용할 수 없었다. 바늘 구멍만 한 허점이라도 생기면 무조건 뚫고 들어오려고 안간힘을 썼다. 거듭 말하지만 나에게 있어서 신명들은 내가 원할 때 이용할 수 있는 대상이지 결코 섬겨야 할 주체는 아닌 것이다. 나는 이것을 자꾸만 그들에게 일깨워주었다. 아무리 애써보아야 헛수고에 그치고 말 것이라는 점을 누누이 강조했다.

나는 절대로 초능력에 연연하지 않는다. 어디까지나 내 마음을 갈고 닦아 내 심신이 변화하여 큰 깨달음을 얻어 하늘과 하나가 되기 위한 도의 길을 갈 뿐이다. 이 길에서 나는 한치도 벗어날 수 없는 것이다. 그러나 나의 이러한 단호한 결심에도 불구하고 사리분별 신명은 물러설 생각을 않고 계속 문간에 버티고 있으면서 호시탐탐 빈틈만 노리고 있었다. 서로 한치의 양보도 없는 지구전이 전개되고 있었다. 오전 내내 이러한 긴장 속에서 싸웠다.

오전 11시 40분. 갑자기 호흡이 막히고 숨이 넘어갈 것 같았다. 그러나 어떤 시련이 와도 당황하지 말아야 한다고 속으로 다짐했다. 그러나 꼭 누가 내 목을 조르는 것 같아 점점 더 숨이 가빠왔다. 참다못해 민소영 씨에게 전화를 걸었다.

"드디어 올 것이 왔군요!"

"무슨 뜻입니까?"

나는 헐떡이면서 되물었다."

"불의 심판이 왔다는 말입니다. 능력이 아니고 바른 인간, 바른 도의 길을 택하기를 충심으로 염원하세요."

"아니 가슴에 폭풍이 일고 전쟁이 터졌는데두요?"

"그 소식 들으니 저두 아주 기쁩니다. 김 선생님은 이런 때 상의할 대상이나 있죠. 전 지난 연말에 중단이 터졌다구요. 전 그때 이미 한 차례 폭풍과 전쟁을 겪었거든요. 저 같은 아녀자도 겪어냈는데 대장부가 뭘 그러세요. 드디어 올 것이 왔을 뿐이예요. 접신되었던 신명들과의 마지막 결전(決戰)을 치르고 계시는 거예요. 머리로 오면 어렵겠지만 가슴으로 오면 쉬워요. 선생님은 운사합법 신명에게 접신된 겁니다. 바르게 마음공부가 된 사람에게는 비록 늦기는 하지만 능력은 자연히 따라 붙게 마련이예요. 접신된 신명에게서 나오는 능력이 아니고 순전히 자기 자신의 수련의 힘으로 스스로 나타나는 능력 말입니다."

이 말을 듣고 나는 깨달았다. 나는 운사합법 신명에게 접신되어 그 전부터 있었던 원격시술 능력이 보강된 것이다. 신공(神功)과 심공(心功) 수련법의 차이가 바로 여기에 있다. 지감 조식 금촉을 통한 전통적인 선도 수련법과 손쉽게 신명에게 접신되어 초능력을 발휘하는 강신술법하고는 하늘과 땅의 차이가 날 수밖에 없었다. 강신술은 재래식 무술(巫術)과는 달리 조금 변형되고 발전된 방법일 뿐 기본적으로는 같은 것이다.

가슴속에서는 계속 폭풍과 지진이 일어나고 화산이 폭발하고 있었고 어떤 때는 가슴 전체가 빠개지는 것처럼 심한 통증에 시달려야 했다. 나 자신과 운사합법 및 사리분별 신명과의 피투성이의 주도권 싸움이 벌어지고 있었다.

1991년 3월 14일 목요일 -3~7℃ 구름 조금

오전 9시 15분. 신명들과의 싸움으로 밤새도록 불안했었지만, 다시 마음을 가다듬고 수련에 들어갔다. 그러자 숨이 꽉 막혀 오면서 가슴에서 심한 소용돌이가 일어났다. 오전 9시 반에 민소영 씨에게서 전화가 걸려 왔다.

"어젯밤 열 시에 수련 중에 선생님을 떠올렸어요. 여전히 심기가 대단히 불안한 상태였어요. 갖가지 사기(邪氣)까지 들락거리고 있었어요. 저까지도 가슴이 콱 눌리면서 아프더군요. 이 고비를 잘 넘기셔야 해요. 기가 워낙 장하시니까 꿋꿋이 이겨나가실 겁니다."

"어려운 때 이렇게 관심을 기울여주셔서 고맙습니다."

통화 끝내고 나자 새삼스레 온몸이 찬물이라도 뒤집어쓴 듯 오싹하고 으실으실 하면서 내 몸속에서는 여전히 공방전이 가열되고 있었다. 피로와 한기 때문에 앉아 있을 수도 없었다. 오후 1시까지 누워 있었지만 잠도 오지 않았다. 책을 들었으나 마음이 뒤숭숭해서 글이 눈에 들어오지 않았다. 1시 반쯤 점심을 한술 들고 난 뒤 다시 수련에 들어가려고 하는데 박유석 씨가 왔다. 두 눈이 퀭하니 들어간 게 사흘 굶은 사람 같았다. 그가 말했다.

"지난 일요일에 마리산 갔다 와서 저녁에 비를 맞고는 사흘 동안 지독한 몸살을 앓았습니다."

그러나 하도 괴로워서 말대꾸도 하기 싫었다. 그가 방안에 들어오면서부터 자연 나와 기운이 교류되니까 그의 몸살기까지 들어와 고통이 가중되었다. 그가 4시에 돌아가자 한결 몸이 가벼워졌다. 괴롭고 심기가 불편한 하루가 또 저물어 갔다.

나는 운사합법 신명에게 접신이 되어 지금까지 140여 명이나 시술을 해 준 것이다. 이들 수련생들의 수련을 도와준 것은 좋은 일이지만 그것이 순전히 내 힘으로 된 것이 아니고 신명의 주관 하에 나는 일종의 도구로 이용된 것임을 알 수 있다. 신공(神功)이나 강신술은 수련자 자신의 심신이 변화하여 스스로 능력을 발휘하는 것이 아니고 신령의 힘을 이용하는 것으므로 빠른 수련 효과는 낼 수 있지만 접신이 되는 위험을 안고 있다.

자기 힘이 아니라 남의 힘을 빌어서 초능력을 발휘해 보았자 수련에는 큰 진전이 있을 수 없다. 외국의 원조에만 의존하여 경제가 한때 번영을 누려 보았자 그것은 원조국의 조종에 놀아나는 결과를 가져올 뿐이다. 이럴 때는 원조를 받는 동안에 재빨리 독립 기반을 확실히 다지면서 때가 되면 그 원조의 중독에서 벗어나야 한다.

1991년 3월 16일 토요일 1~6℃ 한때 눈 오전에 비

낮 12시경 민소영 씨에게서 전화가 왔다.

"이제 싸움은 한 고비 넘긴 것 같습니다. 어떠세요. 기분이 좀 나아지시지 않았어요?"

"네, 어제 저녁 때부터 몸살기가 조금 수그러든 것 같습니다. 어떻게 집에 앉아서 그런 것까지 알아맞히십니까?"

"떠올려보면 금방 알 수 있어요. 이제 김 선생님께서도 곧 그렇게 되실 텐데요 뭐. 그건 그렇구요. 운사합법 신명이 어젯밤에는 저한테까지 와서 호소를 하는 거 있죠?"

"네엣? 뭐라고 호소를 하던가요?"

"제발 쫓아내지만 말게 해달라는 거예요."

"어떻게 민 선생님한테까지 가서 그런 호소를 했을까요?"

"신명쯤 되면 그런 거야 환히 알 것 아니예요? 그래서 제가 그 신명 보구 김 선생님이 앞으로 더 커야 하지 않겠느냐면서 그동안 수고가 많았으니 앞으로도 계속 발전하도록 도와드려야 한다고 잘 타일렀습니다. 본인이 독립하여 혼자서 수련을 하겠다는데 어떻게 하겠느냐고 이해해 줘야 한다고 말해주었어요."

"그런데 뭣 때문에 신명들은 그렇게 남의 몸속에 들어오기를 원할까요?"

"이 세상에서 자기 뜻을 펴려면 그 길밖에 없으니까 그렇겠죠. 원래는 김 선생님께서 운사합법에 관심을 가지고 계시니까 저들도 윗분의 허락을 받아서 도우려고 왔겠죠. 그런데 법수식 때 아예 들어 앉아버린 것 같아요. 그래서 맘 놓고 자기 기량을 발휘해 왔는데 8개월이나 지난 이제 와서 갑자기 나가 달라고 강력히 요구하니까 좀 억울하기도 하고 당황하기도 하구 했겠죠. 그러나 다행히도 아주 선량한 신명이시니까 그렇게 순순히 물러났지 그렇지 않았으면 되게 애를 먹였을 거예요."

"그럼 난 이제부터는 운사합법 능력이 없어지는 건가요?"

"아아뇨. 그렇진 않죠. 그 능력은 그전부터 있었고 앞으로도 계속 가지고 계시겠지만 이제부터는 선생님 자신의 힘으로 하게 되는 거죠. 모든 기법은 이미 완전히 그 신명에게서 전수가 되었으니까 그 능력은 계속 발휘될 수 있습니다. 그러나 앞으로는 될수록 삼가는 게 좋습니다. 너무 집착을 하시면 그 신명이 또 들어올 수도 있으니까요. 며칠 동안 싸우시느라 고생이 많았어요. 그러나 아직 싸움이 완전히 끝난 것은 아니니까 과일 같은 거 드시면서 푹 쉬시도록 하세요."

"고맙습니다."

운사합법 신명에겐 미안한 생각도 들었지만 내 수련을 위해서는 나가주는 수밖에 없으니 양해해 달라고 거듭 달랬다. 위급한 때나 도와달라고 당부했다. 나무가 자라서 큰 재목이 되려면 기생충, 딱따구리, 뱀 같은 것이 깃들지 말아야 한다. 사람 역시 큰 뜻을 품고 공부를 하고 출세를 하여 한참 자라나다가 사리사욕, 엽색, 명예욕 같은 데 발목 잡혀버리면 큰 재목 대신에 하찮은 땔감으로 전락해버리고 만다.

지난 닷새 동안 하도 심한 고전을 치른 끝이어서 그런지 막혔던 가슴이 트인 것 같다. '가슴이 탁 틔었다'는 말을 우리는 흔히 한다. 그러나 이 말의 참뜻을 알고 쓰는 것일까? 수련을 통해서 중단전이 그야말로 탁 틔었다는 것을 제대로 아는 사람이 얼마나 될까.

1991년 3월 17일 일요일 −1~9℃ 구름 조금

백일수련 50일째. 기분도 활짝 개이고 몸도 한결 가벼워졌다. 수련도 본궤도를 찾은 것 같다. 지금까지 나는 독서와 집필하는 시간이 가장 좋았었다. 재미있는 책을 읽거나 영감에 사로잡혀 좋은 글을 쓸 때 이상 행복한 때가 없었다. 그러다가 1979년 여름부터 일요일에 산에 올라 암벽 타는 재미가 하나 더 추가되었다.

그러나 이 세 가지는 요즘처럼 정좌하고 명상하는 즐거움을 도저히 따라잡을 수 없다. 명상 시간에는 이루 필설로 다할 수 없는 행복으로 온몸이 무중력 상태로 깃털처럼 하늘 높이 떠오른다. 가슴이 탁 트이면서 우주의 삼라만상이 한 아름으로 내 가슴속에 안겨 들어온다. 더구나 지난 닷새 동안 운사합법 신명과 주도권 다툼을 하느라고 크나큰 홍역을 치르고 겨우 그들을 내보낸 뒤끝이라 그 즐거움과 행복감은 배가되었다.

12시. 박유석 씨가 또 왔다 갔다. 그는 순전히 기운 때문에 나를 따른다. 기운의 질과 색깔에 유난히 민감한 그였다. 이밖에 나를 자주 찾는 사람들도 대개 같은 이유를 갖고 있다. 그러나 기운이란 마음의 작용에 따라 달라진다는 것을 알아야 한다. 다시 말해서 기운은 마음에 좌우된다. 심생기(心生氣)이다. 기보다는 마음을 먼저 파악할 줄 알아야 한다. 인격이 먼저고 기는 그다음에 나오는 것이다.

그러나 기가 마음의 상태를 백 퍼센트 반영한다고 과신하는 것은 금물이다. 마음이 바르지 못하고 기가 강한 사람들은 기 장난이라는 것을 할 수도 있기 때문이다. 기운을 가지고도 사기를 칠 수 있다는 뜻이다. 기 장난에 놀아나지 말아야 한다. 기만 강하고 마음 수양이 덜된 사람의 기 장난에 걸려 버리면 맹신자나 광신자가 되기 쉽다. 중심이 흔들리기 쉬운 사람의 꿈에 나타나 자기를 맹신하도록 장난을 칠 수도 있다. 꿈이나 기공 상태에서 가장 존경하는 신이나 사람으로 나타나 그의 마음을 얼마든지 바꾸어버릴 수 있는 것이다. 기에 현혹되거나 속지 말아야 한다. 수련에 대한, 재물에 대한, 여자나 명예에 대한 욕심이 언제나 낚싯밥이 된다는 것을 명심해야 한다.

밤 9시 20분. 코스타리카의 성창성 씨가 기운 보내달라고 전화를 했다. 두 신명들과의 격전을 치르고 났지만 내 기운은 여전했다. 기운이 잘 들어오느냐니까 그렇다고 대답했다.

1991년 3월 18일 월요일 1~11℃ 맑음

어제에 이어 오늘도 하루 종일 일층에서 이층으로 이삿짐을 나르느라고 정신없이 바쁜 하루를 보냈다. 그러나 앉기만 하면 기운이 무한정 쏟아져 들어왔다.

사람들은 접신과 성통을 흔히 혼돈한다. 그 이유는 아전인수격인, 이기적인 해석 때문이다. 누구나 모든 것을 자기 구미에 맞게 그럴듯하게 해석하는 경향이 있기 때문이다. M씨는 사기꾼을 만나 사업에 실패하고 부모 친척들로부터도 외면당하여 인생을 포기해야만 되는 절체절명(絕體絕命)의 위기에 몰려 외로이 여행길을 가다가 갑자기 태양 에너지가 백회를 뚫고 들어오면서 머리가 환히 밝아오고 초능력이 발휘되기 시작했는데 이것을 그는 대각(大覺)의 순간이라고 말했다.

과연 이러한 것이 성통이나 대각의 순간이었을까? 나는 그렇게 보지 않는다. 자기 자신이 그렇게 만들었든, 아니면 환경이 자기를 막다른 골목으로 몰아넣었든지 간에 절체절명의 위기의 순간에 접신이 된 것을 자기 나름으로 성통 또는 대각이라고 착각을 하고 있었을 뿐이다. 고민은 마음의 갈등에서 온다. 욕망이 현실의 벽에 부딪쳐 좌절당했을 때 일어나는 현상으로 접신되기에 가장 알맞은 불안한 상태다. 여기에는 이웃 사랑이나 동포나 인류를 구제하겠다는 의지 같은 것은 없었다. 이런 사람에게 큰 깨달음이 있을 리 없다.

성통이나 대각은 갈등과 고민, 위기의식 같은 것은 일찍이 초월해버린 허공무심, 무사무념의 하느님의 마음에 접근했을 때 일어나는 것이지 개인적인 욕망의 좌절로 고민하고 갈등을 겪는 사람에게 오는 것이 아니다. 무아지경 속에서 오는 것이지 죽음 직전의 위기의식에서 오는 것은 아니다. 접신되는 순간 그는 곁눈질로 과거 지망생이 과장(科場)을 흘낏거리듯 진리나 '한'의 한 모퉁이를 보았을 것이다.

1991년 3월 20일 수요일 6~8℃ 가랑비

오전 11시. 얼마 전에 시술을 받은 평생회원인 조성호 씨가 왔다. 신정, 미간, 태양혈을 뚫어주었다. 이번 홍역 치르느라고 원격시술 능력이 떠난 게 아닌가 하고 의심을 했었는데 아무 일 없다는 것을 확인했다.

오후 2시 20분. 한숙희 씨의 중단 뚫어주다. 운사합법 신명을 내보낸 뒤 처음으로 내 힘만으로 시도해 보았는데, 처음엔 잘 나가다가 중간에 힘이 부쳤다. 36년간의 인생을 살아오는 동안 가슴에 쌓인 온갖 비애와 슬픔과 긴장이 그대로 굳어져 두꺼운 바위벽을 이루고 있는 것 같았다. 그렇다고 한참 일을 하다가 중간에 포기하기는 내 자존심이 허락하지 않는 일이었다. 생각다 못해서 위급한 때 도와주기로 했던 운사합법 신명을 불렀다. 금방 그전처럼 궤도차 위에서 착암기로 뚫고 들어가는 것이 보였다.

공사 마치고 나서 냉정하게 나 자신을 관찰해 보니 아직 신명의 파장이 남아 있었다. 지난 8개월 동안 접신되었던 체질이라 금방 회복이 되지 않는 것 같기에 속으로 위급할 때 도와 준 것은 고맙지만 일이 끝났으니 약속대로 나가달라고 간절히 부탁했다. 한 시간쯤 뒤에야 신명의 파장이 완전히 빠져나간 것을 느낌으로 확인했다. 나는 비로소 함부로 신명을 부르면 안되겠다는 것을 깨닫게 되었다. 그러나 이 일을 통하여 위급할 때 신명을 부릴 수 있는 능력을 확인할 수 있었던 것은 하나의 소득이었다.

1991년 3월 23일 토요일 4~13℃ 구름 많음

오전 11시부터 정좌 수련에 들어갔다. 안정되고 세찬 기운이 폭포수마냥 쏟아져 들어왔다. 간혹 사기가 접근하려고 하는가 하면 잡념이 끼어들려고 했지만 이내 위에서 바로 내리 퍼붓는 정기(正氣)에 쫓겨나고 말았다.

1991년 3월 25일 월요일 5~15℃ 구름 많음

닷새 전에 신명의 도움을 받았던 일이 아직도 머리에서 지워지지 않는다. 수련자는 스승의 도움을 필요로 하듯, 위급한 때는 신명의 도움을 받을 수도 있다. 그러나 도움을 받되 어디까지나 주체성을 살려서 주객을 분명히 해야 한다. 너무 자주 도움을 받다간 신명에게 안방까지 빼앗기게 된다. 이래서는 그야말로 주객이 전도되고 만다.

우리나라가 지금의 경제 성장을 이룩하기까지는 외국의 원조를 많이 받아왔다. 외국 원조를 받으면서 자립 경제를 달성했기에 말이지, 지나치게 대외 원조에만 의존했다간 외국 경제에 예속 당할 우려가 있다. 원조는 받되, 외국에 예속되지 않으려면 비상한 노력이 있어야 한다. 수련자와 신명과의 관계도 이와 같다.

오후 5시경 민소영 씨 전화.

"남의 기혈을 뚫어주는 일은 일체 하지 마세요. 석가나 예수도 깨달음을 얻기 전에는 비록 능력이 있었다 해도 선불리 구사하지 않았어요. 찾아오는 사람들과 평범한 대화를 나누는 것은 몰라도 백회, 인당, 전중을 뚫어주는 일은 절대로 하지 마세요. 진아(眞我)를 찾은 뒤라야 그런 일은 맘 놓고 할 수 있어요. 그전에 찾아오는 사람들은 모두 다 마군이고 시험이예요."

심각하게 받아들여야 할 충고이다. 내가 선도수련을 시작한 지도 어언간 햇수로 6년이란 세월이 흘렀다. 수련 시작한 날부터 기를 느끼고 진동을 했고 그 뒤 숱한 우여곡절은 있었지만 유달리 많은 기운을 받아왔다. 상단전도 중단전도 누구의 도움을 받는 일 없이 스스로 열렸다. 그런데 나는 지금껏 많은 사람의 경혈을 뚫어주었는데 그게 잘못이라는 것이다. 새겨들어야 할 말이다. 수련에 대한 확신을 심어줌으로써 스스로 상 중단전을 열 수 있도록 하는 것이 아무래도 좋은 것이다.

어쨌든 내가 남보다 좀 많은 기운을 받게 된 것은 하늘이 나에게 어떤 기대를 갖고 있기 때문이 아닐까 하는 느낌이 든다. 더구나 요즘엔 주변 사람들로부터도 일종의 흠모를 받고 있다. 하늘과 사람들로부터 적지 않은 기대를 받고 있다. 그런데도 나는 아직 유혹과 시련의 단계를 완전히 벗어나지 못하고 허덕이고 있다. 송구스럽기 짝이 없다. 일체의 집착에서 벗어나지 못하고 있기 때문이다. 희구애노탐염(喜懼哀怒貪厭)은 말할 것도 없고 약간의 초능력에 현혹되어 이를 발휘하고 싶어하는 욕망에서 벗어나야 한다. 그뿐 아니라 성색취미음저(聲色臭味淫抵)에서도 벗어나야 한다. 이 한계를 뛰어넘지 못하면 주저앉을 수밖에 없다. 그럴 수는 없는 일이다.

1991년 3월 28일 목요일 2~11℃ 가끔 구름

백일수련 61일째. 거의 하루 종일 정좌 수련. 기공 상태. 무아지경 속에서 어느 틈에 하루 해가 저물어가고 있었다. 오후 5시 반. 강재식 박사의 소개로 대전 표준연구소의 박건용 박사가 찾아왔다. 그는 우리 민족의 삼대 경전인 『천부경』, 『삼일신고』, 『참전계경』의 기존 번역물이 오역이 너무 많다면서 자기네 연구소 박사 다섯 명이 팀을 구성하여 새로 번역을 하고 있었다.

"『삼일신고』 진리훈에 보면 '미지에 삼망이 착근하니(迷地에 三妄이 着根하니)' 하는 구절이 나오는데, 지금까지 나온 어떠한 번역물에도 '미지'를 제대로 옮겨 놓은 책이 없었습니다. 그걸 제가 여러 문헌을 모조리 분석한 끝에 그 뜻을 찾아냈습니다."

"그러세요. 아주 큰일을 하셨군요. 그게 무슨 뜻인데요."

"종래에는 미지를 '미혹된 곳'이니 '아득한 땅'이나 하는 지극히 애매모호한 번역을 했습니다만 그것으로는 앞뒤 뜻이 통하지 않습니다. 그래서 삼대경전과 『환단고기』 원문을 전부 훑어보면서 면밀히 분석해본 결과 드디어 해답이 나왔습니다. 미지는 절대로 '미혹된 곳'이니 '아득한 땅'이 아니고 '배태시(胚胎時)에'라는 관용구라는 것을 알아냈습니다."

"아주 큰일 하셨군요. 사실은 삼대경전은 우리나라 종교학자나 철학자, 사학자 들이 연구해야 하는데 엉뚱하게도 과학자들이 달려들어 진지한 연구를 하게 된 게 아무래도 좀 이상한 생각이 듭니다.”

“물론이죠. 김 선생님 말씀대로 응당 그런 분들이 해야 할 일인데, 그분들은 다른 일이 바쁜지 별로 관심을 기울이는 것 같지 않고 해서 우리 과학자들이 손을 댄 겁니다. 전공 분야가 전연 다르긴 하지만, 우리 민족 공동의 가장 소중한 유산에 대한 연구는 민족의 구성원이면 어떤 직업을 가진 사람이건 구애될 필요 없이 누구든지 해야 된다는 지극한 정성 하나만 갖고 뛰어든 겁니다.”

“참으로 장한 일을 하셨습니다.”

“뭘요. 응당 우리 세대가 해야 할 일인걸요. 이건 『참전계경』을 우리 나름대로 시험적으로 번역한 것을 컴퓨터에서 뽑아 복사한 것입니다. 한번 읽어보시고 많이 좀 편달해 주시기 바랍니다.”

이렇게 말하면서 그는 4·6배판에 3백 쪽쯤 되는 책을 한 권 주었다.

“고맙습니다. 잘 읽어보겠습니다.”

이런 얘기들이 오가는 동안 사십대 초반으로 보이는 박건용 박사와 운기를 해 보았다. 민족 주체정신이 투철한 만큼, 그의 말대로, 비록 혼자서 수련을 하기는 했지만 기운이 맑고 강하게 흐르고 있었다. 이미 약속을 했던 일이라 그의 수련을 도와주기 위해서 내가 할 수 있는 일을 해 주었다. 박건용 박사가 돌아간 뒤에도 계속 명상을 했다. 저녁 때 아내가 말했다.

“아니 당신은 하루 종일 눈감고 앉아 있었으면 됐지 밤에도 계속 눈감고 앉아 있기예요?”

1991년 4월 1일 월요일 -4~9℃ 구름 조금

운사합법을 시행하면서 체험한 바에 의하면 중·상 단전 12개 중요 경혈 중에서 전중을 뚫는 것이 제일 힘이 든다는 것을 알 수 있었다. 전중을 뚫음으로써 중완(전중과 배꼽 중앙 부근에 있는 혈)과 방광경에 속하는 등쪽에 있는 좌우 양 심유혈까지 네 개의 혈을 한꺼번에 열어야 하기 때문이다.

앞으로는 운사합법을 시행치 않는 것이 좋겠다는 민소영 씨의 충고를 고맙게 받아들이기는 하지만 운사합법 신명을 내어 보내고 나서도 내게 중단을 뚫을 만한 능력이 있는지 한번 시험을 해 보고 싶었다. 더구나 최원식 씨는 앞으로 선도 보급을 위해서 큰일을 할 인물이 될 것도 같고 해서 그의 중단만은 꼭 열어 주고 싶었다. 본인 또한 그것을 원하고 있었다.

오후 2시. 최원식 씨가 왔다. 2시 15분부터 순전히 내 힘만으로 그의 중단을 뚫기 시작했다. 일전에 한숙희 씨의 경우처럼 중도에 힘이 부쳐서 신명을 불렀던 일이 생각나 긴장이 되었지만 이번에는 비교적 수월하게 뚫을 수 있었다. 꼭 15분이 걸렸다. 그에게는 아직도 탁기가 수련 전보다 3분의 1 정도 남아 있었다. 니코틴 탁기가 아릿하게 감지되었다. 기관지에 가래가 끓고 뻑뻑한 느낌의 좋지 않은 기운이 감지되었다.

단식(斷食)

4월 2일 화요일 0~11℃ 맑음

백일수련 66일째. 모처럼 하고 있는 백일수련을 좀 더 효과적으로 하기 위해서는 정좌 수련만 가지고는 부족할 것 같아서 몇 해 전부터 생각해 온 단식을 시작해 보기로 했다. 단식은 수천 년 전부터 수많은 선배 수련자들이 실행해온 수행방법이다. 『삼국유사』에도 마늘과 쑥만으로 굴속에서 100일간 단식 수련하는 얘기가 나온다. 석가도 단식을 했고 예수도 40일 단식을 했다. 확실히 단식은 체내에 잠복해 있던 온갖 불순물과 노폐물을 밖으로 배설함으로써 심신을 정화하여 수련을 가속화시키는 역할을 한다. 그동안 마음속으로 별러오기만 하던 일을 오늘부터 드디어 단행키로 결심했다.

본격적인 단식에 들어가기 전에 예비 단식 기간을 거친다고 한다. 보통 하루 세끼 식사하던 것을 두끼로 줄이다가 한끼로 줄이고 나서 본단식으로 들어가는 것이, 세끼 식사를 하다가 어느 날 갑자기 굶는 것보다는 충격이 덜하다고 한다. 다시 말해서 두끼씩 이틀, 한끼씩 하루를 지낸 후에 본단식으로 들어가는 것이다. 그러나 나는 강하게 들어오는 기운을 배경으로 당장에 본단식으로 들어가 보기로 작정했다. 그러니까 오늘 점심 먹은 것을 끝으로 본단식에 들어간 것이다.

1991년 4월 3일 수요일 3~15℃ 맑음

아침에 일어나니 약간의 무력증. 발목의 골절 부위에 어제보다 약간 더 통증을 느꼈다. 연탄 갈고 나르고, 마당 청소하는 데 조금 힘이 부쳤다. 아내 혼자서 아침 식사를 했다. 식사 시간이 되자 강한 기운이 백회와 인당으로 들어왔다. 마음을 굳게 먹어서 그런지 아내 혼자 조반 드는 걸 보고도 전연 먹고 싶지 않았다. 어떻게 하든지 일상생활을 그전대로 영위하면서 단식 수련을 해 볼 작정이다.

아침 식사가 끝날 8시쯤 되자 느닷없이 졸음이 몰려오고 한층 더 나른해졌다. 그래서 몸을 비스듬히 누인 채 신문을 읽었다. 그러나 30분쯤 지나자 누워 있기 싫어서 다시 일어나 앉았다. 앉은 채로 계속 신문을 읽어나가자 점점 더 강한 기운이 들어오면서 생기를 되찾을 수 있었다. 기운은 마치 내가 단식하기를 기다리고나 있었던 듯 나른하고 무기력해질 때마다 강하게 몰려들어오는 것이었다. 이래서 수련자는 누구나 단식이 가능한 게 아닐까.

잠자리에서 일어나 식사하고 출근하여 일하고, 퇴근하고 신문 읽고 독서하고 텔레비전 보고, 친구 만나서 잠자고 하는 하찮은 일상생활이 다 수련이 되어야 한다. 일상생활 자체가 다 수련의 연장이 되어야 한다. 생활과 격리된 수련은 아무 의미가 없다. 일상생활 속에서 우리는 깨달음을 얻는다. 수련은 꼭 도장에서만 하는 것으로 착각을 해서는 안 된다. 일상생활 자체를 우리는 바로 수련 현장으로 소화할 줄 알아야 한다. 그래서 나는 외따로 조용한 곳에서 단식을 하겠다는 내 의사에 반대한 아내를 그렇게 못마땅해 하지 않는다. 일상생활과 유리되면 진정한 수련이 될 수 없다고 보기 때문이다. 이런 의미에서 산속 암자나 토굴 속에서 혼자서 수련하는 것은 지극히 비현실적이다.

대전의 황주식 씨가 선물한 일본의 다니구찌 마사하루 저 『생명의 실상』 40권 중 1권부터 읽기로 했다. 이 책은 민소영 씨가 몇 달 전부터 읽기를 권해 온 것이다.

오후 2시 반. 어지럽고 나른하고 신경과민 상태가 되었을 뿐만 아니라 갑자기 허탈해졌다. 가만히 생각해 보았다. 아무래도 단식 경험도 전연 없이 세끼 식사를 하다가 갑자기 단식을 단행한 것이 무리였던 것 같아서 식사를 한끼만 하기로 했다. 그러니까 세끼 식사를 한끼로 줄여본 것이다.

1991년 4월 4일 목요일 6~17℃ 구름 많음

단식을 우선 절식으로 바꾸어 놓고 추이를 보아가면서 무리 없이 밀고 나가기로 했다. 단식을 한다고 해서 누워 있다든가 게으름을 피운다든가 하여 아내의 눈 밖에 나버리면 곤란하다. 나른한 몸을 이끌고 여느 날처럼 아내와 함께 마당 청소며 연탄 가는 일을 했는데 역시 힘이 부쳤다. 이렇게 급격히 체력이 떨어져서는 장기간 버티기가 힘들 것이다.

이래서는 아무래도 단식의 의미가 없다. 일상생활에 지장을 초래하고 신경과민을 느낄 정도의 무리한 단식보다는 될수록 부작용을 서서히 줄여나가는 점진적인 절식부터 해나가면서 종래엔 완전 단식을 하기로 궤도 수정을 하기로 했다. 그래서 아침 식사를 평소보다 적게 했다. 부상이 아직 완전히 회복되지 않아서 그것도 걱정이 됐다. 아침저녁 식사 때마다 아내가 너무 걱정을 하는 바람에 조금씩이라도 먹는 시늉을 하면서 차츰 차츰 식량을 줄여 나가야겠다.

오후 5시. 갑자기 강한 기운이 들어왔다. 절식 이후 어느 정도의 진통기를 거친 뒤 심신이 정화되고 기운도 되찾았다. 어제는 못 했던 도인체조도 했다. 수련을 하는 한 숨을 거두는 순간까지 기력만 있다면 도인체조는 거르지 말아야 한다. 도인체조를 안 하면 몸이 굳어지기 때문이다. 몸이 경직되면 원활한 운기가 되지 않는다. 수련자는 각자 자신의 체력 조건에 맞게 도인체조를 개발하여 어떠한 일이 있더라도 중단하는 일이 없어야 한다.

우리가 이 세상에 사는 동안 음식을 먹고 숨을 쉬는 것과 똑같이 도인체조는 절대로 중단하지 말아야 한다고 나는 생각한다. 절식으로 부족해진 영양분은 기운으로 보충이 되는 것을 알 수 있었다. 소화기관을 통하여 흡수하는 음식은 땅에서 자라난 동식물에서 채취한 것이다. 이것을 우리는 지기(地氣)라고 한다. 부족되는 지기를 천기(天氣)가 보충해 준다는 것을 알 수 있다. 단식을 해야 한다는 강한 의식을 걸었으므로 이제는 음식을 먹어도 속에서 거부반응이 일었다. 어제에 이어 오늘도 아침 한끼만으로 때웠다.

1991년 4월 5일 금요일 6~14℃ 가끔 흐림

그제와 어제는 한끼밖에 안 들었는데도 오늘 아침엔 전날보다 마당 청소를 하는데도 무력증이 한결 덜했다. 오늘도 아내의 근심걱정을 조금이라도 덜어주기 위해서 함께 아침 식사를 한끼만 했다.

오후 3시 반. 김태선 씨가 오래간만에 왔다. 안색이 약간 찌들고 창백했을 뿐만 아니라 중단이 콱 막혀 있기에 왜 그러냐 물어보았더니,

"저보다 늦게 들어온 직장 동료들이 전부 다 진급을 하는데 저만 이번 진급에서 쏙 빠져버리는 통에 심한 갈등을 겪어서 그런 것 같습니다."

"허지만 김 형께선 그들이 못 가진 것을 갖고 있지 않소. 하늘의 기운 말요. 맘을 넓게 가지세요."

3미터 간격을 두고 그와 마주 앉아 있는 사이에 그의 중단과 인당으로 동시에 내 기운이 빨려 들어가 일곱 개의 혈이 동시에 뚫려버렸다. 인당에는 머리 뒤통수에 있는 두 개의 옥침혈이 연결되어 있고 전중에는 중완과 등쪽에 좌우 두 개 심유혈이 있어서 도합 일곱 개의 경혈이 있다. 하루 한끼 식사가 정착되면서 내 기운은 더욱 강해진 것이 틀림없다. 창백하고 찌들었던 김태선 씨의 안색이 대번에 홍도색으로 피어오르기 시작했다.

"속(俗)에서 선(仙)으로 마음을 바꾸세요. 하늘과 자신을 일치시키셔야 합니다. 큰 깨달음이 곧 올 겁니다. 진급 문제 따위로 고민할 단계는 한시 바삐 초월해야죠. 대조화의 실상의 세계를 구해야죠."

"네, 감사합니다."

1991년 4월 6일 토요일 6~16℃ 가끔 구름

본단식 첫날. 백일수련 70일째. 오늘부터 완전 단식에 돌입했다. 4월 2일은 두끼, 3, 4, 5일은 하루 한끼씩으로 일관해 오다가 드디어 완전

단식을 단행하기로 한 것이다. 사흘 동안 절식을 하는 동안 어느 정도 자신감이 생겼기 때문이다. 아침에 마당 청소를 하는 동안 약간 무력감을 느끼기는 했지만 뒤이어 곧 강한 기운이 들어와 무력감을 추방해 버렸다.

오후 2시. 네 명의 도우들이 다녀갔다. 정숙희 씨도 그중에 끼어 있었는데 며칠 전에 뚫어준 중단이 또 막혀 있었다. 내 앞에 앉아 있는 동안 자동적으로 뚫려버렸다.

오후 5시와 6시 사이. 민소영 씨의 충고를 받아들여 운사합법을 안 해주기로 했지만 내 앞에서 앉아서 수련하는 사람들의 중단으로 내 기운이 자동적으로 흘러 들어가 뚫어주는 것은 막을 수가 없었다. 더구나 이미 백회를 열어준 사람들은 기운줄이 연결되어 있어서 기운이 스스로 알아서 찾아가는 것 같았다.

김진구 씨의 중단은 무려 1시간이 걸려서야 뚫렸다. 기록적인 시간이다. 남보다 무려 다섯 배 이상이나 시간이 걸린 셈이다. 마음고생이 많았던 것 같았다. 6.25때 아버지가 전사하는 통에 그는 재가한 어머니 밑에서 배다른 형제들과 어울려 사느라고 많은 갈등을 겪었단다. 그뿐 아니라 경제력이 없는 의붓아버지를 모시고 순전히 어머니의 장사로 살아가는 가난한 살림에다가, 친척들의 사업자금을 대주고 떼이는 통에 집까지 날려버리는 등 숱한 고난을 겪느라고 가슴에 쌓인 고통은 끝이 없었단다. 바로 이 때문에 그의 전중에는 두텁고 단단한 암반이 형성되어있었다. 마치 차돌을 깨어내는 것 같은 힘든 작업 끝에 마침내 전중이 뚫려버렸다.

그의 수련하는 태도 역시 바위처럼 듬직하고 믿음직스러웠다. 대기만성형(大器晩成型) 이어서 큰 재목으로 성장할 것 같다. 아닌 게 아니라 그는 최근에 식중독으로 거의 빈사 상태에 빠진 외할머니를 두고 가족들이 장례 치를 준비를 하고 있을 때 외가엘 찾아갔었단다. 그는 별 생각 없이 써늘하게 식어가는 외할머니의 장심과 천돌에 차례로 30분간 장지를 통하여 기를 넣어주었는데 그야말로 기적적으로 회생했단다.

단식 이후 부상당한 발목 관절이 현저히 좋아졌다. 우리의 상식으로는 이해할 수 없는 일이었다. 그러나 상식은 어디까지나 상식일 뿐 그것이 곧 진실은 아니다. 사람은 음식을 통해 영양을 섭취해야만 살 수 있다는 것이 상식이라면 40일씩, 120일씩 단식을 하고도 멀쩡하게 살아 있을 뿐만이 아니고 고질병까지 완치된 이유를 상식만으로는 해석이 불가능하다.

인체는 흔히 소우주라고 한다. 공연히 듣기 좋으라고 그렇게 말한 것은 결코 아니다. 인체의 메커니즘은 상식만으로는 도저히 이해할 수 없는 구석이 너무나도 많다. 공급되던 영양이 끊어지면 그때부터 인체는 비상체제로 돌입하여 온갖 초능력이 발휘되기 시작한다. 동식물에서 흡수되던 지기(地氣) 대신에 천기(天氣)가 큰 역할을 감당하게 된다. 따라서 단식은 초능력을 개발하는 촉매제의 구실도 한다는 것을 알 수 있다. 그렇지 않다면 단식을 했는데도 부상당한 발의 상태가 급격히 좋아지는 이유를 설명할 길이 없게 된다. 그러나 내가 완전 단식에 들어간다고 하니까 아내가 하도 심하게 반발을 하는 통에 당분간은 속이는 수밖에 없었다.

1991년 4월 7일 7~18 ℃ 구름 조금

본단식 2일째. 단식을 하기로 결심한 첫날인 4월 2일은 아침과 점심 두끼만 들었고 3, 4, 5일은 하루 한끼씩만 들었는데, 마지막 날인 5일엔 점심도 별로 먹히지 않았다. 자동적으로 점차 식사량이 줄어들기 시작하다가 6일엔 전연 먹히지가 않았다. 꼭 누가 내 머리 위에서 내 단식 수련을 지휘감독하고 있는 것 같은 느낌이 들었다.

이틀째 완전 단식을 하고 나서 곰곰 생각해 보니 새로운 깨달음이 왔다. 사람은 하루 세끼 밥을 먹어야 한다느니, 사람은 먹지 않으면 죽을 수밖에 없다느니, 식후 금강산이니, 사흘 굶고 도둑질하지 않는 놈 없다느니, 수염이 석자라도 먹어야 양반이니 하는 말은 일종의 관념이고 허상이었다. 식사 습관에서 해방이 될 때 사람은 새로운 시야를 만나게 된다. 지금까지 식습관에 묶여 있던 쇠사슬을 벗어 던지고 훨훨 창공을 날아보는 대자유를 만끽할 수 있다. 수면도 그렇다. 사람은 보통 여덟 시간은 자야만 정상적인 건강을 유지할 수 있다든가, 적어도 여섯 시간은 자야 한다든가 하는 것도 일종의 관념이요 허상이다.

도반(道伴)들이여! 식습관과 수면의 장벽을 과감하게 뚫어보라. 장기간이 불가능하다면 다만 하루 이틀만이라도 좋다. 그러면 그대는 대자유(大自由) 대자재(大自在)의 홀가분함과 통쾌감을 맛볼 수 있을 것이다. 이로써 누구나 새로운 가능성에 도전할 수 있는 확신과 의지를 키울 수 있을 것이다.

간밤엔 밤 12시에 잠들어 새벽 5시에 깨어났는데도 수면 부족증을 느낄 수 없었다. 오전 8시 15분부터 9시 15분까지 명상하는 동안 약간 남아 있던 피로와 졸음 그리고 공복감까지도 깡그리 사라졌다. 몸도 훨씬 가벼워져서 부상당하기 전(90년 3월 25일 이전) 상태로 되돌아갔다. 그동안 등산을 못해서 비대해졌던 몸에서 군살이 빠져버려 입을 수 없었던 등산용 바지도 이제는 입을 수 있게 되었다. 며칠 전까지만 해도 배가 나와서 도저히 자크를 채울 수 없었는데 지금은 헐렁헐렁했다. 시각, 청각, 후각, 미각, 촉각이 점점 더 예민해지고 덩달아서 직감도 자꾸만 날카로워진다.

12시 반. 수원에 사는 한의사인 박중진 씨가 왔다. 중이 제 머리 못 깎는다고 자신이 의사이면서도 얼굴이 누우렇게 뜨고 몸에서 탁기를 풍겼다. 이미 백회는 열어준 일이 있으므로 그 역시 내 앞에 앉자마자 내 쪽에서 그의 인당과 전중으로 기운이 흘러 들어갔다. 단식 중에 너무 많은 기운을 써서 그런지 오후 5시경 산보를 나섰을 대는 약간의 손기증(損氣症)이 일었다. 이제는 주스 같은 유동식도 속에서 거부반응이 일어 마실 수가 없었다. 끼니때가 되어 아내와 현준이가 식사하는 것을 보아도 전연 식욕이 일지 않았다.

1991년 4월 8일 월요일 10~20℃ 구름 조금

본단식 3일째. 간밤엔 피로와 졸음으로 밤 10시 취침. 새벽 5시에 일어났다. 단식을 해 본 사람들은 흔히 사흘을 넘기기가 어렵다고 한다. 공복감과 무력감이 이 사흘 동안에 극에 달하는데 이것만 잘 견디어 내면 그 뒤부터는 별 어려움이 없이 일상생활을 영위할 수 있다고 한다. 사흘을 꼬박 굶었으니 아침에 혹시 못 일어나는 게 아닐까 하는 의

구심이 일었었는데, 막상 당해보니 몸만 약간 나른할 뿐 견딜 만했다. 아내의 잔소리도 조금씩 수그러드는 낌새이기에 아예 털어놓고 완전 단식을 하고 있다고 말해버리기로 했다. 부부간에 악의는 아니라고 해도 거짓말을 하는 것이 떳떳하지 못하기 때문이었다.

8시 10분. 변의(便意)가 있었다. 4월 6, 7, 8일 사흘간 아무것도 먹지 않았는데도 이상한 일이라고 생각하면서 변기에 앉았다. 평소보다 엄청나게 많은 변이 쏟아져나왔다. 색깔은 흑갈색인데 냄새는 없다. 그제야 나는 이게 바로 숙변(宿便)이라는 것을 알았다. 식사를 전폐한 사흘 동안에 내 몸 구석구석에 끼어 있던 노폐물이 배설되어 나온 것을 알 수 있었다. 숙변이 나온 뒤에는 그전보다 몸이 훨씬 개운한 것이 날을 것 같은 기분이었다. 그뿐이 아니었다. 점점 더 강한 기운이 들어오기 시작하는 것이었다.

우리 인간은 자기가 만들어 낸 시계나 자동차와 같은 기계는 정기적으로 완전 분해소제를 하면서도 자기 자신의 몸은 평생 청소를 할 줄 모른다. 극소수의 단식을 하는 사람들을 빼놓으면 대부분이 평생 동안 청소 한번 안 하고 그대로 늙고 병들어 죽어 버리고 만다. 사람이 기계보다도 소중하다면 마땅히 자가 청소를 해야 할 것이다. 나는 이것을 비로소 실 체험을 통해서 절실하게 깨달았다. 11시가 되면서 점점 더 기분도 좋아지기 시작했다. 단식 후 3일이 고비라더니 나는 이제 그 고비를 넘은 것 같다. 평소보다 더 많은 거리를 걸어보았는데도 조금도 피로하지 않았다. 일상생활은 그대로 영위하고 있다.

유독성 폐기물(숙변)

오후 2시부터 6시까지 무려 4시간 동안 내 서재에는 김진구, 박유석, 최원식 씨가 진을 치고 있었다. 모두가 단식을 한다고 며칠씩 쫄쫄 굶고 있는 패들이다. 아내는 퇴근 후면 이들에게서 악취가 난다고 불평을 늘어놓았다. 며칠만 지나면 곧 나을 테니까 참으라고 타일러 주었다.

하루 세끼 먹고 저작, 소화, 흡수, 동화하는 생체 활동을 쉬니까 많은 시간이 남아돌았다. 사람이 보통 한끼 식사를 하고 나면 한두 시간 안에는 집중적인 두뇌활동이나 중노동은 못한다. 단식 안 할 때보다 하루 보통 5, 6시간이 남아돌게 되니 그동안에 얼마든지 독서도 하고 집필도 하고 가벼운 일을 할 수 있다. 음식을 저작, 소화, 흡수, 동화하는 데 동원되었던 생명력은 오직 연소와 배설하는 데만 이용되니까 그 나머지 에너지는 질병을 치료하고 몸을 정화하는 데 동원될 수밖에 없다. 바로 이 때문에 단식 후에 내 부상이 눈에 띄게 회복이 된 것을 알 수 있다.

만 나흘 동안 판판 굶고도 별일 없을 뿐 아니라 숙변을 두 번이나 배설하고 나자 머리도 더욱 맑아져서 나는 자신감을 갖게 되었다. 이왕에 단식을 하려면 40일 동안을 어디 깊은 산속 암자 같은 데 가서 본격적으로 누구의 간섭도 안 받고 해보고 싶은 생각이 간절했다. 산속에 들어가서 단식을 하겠다고 나오니까 아내는 내가 집에서 밥을 굶고 앉아 있는 데 대해서는 더 이상 잔소리를 하려고 하지 않았다. 너무 심한 잔소리를 하면 정말 산속으로 자기도 모르게 사라져 버릴까 봐 겁이 났는지도 모른다.

아들하고 단 셋이 사는 가정에 가장이 식음을 전폐하니, 단란하던 분위기도 깨지고 말았다. 아내가 만약에 내 단식을 충분히 이해해주고 이를 성공적으로 끝내도록 마음을 써준다면 얼마나 좋을까? 그러나 현실은 그와는 정반대였다. 단란한 가정 분위기가 깨지자 집안은 무슨 큰 걱정이나 있는 집처럼 우울하고 썰렁하고 불안했다. 그래서 사람들은 이런 때 산속이나 단식원을 찾는데 나는 그럴 수가 없으니 딱한 일이 아닐 수 없다. 그러나 어떻게 하든지 아내와 아들에게 더 이상의 충격을 주지 않고도 무난히 이번 단식 수련을 끝낼 수 있도록 신경을 쓸 수밖에 없었다.

1991년 4월 10일 수요일 9~22℃ 구름 조금

본단식 5일째. 오전 10시 15분. 오래간만에 민소영 씨로부터 전화가 걸려왔다.

"단식에 들어가셨다면서요. 어떠세요. 기분이."

"아주 머리가 명석해지고 기분도 날아갈 것 같습니다. 민 선생님도 단식 좀 해 보시지 그러세요."

"전 그전에 두 주일 동안 해 본 경험이 있어요."

"언제 말입니까?"

"처녀 때 교회에서 금식기도할 때 같이 했었죠."

"그래 14일 동안 아무것도 안 들었단 말입니까?"

"그럼요. 물밖에 마시지 않았어요. 그래도 할일 다 하면서 했어요."

"대단한 인내력을 가지고 계시군요."

"그까짓 걸 가지고 뭘 그러세요. 우리 어머님께서는 40일 단식도 두 번이나 하셨는데. 어머님이 단식하시면서 고행하시는 걸 옆에서 보면서 자라나서 그런지 2주일쯤은 아무것도 아니예요."

"그래서 어떤 효과가 있었습니까?"

"정신이 정말 호수처럼, 아니 오염되지 않은 가을 하늘처럼 맑아지고 평소에는 볼 수 없던 여러 가지 영적인 현상들도 일어납니다. 지금 단식하신 지 며칠 되셨어요?"

"오늘로 닷새째입니다"

"사흘이 고빈데. 어려운 고비는 넘기셨네요. 숙변이 빠지면 머리가 한결 개운하실 거예요."

"그 말씀은 옳습니다."

"그렇죠? 그건 그렇고요. 요즘 속을 썩이는 사람이 있어서 가슴이 좀 막혀 있어요."

"그렇지 않아도 전화하면서 보니까 정말 가슴이 꽉 막혀 있네요. 저하고 기운 교류를 일방적으로 민 선생님께서 중단하신 지 두 달만이군요."

"계속 좀 기운을 보내주세요."

전화를 끊고 기운을 보냈다. 두 달 동안 그녀의 수련이 크게 향상된 것을 알 수 있었다. 그전보다 훨씬 더 기운이 순화되어 마치 빛의 덩어리가 황황 소리를 내면서 흘러 들어오는 것을 느낄 수 있었다.

12시쯤 되니까 갑자기 몸이 나른해지고 졸려서 견딜 수가 없었다. 도저히 몸을 가눌 수 없어서 누웠다. 몸이 천근같아 방바닥에 착 가라앉았다. 계속 이런 상태라면 단식을 중단해야 하는 게 아닌가 하는 걱정까지 들었다. 어떻게 할까 망설이느라고 두 시간쯤 시간이 흘렀다. 나도 모르게 차츰 기운이 되돌아오고 기분도 좋아졌다. 그러니까 일시적인 기복(起伏)에 현혹되지 말고 조금 우직스럽게 계속 밀고 나가야 한다는 것을 알았다.

오후 3시. 나보다 사흘 먼저 단식을 시작한 김진구 씨가 왔다. 그는 이제 몸에서 탁기가 거의 다 사라졌다. 완전 단식 닷새째 접어드니까 몸에 때가 끼지 않았다. 내복도 그전에는 이틀에 한 번씩 갈아입었는데, 이젠 나흘에 한 번씩 갈아입어도 몸이 깨끗했다. 시간이 흐르면서 점점 더 강한 기운이 들어온다. 피로도 졸음도 나른함도 달아나 버렸다. 새 기운이 샘처럼 용솟음치고 뱃속도 의외로 든든하다.

『단식과 소식 건강법』이라는 책을 열심히 읽고 있다. 단식 중에 주사(注射)와 뜨거운 음식은 금물이란다. 더구나 끓인 차는 안 된단다. 명심해야겠다.

1991년 4월 11일 목요일 12~22℃ 가끔 흐림

본단식 6일째. 12시 10분. 이틀 만에 도인체조를 해 보았더니 몸이 훨씬 가볍고 부드러워졌다. 부상당한 발목 부위도 많이 유연해지고. 오후 다섯 시. 안화숙 씨가 오래간만에 찾아왔다. 작년 11월에 왔을 때는 운기도 잘되었었는데, 오늘 보니 이껏 열어주었던 백회까지 막히고 몸은 탁기 덩어리로 변해 있었다.

"왜 이렇게 되었어요?"

"죄송합니다. 김 선생님. 그동안 집안에 우환이 있어서 수련을 등한히 하는 바람에 그렇게 된 것 같습니다."

"집안에 우환이 있으면 있는 대로 오히려 그것을 좋은 기회로 삼아 극복하는 것을 보람으로 알고 더욱더 열심히 수련을 하셔야 되는 건데. 그래야만 그 우환 속에 빠져서 허우적대지 않고 그것을 잘 갈무리해 나갈 수 있습니다. 제가 『선도체험기』를 쓴 목적은 바로 이런 것을 실증해 보이기 위한 것인데도 제대로 활용을 못 하신 것 같습니다."

"미처 그런 데까지는 신경을 쓰지 못했습니다."

"그러니까 우리들의 현실 생활의 우여곡절, 난관, 애환 자체를 전부 수용하여 좋은 수련의 기회로 삼아야 합니다. 절대로 환란이나 역경이 닥쳐왔다고 해서 그 속에 파묻혀 버리면 안 됩니다. 왜, 하늘이 무너져도 솟아날 구멍이 있다고 하지 않습니까? 범에 물려가도 정신만 똑바로 차리고 있으면 살아날 길이 열린다는 말도 있고요. 자기에게 닥쳐오는 온갖 난관을 언제나 자기 통제하에 두는 겁니다. 겁을 먹거나 위협당하지 말고 침착하게 하나하나 극복하고 헤쳐나갈 길을 찾아야 합니다. 반드시 길은 있게 마련입니다."

"명심하겠습니다."

백회를 다시 열어주고 벽사문을 달아 주었다. 이왕에 하는 김에 인당과 전중까지도 열어주고 싶었지만, 지금의 상태로는 도저히 불가능했다. 뒷날로 미루기로 했다. 그녀는 심려를 끼쳐 드려 미안하다면서 돈

2만 원을 내 놓았다. 돈은 절대로 안 받는다니까 막무가내였다. 할 수 없이 2만 원어치에 해당되는 『선도체험기』와 『소설 한단고기』를 주었다. 이미 읽었으면 주변에 읽어 볼 만한 사람에게 나누어 주라고 했다.

"선도를 보급하는 것도 큰 공덕이니까요. 이 책을 읽은 사람이 마음에 감동을 받으면 그만큼 안화숙 씨는 기운을 받게 됩니다. 결국은 상부상조하는 것이 됩니다."

"그렇게 하겠습니다."

어떤 일이 있어도 나는 운사합법 시술을 해주고 돈은 받지 않기로 했다. 돈을 받기 시작하면 나는 여기서 주저앉고 만다. 그렇게 되면 나는 한갓 초능력자로 굳어지거나 기껏해야 고급 무당 비슷한 인간이나 사이비 교주가 되어버리고 만다. 그럴 수는 없는 일이 아닌가? 성통공완하겠다고 선도수련을 시작한 주제에 고작 여기서 멈추어버린다면 체면이 말이 아니다. 나는 절대로 소소한 초능력에 발목이 잡혀 이를 돈벌이의 수단으로 이용하지 않을 작정이다.

만약에 시중 가격과 같은 값으로 내 저서를 파는 행위가 치부행위로 간주된다고 생각되면 그것까지도 주저 없이 그만둘 것이다. 그러나 나를 찾는 사람들 중에는 시중의 웬만한 서점에서는 내 저서를 구하기 힘들다고 하기 때문에 출판사에서 인세 대신에 내 저서를 도매금으로 가져다 놓았다. 한 달에 기껏 팔아야 30권 정도라고 계산해 볼 때 나에게 떨어지는 이익금은 고작 11만여 원밖에는 안 된다. 이것을 가지고 돈벌이를 한다고는 누구도 말할 수 없을 것이다. 그래서 나를 찾는 사람들에게 편의를 제공해줄 뿐 치부행위로는 보지 않는다.

오후 2시 40분. 변기가 꽉 찰 정도로 많은 숙변이 나왔다. 참으로 신기하다. 숙변에 대한 의학적 생리학적인 고찰은 위에서 충분히 해 놓았으므로 되풀이하지 않겠지만 엿새 동안 아무것도 먹지 않았는데도 이처럼 며칠마다 한 무더기씩이나 내 몸에서 노폐물이 쏟아져 나온다는 것은 깊이 생각해 볼 문제가 아닐 수 없다. 만약에 내가 단식을 하지 않았더라면 이 많은 폐기물을 몸에 축적한 채 고달픈 인생을 살아갈 것이 아닌가?

이런 생각이 들자 아찔한 느낌이 들었다. 아무리 생각해 보아도 단식을 시작한 것은 잘한 일이었다. 지금 와서는 오히려 너무 뒤늦게 시작한 것이 후회될 정도이다. 그런데 숙변을 보는 시기는 사람에 따라 큰 차이가 있는 모양이다. 나보다 사흘이나 앞서 단식을 시작한 김진구 씨는 9일째나 되어서야 비로소 숙변을 보았다고 한다.

1991년 4월 12일 금요일 15~19℃ 가끔 비

본단식 7일째. 미국의 저명한 단식 전문가 폴 시 브래그가 쓴 『단식의 기적』이란 책을 정독하고 있다. 단식을 하면서, 단식에 관한 책을 읽는다는 것은 단식에 대한 확신을 심어주므로 상당히 유익한 작용을 한다.

내가 단식을 하는 이유는 육체적인 건강을 확보하기 위해서라기보다는 선도수련을 향상시키기 위해서다. 다시 말해서 큰 깨달음을 얻기 위해서다. 그렇게 되려면 우선 두뇌가 명석해야 한다. 그래야 정신 집중도 더 잘되고 직감도 육감도 발달하게 된다. 인간의 두뇌는 바로 정신 활동을 위한 육체적 도구이다. 그런데 이 두뇌 속에 노폐물이 잔뜩 끼여 있다면 올바른 정신 활동은 할 수 없을 것이다. 정신 활동을 극대화하지 않고는 큰 깨달음이나 자각을 얻을 수 없다. 단식을 통하여 두뇌의 갈피갈피 속에 깊숙이 파묻혀 있던 점액질 노폐물이나 독성 물질이 분해 제거되어 숙변으로 빠져 나온다면 두뇌가 맑아지고 걱정과 불안도 사라지게 될 것이다.

모세는 40일간의 단식 후에 시내 산에서 십계명을 받았고, 예수 그리스도는 자신의 마지막 소임을 다하기 전에 사막에서 40일간 단식 수행을 했다. 세계의 4대 종교인 기독교, 유교, 불교, 회교의 지도자들 역시 단식을 가장 효과적인 수련 방법 중의 하나라고 가르치고 있다. 단식의 효험을 입증이라도 하듯 부상당한 내 오른발 관절이 7일간의 단식으로 한결 부드러워진 것을 피부로 느낄 수 있었다. 나는 점점 더 단식에 자신을 갖게 되었다. 도인체조를 해 보니 어제보다 사지와 몸통이 한층 더 유연해지고 활기가 돌았다.

오후 3시 반. 평소의 습관대로 물을 꿀꺽꿀꺽 마신 것이 잘못되었다. 단식 중에는 물을 마시되, 조금씩 씹어 먹듯이 해야 되는 건데 깜빡 잊고 한꺼번에 많이 마시는 바람에 물이 체했다. 가슴이 꽉 막혀서 한동안 쩔쩔맸다. 박유석 씨가 가져다 준 '인산 죽염'을 몇 알 먹자 체기가 가라앉았다. 아내는 회사에 나가 근무 중에도 세 번이나 집에 전화를 걸어 내가 밥을 굶는 바람에 울화가 치밀어 올라 음식이 목구멍으로 넘어가지 않는다고 불평이었다. 만약 아내가 단식에 협조적으로 나왔다면 이야깃거리도 훨씬 줄어들었을 것이다.

1991년 4월 13일 토요일 9~16℃ 비 흐리고 갬

본단식 8일째. 오전 9시 10분. 아내와 같이 대한병원에 가서 정형외과 과장을 만났다. 골절상을 입었을 때 직접 수술을 한 전문의의 점검을 받아보자고 아내가 하도 성화를 부리는 바람에 어쩔 수 없이 갔다. 수술을 한 지도 벌써 만 1년이 넘었다. 이제 와서 다시 수술을 한다는 것도 불가능한 일이고 지금은 자연치유력에 맡기는 수밖에 없다고 아무리 아내를 설득해도 듣지 않았다. 꼭 집도한 의사를 찾아가 그의 의견을 들어야 안심을 하겠다고 했다. 엑스레이 찍고 담당 의사의 점검을 받았다. 의사는 엑스레이를 보여 주면서 말했다.

"이거 보세요. 오른발 관절은 왼쪽에 비해 깨끗하지 못한 것이 보이지요. 지금도 걷는 데 불편을 느끼시는 이유는 바로 이 때문입니다. 왼쪽은 아주 깨끗하군요. 뼈는 완전히 붙었습니다. 이제 95프로는 치료되었습니다. 그러나 제가 장담하는데요. 부상 전처럼 회복되기는 어려울 겁니다."

이 마지막 말에 나는 심한 반발을 느꼈다. 더 이상 그와 얘기하고 싶지도 않아서 나와 버리고 말았다. 완치되지 않는다고 의사로서 환자 앞에서 장담까지 할 필요가 있을까? 엉망으로 깨어진 내 오른발 뒤축을 수술하느라고 세 시간이나 애를 쓴 그의 노고엔 진심으로 경의를 표하는 바이지만 이제 와서 이처럼 장담까지 하며 실망을 안겨줄 필요는 없지 않을까? 그렇다고 실망을 할 내가 아니다. 이 세상에는 의사들이 못 고친다고 손을 든 환자들이 멀쩡하게 살아난 기적과 같은 일이 얼마든지 있다. 무슨 병이든지 완전히 고치고 못 고치는 것은 의사의 장담에 달려 있는 것이 아니고 자연치유력 다시 말해서 대생명력인 하늘의 뜻에 달려 있는 것이다.

어떤 전문 분야이건 궁극적으로 파고 들어가면 바로 이러한 진리에 도달하게 되어 있다. 그래서 석학들은 하늘 앞에서는 겸손하다. 대생명력은 무한한 사랑, 무한한 지혜, 무한한 능력을 구사하기 때문에 인간의 과학적인 능력이나 기술 따위는 감히 그 심오한 세계에 접근할 수조차 없는 것이다. 차라리 자기가 모르는 것은 하늘의 뜻, 자연치유력에 맡긴다고 하면 모르지만, 감히 환자 앞에서 원상회복은 어렵다고 장담을 하는 것은 아무리 생각해도 마뜩지 않았다. 나는 비록 지금은 완전 회복이 안 되어 있는 상태지만 언젠가는 완전히 부상 이전으로 돌아갈 수 있다는 것을 확신한다.

다니구찌 마사하루의 40권짜리 『생명의 실상』이라는 책을 읽어보면 의사들이 도저히 못 고친다고 고개를 내흔든 환자들이 이 책을 읽고 마음이 바뀌면서 고질병에서 해방되었다는 얘기로 가득차 있다. 공즉시색(空卽是色) 색즉시공(色卽是空)이다. 물질적인 육체는 본래 없으니까 질병도 없고, 인간은 본래 하느님 즉 대생명력과 한몸이라는 것을 깨닫는 즉시 몸속에 깃든 병은 자괴(自壞)작용을 일으켜 자연치유되는 것이다. 앉은뱅이가 일어서고 죽은 사람이 소생하는 것도 바로 이 자연치유력이 작용하기 때문이다. (아닌 게 아니라 그 의사의 단언과는 달리 내 부상은 그 후 날이 갈수록 부상 이전 상태로 자연치유되어 가고 있다.)

8일간을 완전히 굶었건만 약간의 무력증만 느낄 뿐 외출하는 데 별

지장이 없었다. 집에 돌아오는 버스칸에서는 다른 때보다 더 심한 악취에 시달렸다. 단식 전보다 후각이 몇 배 더 예민해진 것을 알 수 있다. 속병이 있는 사람과 노인들에게서 나는 악취 때문에 뜻밖의 고전을 했다. 단순한 악취 정도라면 얼마든지 참아낼 수 있을 텐데 그 냄새 때문에 머리가 어지러운 것은 어쩔 수 없었다.

아내는 내가 벌써 여드레째나 단식을 하고 있다는 것을 알면서도 행여나 해서 불쑥 밥 먹기를 유도해 본다. 그러나 단식에 대한 상식이 조금이라도 있는 사람이라면 이것이 얼마나 위험한 유혹인가 하는 것을 알아야 한다. 8일간이나 단식을 하던 사람에게 갑자기 밥을 권한다는 것은 위험천만한 일이다. 복식(復食) 때는 멀건 미음부터 조금씩 들어야 한다. 내 혀에는 아직 누우런 테가 끼어 있다. 이것이 깨끗이 없어져야 신체 정화가 끝나는 것이다. 한 시간쯤 가부좌 틀고 앉아 명상에 잠기자 다시금 생기가 돌고 활기와 자신감이 샘솟았다.

인심은 천심이다

1991년 4월 14일 일요일 6~18℃ 구름 조금

본단식 9일째. 간밤엔 12시 반에 취침하고 새벽 5시에 깨어났다. 깨어나자 곧 명상에 들어갔다. 명상 중에 망막에 人과 心이 세로로 합쳐진 글자가 선명하게 떠올랐다. 물론 옥편에도 없는 글자다. 나는 이 글자를 나 스스로 '사람 마음 한'이라고 명명했다. 桓, 汗, 韓, 漢 등에 이어 사람 마음 한(⿱人心)을 추가한다. '사람 마음 한(⿱人心)'이 있으면 '하늘 마음 한(⿱天心)'도 있어야 된다. 이 글자를 자전에서 찾아보니 엉뚱하게도 '욕될 첨(忝)' 자의 본자(本字)로 나와 있다. 그러나 물론 이러한 뜻이 아니다. 사람 마음 한(⿱人心)과 대조되는 하늘 마음 한(⿱天心)이 맞다. 사람의 마음(⿱人心)은 하늘의 마음(⿱天心)과 하나다. 다시 말해서 인심(人心)은 천심(天心)인 것이다. 우주의 삼라만상은 바로 이 천심이 좌우하고 사람의 몸은 인심(人心)이 다스린다.

하늘의 몸인 삼라만상은 천심이 한시도 쉬지 않고 타고 다니는 하늘차(天車)이고 사람의 몸은 사람이 타고 다니는 차 즉 사람차(人車)이다. 하늘 마음과 사람 마음이 같으니까 하늘 마음이 우주의 삼라만상을 맘대로 움직이는 것과 같이 사람 마음은 사람의 몸을 맘대로 부릴 수 있다. 자가용 운전자가 자동차보다 더 귀중한 것과 마찬가지로 몸을 부리는 마음은 몸보다 더 귀중하다. 자가용을 부리는 사람이 차주인 것과 같이 마음은 몸의 주인이다. 차주가 고장난 자기 차를 고치듯 병든 몸은 그 몸의 주인이 고칠 수 있다. 바로 이 몸의 주인인 마음은 전지전능하고 큰 덕과 큰 지혜로 삼라만상을 주관하는 하늘 마음인 대생명과 하나이기 때문이다.

1991년 4월 15일 월요일 8~12℃ 구름 많음

본 단식 10일째. 오전 9시 반. 어제 저녁부터 아침까지 까닭 없이 속이 울렁거리고 느글느글하고 구역질이 나더니 네 번째로 똥글똥글한 토끼똥 같은 유독성 노페물로 된 숙변이 나왔다. 울렁대고 느글느글하고 구역질나던 것이 싹 가셔버렸다. 어제 저녁에 아내는 내가 평소에 좋아하던 사과를 사왔다.

“그렇게 쫄쫄 굶지만 말고 사과라도 한쪽 들면서 단식을 해도 하세요” 하고 간곡히 권하는 바람에 마지못해 한쪽 들어보았지만 이상하게도 속에서 받지를 않았다. 나한테 도움을 받으려는 어떤 수련생이 사가지고 온 딸기도 들어보았지만 역시 속에서 강한 거부반응이 왔다. 바나나 역시 마찬가지였다.

숙변이 한번 나올 때마다 기운이 바뀌는 것을 피부로 느낄 수 있다. 몸속 오장육부 구석구석에 파묻혀 있던 유독성 노페물이 빠져나오면서 그만큼 몸이 정화되는 데 따라 새로운 보다 깨끗한 기운이 들어오는 것을 알 수 있었다. 유독성 노페물이 빠져나간 공백을 맑은 새 기운이 채워주는 것이다. 12시. 점점 더 새로운 활력이 솟아나 그전처럼 층계도 두 칸씩 뛰어오를 수 있게 되었다. 강하고 청정한 기운이 줄기차게 들어온다.

1991년 4월 16일 화요일 8~20℃ 구름 조금

본단식 11일째. 명상과 독서를 계속한다. '인심은 천심이다.' 사람의 마음은 하늘의 마음과 같다는 뜻이다. 하늘의 마음이 하느님이고 사람의 마음은 사람이다. 따라서 사람은 하느님이다. 우주의 삼라만상이 하느님의 몸집인 것과 같이 눈에 보이는 인간의 형체는 사람의 몸집이다. 또 우리 눈에 보이는 우주의 삼라만상은 일정한 원리(『천부경』)에 의해 하느님 뜻대로 움직이는 것처럼 인간의 육체도 자연의 법칙에 의해 사람의 뜻대로 움직인다.

보이지 않는 마음이 보이는 사물을 다스린다. 질병과 고난은 원래 마음을 잘못 다스려서 생긴 이기심에서 나온 공포, 쾌락, 향락, 사치, 전율, 긴장, 스트레스, 고민, 원망, 원한, 슬픔, 분노, 질투, 시기, 탐욕, 증오, 혐오의 그림자에 불과할 뿐 실재하는 것은 아니다. 일체유심조(一切唯心造)요, 삼계유심소현(三界唯心所現)이다. 세상만사가 마음먹기에 달려있다는 뜻이다. 따라서 마음을 바로 하고, 내 마음은 하늘의 마음이고 나는 바로 하느님이라는 실상을 깨달으면 질병과 고난은 별 만난 안개처럼 사라지게 되고 내 마음은 내 맘대로 다스릴 수 있게 된다. 그러므로 모든 일은 마음먹기에 달려있다. 선도수련의 목적은 '한' 기운을 통하여, 사람은 바로 하느님 자신이라는 진실을 깨닫고 생활화하려는 데 있다.

하느님은 '한', 진리, 생명, 공(空), 도(道), 법(法), 빛, 자연, 원리, 천신(天神), 성신(聖神), 사랑, 지혜, 덕, 인(仁), 능력, 생명력, 마음, 양심, 본성, 신성(神聖), 허공, 무심, 무아(無我), 조화주, 천심(天心), 인심(人心)이다. 이는 지구상의 모든 고등 종교의 최종 목표이기도 하다. 인심은 천심이다. 사람의 마음은 하늘의 마음이니까 사람은 하느님이다. 그러니까 나는 하느님이다. 환인, 환웅, 단군, 발귀리(發貴理), 자부선인, 유위자, 공자, 노자, 장자, 석가모니, 소크라테스, 성부, 성자, 성신, 성모, 예수, 마호메트, 수많은 성자와 성인들은 모두 다 일정한 사명을 띠고 시대와 환경에 따라 모습을 달리하여 나타난 하느님의 분신들이었다.

오후 11시. 민소영 씨 전화.

"서울대학교 입구에 있는 생식원에 가서 원장에게 진맥을 받아 보았어요."

"그분은 한의사인가요?"

"아녜요. 한의사는 아니고요. 십여 년 동안 혼자서 공부하고 연구하여 생식에 대해서는 일가견을 갖고 계시는 분인데요. 선도에도 아주 조예가 깊은 도인에 가까운 분이더군요."

"한의사도 아니고 양의사도 아닌 것 같은데, 순전히 독학으로 일가를 이루었다는 얘긴가요?"

"그렇다고 할 수 있죠. 사람이 순수하고 탐욕이 없고 기운이 아주 맑았어요. 우리나라에는 비록 땅은 좁아도 숨은 인재들이 많은 것 같아요."

"그래, 진맥해 본 결과는 어떻게 나왔습니까?"

“머리로 올라가는 목의 혈관인 인영맥(人迎脈)과 육장육부로 가는 팔목의 혈관인 촌구맥(寸口脈)이 비등해야 단전호흡이 원활하게 되는데, 저는 인영맥이 촌구맥보다 세 배가 굵다는 거예요. 이런 사람은 단전호흡을 하면 상기가 되어 헛것이 보이는 부작용이 따르는데, 이대로 내버려두면 제가 바로 그렇게 될 가능성이 있다는 거예요. 이런 때는 들이쉬는 숨을 3, 내쉬는 숨을 1의 비율로 해야 된다는 겁니다. 그런데 지금 우리나라의 심신수련 기관에서 이것을 준수하는 데는 한 군데도 없다는 겁니다. 그러니까 전부 엉터리로 단전호흡을 가르치고 있다는 거예요. 그래서 전 지금껏 몇 해 동안이나 단전호흡을 해 왔지만 뚜렷한 효과를 못 본 것 같아요.”

“그럼, 지금 민 선생님은 들숨과 날숨 비율을 3 대 1로 하고 계십니까?”

“그럼요.”

“그래, 해보시니까 어떠세요?”

“그전보다 아주 편안해진 것 같아요. 지금까지 머리와 몸뚱이로 나가는 기운이 3 대 1로 불균형을 이루고 있었는데, 호흡으로나마 그것을 바로 잡으니까 균형을 이루게 된 것 같아요.”

“그럴듯한 말인데요. 심기혈정(心氣血精)은 항상 같이 따라 다니게 되어 있으니까 혈액이 많이 공급되는 곳에 기운도 따라가니까 그런 현상이 일어나겠는데요.”

“그러니까 전 언제나 몸보다는 머리가 이상(異常) 발달을 했다는 말이 되죠. 보통 사람보다 두뇌 쪽에 항상 혈액이 많이 공급되니까 말입니다. 저도 단식을 하려고 했었는데, 이제 보니 몸이 이 지경이니 우선

생식원에서 내리는 생식처방으로 약해진 신방광을 보하여 건강을 회복한 뒤에 단식을 해 볼까 합니다. 앞으로는 단학 수련도 지금처럼 일률적으로만 시킬 것이 아니라 음양중 오행육기의 체질에 따라 각 개인에게 알맞은 수련법을 개발해야 될 것 같아요. 그리고 원장 말로는 365개 경혈이 일반인보다 적어도 3, 4배 확장이 되어야 성통이 된다는군요."

"그건 금시초문인데요. 좌우간 혼자서 연구와 수련을 많이 쌓은 분 같습니다. 단식 끝난 뒤에 꼭 한번 만나봐야겠습니다."

"그러세요."

단식 중에 기운이 빠지고 나른하다고 해서 자꾸만 누워버릇하면 생활 리듬이 깨어진다. 그래서 나는 될수록 눕지는 않고 앉아서 버텨보기로 했다. 12시부터 오후 2시까지는 심한 허기를 느꼈다. 이런 때 가정에서 단식을 한다는 건 사실 무리다. 사방에 먹을 것 천지니 웬만한 인내력 가지고는 참기 힘든 일이다. 겨우 열흘 단식으로 끝낼 수는 없는 일이 아닌가. 어떤 책에 보면 지나치게 허기가 심하면 일면 단식을 중단하라는 신호라고 했다. 하긴 단식을 처음 하면서도 열흘을 버틴 것도 쉬운 것은 아니다. 혹시나 해서 실험을 해 보기로 했다. 부엌에 나가서 눈에 띄는 바나나를 하나 벗겨 입에 대어 보았다. 역시 속에서 심한 거부반응이 일었다. 아직은 단식을 더 계속하라는 암시 같다. 2시 이후부터는 강한 기운이 들어오면서 어느덧 허기도 사라졌다.

오후 3시. 몸 전체가 마치 고속으로 회전하는 기운의 덩어리로 변해 버린 것 같은 느낌이 들었다. 시간이 흐를수록 점점 더 강한 기운이 부상당한 다리로 흘러들어 꿈틀꿈틀 용트림을 한다. 단식도 열흘쯤 해보니 차츰 요령이 생기고 이력이 붙는 것 같다. 문득 봉우 권태웅 옹의 말이 생각난다.

가고 가고 가는 가운데 알게 되고 (去去去中知)
행하고 행하고 행하는 가운데 깨닫게 된다.(行行行裏覺)

'단식 중에 허기가 지거든 생리의 욕구에 지지 말고 정좌하고 축기를 하라. 곧 배고픔은 사라지고 새 기운이 뭉게구름 모양 속에서 피어날 것이다.'

내가 단식 중에 터득한 지혜다.

오후 4시부터 35분 동안 집 주위를 1킬로쯤 걸어보았다. 그래도 기운이 남아돌았다. 뒤이어 도인체조를 했는데도 기운은 펄펄 살아 있었다. 나보다 사흘 먼저 단식을 시작했던 김진구 씨는 시골에서 친척이 올라오는 바람에 어쩔 수 없이 단식을 중단했단다. 비슷한 시기에 셋이 단식을 시작했다가 박유석 씨는 10일 만에, 김진구 씨는 14일 만에 도중하차한 셈이다. 이제 나 혼자만 남았다.

1991년 4월 17일 수요일 11~19℃ 하오 비

본단식 12일째. 5시 45분에 기상. 입에서 심한 냄새가 났다. 그러나 기분은 좋았고 기운도 여전히 살아 있었다. 인산 죽염 알을 입에 물고 한참 있었더니 입에서 냄새가 사라졌다. 다음과 같은 단식 수련 요령도 체험을 통하여 터득하게 되었다.

첫째, 단식 중에 배가 몹시 고프거나 허기가 질 때는 정좌하고 운기조식하면서 축기에 열중하라. 그러면 새 기운이 들어오면서 어느덧 시장기도 사라지고 뱃속도 든든하고 만복감을 느끼게 될 것이다.

둘째, 될수록 정좌하되 눕지 말라. 몸이 나른하다고 해서 자주 눕게 되면 생활 리듬이 깨어져 오히려 불편해질 것이고 불쾌감까지 일어나게 될 것이다. 그러나 정좌하고 버티면 계속 하늘 기운을 받아들일 수 있으므로 활력을 얻게 될 뿐 만 아니라 장기간의 단식으로 인한 우려와 불안과 걱정 같은 것도 사라지게 될 것이다. 가아(假我)가 사라지고 진아(眞我)가 눈뜨기 때문이다. 진아야말로 자기의 본성이고 신성이며 하느님의 분신임을 알아야 한다.

공복감을 느끼지 않고도 단식을 계속할 수 있는 요령은 거듭 말하지만 정좌, 명상, 축기다. 될 수 있는 한 장좌불와(長座不臥)하라. 오래 앉아 있되 눕지 말라는 뜻이다. 낮에 눕지 않으면 밤에 짧은 시간에 숙면을 취할 수 있다.

이번 단식을 통하여 나의 오랜 꿈이 실현된 것 같다. 다른 게 아니고 짧은 시간에 깊은 숙면을 취하려는 내 오래된 소망이 실현된 것이다. 간밤에 12시 45분에 잠들어 새벽 5시 45분에 깨어났으니까 꼭 다섯 시간 잔 셈이다. 도중에 한 번씩 일어나 소변보는 일도 생략한 채 깊은 숙면을 취한 것이다. 새벽 4시경 습관적으로 깨어나긴 했지만 잠에 취해서 일어나 정좌하지는 않았다. 단식 중인데도 평소의 식후 때만 되면 습관적으로 졸음이 왔다. 이런 때도 눕지 않고 앉아서 버티면 곧 졸음은 무산된다. 이러한 주기(사이클)가 하루 24시간 동안 몇 번이나 되풀이 된다. 바로 이 졸음의 고비만 넘기면 새로운 활기를 찾을 수 있다.

지금껏 나는 다리의 부상을 이유로 단식을 미루어 왔었는데, 막상 겪어보니 그것은 큰 착각이었다. 더욱 일찍 시작했더라면 더 빨리 나을 수도 있었을 것이다. 음식을 저작, 소화, 흡수, 동화하는 데 동원되던 생명력이 노폐물을 연소하고 배설하는 데만 이용되니 그 잉여 에너지는 오로지 자연치유력으로 전환되기 때문이다. 12일간 단식하는 사이에 늘 나를 괴롭히던 귀울림도 어느덧 사라졌다.

1991년 4월 18일 목요일 10~14℃ 비 온후 갬

본단식 13일째. 아내가 아침 식사를 하면서. "당신이 평소에 좋아하는 사과를 사왔으니 어디 한쪽 들어보세요" 하고 하도 간곡히 권하는 바람에 물리치기가 어려워 한쪽 먹어보았다. 쉬고 있는 위장을 잘못 건드렸는지 갑자기 공복감이 일었다. 물을 마셔보았으나 구역질이 나서 목구멍으로 넘어가지를 않았다. 할 수 없이 죽염을 조금 타서 겨우 마셨다. 사과를 들지 않았더라면 아무 일도 없었을 텐데, 공연히 푹 쉬고 있는 위장을 잘못 건드려 자극을 준 것이 틀림없었다. 조심할 일이다.

오후에 도인체조를 하고도 힘이 남아돌아 선릉역까지 2킬로쯤 산보를 했다. 시간을 재어보니 20분. 부상당하기 전과 같았다.

1991년 4월 19일 금요일 6~16℃ 구름 조금

본단식 14일째. 새벽녘에 양물이 꼭 발사 준비가 다 된 박격포 포신처럼 일어섰다. 물론 성욕과는 전연 관련이 없는 것이다. 인간의 생체란 갈수록 신비롭기만 하다. 14일 굶었는데도 어떻게 이런 일이 있을 수 있을까. 단식중의 남녀관계에 대하여 어떤 책에는 다음과 같이 쓰여 있다.

"성행위는 단식 끝난 뒤 회복식을 시작한 날부터 계산해서 본단식 일수(日數)의 6배의 날자 수 사이는 피해야 한다."

사람은 반드시 먹는 것만으로 생체 활동이 유지되는 건 아니라는 산 증거다. 기상 후 입안이 빽빽해서 아무것도 먹히지 않는데도 아내가 자꾸만 바나나를 벗겨주면서 먹으라고 권하는 통에 체면 보아서 몇 입 베어 먹었더니 속에서 대뜸 거부반응이 왔다. 이래서 단식을 하려면 따로 떨어져서 하든가 여러 사람이 같이 하든가, 단식원 같은 데서 해야 한다는 것을 알겠다. 그러나 결심만 서면 누구나 단식은 할 수 있다는 것도 이번 경험을 통하여 확실히 알았다. 꼭 누가 내 단식 수련을 지켜보면서 지휘 감독하고 조정해 주는 것 같은 느낌이 들었다.

본단식에 들어간 이후 오늘로 다섯 번째 숙변을 보았다. 똥글똥글한 굵은 밤톨 같은 것이 다섯 개 나왔다. 뒤이어 새 기운이 또 들어왔다. 숙변 때마다 물갈이 하듯 새 기운이 들어오는 것을 알 수 있다. 본단식 시작 이후 보통 3, 4일 간격으로 숙변이 나오는데 갈수록 양은 줄어든다. 이로써 내 몸속에는 얼마나 많은 노폐물이 오장육부의 갈피갈피 깊숙이 숨겨져 있었던가를 알게 되었다.

오후 3시 10일 단식을 끝낸 뒤, 며칠 만에 찾아온 박유석 씨가 말했다.

"전에는 김 선생님 앞에 앉으면 각 혈자리로 기운이 들어왔었는데,

오늘은 장풍(掌風)처럼 피부 전체로 들어옵니다."

내가 운사합법 시술을 해 준 사람은 나와 기운줄이 확실히 연결되어 있어서 내 앞에 앉으면 자동적으로 기운이 순환된다. 세 사람이 근 두 시간 동안이나 내 앞에 앉아서 내 기운을 빼앗아 가서 그런지 그들이 간 뒤에 저녁 산보 때 약간의 손기(損氣)증세를 느꼈다. 산보 끝난 뒤 25분쯤 가부좌하고 앉아서 운기, 조식, 축기한 뒤에야 정상을 회복했다. 일단 손기가 되었다고 느껴질 때는 산보를 중단하고 계속 축기, 명상을 해야 한다는 것을 알았다.

1991년 4월 20일 토요일 6~17℃ 구름 조금

본단식 15일째. 인심은 천심이다. 사람의 바른 마음은 하늘의 마음이라는 뜻이다. 사람의 몸이 아니라 사람의 마음이 바로 사람이고, 하느님의 육체인 눈에 보이는 삼라만상(森羅萬象)이 아니라 육안으로는 보이지 않는 하늘의 마음이 하느님이다.

"모습 없는 하늘을 '하늘의 하늘'이라 하는데 이 '하늘의 하늘'이 바로 하느님이다(『참전계경』 3조)".

그러므로 사람은 바로 하느님 그 자체이다. 이것은 실상이고 진리다. 그러나 진리는 머리로 알기만 해서는 의미가 없다. 영혼의 중심자각(中心自覺)을 통하여 가슴으로 느끼고 깨달아야 한다. 느끼고 깨우쳤으면 확고한 믿음이 생겨나게 마련이고 바로 이 신념에서 실천적인 행동이 나오고, 이 실천을 통해 심신이 변하고 진정한 나(眞我)를 비로소 발견하게 된다. 큰 스승, 큰스님, 대주교, 목사, 대선사, 대종정 같은 정신계와 신앙계의 지도자들의 사명은 이러한 진리를 자신의 신도나 제자들에게 머리로만이 아니라 가슴으로 피부로 느끼고 깨닫게 하여 일상생활화하게 함으로써 우리가 사는 이 땅덩어리를 지상천국, 극락세계, 용화세계로 바꾸는 데 있다. 선도는 이러한 진리를, 하늘 기운을 운용하여 알고 느끼고 깨닫고 실천하게 하는 심신수련 체계이다.

"인심은 천심이고 나는 바로 하느님의 분신이므로 하느님의 무한한 사랑, 무한한 지혜, 무한한 능력과 생명을 공급받아 구사하고 있다. 그러한 나에겐 질병도 고난도 있을 수 없다." 적어도 이 정도의 깨우침은 있어야 한다.

1991년 4월 22일 월요일 8~20℃ 구름 조금

본단식 17일째. 간밤엔 숙면을 취했는데도 오전에 졸렸다. 새 기운이 들어오려고 그러는 것 같다. 오후 4시 반. 집 주위를 산보했다. 동네 부잣집 정원에 흐드러지게 피어있는 라일락이 담장 밖으로 가지들을 내밀고 짙은 향기를 뿜어내고 있었다. 무력감 때문에 10분을 줄여 20분만 산보를 했다. 목욕을 했더니 졸립고 속이 느글느글하다. 머리 전체가 유난히 시원하다. 뇌 속에서 노폐물이 청소되는 작업이 진행되고 있는 것 같다.

가만히 살펴보면 17일간 단식 중에 여러 번 고비가 있었다. 그 고비는 내장의 어느 부위에서 노폐물이 떨어져 나갈 때 일어나는 명현현상이 틀림없었다. 전에는 대개 숙변을 보기 전에 그런 현상이 있었는데, 오늘은 그렇지 않았다. 하도 괴로워서 도인체조도 생략했다.

오후 6시 40분. 네 사람의 수련생이 찾아왔다. 그중에는 박유석 씨가 데려온 강일훈 씨도 있었다. 지금은 도로공사에서 일하고 있지만 과거에는 박유석 씨와 함께 선도 보급 운동을 벌였는데 점검을 해 달라고 한다. 단식 중에는 거의 이런 손님이 찾아 온 일이 없었는데 특이한 예였다. 하, 중, 상단전에 축기가 잘되어 붉고 노란 가사 차림의 고승이 지켜보고 있었다. 강일훈 씨는 분명 자기 보호령의 인도를 받아 단식 중인데도 불구하고 도움을 받으러 나를 찾아온 것을 알 수 있었다. 그는 목적을 달성하고 돌아갔다.

소용돌이치는 빛의 덩어리

1991년 4월 23일 화요일 9~23℃ 구름 많음

본단식 18일째. 오늘부터 김진구 씨 내외가 내 서재에 새벽 6시경부터 와서 수련을 하기 시작했다. 우리집에 오면 유난히 수련이 잘된다고 한다. 어쩐지 자꾸만 몸이 약해지는 것 같아서 다음과 같은 문장을 만들어 계속 암송해 나갔다.

"인심은 천심이다. 나는 하느님의 분신이므로 하느님의 무한한 사랑, 무한한 지혜, 무한한 능력과 생명력으로 충만해 있다. 하느님과 한 몸인 나는 불가능이 있을 수 없다. 질병과 불행 따위는 감히 접근도 할 수 없다. 40일 단식도 무난히 끝내어 심신을 극도로 순화시켜 신아일체(神我一體)의 실효를 거둔다."

오전 10시 20분. 정좌 중 갑자기 가슴이 흰빛으로 가득 차면서 폭탄처럼 터진다. 그 순간 가슴이 우주 삼라만상을 전부 다 포용하고도 남을 만큼 한없이 넓어지는 느낌이다. 따뜻한 빛의 덩어리가 그 드넓은 가슴을 가득 채운다. 동시에 가슴이 뜨겁게 달아오른다. 숨막힐 듯한 환희와 법열로 온몸이 전율을 일으킨다. 가슴에 이어 머리 전체도 흰빛으로 충만되어 간다. 이 빛이 머리와 가슴속에서 힘차게 소용돌이친다. 드디어 내 몸은 발광성(發光性) 에너지의 응집체로 변하여 성운(星雲)처럼 힘차게 회전한다.

내 육체는 시간과 공간의 제한을 받는 오관(五官)에 사로잡힌 물질적 존재이다. 이 육체의 주인이 바로 이 발광성 에너지의 회전하는 응집체이다. 육체에 갇혀 있던 가아(假我)를 벗어난 진아(眞我)의 참모습이었다. 융통무애(融通無碍), 대자유(大自由), 대자재(大自在). 내 생명의 참모습을 보는 느낌이 너무나도 황홀하고 생생하다. 인심은 천심이고, 사람이 곧 하늘이라는 인내천(人乃天), 인중천지일(人中天地一)을 실감할 수 있는 경지임에 틀림없었다. 대생명의 분신인 소생명의 정체(正體)였다.

하도 신기한 경험이기에 상의해 볼만한 상대를 찾다가 민소영 씨에게 전화를 했더니 자기는 아직 경험해 보지 못한 경지라면서 김신옥 씨에게 문의해보라고 했다. 오후 2시 10분 김신옥 씨와 겨우 통화가 되었다. 체험 경위를 간단히 얘기했더니

"김 선생님, 우선 축하드립니다. 계속 용맹정진 하십시오. 될 수 있으면 인시부터 묘시 (오전 3시부터 7시 사이) 사이에 수련하시는 것이 좋습니다. 깊은 몰아(沒我)의 상태에 침잠해 들어가시면 진아(眞我)의 모습뿐만 아니고 목소리까지도 들려옵니다" 하고 그녀는 격려해 주었다.

진아는 끊임없이 회전하는 태양과 같은 빛의 덩어리였다. 이 빛의 덩어리야말로 대생명인 우주의 빛의 덩어리인 하느님과 똑같은 성질을 띤 존재이다. 현상계는 바로 이 태양을 덮어씌운 오물의 껍질이다. 이것이 오관을 가진 육체다. 이 오관을 통해서 보이는 것이 현상계다.

이 빛의 덩어리는 원래 죄도 인연도 욕망도 없는 하느님과 같은 영원한 생명체인데 망념(妄念)의 작용으로 스스로 시간과 공간의 제한을 받는 물질로 이룩된 현상계를 뒤집어 쓴 것이다.

따라서 우리 자신이 영혼의 중심자각을 통해서 이 현상계의 꺼풀인 가아(假我)를 벗어버리면 진아(眞我)의 본래의 면목이 나타나게 되어 있는 것이다. 자기 이외의 스승이나 교주나 목사나 주교나 구세주나 대종정이나 큰스님이나 대선사에 의해 구원이나 깨달음이 주어지는 것이 아니고 본래부터 존재해 있던 진아의 꺼풀을 스스로 벗겨 내기만 하면 되는 것이다.

외부에서 얻어지는 것이 아니고 자기 안에 이미 주어져 있는 것이다. 바로 이 진아는 상부상조하는 대조화의 세계, 하느님과 나, 남과 나, 우주와 내가 하나로 합쳐지는 실상의 세계 속에 살고 있는 것이다. 선도수련은 진아를 둘러싸고 있는 가아의 꺼풀을 벗겨내어 진아를 노출시키자는 것이다. 빛의 덩어리를 감싸고 있는 미망의 껍질을 벗겨내어 빛의 진상을 드러내자는 것이다. 이 과정을『삼일신고』진리훈에는 다음과 같이 묘사해 놓았다.

"중생들은 착하고 모진 것, 맑고 흐린 것, 후덕(厚德)하고 천박(淺薄)한 것 (善惡淸濁厚薄)을 뒤섞어 제멋대로 날뛰다가 마침내 나고 자라고 늙고 병들어 죽는(生長消病歿) 괴로움에 떨어지지만 깨달은 사람은 지감 조식 금촉하여 하나의 큰 뜻을 행동에 옮기어 미망을 돌이켜 진리를 추구함으로써 신기(神機)가 크게 발동하게 되는데, 이것이 바로 성통공완이니라."

이 과정을 머리로만 과연 그렇겠구나 하고 끄덕여 보았자 아무 의미가 없다. 가슴으로 느끼고 깨닫고 행동에 옮기어 실천함으로써 자기 자신의 의식과 행실이 변하고 그 여력으로 주변 사람들도 변화시킬 수 있어야 하는 것이다.

오후 7시 반. 김신옥 씨가 전화를 걸어 왔다. 정태혁 지음, 정신세계사 간행, 『명상의 세계』라는 책을 구해서 읽어보라고 권했다. 마침 집에 있는 책이어서 읽기 시작했다.

1991년 4월 24일 수요일 10~22℃ 밤 소나기

본단식 19일째. 아침부터 피로와 졸림 때문에 땅속으로 몸 전체가 잦아드는 것 같았지만 용기를 내어 몸을 추슬렀다. 오전 10시 반부터 정좌 수련에 들어갔는데, 공복감과 무력증 때문에 도저히 수련이 되지 않아 할 수 없이 꿀을 두 스푼 물에 타 마셨다. 그래도 졸리고 기운이 없어 12시까지 누워서 자다가 말다가 일어났다. 심한 몸살기와 공복감 때문에 수련도 명상도 안 되고 일어나 앉아 있을 힘도 없었다. 위기가 아니면 고비인 것 같다.

이런 때 일수록 당황하지 말고 침착하게 참아낼 줄 알아야 한다는 것을 그 간의 경험으로 나는 잘 알고 있었다. 과연 꾹 눌러 참은 보람이 있었다. 한 시간 반쯤 시간이 흐르면서 점차 변화가 오기 시작했다. 스스로 기력이 회복되면서 맑은 정신이 돌아오고 기운도 세차게 들어오기 시작했다. 드디어 위기의 고비를 넘긴 것이다.

단식을 해도 위기는 슬기롭게 헤쳐가면서 무리는 하지 말아야겠다. 내 몸은 기수(騎手)의 조종을 받는 말과 같다. 기수는 말을 덮어놓고 몰기만 한다고 해서 되는 것이 아니다. 말은 어느 정도까지는 기수의 의사를 따르지만 극도의 허기엔 못 견디고 반항을 하게 된다. 이런 때는 살살 달래는 수밖에 없다. 내가 단식을 하는 것은 단식 자체에 목적이 있는 것이 아니고 단식을 통하여 수련을 좀 더 효과적으로 해보려는 것이다.

오후 1시 반부터였다. 강렬하고 눈부신 흰빛이 힘차게 소용돌이치면서 다가오더니 어느새 나 자신이 깡그리 그 빛의 소용돌이 속으로 말려들어가 버린다. 이윽고 그 흰빛은 황금빛으로 변하고 다음 순간 그것은 같은 빛깔의 조상(彫像)으로 변한다. 그것이 이번에는 정자관(程子冠)을 쓴 구체적인 인물상으로 바뀌었다.

순간순간 나 자신이 흰빛 또는 황금빛의 둥근 덩어리로 화하여 성운처럼 빙빙 소용돌이친다. 그때마다 무한한 환희, 법열, 충족감에 파묻힌다. 중단을 중심으로 내 몸 전체가 불덩어리처럼 달아오른다. 인당부위에서 검은 소용돌이가 일더니 이윽고 분홍색으로 변한다. 홀연 휘황찬란한 황금의 궁전이 나타난다. 흰 바탕에 금빛 수를 놓은 도포를 입은 키가 훤칠한 사내가 성큼성큼 걸어간다. 그 얼굴이 낯이 익기에 자세히 살펴보니 그것은 나 자신의 얼굴이 아닌가?

대충 기억에 떠오르는 대로 적어보았지만 그야말로 말로는 표현의 한계를 느끼는 언어도단(言語道斷)의 경지였다. 이러한 광경이 무려

40분간이나 지속되었다. 물론 꿈도 생시도 아닌 비몽사몽간에 일어난 일이었다.

무소유(無所有)의 소유(所有)라는 말이 있다. 우주 전체가 내 것이고 내 마음은 한 없이 고요하고 평안하고 즐겁다. 19일간 본단식 끝에 마침내 한고비를 넘긴 시원한 통쾌감을 맛보았다. 대생명체와의 일체감, 우주와의 일체감, 남과 내가 하나라는 일체감이 아니면 도저히 이런 평화, 환희, 법열, 충족감을 느낄 수는 없을 것이다.

오후 5시 40분. 민소영 씨에게 이런 사실을 얘기했더니

"전 작년 말에 비슷한 경험을 했어요. 혼자 수련을 하고 있는데 갑자기 가슴에서 펑하는 소리가 나면서 중단이 터지는 거예요. 그때 저는 선계(仙界)의 향기를 맡았어요" 하고 말했다.

김신옥 씨는 말했다.

"김 선생님은 작가시라 기록에 신경을 너무 쓰시는 것 같아요. 이런 때는 기록 같은 데는 일체 신경 쓰시지 말고 계속 용맹정진 하셔야 합니다. 하느님과 나, 우주와 내가 하나라는 것을 더욱더 실감해야 됩니다. 어제보다는 진일보했지만 기록에 신경을 쓰시다 보니 중간중간 상이 끊어진 것 같아요. 황금빛이나 사람의 모습 같은 것도 뛰어넘어야 합니다. 노자가 말한 언어도단, 최치원이 말한 현묘한 경지를 느끼셔야 됩니다."

1991년 4월 25일 목요일 12~20℃ 가끔 흐림

본단식 20일째. 오전 9시 45분부터 11시까지 정좌 수련 중 무려 1시

간 15분 동안에 일어난 일이다. 야차와 같은 시꺼먼 우주복 차림의 선녀 두 명이 나타났다. 나에게 다가오더니 다짜고짜로 내 양팔을 나꿔채어 팔짱을 끼어 잡아끌고 대기시켜 놓은 비행접시에 태운다. 나를 태운 비행접시는 땅속을 공기 속을 날아가듯 파고들었다. 도대체 이 비행접시는 바위든 쇠덩이든 원하는 대로 아무데나 무사통과였다. 지상의 물질과는 완전히 차원이 다른 것 같았다.

이 운반체가 땅속으로 자꾸만 한없이 내려간다. 바다 밑 세계와 지하동굴 세계를 두루 돌아다니고 있다. 어두컴컴한 지하세계에도 건축물과 구조물이 있고 인간 비슷한 형상들이 분주히 움직이고 있었다. 하도 빠르게 움직이고 있으므로 눈여겨볼 수는 없었다. 그저 비행기를 타고 낮게 혹은 땅 위를 스치면서 획획 지나치는 사이에 눈에 띄는 음침한 광경, 웅크린 사람들의 모습이 인상적이다. 지하와 해저세계를 한 바퀴 돌아본 뒤 비행접시는 어느새 지구를 떠나 별세계로 솟구쳐 올랐다.

어디가 어딘지 구분도 할 수 없는 숱한 별세계를 빛보다 더 빠른 속도로 스쳐 지나간다. 지구상에서는 도저히 볼 수 없는 기이하고 이상한 모양의 사람들이며 건축물이며 구조물들이 끊임없이 눈앞을 획획 스쳐 지나간다. 한꺼번에 너무나 많은 광경들이 스쳐 지나가는 통에 미처 머릿속에 그 형상을 새겨둘 여유조차 없었다. 별세계 관광을 마친 뒤에는 하늘 높이 계속 상승했다. 불교에서는 삼천 대천세계(三千大天世界)가 있다고 한다. 좌우간 무수한 선계(仙界)가 언뜻언뜻 눈앞을 스쳐 지나간다. 각 층마다 모양과 형상이 다른 신선과 선녀들이 분주히 움직이는 모습들이 보인다.

기묘한 것은 그동안 나를 찾아온 수련자들을 점검하는 동안에 눈에 비쳤던 보호령들과 비슷한 모습을 한 선녀나 신선들이 눈에 띄었다는 것이다. 그런데 내가 탄 비행접시가 위로 상승할수록 신선과 선녀들의 품위와 복장들이 고급화되고 격이 높아지는 것이었다. 나를 찾은 여자 수련생들의 보호령은 거의가 다 선녀들이었는데, 그녀들의 품격은 여러 층으로 나뉘어 있었다. 가령 그중의 M씨의 보호령은 내가 보기에도 최고로 높은 품격을 지니고 있었는데, 바로 그녀의 보호령이 입고 있는 것과 똑같은 화려한 극채색의 복장을 한 선녀들이 사지를 쭉 펴고 텔레비전의 우주소년 모양 날아다니는 모습이 보이는가 하면 지상에서 한가하게 거닐거나 무엇을 열심히 토론하는 광경도 보인다. 지구상의 궁전을 몇십 배로 확대해 놓은 것 같은 어마어마하게 크고 웅장한 전각도 보였다.

비행접시는 잠시 후 다시 약간 하강을 한다. 하늘의 제황인 천제(天帝)라고 할까, 옥황상제라고 할까 하여간 최고로 높으신 분이 옥좌에 좌정해 있다. 높이가 수십 층은 됨직한 으리으리하고 호화찬란한 궁전 속이다. 둘레가 수십 미터는 됨직한 기둥들이 금은보화로 찬란하게 장식된 채 즐비하게 서 있고 그 사이에 문무백관들이 계급과 직책에 따라 엄숙하게 의관을 차려 입고 줄지어 서 있었다.

나는 두 선녀에 의해 마치 죄인처럼 양쪽에서 팔짱이 끼어진 채 옥황상제 앞으로 끌려가 다짜고짜로 꿇려 앉혀졌다. 그러자 천제 옆에서 있던 시종이 두 손에 받쳐 든 구형의 긴 봉투를 천제에게 바친다.

천제는 이것을 훑어 본 후 시종에게 내밀었다. 시종은 그것을 받아 들고 내 앞으로 다가와 건네주었다. 얼떨결에 받아보니 겉봉에 한자로 명(命)자가 크게 씌어 있었다. 그 자리에서 속에 것을 빼내어 펼쳐보았다. 단 네 개의 글자가 적혀 있을 뿐이었다. 단식 9일 만에 심안(心眼)에 떠올랐던 네 개의 글자인데, 물론 자전이나 옥편에도 나와 있지 않았다. 그것은 人心 天心 人車 天車를 각각 세로로 세워 한 글자로 만든 것이었다.

1시간 45분 동안 나는 꼭 죄인처럼 우주복 차림의 두 선녀에게 압송되어 지하세계와 별세계, 선계를 두루 돌아다니는 동안 전화가 한번 걸려와서 응답을 했고 초인종이 울려서 대문을 열어주기도 했지만 신기하게도 상(像)은 끊어지지 않고 계속 이어졌다. 마지막에 명(命)자가 쓰인 봉투를 받고 그 네 개의 글자를 확인하고 나서야 나는 현실로 돌아왔다.

오전 11시 10분. 민소영 씨에게 전화로 경과 얘기를 했더니,

"선계를 먼저 보여 준 것은 상단전이 중단전보다 먼저 열렸기 때문이예요. 저 역시 이런 과정을 거쳐서 중단이 열렸어요. 일산이나 김신옥 씨 방식은 중단이 먼저 트인 뒤에 상단이 터졌는데, 사람에 따라 순서가 뒤바뀌는 수도 있어요" 하고 말했다.

오후 1시 5분. 인당과 전중이 동시에 아파오기 시작했다. 이제부터 내가 풀어야 할 숙제는 위에 나온 네 글자의 뜻을 알아내는 것이다. 그것이 바로 지상에서 나에게 떨어진 사명인데 지금껏 나는 그것을 제대로 이행하지 못한 것을 알 수 있었다. 바로 그 때문에 나는 두 명의 야

차 같은 선녀에 의해 선계까지 연행을 당했던 것이다. 인당과 전중이 계속 아파온다.

정좌하고 중단에 의식을 걸었다. 그러자 가슴이 큰 충격을 받아 멍이라도 든 것처럼 아파오기 시작했다. 통증은 점점 더 심하여 끝내 화살을 맞은 것 같다. 하도 아파서 도저히 참을 수 없었다. 전화로 민소영 씨에게 물어 보았다.

"아프기 시작한 지 얼마나 됐어요?"

"두 시간이 넘었습니다."

"두 시간을 가지고 뭘 그러세요. 전 며칠 동안 밤잠도 못 자고 쩔쩔맸었는데요. 나중에 하도 아파서 혼이 다 빠지고 기진맥진했는데 그때 펑 소리가 나면서 터지더라고요. 그러자 지금까지 인생을 살아오면서 저 자신이 잘못했던 일들이 구구절절이 되새겨지면서 하염없이 눈물이 흐르더라고요."

"상단은 어떻게 됐습니까?"

"상단은 그전에 이미 터져서 그때부터 본격적으로 무엇이 보이기 시작했구요. 그와 동시에 하단에도 단(丹)이 형성되면서 삼합진공이 진짜로 이루어지는 거예요. 나 같은 아녀자도 꾹 참아 넘겼는데 사내대장부가 뭘 그런 걸 가지고 그러세요. 힘을 내세요. 기운을 보내드릴 테니 걱정 말고 고비를 잘 넘기세요. 전화 끊겠어요."

"고맙습니다."

전화를 끊고 나자 중단이 점점 더 쑤셔오기 시작했다. 중완도 확확 달아오르고 등쪽의 방광경에 속하는 양쪽의 심유혈도 덩달아 아프기

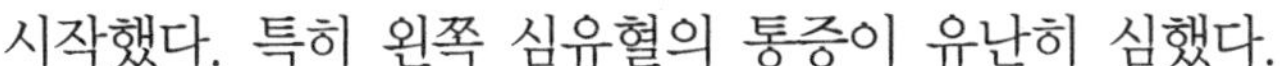

시작했다. 특히 왼쪽 심유혈의 통증이 유난히 심했다.

1991년 4월 26일 금요일 9~20℃ 구름 조금

본단식 21일째. 오전 8시 45분부터 11시까지 2시간 15분 동안 유체이탈 현상을 경험했다. 나는 어느새 아내가 일하는 사무실 안 천정에 떠 있었다. 워드 프로세서를 분주히 두드리던 아내는 찾아 온 외국인과 대화를 나누고 있다. 뒤이어 나는 파리에 있는 현아의 방안에 가 있었다. 집에서 하던 버릇 그대로 이불을 걷어차고 곯아떨어져 모로 누워 식식 자고 있었다. 다음 순간 나는 어느새 이북의 어머니 곁에 와 있었다. 작년보다 머리는 한층 더 세었고 얼굴의 주름살도 늘었다. 일제 말엽의 몸빼 비슷한 차림으로 지팡이를 잡고 뒤뚱뒤뚱 어디론가 걸어가고 있었다.

내 보호령 두 분의 모습이 뚜렷이 나타난다. 색깔도 선명한 갑옷투구 차림에 얼굴의 윤곽이 또렷한 삼국 시대의 장군이었다. 또 한 분은 회색 승복 차림에 육환장을 짚은 도인풍의 얼굴이었다. 고구려 때 고관이었던 전생의 나 자신의 모습도 또렷이 보였다.

오후 1시 45분. 전중, 중완, 양 심유혈 등 네 개의 경혈로 이루어진 중단이 계속 아프다. 특히 전중과 등쪽의 왼쪽 심유혈은 숨이 콱콱 막힐 정도로 통증이 심했다. 싸움터에서 등에 화살을 맞고 도망치는 병사의 처지를 실감할 수 있었다. 수술 끝난 뒤 마취에서 깨어날 때 이상으로 심한 통증이었다. 한 시간이나 계속 속으로 끙끙 신음을 하고 있자니까 아픔이 조금씩 서서히 풀리면서 열탕 같은 뜨거운 기운이 돌기 시작했다. 전중과 중완과 등의 오른쪽 심유혈의 아픔은 서서히 풀리기 시작했지만 왼쪽 심유혈은 불로 지지는 것 같다.

오후 4시 반. 네 명의 수련생이 몰려 왔다. 두 사람의 중단이 내 앞 3미터 되는 자리에 앉아 있는 동안에 뚫려버렸다. 단식 전에는 30분 걸리던 것이 15분으로 단축되었다. 그만큼 기운이 강해진 것을 알 수 있었다. 전에는 중단을 뚫을 때 신명들이 레일차 위에서 착암기를 조작하는 것이 보였었는데, 그들을 내보내고 순전히 내 힘으로 뚫기 시작한 뒤에는 그러한 광경이 사라져버렸다.

오늘로 본단식을 시작한 지 21일째다. 처음엔 40일 단식을 할 예정이었지만 나 한 사람 때문에 집안이 온통 초상난 집처럼 썰렁하고 큰 우환이라도 있는 것 같은 불안한 분위기를 풍기는 것도 마땅치 않았고 이번 단식의 목적도 어지간히 달성한 것 같은 느낌도 들어서 여기서 본 단식은 마치기로 했다.

사실 단식을 처음 시도하여 21일 동안 버틴 것도 손쉬운 일이 아니었다. 남들은 보통 3일, 7일, 10일, 14일 단식을 거친 뒤에 21일 단식에 도전하는데 나는 단숨에 21일 단식에 성공한 셈이다. 21일 동안의 단식 기간에 겪은 내용도 결코 만만치 않은 것이었다. 일단 이 정도로 이번 단식은 끝내되, 내일부터 철저한 절식을 하기로 했다. 21일간 단식 중에 차츰 줄어들기는 했지만, 물 이외에는 아무것도 안 먹었는데도, 숙변은 3, 4일 간격으로 계속 나왔다. 이것은 무엇을 말하는가. 과식이 아니라면 이런 현상이 일어날 리가 없는 것이다. 내과 질환은 거의가 과식에서 온다는 말이 조금도 과장이 아니라는 것을 나는 절감했다.

1991년 4월 27일 토요일 7~21℃ 맑음

백일수련 89일째. 어제로 21일 본 단식을 끝내고 오늘부터는 식욕이 당기는 대로 조금씩 음식을 들기로 했는데, 아침엔 별로 식욕이 일지 않았다. 자연의 욕구에 내맡긴 채 아침은 굶기로 했다. 그러나 아내가 나 때문에 특별히 아침밥을 새로 지어놓고 안 들겠다는 나에게 화를 내는 바람에 할 수 없이 조금 들기로 했다. 그런데 그녀는 단식 끝낸 뒤 복식(複食)을 어떻게 해야 되는지 전연 모르고 있어서 밥을 먹으라고 했다.

"단식 끝난 뒤에 갑자기 밥을 먹으면 안 된다고 하던데. 스무하루 동안이나 저작, 소화, 흡수, 동화 작용을 쉬고 있던 위장에 갑자기 밥이 들어가면 큰일 난다고 하던데."

하고 내가 말하자,

"그럼 미음이나 죽을 쑬 시간이 없으니 누른 밥이라도 조금 들구려."

누른 밥을 반 공기쯤 천천히 씹어서 삼켰다. 오래간만에 드는 식사니 맛이 꿀처럼 달아야 할 텐데, 어쩐지 모래알 씹는 것 같다. 아내가 서둘러 출근한 뒤 10분쯤 지나자, 아니나 다를까 배가 가빠오기 시작했다. 우려했던 일이 터지고 말았다. 과식 증세 그대로였다. 그러나 30분쯤 그대로 꾹 눌러 참고 있자니까 새 기운이 솟구쳐 오르기 시작했다. 운동이라도 하여 소화를 촉진시켜야겠다는 생각으로 우리집이 있는 블럭을 한 바퀴 돌았다. 암벽화를 신었더니 발이 따로 놀지 않고 걸음도 가벼웠다. 평소에 30분 걸리던 거리를 20분으로 단축할 수 있었다. 이 정도로 몸이 가벼워졌으면 내일부터 아내와 함께 관악산에라도 올라야겠다고 작정했다.

오후 2시경, 약간의 시장기를 느꼈다. 방문객들이 가져온 주스를 한 컵 들었다. 하루 종일 누른 밥 반 공기와 주스를 한잔 들었을 뿐인데도 더 이상 먹히지 않았다.

1991년 4월 28일 일요일 10~20℃ 구름 많음

간밤엔 1시에 잠들어 6시에 깨어났는데도 숙면을 취해서 그런지 머리가 개운했다. 단식 이후에는 수면 패턴이 바뀌었다. 그전에는 정해진 시간에 잠들지 않으면 숙면을 취할 수 없었는데 이제는 아무리 늦게 잠자리에 들어도 푹 깊은 잠을 잘 수가 있다. 수면 시간도 다섯 시간대로 줄어들었다.

오이, 사과, 주스 같은 익히지 않은 야채나 과일로 아침을 때웠다. 어제 작정한 대로 관악산에 오르겠다고 하자, 아내가 말했다.

"단식 끝난 뒤니까 몸이나 좀 추스른 담에 가시지 그래요. 겉보기엔 뼈와 가죽만 남은 사람 같은데."

"그래도 기운은 단식 전보다 오히려 강해졌으니까 걱정 말아요."

8시에 집에서 출발하여 9시부터 과천 쪽 골짜기로 접어들었다. 12년 전에 우리가 처음 관악산에 오르던 때와는 비교도 안 되게 사람이 붐볐다. 과천에 신도시가 생겼기 때문이다. 10시까지 중간에 쉬지 않고 계속 진행하여 연주암 마루에 걸터앉았다. 배낭에서 인삼 D라는 음료를 한 깡통 꺼내어 아내와 둘이서 나누어 마시고 나자 아내는 추워서 더 이상 앉아 있을 수 없다면서 일어났다. 그 길로 연주대 정상까지 올라갔다. 그곳에서 사당동으로 빠지는 뒷길로 등산객 몇 사람이 내려가는 것을 보고 뒤따라 내려갔다. 8년 전까지만 해도 바위 잘 타는 극성스런 등산객들만 간혹 다니던 오솔길이었는데 어느새 신작로가 되어버렸다. 사당동으로 빠지는 완만한 북쪽의 경사진 길을 중간쯤 내려왔을 때부터 부상당한 오른발에 통증이 오기 시작했다. 시간이 지날수록 아픔이 가중되어 제대로 걸음을 옮겨놓을 수 없어서 뒤쳐지기 시작했다. 12시면 아내는 등산을 마치고 집에 돌아와 있을 시간인데도, 나 때문에 1시 40분에야 겨우 집에 도착할 수 있었다.

1991년 4월 29일 월요일 11~19℃ 비 조금

꿀차 한 잔으로 아침을 때웠다. 오전 8시 50분부터 10시 반까지 1시간 40분간 정좌 수련. 흰빛이 상단으로 들어와 중, 하 단전에 꽉 차면서 온몸이 빛의 덩어리로 바뀌었다. 마음은 편안하고 끝없는 충족감과 희열로 가득 찬다. 완전히 무아의 경지 속이어서 부러움도 욕망도 없다. 물질을 초월하지 않으면 이러한 충족감은 도저히 맛볼 수 없을 것이다. 또 '나'를 떠나지 않는다면 이런 법열을 느낄 수 없을 것이다.

나는 단지 순백의 빛의 소용돌이였다. 시간과 공간과 물질을 초월한 고속으로 회전하는 발광성 에너지의 응집체였다. 대생명체인 하느님과 나, 남과 나, 우주와 내가 하나로 합쳐지는 순간이 아니라면 어찌 이런 대조화의 흡족한 경지를 맛볼 수 있을 것인가? 죽음과 삶, 쌓이고 쌓인 인연의 사슬, 죄악, 질병, 고통, 욕망으로 얼룩진 시간과 공간과 물질로 짜여진 현상계인 오관(五官)의 세계를 벗어난 곳에 있는 영원부터 영원까지, 처음도 끝도 없는, 생명의 빛의 덩어리로 나는 지금 탈바꿈하고 있다. 이것이 진아(眞我)의 정체, 내 생명의 실체임을 나는 확신한다. 몰아(沒我)의 삼매경 속에서 무상의 행복감 속에 깊숙이 파묻혀 있는데, 요란한 전화벨 소리가 울려왔다.

민소영 씨의 전화였다.

"진동을 어떻게 생각하세요?"

"어떻게 생각하다뇨?"

"제가 보기엔 수련 중에 일어나는 진동은 무조건 장려만 할 게 아니라고 봅니다."

"왜 그렇죠?"

"진동은 제가 보기엔 일종의 영동(靈動)입니다. 수련자의 기의 파장이 영계의 어떤 영의 파장과 주파수가 일치되어 일어나는 감응현상이라고 봅니다. 그래서 진동, 단무, 단공은 수련자가 능히 제어할 수 있는 정도에서 그쳐야지 그 이상 넘어가면 주객이 전도되어 접신 또는 빙의될 수 있는 경우가 있다고 봅니다."

"듣고 보니 그럴듯한데요. 어떻거다 그런 생각을 하시게 됐습니까?"

"선단원에서 수련생들을 가만히 관찰하고 있으면 어떤 사람은 지나치게 진동에 자기 자신을 맡겨버리는 통에 스스로도 자신을 통제할 수 없는 경지에까지 발전하는 사람이 가끔 눈에 뜨이더라구요."

"동감입니다. 선단원에서 뿐만 아니라, 저는 청년 시절에도 유사 종교단체 같은 데서 벌이는 큰 집회에 간 일이 있었는데, 손뼉을 치면서 노래를 부르다가 점점 신이 오르면 완전히 이성을 잃어버리고 통곡을 한다든지 알아듣지 못할 이상한 말을 지껄이든가 하여 어떤 때는 아예 집회장이 수라장으로 변하는 수도 있었습니다."

"바로 그런 때에 접신이나 빙의가 되는 겁니다."

"동감입니다."

"그래서 저는 무사무념, 허공무심은 심신에 일종의 공백 상태를 빚어놓아 사신이 침입하기 좋은 여건을 만들어 준다고 생각합니다. 이런 때는 『천부경』, 『삼일신고』, 한, 한기운, 한마음, 한누리를 외우는데, 그 이유는 절대로 내 심신에 사신이 침입해 들어올 수 있는 공백을 만들어 놓지 않기 위해서입니다."

"그건 그렇구요. 전 단식 끝난 뒤에 화식보다는 생식이 좋아졌습니다. 사과, 오이, 주스 같은 음료, 생달걀 따위가 밥보다는 더 비위에 맞고 수면 시간도 4, 5시간대로 줄어들었어요."

"단식으로 심신이 정화되어 기가 맑아졌기 때문이예요. 김신옥 씨에게 좀 더 알아보세요. 유경험자니까 좋은 정보를 얻을 수도 있을 꺼예요."

오후 3시 40분 김신옥 씨와 통화가 되었다. 최근의 변화를 얘기하자,

"굉장한 발전인데요. 스물일곱 가지 의미가 담겨 있는 구체적인 '한'의 의미를 염원하면서 좀 더 정진하면 우주령(宇宙靈)과 합일하는 순간을 맞게 됩니다. 지금은 팔만사천 기공이 열리는 중입니다. 가끔씩 꿀을 물에 타서 들도록 하세요."

오후 7시 반. 정좌 명상 수련 중이었다. 머리 전체로 환한 빛과 같은 기운이 봇물 터지듯 쏟아져 들어와, 상, 중, 하 단전을 하나의 도관(導

管) 속처럼 관통한다. 온몸이 흰빛으로 빛나고, 뜨거운 열을 발산한다. 아침부터 자기 전까지 거의 하루 종일 이런 상태가 계속 되었는데, 시간이 흐를수록 그 빛의 강도가 더해간다.

1991년 4월 30일 화요일 9~22℃ 맑은 후 흐림

네 명의 수련생이 찾아왔기에 도움을 주었다. 이들은 혹시 나를 영능력자(靈能力者)로 보는 건 아닐까? 서토(西土)의 송(宋)나라 때에 간행된 30권으로 된 불교서적에 『전등록(傳燈錄)』이라는 책이 있다. 이 책 속의 남천보원(南天普願) 장(章)에 보면 이런 말이 나와 있다.

"노승(老僧)이 수행 부족으로 귀신에게 얼굴을 보였다."

남천 스님이 수도(修道)한 보람도 없이 약점이 노출되는 바람에 귀신에게 빙의되어 여러 가지 영력(靈力)을 얻게 된 것을 부끄러워했다는 말이다. 질병을 영능력(靈能力)으로 고쳤다고 해서 훌륭한 도인(道人)은 결코 될 수 없다는 뜻이다. 수련을 하다가 까딱 빗나가 욕심에 사로잡히면 영락없이 저급영에게 빙의되어 점도 치고 고질병도 고치는 수가 있는데, 이것은 수행 중에 무당이 되어버린 경우이다. 결코 도의 길도 아니고 깨달음의 경지도 아니다.

영계(靈界)의 고급영은 세속적인 인간사에 집착도 하지 않고 관심도 없지만 저급영일수록 세상의 물질적인 이해관계에 민감하다. 따라서 저급영에게 빙의된 무당은 쪽집개 소리를 들을 만큼 궁금한 일을 잘 알아맞춘다. 영산(靈山)인 지리산, 모악산, 계룡산에서 10년, 20년 수도 끝에 도를 터득했다는 영능력자나 점쟁이를 우리는 경계해야 한다. 그들은 도(道)와는 하등 관계도 없는 저급령에 빙의된 무당이나 점쟁이에 지나지 않는다. 영능력자(靈能力者) 역시 결코 도인은 아니다. 그들은 중급 또는 고급령에 빙의되었을 뿐이다. 접신자(接神者)와 도인을 혼돈하는 어리석음을 범하지 말아야 한다.

나를 찾아오는 사람은 이 점을 명확히 알기 바란다. 나는 절대로 영능력자가 아니다. 도를 추구하는 평범한 구도자에 지나지 않는다. 바로 이 때문에 나는 접신을 시도하던 운사합법 신명을 닷새 동안의 실랑이 끝에 내보냈다. 내가 위급할 때 그를 부릴 수는 있을지언정 그가 나를 부릴 수는 없는 일이기 때문이다.

나를 찾는 수련생들에게 영능력으로 경혈을 열어주는 것보다는 진리를 일깨워줌으로써 스스로 깨달음을 얻게 하는 것이 더 중요하다는 것을 나는 알았다. 자생 능력을 키워줌으로써 수련은 급진전을 보게 될 것이다. 수련이 향상되면 경혈이 열리는 것은 시간문제다.

수련생들도 노력 안 들이고 쉽게 수련 효과만 높이려는 안이한 생각을 버려야 한다. 스스로 자기 능력으로 수련을 발전시킬 수 있는 능력을 키워야 한다. 그러자면 기(氣)에 집착하거나 얽매이기보다는 기를 적절히 이용하여 자립 능력을 키워야 한다. 소소한 깨달음이 쌓여서 큰 깨달음으로 이어지게 되면 심신이 변화하게 된다.

우선 자기중심주의에서 벗어나야 한다. 이기심은 불평, 불만, 질투, 시기 그리고 온갖 세속적인 욕망과 집착을 가져 온다. 모든 집착에서 벗어나 오직 자신의 사랑, 지혜, 능력, 생명력을 이웃을 위해 나라를 위해 인류를 위해 바칠 때 진정한 기쁨은 찾아온다. 사람은 하느님의 분신이고, 너와 나, 우주와 내가 하나이므로 남을 위하는 일은 어떤 경우에도 손해를 보는 일이 없다는 자각이 일어날 때 우리는 비로소 차분해지고 침착해질 수 있다. 자기중심이 될 때는 누구를 상대해도 혹시 내가 손해를 보지나 않을까, 내 체면이 깎이는 것이 아닐까, 내 소유물이 줄어드는 것은 아닐까 하여 안절부절하게 된다. 이 불안에서 벗어나려면 대생명인 진리와 나, 남과 나, 우주와 내가 하나로 합쳐지는 대조화의 실상의 세계를 깨닫고 그 속에 자신이 살고 있다는 큰 깨달음이 있어야 한다.

1991년 5월 1일 수요일 8~16℃ 구름 많음

백일수련 93일째. 하루 종일 도합 10여 명의 도우들이 다녀갔다. 그들은 내 앞에 앉아만 있어도 기분이 차분하게 가라앉고 막혔던 경혈들이 시원하게 뚫리면서 몸이 가벼워진다고 했다. 단식은 정체 상태에 빠진 수련에 돌파구를 마련해 주기도 하고 어떤 한계의 벽을 뚫어주는 작용을 하는 것 같다.

처음엔 그 벽의 한 귀퉁이가 바늘구멍만큼 뚫리고 그것이 차츰 커져서 마침내 한 모서리가 허물어져 내리고 뒤이어 벽 전체가 무너지면서 막혔던 제방이 터지듯 기(氣)의 봇물이 노도처럼 범람하게 된다. 눈을 감으면 몸 전체가 흰빛의 덩어리로 변하고, 머리는 청량한 기운으로 가득 찬다. 중단과 하단은 뜬 숯불 마냥 은근히 달아오른다. 왼쪽 심유와 전중에 화살이 꽂힌 것 같던 통증은 어느새 사라졌다. 머리를 위시해서 몸 전체에 흰빛의 기운이 힘차게 굽이치고 빠르게 소용돌이친다.

삼합진공(三合眞空)

1991년 5월 3일 토요일 9~21℃ 맑음

백일수련 95일째. 아침부터 어쩐지 몸이 으실으실하고 자꾸만 졸음이 왔다. 지금까지의 경험으로 보아 내 심신에 무슨 큰 변화가 올 조짐 같다. 오후 4시부터 6시 25분까지 강한 기운이 무제한 쏟아져 내린다. 선계에 잡혀 갔을 때 받은 네 글자의 의미가 점점 더 분명해진다. 그러나 아직은 말할 때가 아니므로 더 이상의 언급은 생략한다.

시간이 흐르면서 앞머리 전체에서 그 어느 때보다도 강한 기운이 맞바로 중단, 하단까지 일직선으로 내리 꽂힌다. 직경 20센티 정도의 도관이 백회에서 회음까지 박혀 있고 그 속에 뜨거운 기운이 소용돌이치면서 몸통과 손발이 뜨겁게 달아오른다. 민소영 씨와 김신옥 씨에게 물어보았더니 그게 바로 삼합진공이라고 했다.

마음은 그지없이 느긋해진다. 나에게 이제 이 세상의 부귀영화는 한갓 뜬구름이었다. 전에는 이것을 머릿속의 한갓 지식으로 알아왔었지만 지금은 가슴으로 느껴졌다. 그와 동시에 은은하게 치밀어 오르는 희열로 온몸이 뿌듯하다. 몸통과 사지와 손발이 화끈화끈 달아오른다. 작년 (90년) 2월 '삼합진공'은 이것에 대면 그 강도에 있어서 십분의 일도 안 되었고 어린애 장난 같은 느낌이 들었다.

까닭 없는 즐거움으로 나도 모르게 얼굴 전체에 빙긋이 미소가 피어오른다. 이것은 세속적인 즐거움이나 기쁨이나 쾌락과는 전연 차원이 다르다. 분명 하늘이 주는 기쁨이었고, 영혼의 희열이었고 하느님과 나, 남과 나, 우주와 내가 하나로 합쳐지는 법열(法悅) 그것이었다.

1991년 5월 4일 토요일 9~21℃ 맑음

백일수련 96일째. 오전 10시. 아내가 오른 팔굽이 아프다면서 만져 달라고 했다.

"당신 손에서 찡하고 강한 기운이 흘러 들어오면서 아픔이 사라졌어요. 어제 저녁에도 그렇더니 지금도 또 그러네요. 그전에는 안 그랬었는데. 이상하네요. 단식을 하고 나더니 정말 기운이 강해져서 그런가?" 하고 혼자 중얼거렸다.

아내의 팔굽을 만져주고 있노라니까 느닷없이 내 가슴이 답답해 왔다. 직감적으로 아내의 중단이 막혀 있다는 것을 알아냈다. 지금까지는 운기를 할 수 있을 정도로 수련이 된 사람이 내 앞에 앉으면 기운줄이 연결되어 상대방의 신체상의 이상이 감지되었었다. 상대방의 신장에 이상이 있으면 내 신장도 아파왔고 배가 아프면 내 배도 역시 통증을 느꼈었다. 그런데 아내는 운기를 할 만큼 수련을 하지 않았는데도 가슴이 막혀 있는 것이 감지된 것이었다. 몰랐다면 몰라도 일단 안 이상 그대로 내버려둘 수는 없었다. 나에게 상대방의 신체적인 이상이 발견된 이상 도움을 줄 수 있다는 확신이 섰다. 그전처럼 신명의 힘을 빌리지 않고 순전히 내 능력으로 말이다.

"여보 당신 가슴이 답답하지 않아요?"

"왜요? 어제 직장에서 누구와 말다툼을 했더니 지금까지 무엇이 가슴에 뭉쳐서 풀리지 않아서 그런 것 같아요."

"그것 봐요. 마음에 갈등이 있으면 그것이 구상화(具象化)되어 몸에 이상을 초래하는 거예요. 그래서 속병의 거의 전부는 마음에서 온다고 하지 않아요."

"그럼 어떻게 해요. 상대가 뒤에서 내 욕을 하고 돌아다니는데 가만히 있을 수 있어요?"

"상대가 무엇 때문에 뒤에서 당신 욕을 하고 돌아다니는지 그 이유를 알아보았소?"

"순전히 나를 시기해서 중상 모략한 거라고요."

"상대방이 당신을 중상모략을 했다면 꼭 그럴 만한 이유가 있을 꺼요. 냉정히 생각해 보아요. 어딘가 빈틈이 있었을 꺼요."

"사람이 신이 아닌 이상 백번 잘하다가도 한번 실수할 수도 있는 거 아녜요?"

"그건 어디까지나 당신의 입장이지. 상대는 그렇지도 않았을 꺼요. 냉정하게 객관적으로 관찰해 보면 상대방에도 일리는 있을 꺼요. 그렇게까지 나오는 데는 말요."

"아까 말하지 않았어요? 백번 잘하다가 한번 섭섭한 걸 가지고 그런다고."

"이기심에서 벗어나야 해요. 그러면 천지만물과 화해할 수 있어요. 그렇게 되면 누구와도 척을 질 필요가 없게 되는 거예요. 이기심의 화신인 '나'를 버리면 이 세상 누구와도 화해를 할 수 있어요."

"그 말은 옳아요. 공자님, 부처님, 예수님 같은 말인데요."

"누구의 말이냐 하는 건 상관없어요. 그게 진리냐 아니냐가 문제요. 누구의 말이었건 그것이 진리고 도(道)라면 받아들여야 해요."

"그렇게 진리나 도만 추구하다가 보면 이 험한 세상에서 살아남을 수가 없단 말예요."

"진리를 위해서 나를 버리고 아예 죽을 각오를 하면 반드시 살아남게 되어 있어요. 이것 역시 진리입니다. 하늘은 진리를 실천하는 사람을 결코 죽이지 않습니다. 죽이기는커녕 크게 살리는 것이 섭리예요. 아침에 도를 깨닫고 저녁에 죽어도 여한이 없다는 공자의 말은 결코 헛말이 아니예요.

진리를 깨달으면 비록 육신은 사라져도 생명은 살아서 큰 발전을 이룬다는 뜻이예요. 인간의 육체는 거문고와 같은 거예요. 거문고 혼자서는 결코 아무 소리도 낼 수 없어요. 거문고를 타는 사람이 있어야 제 소리를 내는 것처럼 육체도 주인이 있어야 제 구실을 합니다. 주인이 없는 육체는 연주자를 잃은 거문고처럼 활력을 잃어버리고 말아요.

넋이 빠진 육체를 우리는 주검이라 합니다. 육체는 물질로 되어 있기 때문에 어차피 때가 되면 다시 흙으로 돌아가게 되어 있지만 우리의 영혼은 영원히 살게 되어 있어요. 육체의 주인인 영혼이 바로 영원한 생명인데 바로 이 생명을 깨달은 사람에게는 육체의 죽음은 낮이 밤으로 변하는 것 정도에 지나지 않는 겁니다.

다시 말해서 깨달은 사람에게는 생사는 삶의 형태와 양상의 변화일 뿐이예요. 요컨대 영원한 생명에게는 생사 따위는 없는 거예요. 이것이 진리입니다. 진리는 생명이고 사랑이고 지혜이고 바로 하느님 자신이예요. 이 경지에 도달하면 남과 내가 따로 있는 것이 아니고 우주와 내가 따로 구분되어 있는 것이 아니라는 것을 알게 된다 그거예요. 이 정도의 깨달음을 갖게 되면 이 세상에서 다툴 것도 없고, 빼앗길 것도 빼앗을 것도 없게 됩니다.

하느님인 대생명은 전체의 전체이고 모든 것의 모든 것이니까 그 대생명의 일부인 우리 인간도 역시 대 생명입니다. 이것을 신인일치(神人一致)라고 하고 우아일체(宇我一體), 자타일체(自他一體)라고 하는 거예요. 모든 것을 수용하고 살리는 대지(大地)와 같은 마음, 바다와 같은 마음으로 살아간다면 거칠 것은 아무것도 없을 겁니다."

"그 얘기를 듣고 있자니까 가슴이 좀 트이는 것 같네요."

"그것 봐요. 진리의 말씀이 위력을 발휘했기 때문이예요. 그럼 이제부터 당신 가슴 막힌 거 완전히 뚫어줄 테니까 내 앞에 3미터 되는 저쪽에 잠시만 앉아 있어봐요."

아내는 내가 시키는 대로 멀찍이 떨어져 앉았다.

"눈 감고 단전호흡을 하면서 잡념을 버리고 마음을 편안하게 가라앉혀보아요."

나는 아내에게 기운을 보내기 시작했다. 막혔던 가슴이 조금씩 풀려나가는 것이 감지되었다. 그러나 아내는 5분을 넘기지 못하고 몸을 비비틀면서, "더 이상 못 참겠어요" 하면서 훌떡 일어났다.

"아니 남들은 30분, 한 시간씩 꼼짝 않고 앉아들 있는데 당신은 겨우 5분을 못 참고 일어나면 어떻게 해요."

"몸이 자꾸만 비비꼬여서 더 이상 앉아있을 수가 없는걸요. 빨래할 것도 밀려있구 해서 일어날래요."

오후 2시. 김신옥 씨와 통화.

"김 선생님의 지금의 상태가 바로 삼합진공인데요. 하늘과 땅과 인간이 하나임을 느끼고 깨닫는 단계예요. 같이 있는 사람의 아픈 곳도 알 수 있고, 그 원인까지도 알아맞출 수 있는 경지예요. 그리고 이 단계에 오르게 되면 자기가 다해야 할 사명이 무엇인가도 자연히 알게 됩니다. 여기서 한걸음 더 나아가면 한, 공(空), 법(法)의 자리에 설 수 있는데, 이 자리에서라야 시공을 초월하여 모든 문제 해결의 실마리를 잡을 수 있게 됩니다."

밤 10시. 남녀 6명의 수련자들이 내 서재에서 철야 수련에 들어갔다.

1991년 5월 6일 월요일 8~18℃ 흐림

백일수련 98일째. 오후 1시와 1시 반에 민소영, 김신옥 씨와 통화가 되었다. 두 사람 다 삼합진공이 있은 뒤에는 임독맥이 크게 열리게 되어 있는데, 아마도 큰 고통이 따를 것이라고 말했다. 이 말을 신호 삼아 내 임독맥이 일제히 뜨겁게 달아오르기 시작했다. 소주천이 된 것은 5년 전에 수련을 시작하고 나서 얼마 안 되어서였다. 그때도 임독맥에 기가 유통하는 것을 느낀 일이 있었지만 지금에다 대면 역시 아이들 장난 정도밖에 안 되는 것 같다. 임독이 뜨겁게 달아오르면서 뇌 속에서 큰 소동이 일어났다. 통각만 없을 뿐이지 머릿속에서 큰 전쟁이라도 난 것처럼 휘둘리고 소용돌이쳤다.

2시 40분. 백회, 옥침, 아문, 대추혈에 기운이 꽉 차 오르면서 일부는 뒷머리 속의 중심부에 해당되는 조규(조화경) 속으로 들어가 뒷머리 전체에서 내란이라도 일어난 것 같았다. 삼합진공이 시작될 때는 백회에서 턱까지의 앞머리 전체에서 전쟁이 일어난 것 같았지만 독맥이 다시 열리면서부터 뒷머리가 쑤셔대기 시작한 것이다.

오후 7시. 심종호 씨가 왔다. 그는 중단이 심하게 막혀 있어서 암벽처럼 단단했다.

"최근에 누구한테 억울한 일이나 큰 낭패를 당한 일이 없습니까?"

나도 모르게 이렇게 물었다.

"네 실은 작년 7월에 애지중지하던 열두 살짜리 아들을 교통사고로 잃었습니다. 하도 원통하고 속이 상해서 어떻게 하든지 다시 인연을 맺을 수만 있으면 합니다."

"자식에 대한 집착이 아주 강하시군요."

"네, 그 일을 당한 뒤로는 제 눈에는 그 애의 형상밖에는 보이는 것이 없습니다. 어떻게 하든지 간에 다시 인연을 맺는 것이 저의 가장 큰 소원입니다."

"그런 마음 자세로 어떻게 선도를 하시겠습니까? 그런 집착에서 떠나지 않는 한 수련에 큰 진전을 기대할 수는 없겠는데요."

"수련 같은 것은 문제 밖입니다. 우선 잃은 아들과 다시 인연을 맺는 것이 저의 최대의 소망입니다."

"그런 일은 하늘에 맡기시는 것이 어떻겠습니까? 우리가 수련을 하는 목적 중의 하나는 될 수 있는 대로 이 세상의 인연에서 벗어나자는 것인데, 그 인연의 굴레를 도리어 자꾸만 뒤집어쓰려고 하십니다. 아직은 수련할 때가 아닌 것 같습니다.

생명의 실상은 인연을 초월하는 데 있습니다. 심종호 씨가 잃어버린 자식과 다시 인연을 맺고 싶다는 강렬한 소망은 인(因)이 되어 적당한 때에 연(緣)을 만나면 결과를 맺게 될 것입니다. 인은 씨앗과 같고 연은 적절한 온도의 토양이나 환경과 같습니다. 봄철에 씨앗이 토양에 뿌려지면 싹이 틀 것이고 그것이 자라면 열매를 맺게 될 것입니다.

무수한 인연의 씨앗은 이듬해에 더 많은 연을 만나 점점 더 큰 인연의 거미줄 속에 얽매이게 될 것입니다. 인연 중에는 물론 좋은 것도 있지만 나쁜 것도 있을 수 있습니다. 우리가 수련을 하는 목적은 이미 맺어진 인연들을 될수록 좋게 승화시켜 거기서 벗어나자는 것입니다. 무수한 과거 생을 통해서 쌓이고 얽히고설킨 인연들을 해소하기도 벅찬 판인데, 의식적으로 새로운 인연을 맺으려고 강렬한 소망까지 할 필요가 어디 있습니까? 바로 그러한 소망이 사라진 뒤에 수련을 시작하셔야 합니다. 지금은 분명 때가 아닙니다."

"무슨 뜻인지 조금은 알 것 같습니다. 그 얘기를 듣고 있자니까 제 막혔던 가슴이 약간 뚫리는 것 같습니다."

"제가 보기에도 아까보다는 많이 나아졌습니다. 일체유심조(一切唯心造)요. 삼계유심소현(三界唯心所現)입니다. 무슨 일이든지 마음먹기에 달려 있습니다. 비록 바늘구멍만큼이라도 진리를 깨닫기 시작하면 막혔던 가슴은 뚫리게 되어 있습니다. 진리는 언제나 말씀을 통해서 전달되게 되어 있으니까요. 말씀은 반드시 발성기관을 통해서 발음된 것만을 말하는 것은 아닙니다. 아직 발성화되지 않고 마음속에 떠오른 상념도 말씀입니다. 요한복음 첫 절에 보면 이런 말이 나와 있습니다.

'태초에 말씀이 계시니라. 이 말씀이 하나님과 함께 계셨으니 이 말씀은 곧 하나님이시니라. 그가 태초에 하나님과 함께 계셨고 만물이 그로 말미암아 지은 바 되었으니 지은 것이 하나도 그가 없이는 된 것이 없나니라. 그 안에 생명이 있었으니 이 생명은 사람들의 빛이라. 빛이 어두움에 비치되 어두움이 깨닫지 못하더라.'

삼종호 씨가 내 말을 듣고 가슴이 조금 뚫렸다면 바로 이와 비슷한 말씀의 덕분일 겁니다. 바로 이 말씀 속에 생명이 있고 이 생명이 빛이라고 했습니다."

"요한복음은 기독교 성경이 아닙니까?"

"그렇죠."

"그럼 선도와 기독교와 서로 통한다는 얘기인가요?"

"진리는 기독교 성경 속에도 있고 불경 속에도, 사서삼경 속에도, 노자, 장자, 소크라테스의 저술 속에도 있고 『천부경』, 『삼일신고』, 『참전계경』 속에도 있습니다. 진리는 모든 종교와 교파를 초월합니다. 자연의 섭리와 이치 속에도 동물들의 생태 속에도 진리는 숨겨져 있습니다. 우리는 무엇에도 구애될 필요 없이 진리가 있는 곳에서는 그것을 꺼내어 이용할 수 있어야 합니다.

얘기가 너무 거창해진 거 아닌지 모르겠습니다. 요컨대 심종호 씨는 그 출처가 어찌되었건 구애될 필요 없이 진리라면 무조건 수용할 수 있어야 됩니다. 말씀은 길이요, 진리요, 생명이요, 빛입니다. 이 말씀의 빛이 지금 심종호 씨의 막힌 가슴을 바늘구멍만큼 뚫어놓은 것입니다. 그렇기 때문에 바위처럼 콱 막혀 있던 가슴이 조금 풀리기 시작했습니다.

그렇다고 해서 내가 뭐 위대한 성인이나 된다고 함부로 말씀 운운한다고 생각지는 마십시오. 나는 전기를 공급하는 변압기와 같다고 생각하시면 됩니다. 나뿐이 아니고 진리를 입에 올리는 모든 사람이 다 이런 변압기라고 생각하시면 틀림없습니다. 초·중등학교 교사도 대학교 교수도 목사도 스님도 신부도 시장도 도지사도 대통령도 부대장도 사장도 회장도 그의 입에서 올바른 말이 나온다면 누구나 다 진리를 전달하는 변압기의 구실을 다한다고 봅니다."

"그럼 변압기가 있으면 발전소가 있을 거 아닙니까?"

"당연한 얘기죠."

"그 발전소는 도대체 누굽니까?"

"이 우주에 꽉 차 있는, 어느 구석에도 없는 데가 없는 대생명체입니다. 간단히 생명이라고 해도 되고 진리라고 해도 되고 사랑이라고 해도 됩니다. 또 지혜라고 해도 되고, 전지전능이라고 해도 되고 『삼일신고』에 나오는 대덕(大德) 대혜(大慧) 대력(大力)이라고 해도 됩니다.

다시 말해서 큰 덕과 큰 지혜와 큰 능력을 말하는데, 여기서 크다는 말은 무한하다는 말과 같습니다. 바로 이 대덕, 대혜, 대력을 갖추신 분을 신(神)이라고 하기도 하고 하느님이라고 하고 하나님이라고도 합니다. 어떻습니까? 아까보다 가슴이 조금 더 풀린 것 같지 않습니까?"

"네, 막혔던 것이 점점 더 크게 뚫리면서 풀려 내리는 것 같습니다."

이렇게 말하면서 심종호 씨는 오른손으로 자기 가슴을 쓸어내리고 있었다.

"왜 그렇게 가슴이 뚫리는지 아시겠습니까?"

"글쎄요. 말씀이 제 가슴에 닿으면서 막혔던 가슴이 조금씩 뚫리는 거 아닙니까?"

"아까 뭐라고 했습니까? 말씀이 곧 하느님이라고 하지 않았습니까? 말씀은 곧 하느님의 뜻입니다. 이 뜻이 통하니까 막혔던 가슴이 트이는 것이 아니겠습니까?"

"그렇다면 사람과 하느님과 서로 통한다는 말인가요?"

"이제야 진짜 뭐가 좀 통하는 것 같군요. 하느님과 인간은 원래 한 몸입니다. 그런데 인간이 되지 못하게 망념(妄念)에 사로잡혀서 벽을 만들어 놓은 것입니다. 내 남 없이 사람들은 이 마음의 벽을 쌓고 있어서 스스로 빛과 생명과 진리의 통로를 막아놓고 사는 겁니다. 그런데 이제 심종호 씨가 진리의 말에 조금이라도 귀를 기울이기 시작하니까 마음의 벽에 바늘구멍이 난 겁니다.

이 바늘구멍을 계속 넓히느냐 다시 막히게 하느냐 하는 것은 전적으로 심종호 씨의 마음에 달려 있습니다. 그 마음의 파장을 하느님에게 맞추느냐 아니면 헛된 욕망에 맞추느냐 하는 것은 심종호 씨의 자유입니다. 라디오 주파수를 한국방송(KBS)에 맞추느냐 문화방송(MBC)에 맞추느냐 하는 것은 전적으로 심종호 씨의 마음에 달려 있다 그겁니다."

"감사합니다. 이제야 뭐가 뭔지 물리와 이치가 조금 트이는 것 같습니다. 오늘 참으로 좋은 말씀 들려주셔서 감사합니다."

1991년 5월 7일 화요일 10~17℃ 비 구름

백일수련 99일째. 임독이 새로 유통된 후 명문과 등줄기에 뜨거운 기운이 점점 더 강하게 흐른다. 앞뒤 머리의 소동이 차츰 더 치열해지고 있다. 두뇌 전체에 일대 개조 작업이 진행되고 있는 것을 알 수 있겠다.

1991년 5월 8일 수요일 11~19℃ 한때 비

백일수련 끝내다. 금년(91년) 1월 27일부터 백일수련을 시작했는데 오늘로 어느덧 백일이 되었다. 그동안 수련에 많은 진척을 보았다. 5년 전인 86년도 1월에 처음 수련을 단독으로 시작했을 때 이상으로 눈부신 성과가 있었다. 21일 동안 완전 단식을 할 수 있었고 그동안에 경이적인 체험을 한 것은 영원히 잊을 수 없을 것이다.

그러나 수련이라는 것은 어느 시간을 정해 놓고 한 다음에는 어느 기간은 중단을 하는 그런 성질의 것은 결코 아니다. 내 수련은 내 생명과 더불어 영속할 것이다. 더구나 내 수련을 자기 일처럼 보살펴 준 민소영, 김신옥 도우들에게 정말 이 기회에 심심한 사의를 표하는 바이다. 이분들의 정성어린 보살핌이 없었더라면 이만한 성과를 올리기는 어려웠을 것이다. 비록 이번 백일 동안에 어느 정도의 성과는 올렸다고 해도 아직 도를 이루려면 아득한 앞날이 가로놓여 있다는 것을 나는 잘 알고 있다. 수련은 지금도 활발히 진행되고 있다. 한창 진행 중이어서 아직은 어떤 매듭을 짓기도 어렵다.

1991년 5월 9일 목요일 11~21℃ 구름 조금

잠자리에서 일어나자 며칠 전부터 시작된 머릿속의 소동이 점점 더 거칠어지고 신경과민 현상까지 일어났다. 만약에 통각까지 곁들인다면 도저히 견디어낼 수 없었을 것이다. 대대적인 두뇌 개조 작업이 진행되고 있다는 것을 알 수 있었다. 특히 앞머리 쪽이 뒤통수 쪽보다 소동이 훨씬 더 심했다.

오전 9시. 머리 전체에 이런 소동이 일어나고 있는데도 눈만 감으면 어떤 사람이 앉아 있는 모습이 뚜렷이 보였다. 처음엔 심상하게 생각했었지만 자세히 보니 잘 아는 일산장의 얼굴이었다. 그는 벌써 약 한 달 전부터 우리집엘 한번 찾아오겠다고 김신옥 씨가 중간에 전화 연락을 했었다. 그러나 지금까지 차일피일하고 있었다. 일산장도 시간 안 지키는 데는 소질이 있는 사람이었다.

어떤 사람은 도인 기질이 있어서 그렇다고 했다. 그렇다면 도인은 그렇게 약속을 안 지켜도 좋다는 말인가? 이런 사람과 중대한 약속을 했다간 큰 낭패를 볼지도 모른다. 그래서 나는 아예 시간 약속을 하지 않기로 했다.

몇 번 경험해 본 뒤에 이런 경향을 간파하고는 아예 시간 약속 자체를 하지 않기로 한 것이다. 그가 오겠다면 그저 오겠거니 하고 있을 뿐 약속한 날짜와 시간에 꼭 오리라고는 생각지 않고 있는 것이다. 그런데 그의 모습이 이렇게 나타나는 것을 보니 정말 나타날 모양인가 하고 생각하고 있었다.

그로부터 꼭 한 시간 뒤, 일산장이 처음으로 우리집을 찾아 왔다. 연

초에 만났을 때보다는 어쩐지 기색이 침체하고 우울한 것 같았다. 그는 최근 내 수련 경과 얘기를 듣고는

"이제 김 선생님은 자신의 정체가 빛이라는 것을 알게 되셨고 지나온 전생의 여러 모습들도 다 보아 오셨습니다. 신인일치, 자타일체, 우아일체를 실제로 경험하셨습니다. 이제 거의 다 되셨군요."

"거의 다 되다뇨?"

"수련이 거의 다 끝나갈 단계에 와 계시다는 얘기입니다. 앞으로 한 코스만 남았습니다. 그것은 한꺼번에 터지게 될 겁니다. 그렇게 되면 이제는 누구한테 무엇을 물어보거나 의논할 필요도 없이 스스로 모든 것을 아시게 됩니다."

"너무 과대평가하시는 거 아닙니까?"

"아닙니다. 절대로 그렇지 않습니다. 보이는 대로 느끼는 대로 첨삭이나 과장 없이 그대로 얘기할 뿐입니다."

오전 11시 10분. 민소영 씨의 전화 요청으로 오래간만에 기운을 순환시켰다. 어느 때보다도 맑고 밝고 따뜻한 기운이 교류되면서 공명현상이 일어나고 황홀한 광경이 펼쳐졌다. 소복한 관세음보살이 단정하게 가부좌한 것 같은 그녀의 모습이 보였다. 둥근 황금빛 광배에서는 불꽃이 폭죽 모양 사방팔방으로 터지고 있었다. 오감으로는 도저히 느껴볼 수 없는 천상(天上)의 법열을 맛보는 심정이었다. 세세연연 수많은 생을 이어오면서 얽히고설킨 인연의 고리가 금생에 와서 상부상조하는 수련을 통하여 승화되는 것 같은 느낌이 들었다. 기 순환이 끝나자, 그녀가 전화로 알려 왔다.

"김 선생님의 하단전이 아직도 조금 약합니다. 이것을 강화하는 데 역점을 두셔야 합니다. 제주도에서 어떤 수련자는 하단전이 약한 상태에서 중·상단전이 터지는 바람에 성통에 실패한 일이 있었어요. 줄곧 하단전에 의식을 두시고 축기에 전념하세요."

"고맙습니다. 좋은 충고해 주셔서."

"내 몫의 일을 할 뿐이예요."

"그럼 지금까지 해 온 일이 모두가 벌써부터 예정된 일이라는 뜻입니까?"

"아니 그걸 이제야 아셨다는 말씀이세요?"

"죄송합니다."

그녀의 말을 듣고 있자니까 자기 몫의 일만 끝나면 썰물처럼 사라지겠다는 암시가 들어 있는 것 같았다. 그건 어차피 그럴 수밖에 없을 것이다. 회자정리(會者定離)란 말은 그래서 나온 말이 아닌가?

만나야 할 인연 때문에 만나서 할일을 다 하면 미련 없이 떠나는 것이 인생이다. 이 만나고 헤어지는 일에 담담할 수 있어야 한다. 부모, 처자, 친구, 선후배, 직장 동료, 군대의 상관과 부하들 이 모든 사람들은 회자정리의 원칙에 따라 이합집산이 무상하게 되풀이되는 양상이다.

부부 사이, 부자 관계, 모자 관계, 부녀 관계, 스승과 제자 관계가 동일한 양상으로 영원히 존속되리라고 생각하는 것이야말로 부질없는 망상이 아닐 수 없다. 그것은 육체가 언제까지 만수무강하기를 비는 것만큼이나 어리석은 일이 될 것이다. 사람이 만나고 헤어지는 것을 수련자는 헛되이 하지 말아야 한다.

그 속에서 깨달음을 얻어야 한다. 사람을 만나고 헤어지는 것이 수련 그 자체라는 것을 자각해야 한다. 이것만 확실히 자각한다면 인생에 있어서 어떠한 만남도 헛되지 않을 것이다. 악인도 선인도 만나는 사람들은 다 그들대로의 의미가 있다.

나한테 손해를 끼친 사람도 큰 은혜를 베푼 사람도 다 그들 나름대로 나에게는 뜻이 있는 것이다. 마음먹기에 따라서는 악인도 해독을 끼친 사람도 결과적으로는 나에게 큰 이득을 가져올 수도 있다. 그와 반대로 나에게 크나큰 은혜를 베푼 사람도 결과적으로는 헤아릴 수 없는 손해를 끼치는 수도 있다.

바로 이 선악을 초월한 곳에 진정한 깨달음의 경지가 있다. 인연과 선악은 원래 인간의 실상이 아니다. 그것이야말로 오감으로 판단한 가상의 세계에나 존재하는 것이다. 인간의 실상은 빛이요 생명이요 진리요 길이다. 선악과 인연과 욕망과 촉감에서 벗어난 대조화의 세계인 것이다. 이 실상의 세계에서 서서 인연과 선악과 욕망과 질병과 죄악의 가상의 세계를 허심탄회하게 굽어볼 수 있어야 한다.

1991년 5월 11일 토요일 14~24℃ 밤에 비 조금

요즘의 내 생활은 완전히 수련으로 24시간을 채우고 있다. 통증만 없다 뿐이지 머리통이 깡그리 빠개져 나가는 것 같다. 머릿속에서 폭풍이 이는가 하면 부글부글 끓어 넘치면서 피아간에 치열한 공방전이 벌어지기도 했다. 그런가 하면 집채 같은 파도가 바위를 사정없이 때리는 것 같기도 하고 때로는 지각이 갈라지고 화산이 폭발하는 것 같기도 했다.

촉각으로만 이러한 상황을 느낄 수 있으니까 그나마 버틸 수 있지 통각까지 곁들인다면 나는 일찍이 미쳐버렸거나 혼절했을지도 모른다. 그런데 오늘부터는 그러한 촉감의 강도(強度)가 일정한 시간 간격을 두고 되풀이되었다. 처음에는 한 시간 간격이었다가 50분 간격으로, 그 다음엔 40분, 30분으로 줄어들기 시작했다. 마치 임산부가 분만 전에 느끼는 진통이 시간이 흐를수록 그 빈도가 잦아지는 것과 같았다.

이러한 가운데서도 나한테 도움을 받으려고 찾아오는 수련자들은 끊임이 없었다. 일부러 시간을 내어 찾아오는 사람들을 그냥 돌려보낼 수는 없어서 나는 내 힘자라는 대로 자문에도 응하고 운기에 도움도 주곤 했다.

생명의 말씀

1991년 5월 12일 일요일 15~22℃ 소나기

오후 1시 45분. 응접 소파에 앉아서 졸다가 나도 모르게 퍼뜩 깨어났다. 졸기 전까지만 해도 욱신욱신 쑤시고 부글부글 끓어 넘치곤 하던 머릿속 전체가 갑자기 부풀어 오르다가 풍선처럼 터졌다. 박하를 뒤집어쓴 것처럼 쏴한 상쾌감과 청량감으로 머리가 녹아 없어져 버리는 것 같았다. 드디어 터질 것이 터져버린 것이다. 지금껏 나를 구속하고 성장을 방해하던 장애물이 일시에 무너져 버린 것이다.

이제 아무것에도 구애될 것이 없고 갑갑하던 마음도 탁 틔어 시야를 가로막는 것은 아무것도 없었다. 아무 의문도 일지 않았다. 우주 전체가 내 품속에 들어 있는 듯 마음이 그지없이 풍요롭고 평안했다. 하느님과 나, 남과 나, 우주와 내가 하나로 합쳐지는 순간의 법열이 바로 이런 것인가 하고 새삼 되새겨지는 순간이었다. 눈을 감으면 눈부시게 환한 빛이 나를 둘러싸고 있다.

까닭 없는 환희와 뿌듯한 희열로 가슴이 벅차올랐다. 지극히 현묘한 기쁨, 한없는 즐거움, 청신한 법열 속에 망연자실하고 있었다. 지금껏 좁고 험악한 암초투성이 해협을 헤쳐 나오느라고 기진맥진하던 배가 돌연 사방이 확 트인 망망대해로 빠져나온 것 같았다. 상단이 트인다는 것은 바로 이런 경지를 말하는 것이라는 심증이 갔다. 바로 이 순간부터 머릿속의 소동은 사라지고 가슴 한가운데에 뜨거운 불덩어리가 빙빙 돌면서 확확 달아오르기 시작했다.

오후 3시 30분. 민소영 씨에게 전화로 경과를 알리고 20분간 기운을 순환시켰다.

"확실히 김 선생님의 머리쪽은 맑아지셨는데요. 중단과 등쪽이 화끈거리는 것도 감지되구요. 그런데 역시 하단은 아직도 좀 약한 것 같습니다. 예상대로 상단이 중단보다 먼저 터지셨군요. 이제 곧 중단 차례예요."

"민 선생님은 이틀 전과는 양상이 좀 다른데요."

"어떻게요?"

"오늘은 전과는 달리 하얀빛의 파동만 몰려오고 있습니다. 그 대신 아무런 형상도 보이지 않습니다. 수련이 계속 향상되고 있는 징후 같습니다."

오후 3시 45분. 김신옥 씨에게도 전화를 걸었다.

"아주 정상 궤도를 달리고 계십니다. 좀더 계속 밀어붙이세요. 곧 무엇이 눈에 뜨이거나 이거다 하고 손에 확 잡히는 것이 있을 겁니다."

오후 6시 이후엔 중단이 달아오르면서도 아프고 거북하고 답답해지기 시작했다. 여기서 말하는 중단은 전중만을 말하는 것도 아니고 중완과 등쪽 좌우에 자리 잡은 심유혈까지를 합친 것이다. 그러니까 가슴과 등과 중완이 동시에 달아오르고 아프고 거북한 것이다. 상단이 터지기 전에는 통증은 없고 촉각만 있었는데, 중단은 통증까지도 수반되는 고통이 계속되었다. 등과 가슴과 중완에 불화살을 맞고 어쩔 줄 모르고 허둥대는 격이었다.

1991년 5월 13일 월요일 12~23℃ 구름 조금

낮 12시 반. 김신옥 씨가 우리집에 두 번째 찾아 왔다. 이런저런 얘기 끝에 그녀가 말했다.

"제가 제주도 지원에 있을 땐데요. 정형순이라는 42세의 중년 부인이 영통개안을 한 일이 있었어요."

"영통개안(靈通開眼)이라뇨?"

"영격(靈格)이 높아지면서 영안(靈眼)이 열리는 단계를 말합니다."

"그것을 객관적으로 확인할 수 있습니까?"

"그럼은요. 그때 제주도에는 이미 이런 경지를 경험한 분이 한 분 있어서 그것을 확인할 수 있었죠. 그런데, 영통개안이 되는 순간 갑자기 대추혈 위쪽이 꽉 막혀버리면서 첨엔 숨을 제대로 못 쉴 정도로 아팠답니다."

"무엇이 잘못된 거 아닙니까?"

"잘못된 것이라기보다는 성통하기까지 2, 3년 더 수련을 해야 진정한 깨달음이 오게 되어 있었기 때문이었습니다. 정형순 씨를 위해서는 그게 오히려 잘된 일이죠. 아직 준비가 덜되었기 때문에 착실히 수련을 쌓게 하려는 섭리가 작용한 것입니다."

"그 얘기를 들으니 저도 찔리는 구석이 있는데요."

"뭐가요?"

"제가 작년 봄에 발에 큰 부상을 당하는 통에 아직도 완쾌되지 못하고 있지 않습니까."

"전화위복(轉禍爲福)이란 그런 경우를 두고 하는 말입니다. 만약에 김 선생님이 그때 그런 부상을 당하지 않았더라면 지금처럼 수련이 착실하게 진행될 수 있었겠습니까? 그런 일이 없었더라면 김 선생님은 지금도 신문사에 나가시면서 틈틈이 수련을 하셔야 하는데 그렇게 되면 지금처럼 큰 향상이 있을 수 있었겠습니까? 더구나 21일 완전 단식 같은 것은 꿈에도 생각지 못하셨을 거 아니예요?"

"그 얘기를 듣고 보니, 인간만사 새옹지마(塞翁之馬)라는 말이 맞는 것 같습니다. 길흉화복(吉凶禍福)은 마음먹기에 따라 얼마든지 달라질 수도 있다는 얘기 아닙니까?"

"김 선생님에게 수련하실 기회를 주시려고 하늘이 마련해 주신 천재일우(千載一遇)의 기회일 수도 있는 일이죠."

"동감입니다. 그래서 나는 이것을 불행으로 받아들이지 않고 오히려 행운을 잡을 수 있는 절호의 기회로 여겼기 때문에 큰 고통 없이 지낼 수 있었습니다."

"행운보다는 역경이나 불행이 오히려 깨달음을 얻는 데는 더 큰 역할을 하는 게 아닐까요?"

"요는 마음을 어떻게 먹느냐에 따라 관점이 180도로 달라진다고 봅니다. 모든 것을 긍정적으로 적극적으로 생각하는 사람에게는 불행이라든가 역경이라는 것 자체가 존재하지 않는 것이 아닐까요? 능동적인 사람에게는 닥쳐오는 온갖 도전은 영혼을 깨우치는 기회가 되는 거죠. 그런 사람에겐 도대체 이 세상에 실패라는 낱말이 있을 수 없는 거죠.

남들이 흔히 말하는 실패는 그에게는 시련에 지나지 않을 겁니다. 이 시련은 반드시 자신의 영혼을 단련하는 데 이용하는 겁니다. 이렇게 되면 환난은 도전으로 바뀌고 좌절 대신에 용기가 치솟게 됩니다.

우리가 이 세상에 왔다가 갈 때 가지고 갈 수 있는 것은 재산도 명예도 지위도 아니고 바로 그전보다 영격(靈格)이 향상된 자신이 아니겠습니까? 우리가 이 세상을 떠날 때 가지고 갈 수 있는 것은 바로 이 영혼밖에 더 무엇이 있겠습니까. 깨달음만이 영혼과 함께 할 수 있는 것입니다. 그 밖의 모든 것은 아쉽기는 하지만 다 내려놓고 떠나야 합니다. 이 깨달음 속에서 사랑과 지혜와 능력과 생명력이 꽃피게 되어 있습니다. 남을 즐겁게 해 주는 것이 바로 나 자신을 즐겁게 해 주는 것입니다. 이런 것이 바로 도이고 지혜입니다."

"김 선생님 얘기를 듣기 시작하니까 마냥 일어나기가 싫습니다."

"아니 내가 너무 쓸데없는 장광설을 늘어놓은 것은 아닙니까?"

"아니 전연 그렇지 않습니다. 남을 즐겁게 해 주는 것이 자신을 즐겁게 해 주는 것이라는 말씀은 정말 가슴에 와 닿습니다. 자기 혼자 즐거움을 추구해 보았자, 결국은 공허와 외로움밖에 남는 게 더 있겠습니까? 그러나 남을 즐겁게 해주면 자기 자신도 즐거워지는 것은 진리입니다."

"그렇게 알아주시니 고맙습니다. 『명심보감』에 보면 "족한 줄을 아는 이는 가난하다 하더라도 역시 즐거울 것이요, 탐하기를 힘쓰면 근심이 끊이지 않으리라"는 말이 있습니다. 이것은 우리 인생의 가치 기준이 물질을 탐하는 데 있지 않고 마음을 어떻게 먹느냐에 달려 있음

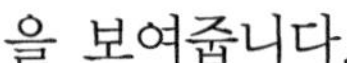

을 보여줍니다.

기독교 성경에는 이웃을 내 몸같이 사랑하라고 나와 있습니다. 그러나 이기주의에 찌들어 버린 현대인에게는 먹히지 않는 소리입니다. 이웃을 사랑하면 구체적으로 자기에게 어떤 이득이 오는가 하는 것을 알게 해 주는 것이 선결문제라고 생각됩니다.

1991년 5월 15일 수요일 15~21℃ 한때 비

아침 7시부터 중, 하단, 명문, 대추가 뜨거워지면서 점차 가열되어 활활 타오른다. 그중에서도 중단은 용광로처럼 달아올랐다. 그 통에 그동안 중단에 쌓여있던 온갖 적체물들이 깡그리 소진되는 듯했다. 인당 주변이 쑥쑥 쑤셔온다. 회음, 장강, 명문, 심유까지도 뜨겁게 달아오르고 아문, 옥침, 조규까지도 욱씬욱씬한다.

드디어 중단에 쌓여있던 찌꺼기들이 다 타버린 듯 주먹만한 구멍이 펑 뚫린 기분이다. 상단이 터졌을 때와 비슷한 느낌과 기분이다. 가슴에 막히는 것이나 걸리는 것이 아무것도 없고 우주 전체가 내 가슴속에 들어 와 있는 것 같다.

처음으로 중단이 크게 터진 것을 알 수 있었다. 이제부터는 내 수련의 진전 상황에 대해서 누구에게 의논을 하는 것이 다 부질없다는 자각이 일었다. 누구와 의논을 하거나 상의를 하고 충고를 받지 않아도 스스로 자신의 수련 상황을 점검할 수도 있고 추후의 진행 방향을 알 수도 있을 것 같았다. 수련자들의 방문이 늘어나고 있다.

1991년 5월 16일 목요일 13~20℃ 소나기

찾아오는 사람들을 대하다 보니 남자들보다는 여자들은 특히 중단이 잘 막히는 것을 알 수 있었다. 확실히 여자 쪽이 심리적인 타격에 민감하다는 것을 알 수 있었다. 중단이 완전히 터져 버리면 바다와 같은 마음이 될 수 있다. 이런 사람에게는 어떠한 충격도 상처를 입힐 수가 없다. 긴장도 공포도 슬픔도 기쁨도 노여움도 탐욕도 혐오감도 가슴이 탁 트인 사람에게는 아무런 영향을 미칠 수가 없다. 성통공완이란 이처럼 마음이 대지나 바다와 같이 넓어서 모든 것을 흡수, 소화, 정화할 뿐 아니라, 거칠 것이 없는 상태를 말한다.

우리가 대주천을 하고 103배를 하고 『천부경』, 『삼일신고』를 암송하고, '한'을 부르고, 한기운, 한마음, 한누리를 외우고 『참전계경』을 읽고 대각경을 외우는 이유는 우리 자신의 마음의 파장을 우리 자신 속에 깃들어 있는 신성(神性)과 맞추기 위해서다. 라디오나 텔레비전을 원하는 채널에 맞추듯 우리는 우리 내부의 심층에 깊숙이 파묻혀 있는 우리 자신의 신성인 하느님과 주파수를 맞추자는 것이다. 『천부경』, 『삼일신고』, 『참전계경』은 이 파장을 맞추기 위한 일종의 암호이다.

성통공완이니 대각(大覺)이니 성불(成佛)이니 해탈(解脫)이니 기독교에서 말하는 영혼의 구원이니 하는 것은 바로 내 마음과 하느님의 마음의 파장을 일치시킨 상태를 말한다. 이 경지에 오르게 되면 한갓 지식으로 알던 신인일치(神人一致)가 가슴으로 피부로 감각으로 그리고 마음의 중심에 와닿게 되고 행동에 옮겨지게 된다.

이때쯤 되면 주변에서 어떤 사람이 충격을 주고 증오를 하고 괘씸한 짓을 해도 가슴에 묻어두지 않게 되고 그저 그렇게 된 경위를 알아서 적절한 조치를 취하는 것으로 끝나게 된다. 어떠한 감정도 집착도 가슴에 묻어두지 않게 된다. 중단이 터진다는 것은 바로 이런 상태를 두고 말하는 것이다. 그래서 가슴이 대지와 같이, 바다와 같이 그리고 허공과 같이 넓어지게 된다.

대지나 바다는 이 세상의 온갖 독극물도 오염물질도 마다하거나 귀찮아하지 않고 다 받아들여 묵묵히 정화시켜줄 뿐 불평 한마디 하지 않는다. 마음을 이처럼 넓게 먹으면 이 세상의 온갖 시름과 고통, 고민과 번민이 둥지를 틀 수 없게 된다. 이처럼 우리의 마음이 바다와 같이 넓고 거침이 없을 때 하느님과 우리는 하나가 된다. 인심과 천심은 같아지는 것이다. 이게 바로 성통공완이다. 깨달은 사람들이 한기운, 한마음을 통하여 한누리를 이루어보자는 것이 선도의 목표이다.

바다와 같은 마음을 갖는 것은 이 세상 온갖 일에 일체 집착하지 않는 것을 말한다. 원융무애(圓融無碍), 대자유(大自由), 대자재(大自在)로움을 임의로 구사할 수 있는 것을 말한다. 이 세상 무엇에도 구애되지 않으므로 아무 일에나 거침이 없다. 돈, 섹스, 명예, 권력에 구속당하지 않으므로 대자유를 온전히 만끽할 수 있는 것이다. 바로 한, 공(空), 법(法), 진리, 길, 생명의 이치를 터득했을 때 다가오는 경지다. 가슴에 걸리적대는 것이 없어야만 이 자리에 오를 수 있는 것이다. 원망, 질투, 증오, 공포, 탐욕, 혐오, 슬픔, 통속적인 기쁨 따위를 가슴에 묻어둘 때 우리는 지옥의 고통 속에 빠지게 된다.

성통한 사람, 깨달은 사람, 법통을 이은 사람은 이유 없이 세상의 전면에 나와서 명예와 돈과 권력을 향유할 필요를 느끼지 않는다. 항상 뒤에 숨어서 왼손이 하는 것을 오른손이 모르게 남을 도와주기를 원한다. 전면에 나서면 형식에 얽매어 진실이 숨막혀 버릴 우려가 있기 때문이다.

마음속에서 고통이 떠나지 않는 것은 무엇 때문일까? 그것은 욕망과 집착이 가슴속에 도사리고 있기 때문이다. 이 욕심과 집착을 털어버리면 무거운 짐이라도 벗어버린 것처럼 마음은 그지없이 홀가분하고 편안해진다. 마음이 편한 상태가 바로 성통의 경지이다. 돈과 섹스와 명예와 권력에 집착하지 않는 사람은 누구나 도인의 경지에 들어선 사람으로 보아도 된다.

가슴이 아프다, 가슴이 아리다, 가슴이 막막하다, 가슴이 답답하다, 가슴이 찢어지는 것 같다, 가슴이 떨린다, 가슴이 저리다, 가슴이 쿡쿡 쑤신다, 가슴이 얼얼하다, 가슴이 확 달아오른다, 가슴이 써늘하다, 가슴이 두근두근 한다, 가슴이 꽁하다와 같은 상태에서 벗어나야 한다.

가슴이 항상 담담하고 편안하고 안온하고 평화로워야 한다. 누가 직접 눈앞에서 대놓고 욕을 하고 중상모략을 하고 두 눈을 부라리고 죽인다고 위협하고 공갈을 쳐도 눈 하나 깜짝하지 않을 만큼 대담하고, 목에 당장 칼이 들어와도 마음이 흔들리지 않아야 한다. 우주의 대생명체와 하나된 나를 누가 감히 어떻게 할 수 있단 말인가? 비록 내 육체는 파괴할 수 있다고 해도 내 생명의 실상엔 손톱자국 하나도 낼 수 없다는 확신이 서 있는 이상 두려울 것은 아무 것도 없는 것이다.

1991년 5월 17일 금요일 11~21℃ 구름 조금

단식을 끝낸 뒤에는 익은 음식은 속에서 잘 받지를 않는다. 자연 그대로의 요리하지 않는 것을 먹으면 이상하게도 속이 편하다. 그러나 집안에서 날로 먹을 수 있는 것은 얼마 안 된다. 오이, 양배추, 당근, 양파, 김, 미역, 멸치, 마른 오징어, 북어 따위가 고작이다. 생쌀을 씹어 먹어 보았다. 이가 아파서 계속 씹어 먹을 수가 없었다. 민소영 씨에게 이런 얘기를 했더니 자기가 다니는 생식원에 시간 나면 한번 같이 가 보자고 했다.

"생식원에서는 어떻게 하는데요?"

"사람의 체질에 따라 여섯 가지 곡식을 빻아서 가루를 낸 것을 과립(顆粒)으로 만들어 오행생식 처방을 하여 팝니다."

"체질은 어떻게 분류하는데요?"

"얼굴과 체격을 보면 체질은 금방 알 수 있어요."

"무슨 기준이라도 있나요?"

"있고말고요. 음양, 오행육기로 나누어 보는데요. 우선 궐음, 소음, 태음, 소양, 태양, 양명 여섯 가지로 나눕니다. 몸뚱이보다는 얼굴이 큰 것을 소양인이라고 합니다. 여기서 말하는 크다 작다는 말은 다른 사람과 비교해서 하는 말이 아니구요, 바로 한 사람의 육체 중에서 몸통보다는 얼굴이 크다든가 작다든가 한 것을 말하는 겁니다.

다시 말해서 얼굴과 몸뚱이가 균형을 이루지 못하고 있는 것을 말하죠. 좌우간 척 보았을 때 몸통보다 얼굴이 비례적으로 큰 사람을 소양인이라고 합니다. 또 태양인은 몸뚱이보다 얼굴만 큰 것이 아니고 그 큰 얼굴 중에서도 오관(눈, 눈썹, 귀, 입, 코)이 얼굴 전체에 비해서 큰 사람을 말하는데, 예를 들면 박정희, 전두환, 노태우, 등소평 같은 사람을 말합니다.

또 몸통보다 얼굴이 크고 그 큰 얼굴 중에서도 오관이 전부 얼굴 하반부에 배치되어 있어서 이마만 기형적으로 넓은 사람이 있는데, 이런 사람을 양명인이라고 합니다. 어떤 사람은 이마가 얼굴의 거의 반 이상을 차지하는 사람도 있습니다. 슈바이처, 아이젠하우어 같은 사람이 바로 양명인이죠.

그리고 소양인과는 반대로 얼굴은 작고 몸집이 큰 사람을 궐음인이라고 합니다. 영양과다가 되면 멀쩡하게 균형이 잡혀 있던 사람도 후천적으로 궐음인이 되는 수가 있답니다. 아이들에게 무조건 영양가 많은 음식만 먹이다 보면 이런 사람이 생겨나기 쉽습니다.

그다음에 얼굴보다 몸통이 크고 또 몸집보다는 사지가 큰 사람을 소음인이라고 합니다. 전체적으로 볼 때 몸만 클 뿐 아니고 팔다리까지 큰 사람을 말합니다. 또 얼굴보다는 몸이 크고, 그 큰 몸에 비해서 손발이 더 큰 사람을 태음인이라고 합니다. 손이 크면 증권이나 사채 시장에서 큰 손 소리를 듣는 수가 있으며, 발이 크면 도둑놈이라는 말을 듣는 수도 있기는 하지만 대개 손과 발이 크고 예쁘게 생긴 사람은 부자로 잘산다고 합니다. 이상 여섯 가지가 음양으로 체질을 나누어 본 겁니다."

"그럼 오행육기는 또 어떤 겁니까?"

"오행육기는 목, 화, 토, 금, 수, 상화(相火)로 체질을 나누어 보는 것을 말합니다. 대체적으로 얼굴이 긴 사람을 목형 체질이라고 하는데, 간장과 담낭이 육장육부 중에서 제일 큽니다."

"육장육부는 뭘 말합니까?"

"그것도 아직 모르세요. 글 쓰시는 분이 뭐가 그래요."

"죄송합니다. 이왕에 말이 난 김에 다 털어놓으시죠."

"육장은 간장, 심장, 비장, 폐장, 신장, 심포장입니다."

"심포장은 자주 못 들어본 말 같은데."

"심포장은 경락만 있고 실제로 장기는 없지만 사실상 심장을 감싼 막과 같은 기능을 갖고 있습니다. 마치 단전이라고 해서 해부학상으로는 규명할 수 없지만 사실상 단전호흡을 하면 그 부분이 달아오르는 것을 느끼고 육안으로는 볼 수 없지만 실제로는 있다는 것을 선도하는 사람들은 느끼고, 알고 있는 것과 같습니다."

"그럼 육부는 뭡니까?"

"담장, 소장, 위장, 대장, 방광, 삼초 이렇게 여섯 개의 장기가 육부를 구성하고 있습니다."

"역시 삼초라는 말 역시 별로 들어보지 못했습니다."

"그건 양의학에서 보는 관점이지 한의학에서는 그렇지 않아요. 삼초 역시 경락만 있고 장기는 따로 없습니다. 흉부와 복부를 상 중 하로 나누어 심장 아래를 상초, 위장 아래를 중초, 방광 위를 하초라고 하여 소화와 배설을 맡는 기관을 말합니다."

"목형 체질 다음에는 무슨 체질이 있습니까?"

"화형이 있는데요. 화형은 얼굴이 역삼각형으로 되어 있는 사람을 말합니다. 이런 사람은 육장육부 중에서도 심장과 소장이 유난히 크고 건장합니다."

"이마는 넓고 턱이 뾰족한 것을 말하는 모양이죠?"

"맞습니다. 얼굴이 긴 목형 체질은 갈비뼈가 짧고 앞으로 튀어나와 간과 담이 들어있는 장소가 넓은 것처럼, 화형 체질은 가슴이 앞과 뒤로 튀어 나와서 흉부가 두꺼우니까 심장이 들어있는 부위가 넓고 크기 때문에 심장이 클 수밖에 없습니다. 이런 사람이 만약에 양체질에 속한다면 소장이 더 클 것이고 음체질에 속한다면 심장이 더 클 것입니다."

"그렇다면 목형 체질은 양체질에 속하면 담이 더 크고 음체질에 속하면 간이 더 크겠네요."

"눈치 하나는 빠르시군요. 그러니까 제가 김 선생님과 얘기를 시작하면 피곤하지는 않아요."

"좋게 보아 주셔서 감사합니다. 그럼 다음엔 토형 체질 차롄가요?"

"토형 체질이 와야 순서가 되는데, 생식원에서는 토형 대신에 상화형을 들더군요. 왜냐하면 상화는 화와 비슷한 점이 많아서 그렇게 순서를 정했답니다. 상화형은 눈썹이 많고 김 선생님처럼 미릉골이 튀어나왔든가 신은경 아나운서처럼 양 관자놀이 부분이 제일 발달되어 있습니다. 양체질이면 삼초가 음체질이면 심포가 발달해 있습니다. 그담에 토형 체질은 얼굴이 공처럼 동그랗게 생긴 사람을 말하는데, 이런 사람은 명치에서 배꼽 사이가 길어서 배가 크고 넓기 때문에 비장(지라)과 위장이 제일 큽니다."

"이런 사람이 양체질에 속하면 위장이 크고 음체질에 속하면 비장이

크겠네요."

"척척 잘도 맞추시네요."

"그다음엔 뭡니까?"

"금형 체질인데 얼굴이 김 선생님처럼 네모난 사람을 말합니다. 이런 사람은 갈비뼈가 넓고 길어서 배 밑 부분까지 뻗어 폐와 대장이 유난히 큽니다."

"이런 사람이 양체질에 속하면 대장이 크고 음체질에 속하면 폐장이 크겠죠?"

"그럼요. 그 담엔 수형 체질인데요. 화형 체질과는 정반대로 얼굴이 삼각형을 바로 세워놓은 것과 같습니다. 이런 사람은 육장육부 중에서 신장과 방광이 가장 큽니다. 그 이유는 허리가 굵고 길어서 신장과 방광이 들어 있는 부위가 넓기 때문입니다.

"이런 사람이 양체질에 속하면 방광이 크고 음체질이면 신장이 크겠죠?"

"맞습니다. 이렇게 음양, 오행, 육기로 체질을 분류하고 만약에 질병이 있으면 촌구와 인영맥을 짚어보고 어디가 잘못되어 있는지를 알아냅니다."

"목화토금수를 오행이라고 하고 상화를 하나 더 보태서 육기가 되는 모양이죠?"

"맞습니다. 각 인체 내의 목화토금수 오기의 운행을 원활하게 하는 역할을 상화가 맡는다는 겁니다. 육장육부가 제대로 균형이 잡혀서 상생(相生) 상극(相剋) 상화(相和)하는 가운데 제대로 돌아가면 병이 있을 수 없지만 이제 보아오신 바와 같이 사람들은 체질에 따라 육장육부 중에 크고 작은 것이 고르지 않게 배치되어 있으므로 신진대사를 일으키는 도중에 불균형을 초래하게 됩니다. 이 불균형이 바로 병의 원인이라는 거죠. 인체는 소우주입니다.

달이 지구를 돌고 지구가 태양을 돌고 태양이 북극성을 중심으로 시작도 끝도 없이 연속 운행되는 것처럼 소우주인 인간의 생명 현상도 육장육부가 태양계의 위성이 운행되듯 톱니바퀴처럼 맞물려 돌아가게 되어 있는 겁니다.

그러나 대부분의 사람들은 장기의 크기가 다르고 그 기능과 힘에 우열이 있는 상태로 모태에서 태어나게 되므로 인간의 톱니바퀴는 원활하고 순조롭게 돌아가지를 못하고 찌그러지고 덜컹거리고 삐그덕대면서 삐뚤어진 채로 돌아가게 되는 겁니다. 이 때문에 인간의 육체는 영생을 하지 못하고 병을 얻거나 노화되면 모습을 바꾸게 되는데, 이것을 죽음이라고 합니다.

그런데 김춘식 원장은 목 부위의 위경 맥상에 좌우 두 개의 줄로 되어 있는 인영(人迎)맥의 크기로 양기의 대소를 측정하고, 손목의 태연혈 부위의 촌구(寸口)맥의 크기로 음기의 대소를 측정하여 음양 허실(虛實) 한열(寒熱)을 측정하여 건강 상태와 질병의 유무를 알아내어 생식을 처방하는 거죠."

"상당히 흥미를 끄는데요. 생식으로 병까지도 고치는 모양이군요. 무엇보다도 곡식을 생식할 수 있는데다가 누구나 자기 체질에 알맞은 처방을 받을 수 있다면 꼭 한번 가 볼만한 데예요."

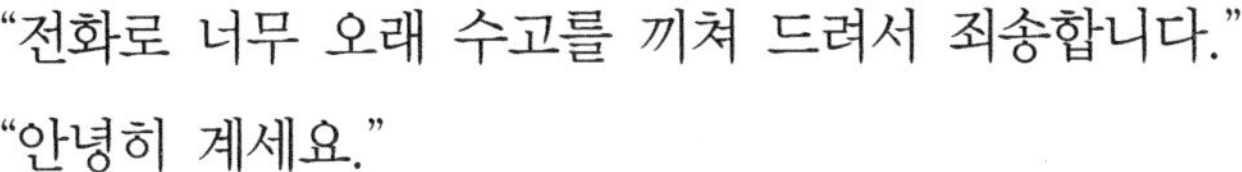

"전화로 너무 오래 수고를 끼쳐 드려서 죄송합니다."

"안녕히 계세요."

1991년 5월 18일 토요일 13~26℃ 맑음

오전 중에 세 사람의 수련생이 다녀갔다. 그중엔 호주에서 온 김용수 씨도 들어 있었는데, 7개월 동안 혼자서 열심히 수련을 한 덕분에 기운이 한결 맑아져 있었다.

오후 3시 반. 정좌 명상 중. 도도한 기운이 격류를 이루면서 내 몸을 관통하여 흐른다. 그러다가 어느덧 나 자신이 파도치면서 힘차게 흐르는 그 거대한 기운의 강물 자체로 변하면서 가없는 감격과 희열로 온몸이 부르르 떨려온다. 그런가 하면 머리와 가슴과 등에서 기운이 출렁출렁 춤추면서 흰 포말을 일으킨다.

1991년 5월 19일 일요일 14~25℃ 가끔 구름

일부 수련생들이 내 서재에서 철야 수련을 했다. 해외와 지방에서 벼르고 별러서 찾아온 사람들은 그저 얘기만 나누다가 보내기가 미안해서 운기만 할 수 있는 사이면 될 수 있는 대로 원격 시술을 해서 보내주기도 한다. 그것이 수련자 자신에게 이득이 되는지는 결과를 두고 보아야 한다. 내 동정이 오히려 해가 된다면 기운만 낭비하는 꼴이 될 것이다. 그런 어리석은 짓은 안 하는 것이 낫다.

1991년 5월 20일 월요일 16~26℃ 구름 많음

단식 이후 식량이 삼분의 일로 줄어들었다. 겨우 하루에 한끼 분량밖에 들 수 없다. 조금만 더 들면 곧 과식 증세가 온다. 아내의 성화에 못 이겨 밥을 들면 속이 거북하다. 어쩔 수 없이 생식을 해야 한다.

1991년 5월 21일 화요일 18~29℃ 구름 조금

오전 10시. 모 중소기업 사장인 서경훈 씨와 30분쯤 대좌했다. 키가 후리후리하고 깡마른 체격인데 운기가 활발했다. 마주 앉아 있는 사이에 전중과 인당이 동시에 뚫리고 있었다. 그동안에 그의 세 보호령이 나타났다. 구군복 차림의 당상관, 도승(道僧), 무복(巫服)을 차려 입은 단군조선 시대의 제사장. 도승이 엎드려 열심히 기원하고 있었다. 피보호자의 상단과 중단이 잘 트이기를 기도하고 있는 것 같았다.

"세 분 보호령께서 나타나셨습니다. 서경훈 씨의 수련이 잘되기를 기원하는 것이 역력히 느껴집니다."

"선생님, 그 말씀을 듣는 순간 찌르르 전율이 느껴집니다. 꼭 오래간만에 멀리 떨어져 있던 혈육을 만났을 때처럼 가슴이 찡합니다."

역시 인간은 영적 존재임을 부인할래야 부인할 수 없었다.

밤 11시. 시외전화가 걸려 왔다.

"김 선생님, 안녕하십니까? 저 그저께 선생님한테서 수련받은 곽남준입니다."

"아 네, 그래 어떻습니까? 무슨 변화가 있습니까?"

"선생님한테 다녀 온 후로 손발이 달아오르고 멀리 있는 친척이 투시가 됩니다. 그리구 그전보다 운기가 몇 배 더 활발해졌습니다."

"축하합니다. 그러나 멀리 떨어져 있는 사람이 우연히 보이는 것은 어쩔 수 없지만 아직은 의식적으로 보려고 하지 마십시오. 더 수련을 하셔야 하니까 그런 데 기력을 낭비하면 안 됩니다."

"네, 잘 알겠습니다. 선생님 정말 고맙습니다."

"안녕히 계십시오."

1991년 5월 22일 수요일 16~28℃ 구름 조금

오후 3시 반. 세 사람의 수련생이 내 앞에 앉아 있었다. 그중에 김용수 씨도 있었다. 기운은 약간 탁하지만 시술 이후 운기는 확실히 배가 되었다. 그와 대화하고 있는 중에 시원한 기운의 기둥이 하늘에서 맞바로 회음까지 일직선으로 내리꽂힌다. 머리 전체가 함몰되어 큰 굴뚝으로 변한다. 아니, 직경 20센티 정도의 도관으로 변하여 그 속으로 하늘의 기운이 폭포처럼 쏟아져 내린다. 황홀하다. 신묘하다. 현묘하다. 머리 전체가 에어콘처럼 시원하고 상쾌하다.

성통(性通)이란 무엇인가? "진성(眞性)은 무선악(無善惡)하니 상철(上哲)이 통하고" 하는 구절이 『삼일신고』 진리훈에 나와 있다. 선악을 초월한 상태, 즉 '한'과 공(空)의 경지를 말한다. 바로 이 한의 경지와 맞바로 통하는 게 성통이다.

"그대의 오른발이 완전히 낫는 날 공부가 일단락되리라"는 메시지가 전달되어 온다.

1991년 5월 26일 일요일 13~17℃ 비

오전 11시. 안창수, 김용수 씨가 와서 수련을 하고 환담을 나누었다. 이들 두 사람과 대화를 나누는 도중에 엄청난 기운이 들어왔다. 지금까지와는 전연 다른 강력하고 청신한 기운이었다. 요즘은 거의 매일 같이 기운이 새로 바뀌고 있다.

오행생식원

1991년 5월 28일 화요일 12~24℃ 구름 조금

12시에 민소영 씨의 차로 서울대 정문 옆 관악산 등산로 입구 주차장 가장자리에 있는 오행생식요법원에 갔다. 얼굴이 길쭉하고 소탈하게 생긴 오십대 초반의 김춘식 원장과 인사를 나누었다. 세속을 초월한 도인풍이면서도 관자놀이 부위가 패어 있어서 그런지 어딘가 어수룩하고 헐렁헐렁한 빈구석이 있는 듯한 인상이었다. 내 얼굴과 체격을 유심히 살펴보고 촌구맥과 인영맥을 짚어보고 나서 그는 말했다.

"선생님은 금형 체질이라 폐대장(肺大腸)이 크고 간담(肝膽)이 약한 체질이십니다. 금극목(金克木)하여 폐대장이 큰 대신 언제나 간담과 심소장(心小腸)이 약한 체질이십니다. 촌구맥과 인영맥의 차이가 4·5성(盛)으로 인영맥이 강합니다. 숨쉬기를 하실 때 들이쉬기를 내쉬기보다 3대 1의 비율로 길게 해야 됩니다. 얼굴 모양이 네모가 뚜렷한 사람을 금형 체질이라고 하는데, 이런 분은 폐대장이 크고 강한 대신에 이곳에 병이 나면 아주 치명적입니다. 혹시 폐병 같은 거 앓아 보신일 없으십니까?"

"있습니다. 스물다섯쯤 되었을 때 급성 폐병으로 거의 죽었다 살아난 일이 있습니다. 의사들이 아예 가망이 없다고 방치해 놨다가 영안실로 보내려고 하는데 핏기가 돌기 시작했다고 합니다."

"그랬을 겁니다. 폐대장이 크고 강하니까 좀체로 폐나 대장엔 병이 걸리지 않는 체질이지만 한번 걸렸다 하면 생명이 위험합니다. 폐와 대장의 정기는 우주에 있어서 금기와 일치합니다. 이런 분들은 성격이 싸늘하고 냉정하고 수렴(收斂)하고 건장하며, 준법정신이 강하고 의리를 지키며, 다스리고 지배하는 능력이 있고, 싸웠다 하면 이겨야 직성이 풀리고, 독선적이고, 결국은 숙살(肅殺)하여 변화시키고 승리하는 성격입니다. 이런 체질을 금형 체질의 본성이라고 합니다.

그 대신 폐대장의 기능이 지나치게 왕성하면 간담이 손상됩니다. 간장과 담낭과 폐대장은 서로 견제하고 도와주어 균형이 알맞게 돌아가야 하는데, 폐대장이 너무 강해서 간담을 위축시키면 병이 발생하게 됩니다. 이렇게 하여 간장과 담낭이 병들면 따뜻하고 원만하게 하는 간담의 정기는 허약해지고, 싸늘하게 긴장시키는 폐대장의 정기는 왕성하여 알칼리성 체질이 됩니다. 이 긴장이 지나치면 피곤하고 근육과 힘줄이 당기고 근육에 경련이 일어나고, 무산증이 되므로 입이 쓰고 구역질이 나며 소화가 안 되고, 간경화증이나 A형 간염이 검출되고 옆구리가 아프고 늑막염이 생기며 간암이나 담석증이 발생합니다. 간장과 담낭이 지배하는 부분인 목과 눈과 고관절과 발과 손발톱과 근육에 각종 병이 발생합니다. 이처럼 간담에 병이 나면 금형 체질의 기본적인 성격은 안으로 감추어지고 간담이 병들어서 나타나는 병적 현상이 표출됩니다. 따라서 신경질적이고 화를 잘 내며 폭언, 욕설을 잘하고, 심술이 사납고 약이 잘 오르고 결벽증이 나타나고 폭력적인 성격이 병적으로 나타나게 됩니다."

그는 중간에 막히는 법도 없이 레코드판처럼 거침없이 엮어댔다. 하도 말이 빨라 미처 알아들을 수가 없을 지경이었다.

"그럼 생식은 어떻게 해야 됩니까?"

"선생님은 간담과 심소장을 보하고 영양을 주는 식품을 섭취하셔야 됩니다. 팥, 수수, 기장, 현미, 서목태(쥐눈이콩), 녹두, 옥수수를 적절히 섞은 감로곡과 팥, 옥수수, 수수, 서목태를 섞어서 우유에 타서 생강차 반봉, 꿀이나 흑설탕, 소금을 타서 드시면 됩니다."

그는 네 개의 원통형으로 생긴 용기에 들어 있는 생식을 끼니마다 각 통에서 한 숟갈씩 들라고 했다. 그밖에 운동 처방으로 목운동 하루 세 번 50회, 팔굽혀펴기 50회, 손쥐었다 펴기 300회를 하라고 했다. 그는 또 내 부상당한 발목을 살펴보고는,

"혹시 정관수술하신 일 없습니까?"

"있습니다."

"수술하신 지 얼마나 됐습니까?"

"벌써 20년이 훨씬 넘었죠."

"정관수술을 하면 언제나 발목이 약합니다. 그래서 발목을 상하는 일이 많습니다. 어떻거다 이렇게 상했습니까?"

"도봉산 암벽에서 하강하다가 떨어졌습니다. 한 7미터 되는 직벽에서요."

"아니 연세가 어떻게 되시는데 그렇게 험한 암벽을 타셨습니까?"

"원래 암벽을 좋아합니다."

"역시 발목이 약해서 사고를 낸 겁니다."

"그럼 정관수술과 발목은 무슨 관계가 있나요?"

"있구말구요. 정관수술을 하면 우선 방광경이 크게 상하게 됩니다. 방광경은 새끼발가락 바깥쪽에서 시작되어 발목을 거쳐 다리 바깥쪽을 통해서 등 뒤로 해서 후두부로 달리고 있습니다. 방광경은 이처럼 발목을 관장하는 경맥이기 때문에 발목이 상할 수밖에 없습니다."

"그러고 보니 전 항상 발목이 약했던 것 같습니다. 암벽을 타다 보면 바위를 건너뛰어야 할 일이 많은데, 그때마다 꼭 발목이 시큰댔거든요."

"발목이 약하다는 증거죠."

"그럼 어떻게 해야 됩니까?"

"더구나 선도수련을 하신다면 생명력을 관장하는 방광경이 상한 상태에선 운기에도 지장이 있겠는데요. 선도란 원래 단전호흡과 운기를 통해서 도를 닦아 끝내 성통공완하자는 것이 아닙니까. 그런데 운기에 지장이 있다면 다시 생각해 보아야겠죠."

"무슨 좋은 방법이 없겠습니까?"

"좋은 방법이라고 하면 아까도 말씀드렸지만 복원수술을 하는 길밖에 더 있겠습니까? 양의학의 최대 장점은 백정처럼 칼질 잘하는 것 하나 빼놓으면 뭐 볼 것 있나요. 원래가 서양애들의 조상은 유목민족이라 짐승 잡아먹는 데는 도가 터 있지 않습니까? 그래서 짐승 잡아먹던 습관 그대로 칼질 하나는 기똥차게 잘합니다. 그래서 육장육부의 균형이 깨져서 장기에 고장이 나도 우선 칼로 째놓고 보는 겁니다. 사람의 장기를 그렇게 함부로 칼로 난도질을 해 놓으면 거미줄처럼 이중삼중 얽히고설켜 있는 수없이 많은 경맥들이 끊어지거나 상하게 됩니다. 더구나 양의사들은 걸핏하면 장기를 떼어내기를 좋아합니다.

인간의 모든 장기는 다 쓸데가 있어서 붙어있는 건데, 그렇게 함부로 잘라내면 됩니까? 특히 임파선과 맹장은 으레 떼어내는 것이 당연한 것으로 알고들 있는데 천만의 말씀입니다. 맹장이나 임파선도 다 그것대로 쓸모가 있어서 제 기능을 다하고 있습니다. 맹장은 윤활유 비슷한 일종의 소화액을 분비하고 임파선은 병균을 걸러내는 구실을 합니다. 그런데도 덮어놓고 잘라만 낸다 그겁니다. 어디 그것뿐이겠습니까? 거칫하면 자궁을 드러내는가 하면 신장이나 폐도 둘이 있으니 하나는 잘라내도 좋다고 하면서 없애버리기를 밥먹듯 합니다. 이건 일종의 살인행위와 같습니다.

음양과 오행육기의 균형이 깨어져서 장기에 병이 났으면 그 깨어진 균형을 식품이나 약물 또는 침이나 뜸으로 바로 잡아주면 저절로 낫게 되어 있는데, 양의사들은 덮어놓고 문제된 장기를 잘라내는 데만 기막힌 재주가 있다 그겁니다. 그 때문에 백 살까지 살 사람도 오십도 안 되어 죽어버리게 되고 팔자에 없는 병신이 됩니다. 인체의 장기는 필요 없이 붙어 있는 것은 하나도 없습니다.

태양계가 태양을 중심으로 수성, 금성, 지구, 화성, 목성, 토성, 천왕성, 해왕성, 명왕성 등의 아홉 개의 행성과 이에 속한 32개의 위성 및 1,600개 이상의 소행성이 일사불란하게 공전과 자전을 되풀이하면서 운행이 되고 있는 것과 같이 인체의 장기들도 소우주를 형성하여 오행육기의 상생, 상극, 상화를 통하여 균형을 이루어 생명 활동을 영위하고 있는 겁니다.

그런데, 명왕성이나 화성 같은 위성은 태양계에서 별 쓸모가 없다고 하여 잘라내어 버린다면 어떻게 되겠습니까? 태양계의 운행은 균형이 깨어지고 마침내 파멸을 면치 못하게 되고 말 것입니다. 태양계의 파멸은 은하계에도 심대한 영향을 끼치게 됩니다. 마침내 우주 전체에 심히 부정적인 영향을 끼치게 될 것은 명약관화한 일이 아니겠습니까?

인체의 장기를 그렇게 함부로 잘라낸다는 것은 태양계의 위성 하나를 없애는 것처럼 위험천만한 일입니다. 더구나 피임을 위해서 생식기능을 정지시키는 것은 인간의 생명력을 약화시키는 짓이 아닐 수 없습니다. 좌우간 어떠한 이유로든 사람의 장기를 함부로 잘라내는 일은 절대로 있어서는 안 됩니다."

"그렇다면 맹장염이 심해서 터져버리면 당장 생명이 위독할 때는 어떻게 됩니까?"

"맹장이 터져서 생명을 잃는다는 것은 양의사들의 수술을 하기 위한 구실이지 비록 맹장이 터졌다고 해서 사람이 죽는 것은 결코 아닙니다. 맹장염 정도는 수술을 하지 않고도 얼마든지 고칠 수 있습니다."

"그거 정말 처음 듣는 얘깁니다."

"다만 전쟁이나 교통사고나 천재지변으로 심한 외상을 입는 경우는 양의들의 수술이 한의학을 능가할지 모르지만 내과에 관한 한 양의사들의 수술에 의존한다는 것은 위험천만하기 짝이 없는 일입니다. 간담이 나쁜 사람은 화극금이 안 되어 금기(金氣)가 너무 강해서 그러니까 심소장이 약한 것입니다. 이런 때는 심소장을 강하게 하는 식품이나 약품을 복용시켜서 이것을 강화시키면 화극금이 왕성해져서 폐대장의 금기가 수그러들어 간담을 위축시키지 못하게 됩니다. 이처럼 육장육부는 모두가 서로 상부상조하고 상호견제하고 공생공존하는 유기적인 관계에 있습니다.

병이 발생하는 것은 바로 육장육부의 음양, 한열, 허실에 있는데 이것은 이들 상호간의 균형이 깨어졌기 때문입니다. 이 균형을 바로 잡아주면 칼질을 안 해도 병은 낫게 되어 있습니다.

비위장에 고장이 난 것은 간담의 목기가 지나치게 왕성해서 토기인 비위장을 압박하기 때문입니다. 그렇다면 어떻게 해야 되겠습니까? 지나치게 왕성해진 간담의 활동을 견제해야 됩니다. 그러기 위해서는 금극목이 제대로 되어야 합니다. 다시 말해서 폐대장의 활동을 왕성하게 함으로써 목기인 간담의 기운을 억제해야 됩니다. 따라서 폐대장을 보하고 영양을 주는 식품을 복용케 해야 됩니다. 목생화 화생토 토생금 금생수 수생목, 목극토 토극수 수극화 화극금 금극목. 이처럼 상생 상극 상화가 끊임없이 되풀이되는 가운데 생명 활동은 원활하게 이루어지는 겁니다.

이 같은 상생 상극 상화의 균형엔 전연 관심을 두지 않고 어디가 아프다 하면 칼질부터 하는 양의학은 내가 보기에는 뿌리는 그대로 놓아둔 채 웃자란 가지만 치는 격입니다. 가지만 처가지고는 안되니까 둥치까지 잘라버립니다. 그렇게 되면 뿌리까지 시들어버리게 됩니다.

따라서 외상 이외의 내과 질환에 함부로 칼질을 하는 것은, 비록 그 수술로 병이 나았다고 해도 영원히 불구자를 만드는 것이고 까딱하면 생명까지 잃게 됩니다. 이게 무슨 의사입니까? 허가 받은 사람 백정이지."

그는 내과 수술 의사에게 한이라도 맺힌 듯이 억양에 열기가 실려 있었다.

"원장님 그럼 전 어떻게 해야 되겠습니까?"

"방광경이 제대로 가동되려면 복원수술을 해야 됩니다."

"말 들으니까 대단히 어려운 수술이라고 하던데, 좋은 의사라도 있으면 소개해 주시겠습니까?"

"정관 복원수술 하는데, 지금 시내에서는 3백만 원이 듭니다. 다행히도 김기수라는 피부비뇨기과 박사가 한 분 계신데, 이분은 원래 가톨릭 계통의 외과의로서 정관수술 자체를 반대해온 분입니다. 그래서 사명감을 갖고 복원수술을 실비로 해 주시는 분입니다. 한번 찾아가 보십시오."

그는 김기수 박사의 전화번호를 가르쳐 주었다.

"그리고 아까 원장님께서는 제가 인영맥이 촌구맥보다 4·5배가 성하다고 하셨는데, 그건 어떻게 돼서 그럴까요?"

"대개 두뇌 활동을 많이 하시는 분들이 그런데, 머리쪽으로 너무나 많은 양기가 흐르기 때문에 그런 현상이 일어납니다. 제가 해 드린 식품처방과 호흡과 운동을 처방대로 실천하시면 빠른 시일 안에 좋아지실 겁니다. 걱정할 것은 없습니다. 병은 아니니까요. 단지 체질 개선은 하셔야 합니다."

"그렇다면 저는 음과 양이 균형이 깨어진 상태입니까?"

"그렇습니다. 그러나 이 처방대로만 하시면 곧 균형이 회복됩니다. 원래는 인영맥과 촌구맥이 비등하게 균형이 잡혀야 하는데, 지금은 머리쪽에 너무 많은 기운이 흐르고 있습니다."

"어쩐지 저 자신의 호흡 상태를 가만히 살펴보면 내쉬기보다 들이쉬는 숨이 훨씬 길더라구요. 그래서 늘 이상하다고 생각했었는데, 이제야 그 수수께끼가 풀린 것 같습니다. 들이쉬기를 길게 해도 조금도 거북하지 않고 오히려 편안했었는데 바로 그래서 그랬군요."

"인간의 잠재능력이 먼저 알고 그렇게 한 것입니다. 자연치유 현상이라고도 하죠. 하느님이 다 알아서 웬만한 병은 자연 치유시키는데 사람은 너무나 의사에게만 의지하려다가 도리어 화를 불러오는 일이 지나치게 많습니다. 서양 속담에도 '병은 하느님이 고쳐주고 돈은 의사가 받는다'는 말이 있지 않습니까. 정말 정곡을 찌른 말입니다."

내가 글쟁이라는 것을 알고 있었는지, 원장은 아무래도 여느 고객들에게보다는 더 많은 말을 하는 것 같았다. 팔려나가는 책의 부수로 보아 나는 내 잠재 독자가 전국에 적어도 백만 명은 된다고 본다. 그렇다면 생식원 원장은 나 한 사람에게 말한 것이 아니라 백만 명에게 말하고 있다고 해도 과언이 아니다. 그가 나와의 대화에 열을 올릴만도 했을 것이다. 그러나 그와 대담을 나누면서 석연찮은 의문이 앙금처럼 자꾸만 내 의식의 밑바닥에 쌓이는 것을 나는 놓치지 않았다.

그의 말대로 음양중, 사상, 오행육기의 운행이 원만하게 진행되어 인체의 육장육부의 균형이 완전무결하게 이루어질 수 있다면 그 비결은 무엇일까 하는 것이었다. 과연 생식처방에 의해서만 그것이 가능할까 하는 것이었다. 식품은 화식이든 생식이든 어디까지나 물질에 지나지 않는다. 물질만으로 생체의 균형이 완전무결하게 이루어질 수 있을 것인가? 나는 돌아오면서 이러한 의문에 사로잡혔다. 일체유심조(一切唯心造) 삼계유심소현(三界唯心所現)의 마음의 법칙은 여기에도 예외 없이 적용될 것이다. 그러나 나는 생식원 원장과 너무나 많은 시간을 대화로 소비했으므로 다음 기회에 이 의문을 풀어보리라고 작정했다.

생식요법도 단학 수련과 비슷한 데가 있었다. 생식을 시작한 지 한 달 반이 된 민소영 씨는 이로 인한 명현현상 때문에 곤욕을 치르고 있었다. 단전호흡으로 운기가 시작되면 몸이 갑자기 좋아지든가 명현현상이 일어나 옛날에 앓던 병이 도지는 것과 같은 일이 생식요법에서도 일어난다. 그녀의 차를 타고 생식원까지 가고 머무르고 오느라고 너댓 시간 동안 가까이 있으면서 처음에는 그녀의 중단 위쪽이 심히 막혀 있는 것을 감지했었는데 나중에 헤어질 때쯤 해서는 막힌 데가 풀려 있었다. 지금까지 번번이 도움만 받아 오다가 그 몇 분의 일이라도 갚을 수 있었던 것 같아서 마음이 가벼웠다.

오후 7시. 생식을 시작했다. 처방대로 네 숟갈을 들고 난 뒤 한 시간쯤 지나자, 하단전과 중단전 그리고 그 주변의 장기들이 화끈화끈 달아오르기 시작했다. 그리고 포식했을 때처럼 배가 불룩하고 든든했다.

1991년 5월 31일 금요일 15~26℃ 구름 조금

오전 11시 생식원에 또 갔다. 원장이 부상된 부위를 다시 좀 보자고 해서였다. 김춘식 원장은 내 오른 발목을 자세히 관찰하고 나서 발목을 통과하는 여섯 개의 경맥을 싸인펜으로 표시하고 도장침(도장 비슷하게 생긴 침, 자침이라고도 함)을 주면서 하루에 한 번씩 표시해 준 경맥상에 침을 놓으라고 했다.

여섯 개의 경맥은 다음과 같다. 용천에서 출발하여 안쪽 복숭아뼈 옆을 지나 발목 위로 가는 신경, 엄지발가락 안쪽을 타고 발목 위쪽으로 가는 비경, 엄지발가락 발톱에서부터 발등을 타고 발목 위로 가는 간경, 둘째 발가락 등을 타고 올라가는 위경, 무명 발가락 등을 타고 오르는 담경, 새끼발가락 바깥쪽을 타고 발목 바깥쪽 복숭아뼈 옆을 지나는 방광경.

"이 여섯 개 경맥상에 도장침을 하루 한 번씩 정성스럽게 놓으면 한결 회복이 빠를 겁니다. 발목을 관장하는 이 여섯 개의 경맥에 기운이 원활하게 통해야 됩니다. 마치 쓰레기나 토사로 막힌 도랑을 치는 것과 같습니다."

이렇게 말하면서 김춘식 원장은 직접 도장침으로 표시된 부위를 찌르기 시작했다. 아프고 시큰대고 하여 도저히 참을 수 없어서 비명을 질렀다. 그래도 그는 사정 두지 않고 계속 찔러댔다. 찌른 자리에 벌겋게 핏발이 내밸 정도가 되었다. 다 놓고 나니까 한결 시원했다.

"요 근처에 사는 처녀는 팔목이 부러져서 수술을 하여 뼈는 붙었지만 회복이 안 되고 골절된 부위가 불룩하게 부어 있었는데, 3개월 동안 지극정성으로 도장침을 맞더니 결국 그전과 거의 같을 정도로 회복이 되었죠. 김 선생님도 집에 가시면 몇 개월 동안 도장침을 계속 놓으면 완전히 나을 겁니다."

"그렇게 하겠습니다. 이 도장침 값은 얼맙니까?"

"그것 뭐 책도 주시고 했는데 그냥 가져가세요."

그는 내가 증정한 저서를 생각하고 이렇게 말했다.

"그건 그거고 이건 이거 아닙니까? 공사는 가려야 하는 것 아닙니까?"

"괜찮습니다. 세상 너무 그렇게 빡빡하게 살면 재미가 있습니까? 적당히 해 나가야죠."

"고맙습니다. 원장님도 도를 많이 닦으셨다고 하던데."

"도라는 것은 본래부터 가지고 있는 인간의 초능력을 완전히 개발하는 길을 말하는 겁니다. 도사는 이 길을 가는 선비를 말하구요. 잠재능력이 완전히 개발되면 인간은 누구나 하느님과 같이 될 수 있습니다. 인간은 본래가 하느님이니까 본래의 자기 자리로 돌아가는 겁니다."

"그럼 생식을 하면 도사가 될 수 있습니까?"

"될 수 있다고 보는 거죠. 그러나 아무리 생식으로 몸이 건강해졌다고 해도 마음이 바르지 못하면 결국은 십년공부 나무아미타불 격이 됩니다. 그러니까 생식을 하면서 마음공부도 열심히 해서 도심이 싹터야 비로소 도인이 될 수 있는 겁니다."

"결국은 마음으로 귀결되는군요."

"그럼은요. 아무리 생식요법으로 인영 촌구맥을 완전무결하게 균형을 잡아 놓았다고 해도 집안에 갑자기 우환이 생겨 맘이 흔들리든가 잔칫집에 가서 기분 내킨다고 과음 과식을 하거나 하면 금방 맥이 바뀌고 맙니다."

"그러니까 화내지 말고 무서워 떨지 말고 슬퍼하지 말고 세속적인 기쁨에 날뛰지 말고 탐욕을 부리지 말고 남을 증오하지 말고 항상 마음을 평온하고 태평스럽게 가져야 된다는 말씀이 아닙니까? 결론적으로 말해서 마음을 바르게 가진 뒤에 생식을 해야 제대로 효과를 낼 수 있다는 얘기군요."

"두말하면 잔소리가 되는 거죠. 그건 그렇구 선생님은 정관 복원수술을 하셔야 될 겁니다. 그것이 복원되지 않고는 방광경이 완전 가동이 안 됩니다. 자동차로 말하면 전기 배선이 잘못되었거나 한 군데가 끊어진 것과 같습니다. 더구나 선도수련을 하시는 분이 안될 일이죠. 자동차는 전기 줄이 끊어져서 헤드라이트 같은 것이 하나 안 들어온다고 해도 움직이기는 합니다. 사람도 그와 마찬가지로 이럭저럭 일상생활은 영위해 나갈 수 있지만 지장을 안 받을 수 없는 겁니다."

"제가 지금까지 너무 무지했었습니다. 진작 알았더라면 무슨 조치를 꼭 취했을 텐데. 늦게라도 알았으니 다행입니다. 다 선생님 덕분입니다."

〈10권〉

난국을 수련의 기회로

1991년 6월 5일 수요일 16~28℃ 구름 조금

정관 복원수술은 역시 대수술이었다. 어제 같아서는 금방 일어날 것 같았는데, 아침엔 꼼짝하기가 귀찮을 정도로 몸이 천근같았다. 그러나 10시가 지나면서 차츰 생기가 돌아나기 시작했다. 운기까지 활발해지자 갑자기 컨디션이 좋아졌다.

오늘은 하루 더 쉬고 내일부터나 집필을 다시 시작할까 했었는데, 당장 쓰고 싶은 의욕이 일어났다. 글을 쓰다 보니 자꾸만 좋은 착상이 떠올라 다음에 쓸 대목들이 하나하나 고개를 추켜들었다. 뒤에서 누가 내 글 쓰는 일을 지휘감독하고 있는 것 같다. 대번에 20매를 쓸 수 있었다. 무아(無我)의 경지에 빠져서, 글쓰기 전에는 미처 생각지도 못했던 착상들이 자꾸만 떠올라 자기도 모르게 글 쓰는 일에 열중하게 된다면 그것은 분명 섭리의 작용임을 알 수 있다.

오른쪽 발목이 점점 더 걷기가 편해진다. 손상되었던 방광경이 되살아나면서 오른발 발목 부위에 운기가 활발해진 것을 알 수 있다. 양 발목뿐만 아니라 종아리 부분에까지도 활발한 운기가 감지되었다. 이 상

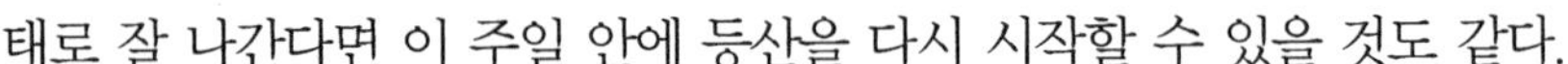

태로 잘 나간다면 이 주일 안에 등산을 다시 시작할 수 있을 것도 같다.

1991년 6월 14일 금요일 17~28℃ 맑음

오후 1시 반. 왕년에 모델로 활약한 일도 있고 최근엔 텔레비전 광고에도 자주 등장하는 50대 초반의 송대숙이라는 중년 여인이 찾아왔다.

"실은 선생님의 『선도체험기』 1, 2, 3권을 읽고 F 도장에 나가서 수련하고 있습니다."

"그러십니까. 그럼 수련하신 지는 얼마나 됐습니까?"

"책을 읽고 나서 즉시 들어갔으니까 한 10개월쯤 됐습니다."

이렇게 말하면서 그녀는 가슴이 불편한지 손으로 명치를 쓰다듬었다. 과연 왕년의 모델다운 미모였다. 얼굴이 갸름한 계란형이고 관자놀이가 약간 들어가 있어 정에 약해서 이성관계가 아무래도 복잡하게 얽혀 있는 것 같은 느낌이 들었다.

체격 역시 언뜻 보면 30대 전후로 착각을 일으킬 만큼 잘 정돈되어 있었다. 그녀와 대화를 나누는 동안 운기를 해 보았다. 단전에 축기도 되어 있고 임·독맥을 통하여 약하게나마 기운이 돌고 있는 것은 감지되었지만 전중이 꽉 막혀 있었다. 마음에 굉장한 갈등을 느끼고 있는 것이 틀림없었다.

"네, 그러시군요. 수련도 상당한 경지에 이르셨는데 무슨 일로 이렇게 찾아오셨습니까?"

그녀가 나를 찾은 이유를 직감적으로 알고는 있었지만 직접 그녀의 입으로 듣고 싶어서 이렇게 물어보았다.

"그동안 매일 도장엔 나가진 못했지만 그래도 시간 나는 대로 이틀에 한 번 어떤 때는 사흘에 한 번 꾸준히 나가는 덕분에 단전에 따뜻한 기운도 느끼고 건강도 그전보다 많이 나아졌고 머리도 맑아져서 참 좋았었는데요.

두 달쯤 전부터 가슴이 꽉 막혀오는 거예요. 꼭 큰 돌멩이가 꽉 가로막고 있는 것 같아 답답하고 괴로워서 병원에 가서 엑스레이를 찍어보아도 아무 이상이 없다는 거예요. 한의사한테도 가 보았지만 임맥이 막혀서 그렇다면서 침도 맞고 뜸도 뜨고 한약도 먹어보았지만, 조금 낫는 듯하다가는 다시 도지곤 합니다.

혹시 수련 중에 일어나는 명현현상이 아닌가 해서 사범이나 법사님한테 물어보았지만, 그냥 열심히 수련하고 시간이 흐르면 낫는다고 합니다. 그러나 언제까지나 기다릴 수만도 없고 하여 혹시 선생님을 찾아뵈오면 무슨 수가 있지 않을까 하는 생각이 들어 이렇게 불쑥 찾아왔습니다. 이렇게 귀중한 집필 시간을 빼앗아서 죄송하기 짝이 없습니다."

"오죽 답답하시면 저 같은 사람을 다 찾아 오셨겠습니까?"

대화를 나누는 동안에 어느덧 내 가슴도 꽉 막혀 왔다. 쥐어뜯고 싶도록 괴로웠다. 운기를 하는 동안에 나는 어느덧 그녀의 괴로움에까지 동조된 것이다.

"실례지만 부군께서는 무슨 일을 하고 계시는지요?"

"남편은 12년 전에 타계하셨고요. 남매가 있는데 전부 미국에서 공부하고 있습니다."

"그럼 어떻게 생계를 이어가십니까?"

"제가 양장점을 하나 경영하고 있습니다."

"제가 느낀 소감을 솔직히 말씀드리겠습니다. 송 여사님께서는 지금 수련이 진전되면서 일어나는 명현현상을 겪고 계십니다. 수련이 시작되고 축기가 되면서 운기가 되니까 막혔던 경혈들이 하나씩 열리기도 하고 기운이 적체되어 마비되어 있던 경혈 부위의 신경이 되살아나면서 통증도 일어나는 겁니다. 특히 전중에 심한 통증을 느끼고 계시는데 그것은 그 부분의 마비되었던 신경이 되살아나기 때문입니다."

"선생님 이 가슴의 통증을 없앨 수 있는 무슨 좋은 방도는 없겠습니까?"

"방도야 있죠."

"어떤 것인데요."

"마음을 다스리면 됩니다."

"마음을 다스리다뇨? 제 마음이 그럼 잘못되었다는 말씀인가요?"

"마음이 잘못되었다는 것이 아니고 수련으로 몸은 변해 가고 있는데 마음이 미처 그 몸의 변화를 못 따라가고 있습니다."

"무슨 뜻인지 제가 알아듣게 설명을 해주실 수 없겠습니까?"

"설명해 드리겠습니다."

"그런데 선생님. 이렇게 대화를 나누고 있노라니까 이상하게도 제 마음이 포근해지고 편안해지면서 막혔던 가슴이 조금씩 뚫려나가는 것 같습니다."

"그것은 저와 송 여사 사이에 운기가 되고 있기 때문입니다. 당분간은 가슴이 시원해지겠지만 근본적으로 마음이 바뀌지 않는 한 조만간에 또 가슴이 막혀 버리고 말 것입니다."

"운기가 되면 가슴이 뚫리나요?"

"가슴이 시원해지는 것은 기운의 평준화 현상 때문입니다. 제가 송 여사님보다 수련도 조금 더 되었고 기운도 조금 더 맑고 강하기 때문에 두 기운이 상호 교류를 통해 뒤섞이면서 일시적으로 일어나는 현상입니다. 그러나 뿌리는 마음에 있으니까 마음이 바뀌지 않는 한 근본 치료는 되지 않습니다. 혹시 이성 문제로 고민 중에 계신 것 아닌지 모르겠습니다."

"맞습니다. 제가 마음이 워낙 모질지를 못하고 또 정에 약해서 저한테 접근하는 남자들을 야무지게 떼어버리지 못한 것이 화근입니다."

"그렇다면 꿀벌이 꽃을 보고 모여들 듯 송 여사님에게 접근한 남자들이 여럿이라는 얘기군요."

"현재로는 셋입니다. 특히 그중에 한 사람이 제일 속을 썩히고 있습니다. 원래가 조폭계 출신이라 이성으로는 설득이 되지 않습니다."

"똑 같은 대상이라도 관점에 따라 얼마든지 처리 방법은 다를 수 있습니다. 남녀 관계에서는 애증을 초월하지 않으면 수렁에서 헤어날 수 없습니다. 상대방이 끈질기게 따라 붙는 것은 이쪽에도 무엇인가 만만한 구석이 있기 때문입니다. 철저하게 냉정하고 무관심하면 이 세상 누구든지 가까이 하려고 하지 않을 것입니다. 목석처럼 냉정한 여자, 얼음처럼 차가운 여자에게 어떤 남자가 따라붙겠습니까?"

"선생님 말씀이 맞습니다. 모질게 나오지 못하는 것이 제 결점입니다. 그 사람이 목적하는 것은 저에게서 돈 뜯어가는 것이 전부입니다. 밑 빠진 독에 물 붓기로 끝이 없습니다. 돈 주면 떠났다가 돈 떨어지면 또 들어와 들어붙어 진을 뺍니다. 이 짓을 벌써 10년을 하고 있으니 제 속은 곯을 대로 곯은 거죠."

"이왕에 일이 그렇게 된 걸 가지고 속을 썩인다고 해결이 되겠습니까? 냉정하게 해결책을 강구하셔야죠. 돈 뺏기고 속썩이는 것하고 비록 돈은 뺏기지만 속은 썩이지 않고 냉정하게 객관적으로 문제 해결에 임하는 것하고 어느 쪽이 현명한 태도이겠습니까? 선도는 지감(止感)에서 시작된다는 것은 아시겠죠?"

"네, 말은 숱하게 들어 보았지만 구체적으로는 무엇을 말하는지는 모르고 있습니다."

"우선 마음이 안정이 되어야 단전호흡이 된다는 얘긴데요. 마음을 안정시키는 방법을 말합니다. 마음속에서 일어나는 여섯 가지 감정에 휩쓸리거나 집착하지 말고 잘 다스리는 것을 말합니다. 그 여섯 가지 감정이란 희구애노탐염(喜懼愛怒貪厭)입니다. 쉽게 말해서 세속적인 기쁨, 두려움, 슬픔, 노여움, 탐욕, 혐오감을 말합니다.

그런데 지금 송 여사님은 제가 보기에는 바로 그 속썩이는 남자 때문에 두려움, 슬픔, 노여움, 혐오감이 한데 뒤섞여 부글부글 끓고 있습니다. 이 네 가지 감정에서 해방이 되어야 마음이 안정이 됩니다.

그렇게 되면 가슴이 지금처럼 꽉 막히는 일은 없게 될 것입니다. 무슨 뜻인지 잘 이해가 안 되시겠죠. 쉬운 예를 하나 들겠습니다. 만약에 송 여사님이 혼자서 밤에 주무시고 계시는데 도둑이 문을 따고 들어오는 낌새를 눈치챘다고 합시다. 이때 송 여사님께서는 어떻게 처신하시겠습니까? 쇠톱과 드라이버로 대문을 따고 현관문을 따는 소리가 들렸다고 할 때 말입니다. 자아 어떻게 하시겠습니까? 그때 집안에는 아무도 없었다고 할 때 말입니다."

"여자 혼자 자는데 도둑이 문을 따고 있다면 우선은 가슴이 떨려서 당황할 수밖에 더 있겠습니까?"

"당황하는 것이 인지상정이겠죠. 그러나 당황하고 가슴이 떨려서 오금을 못 펴고 발발 떨면서 아무 일도 못하고 있는 것하고 침착하게 머리를 굴려서 전화로 112신고를 하여 경찰을 부르는 것하고 어느 쪽이 현명합니까?"

"물론 침착하게 112신고를 하는 것이겠죠."

"바로 그것입니다. 송 여사님도 속만 썩이지 마시고 이왕에 일은 벌어진 거 냉정하고 침착하게 현실적인 해결책을 강구하세요. 절대로 속을 썩이지 마세요. 속썩이면 몸만 상하는 게 아니고 맘까지도 상합니다. 몸과 맘이 상해 가지고는 아무 일도 할 수 없습니다. 이런 때일수록 마음을 착 가라앉히시고 지혜를 짜내십시오. 반드시 돌파구가 생깁니다. 이것이 송 여사님도 살고 그 남자도 사는 길입니다.

이것이 해결되어야만이 송 여사님이 경영하는 사업도 번창하게 될 것입니다. 그래야 종업원들에게 좋은 대우도 할 수 있을 것입니다. 남도 살리고 나도 살리는 일에 보람과 행복을 느끼고 전력투구하는 사람에겐 반드시 사랑과 지혜와 능력이 샘솟게 됩니다. 이것은 우주와 자연과 생명의 법칙입니다.

속썩이고 애태우고 고민하는 대신에 다 같이 잘되는 방법을 열심히 강구해 보세요. 마음을 바꾸고 다스리는 것은 바로 이것을 말합니다.

속썩이고 애태우고 고민하는 것은 일종의 자해(自害) 행위지만 나도 살고 남도 살고 다 같이 잘사는 방법을 열심히 강구하는 사람에게는 하느님의 축복이 항상 내리게 되어 있습니다.

그 축복이 사랑과 지혜와 능력입니다. 대덕(大德) · 대혜(大慧) · 대력(大力)입니다. 이 세 가지 축복 속에는 언제나 새로운 생명력이 약동하고 있습니다. 애태우고 속 썩이는 대신에 바로 이 약동하는 생명력을 거머잡으십시오. 전기 스위치를 온(on)으로 돌리느냐 오프(off)로 돌리느냐 하는 것은 전적으로 송 여사님 자신의 결단 여하에 달려 있습니다."

내 말에 열심히 귀를 기울이고 있던 송대숙 씨는 다소곳이 고개만 숙이고 있다가 나중에는 눈물을 한 방울 두 방울 방바닥에 뚝뚝 떨어뜨리고 있었다.

"인생에서 우연이라는 것은 있을 수 없습니다. 현세에서 이유를 찾을 수 없다면 전생에 지은 업장이 바로 그 원인입니다. 이 업장에서 벗어나는 길은 진리를 깨우치고 미망에 가려진 신성을 나타내게 하는 길밖에 없습니다. 아까 말씀드린 남도 살고 나도 살고 모두를 살리는 길이 바로 진리를 깨닫는 첫걸음입니다. 그다음에 열심히 타개책을 강구하세요. 반드시 돌파구가 열릴 것입니다. 그러한 사람에게는 반드시 사람과 하늘의 도움이 있게 되어 있습니다. "

"죄송합니다. 처음 뵙는 선생님 앞에서 눈물을 보여서."

흑흑 흐느끼면서 송대숙 씨는 재빨리 속삭이듯 말했다.

1991년 6월 16일 일요일 18~30℃ 가끔 구름

단옷날이다. 내 생일이 단옷날이니 나는 생일을 잊고 넘어가려고 해도 그렇게 되지 않는다. 생일, 회갑연, 고희연, 희수연(77세), 팔순연, 미수연(88세) 등 생일의 종류도 다양하다. 특히 회갑연을 지내는 사람은 요즘 들어 부쩍 줄어들었다. 아직도 젊은 나이인데 늙은 체하는 것이 쑥스럽다는 것이다. 그래서 회갑연 대신에 요즘은 부부 동반으로 관광여행을 떠나는 사람들이 늘어나고 있다. 그래서 고희연이 그전 회갑연 정도로 흔해졌다.

고희연, 희수(77세)연, 팔순연을 성대하게 열어 자식, 사위, 며느리, 손자들의 절 받고 자식들이 업어주고 하는 것을 즐거움으로 알고 이런 행사를 못 가지면 섭섭해 한다면 이 얼마나 세속적인가. 만약에 회갑연, 고희연, 희수연, 팔순연을 자식들이 안 차려 주는 것을 섭섭하게 여기고 공허를 느낀다면 그 사람은 인생을 헛산 것이 아닐까 하는 생각이 든다. 그만한 나이를 살아오는 동안 이만한 일에 공허감을 느낀다면 마음공부는 안 되어 있다고 볼 수밖에 없다. 공허감 그 자체는 이기심에서 온다. 이기심을 떠나면 공허감 같은 것은 느낄 틈도 없을 것이다.

인간의 본성은 바로 진리고 빛이고 하느님 즉 대생명이라는 자각이 없기 때문에 그런 상실감을 갖게 된다. 대생명체는 모든 것을 포함하고 있다. 우리는 바로 이 대생명체와는 떨어질래야 떨어질 수 없는 불가분리의 유기체임을 알아야 한다. 대생명체는 대양과도 같다. 바닷물 한 방울을 따로 떼어 놓으면 아무런 능력도 발휘할 수 없다. 그러나 이 바닷물 한 방울이 대양과 합류될 때는 막강한 힘을 발휘할 수 있다. 집

채 같은 파도도 일으킬 수 있고 거대한 폭풍이나 해일을 일으켜 섬이나 해안 도시를 집어 삼킬 수도 있다.

외로움이나 상실감을 느끼는 것은 바닷물 방울이 대양과 떨어져 있기 때문이다. 대양과 합류된 바닷물 방울은 결코 공허감이나 상실감이나 외로움을 느끼는 일이 없다. 우리 인간도 대생명체인 하느님과 한 몸임을 한시도 잊지 말아야 한다. 이런 진실을 다만 머리로만 알고 있다고 해서 만사가 해결되는 것은 결코 아니다. 남의 이익을 위해서 일하는 것이 나를 즐겁게 해준다는 사실을 깨닫고 실천하는 사람이 바로 대생명체와 하나로 합쳐진 사람이다.

1991년 6월 19일 수요일 19~26℃ 가끔 흐림

오후 1시반. 송대숙 씨가 와서 내 3미터 앞에 앉아서 정좌하고 명상에 들어갔다. 그녀는 일전에 눈물을 흘린 후 적지 않은 것을 깨달았다고 했다. 그 후부터는 운기도 활발해져서 전중도 편안해지고 백회로 시원한 기운이 잘 들어온다고 좋아했다.

정좌한 채 무심코 그녀를 영안으로 응시하고 있는데, 갑자기 천연색 텔레비전 화면 같은 것이 나타난다. 왕비 복장의 송대숙 씨를 닮은 여인이 수레를 타고 앞뒤 옆에 시종들의 호위를 받으면서 어디론가 정처 없이 가고 있다. 복장으로 보아 서토 대륙에서 일어난 일이었다. 뒤에서 적이 쫓아오는 듯 성급하게 길을 서두르고 있었다. 덜커덕대는 마차 위에 앉아 있는 그 여인의 머리도 옷도 흐트러지고 온전히 정신을 못 차리고 있었다. 이때 퍼뜩 떠오르는 인상은 아무래도 그녀의 남편인 왕이 정변으로 왕위에서 쫓겨나자 정처 없는 피난길에 올라 있는 것 같았다. 장면이 바뀌어 한때 왕비 행세를 하던 바로 그 여인이 조선조 시대의 서민의 복장인 치마저고리를 입고 머리에는 수건을 쓰고 절구질을 하고 있었다.

장면은 또 바뀌었다. 기생 차림을 한 그녀의 모습이었다. 장구를 치면서 춤을 추고 있었다. 그런데 춤을 추던 그 여인은 갑자기 깊은 강물속에 몸을 던지는 것이었다. 그다음에는 또 기생으로서 춤추고 창을 뽑는 장면이 나오고 뒤이어 포주로서 기생들을 지휘 감독하는 모습이 보였다. 그런 뒤에는 가부좌하고 참선하는 모습으로 바뀌었다. 무려 한 시간 반 동안에 걸쳐 열 번의 생을 살아가는 장면이 영화 화면처럼 차례로 등장하는 것이었다. 이러한 파란만장한 그녀의 10회에 걸친 전생의 장면들이 내 눈 앞에 펼쳐지는 데는 반드시 원인이 있을 것이다.

나는 그 원인을 생각해 보았다. 그러자 이번에는 그녀의 왕비 시절에 임금 노릇을 하던 내 모습도 떠올랐다. 그녀와 나란히 앉아 있는 광경도 보였다. 이로서 나는 그녀가 찾아 온 이유도 알게 되었다. 옷깃만 스쳐도 삼세의 인연이 있다는 불가(佛家)의 얘기는 결코 헛말이 아니었다. 십생(十生)의 인연에 따라 그녀는 내 도움을 받으러 온 것을 나는 직감적으로 알아차렸다. 내가 만약 그녀의 수련에 도움을 주어 큰 진전을 이룩하게 할 수만 있다면 전생의 인연은 훌륭하게 승화될 수 있을 것이다. 이리하여 사람들은 반드시 끼리끼리 인연 따라 모여들게 되어 있는 것이다. 이 세상에 이유 없는 만남 같은 것은 존재하지 않는다는 철칙 같은 것을 새롭게 발견한 느낌이 들었다.

1991년 6월 21일 금요일 18~29℃ 구름 조금

오후 2시. 송대숙 씨가 왔다. 그전보다 기운도 안정이 되고 마음도 한결 정리가 되었고 안색도 한결 밝아 보였다.

"김 선생님한테 왔다 가면 역시 제 몸의 컨디션이 좋아집니다."

"그게 다 전생의 인연 때문인 것 같습니다. 그 인연을 금생에서는 될수록 좋게 승화시켜야 할 소명을 둘 다 안고 있는 것 같습니다. 제가 송대숙 씨보다는 수련이 조금 앞섰으니까 상부상조하는 가운데 큰 깨달음을 얻어, 둘이 다 성통공완한다면 다시는 지상에 태어날 필요가 없을 겁니다."

"저 역시 그렇게 되기 바랍니다. 그런데 선생님, 이상하게도 전 노래나 춤하고는 담을 쌓고 사는데 왜 그럴까요. 전생에 기생이었다면 그 방면에는 어느 정도 도가 터 있을 텐데 말입니다."

"전생에 기생이었던 것은 사실입니다. 그것도 한 번의 생이 아니고 네 번의 생에 걸쳐서 기생 또는 포주였던 때가 있었으니까요. 그런데, 창을 하고 춤을 추다가 갑자기 강물에 빠지는 장면이 보였다고 하지 않았습니까? 그때는 무슨 큰 충격을 받고 다시는 기생 노릇을 하지 않겠다고 결심을 하고 그런 자살행위를 저질렀을 겁니다. 다시는 기생 노릇을 안 하기로 했다면 창이나 노래나 춤도 다시는 안 하겠다고 작심했을 거 아니겠습니까? 죽을 각오까지 한 맹세라면 대단한 각오였을 겁니다."

"그래서 노래와 춤에 무의식적으로 거부반응이 일어나는 모양이죠?"

"당연한 얘기 아니겠습니까?"

"선생님 말씀을 듣고 보니 과연 그런 것 같습니다. 그래서 학교에 다닐 때도 음악과 무용에는 언제나 빵점이었어요. 그래서 한때는 고민도 많이 했었습니다. 왜 나는 남들이 다 잘하는 노래와 춤을 이렇게도 못하나 하고 말입니다. 핑계 없는 무덤은 없다더니 제 전생에 그럴 만한 일이 있었군요. 참 꿈같은 일입니다. 하지만 저에게는 굉장히 설득력이 있는 얘기입니다. 제가 선생님을 찾지 않았더라면 영원히 그 비밀을 몰랐을 꺼 아닙니까?"

"반드시 그렇지는 않습니다. 누구나 수련이 진행되면 기운이 맑아지고 그렇게 되면 자연히 전생의 장면들이 보이게 되어 있습니다."

1991년 6월 23일 일요일 17~29℃ 가끔 흐림

정관 복원수술한 지 20일째다. 정관을 새로 이은 자리는 아직도 도토리만한 멍울이 생겨 있는데, 오른쪽 것이 왼쪽 것보다 더 단단하고 크다. 고환은 전보다 50퍼센트 정도 커졌다. 페니스 역시 그전보다 50퍼센트 더 커졌다. 정관 복원수술 이후 25년간 억제되어 왔던 신·방광경이 관할하는 신체 부위의 생명력이 되살아나는 힘찬 몸부림을 나는 피부로 느낄 수 있었다.

개인 편의주의는 결국 이기주의다. 바로 이 이기주의 때문에 나는 지난 25년 동안 내 생명력의 일부를 강제로 손상시켜 왔던 것을 알게 되었다. 정관 절제수술은 이기주의 때문에 자기 자신의 생명력을 스스로 구속하는 것과 같다. 음양중(陰陽中) 사상(四象) 오행육기(五行六氣) 상으로 볼 때는 자기 생체의 균형을 스스로 무너뜨린 결과를 가져

온 것이다. 현대의학 역시 정관수술의 유해성을 입증하고 있다. 수술로 장기의 일부를 떼어냈다면 어쩔 수 없는 일이지만 자기 자신의 의지에 따라 복원수술이 가능한 이상 정상적인 몸으로 돌아가는 것이 순리라고 생각한다.

무지와 편의주의, 이기주의 때문에 자신의 신체의 일부를 손상시켰다는 것이 확인된 이상 무슨 수를 써서든지 정상으로 회복하는 것이 마땅하다고 본다. 자기가 타고 다니는 자동차도 전기 배선이 잘못되었다면 누구나 즉각 고칠 것이다. 그런데, 자동차와는 비교할 수 없이 소중한 자신의 신체에 중대한 손상을 끼치고도 그대로 방치해 둔다는 것은 자신이 관리해야 할 자기 몸을 스스로 고장 내고도 모르는 척 방치해 두는 것과 똑같다. 튼튼한 신체에 건전한 정신이 깃든다는 말은 역시 진리이다.

1991년 6월 28일 금요일 20~28℃ 밤 비 조금

오후 2시. 생식 시작한 지 꼭 한 달 만에 오행생식요법원에 갔다. 그동안의 경과를 점검받기 위해서였다.

김춘식 원장은 내 촌구맥과 인영맥을 진맥하고 나서 말했다.

“왼쪽은 4, 5성(四五盛)이 거의 다 회복되었는데 오른쪽은 발 부상 때문에 80%밖에 회복되지 않았네요.”

“4, 5성이란 뭡니까?”

“촌구맥과 인영맥이 균형을 이루어야 하는데, 한쪽이 다른 쪽보다 4, 5배나 맥이 센 것을 말합니다. 선생님 경우, 인영맥이 촌구맥보다 4, 5

배나 맥이 센 것을 말합니다. 선생님은 인영맥이 촌구맥보다 4, 5배 강합니다.

그래서 양체질에 속합니다. 양이 음보다 4, 5배나 강하니까 이것을 생식으로 균형을 잡아주자는 것이죠. 그런데 한 달 동안 생식을 하시는 동안 이 균형이 거의 다 회복이 되었습니다. 굉장히 빠른 회복세입니다. 워낙 선도수련으로 몸이 단련되어 있으니까 금방 회복이 된 겁니다. 또 정관 복원수술하신 것도 큰 도움이 되었습니다."

"저는 태양형에다 금형 체질이라고 하셨죠?"

"그렇죠. 얼굴이 네모니까 금형이고 두상이 크고 오관이 뚜렷하니까 태양형입니다."

"그렇다면 폐 대장이 유달리 커서 간·담이 상하기 쉽다고 하셨죠. 그래서 실제로 간·담이 약한 편이고 맥도 현맥이 나온다고 하셨습니다. 현맥의 특징은 가늘고 길고 미끄럽고 긴장감이 있다고 하셨습니다."

"그렇습니다."

"석맥은 신·방광이 약할 때 감지된다고 하셨죠?"

"그렇습니다."

"석맥(石脈)의 특징은 미끄럽고 단단하고 껄쭉한 느낌이 있다고 하셨죠?"

"맞습니다. 그래 복원수술하고 나서 어떻습니까?"

"원장님 덕분에 수술은 아주 잘되었고 수술 끝낸 지도 벌써 25일이 되었는데, 수술 효과에다가 생식까지 겸해서 그런지 신혼 당시에 못지않게 정력이 왕성해진 것만은 확실합니다. 성기도 꼭 두 배로 커지고 말입니다. 좌우간 방광경이 관할하는 신체 부위에서 새로운 생명력이 약동하는 것을 생생하게 느낄 수 있습니다."

"그것 보세요. 제가 뭐라고 했습니까? 생식을 하면 총각으로 돌아간다고 하지 않았어요? 그러다가 몇 개월 동안은 정력이 사라집니다. 그 동안 골수가 강화되죠. 다음에는 정력이 강해져도 성욕과 직결되지 않게 됩니다."

"원장님으로부터 처음에 그런 얘기를 들을 때는 으레 하는 좀 과장된 선전이겠거니 했는데, 이제 보니 그게 모두 다 사실이었습니다. 덕분에 요즘은 새로운 인생을 사는 것 같습니다. 정말 생식원을 찾기를 잘했다는 생각이 듭니다."

"저도 그런 말을 들으니 정말 보람을 느낍니다. 선생님은 이제 한 달만 더 생식을 계속하시면 체질개선이 끝날 것 같습니다."

"생식에는 원래 3단계 처방이 있다고 하셨죠?"

"네, 그렇습니다. 1단계가 병을 없이하는 병치(病治) 처방이고, 2단계가 체질개선 처방이고, 3단계가 무병장수 처방을 받아 건강 장수를 하는 겁니다. 그런데 선생님의 경우는 원래 병은 없었으니까 체질개선만 끝나면 곧 무병장수 처방으로 들어 갈 수 있을 겁니다.

이제 두고 보십시오. 생식을 계속하면 누구나 체질이 개선되어 선생님처럼 네모난 금형 얼굴이나, 길쭉한 목형 얼굴이나, 역삼각형의 화형 얼굴이나, 동그란 토형 얼굴이나, 삼각형의 수형 얼굴이나, 미능골이나 관자놀이가 나온 화형 비슷한 상화형(相火型) 얼굴은 외견상으로도 모나지 않고 가장 원만해 보이는 타원형의 계란형 얼굴로 바뀌게 되어 있습니다.

거짓말인가 두고 보세요. 오래간만에 자기 얼굴을 거울에서 유심히 살펴보다가 문득 깨달을 때가 꼭 올 겁니다. 모나지 않고 누구와도 조화를 이룰 수 있고 화해와 타협을 성공시킬 수 있는 가장 원만하고 모나지 않은 계란 모양으로 얼굴형 자체가 바뀜으로써 성격도 그렇게 변하게 됩니다.

우주의 진리를 깨달을 수 있는 체질을 갖게 되니까 마음도 바르고 원만해져서 진리의 파장을 백 프로 수신할 수 있는 가장 완벽한 수신기로 심신이 바뀌게 되는 겁니다. 이런 사람이 도인(道人)이고 신선(神仙)이고 깨달은 사람이고 해탈한 사람이며 성불한 사람이고 성통공완한 사람이고 바로 하느님이라고 할 수 있습니다."

"그러니까 원장님은 생식을 통해서 인간을 개조하여 진리를 깨닫게 하자는 것이군요."

"종교가 수천 년을 허비하면서도 성취하지 못한 일을 생식으로 해결을 한다면 얼마나 좋겠습니까?"

"정말 기발한 착상이십니다."

"기발한 착상은 아닙니다. 실상은 지금부터 4천 6백 년 전에 나온 『황제내경(黃帝內經)』에도 엄연히 밝혀져 있는 것을 현대에 다시 새롭게 소생시켜 보자는 것에 지나지 않죠. 세계 최고 최대의 의학 경전이며 원전이라고 일컬어지는 『황제내경』의 영추 종시편 서문에 보면 '만병의 근원은 오장육부의 음양(陰陽), 허실(虛實), 한열(寒熱)에 있다' 하였으며, 또 말하기를 '만병의 근원은 오장육부에 있음은 하늘의 도리인데, 이 도리를 믿지 않고 되지 못한 사방(私方) 즉 증상 치료, 병명 치료, 국소 치료, 통계 치료를 하면 하늘의 벌을 받아 파멸을 면치 못하게 될 것이다'라고 했습니다."

"황제라고 하면 배달국 제14대 임금인 치우천황에게 세 번이나 항복을 한 서토의 군장(君長)이 아닙니까?"

"맞습니다. 항복을 하고도 번번이 배신을 하고 몰래 군대를 키워 쳐들어오곤 했지만 치우천황께서는 그때마다 살려 보내 주셨습니다. 그 바다 같은 은혜에 감복한 황제는 세 번째 잡혔을 때 깊이 뉘우치고 치우천황에게 복종을 하게 되었고 그때 배달국의 신선이었고 대학자였던 자부선인(紫府仙人)에게서 학문을 전수받아간 인물이죠."

"그때 자부선인에게서 전수받아간 책 중에는 『삼황내문경(三黃內文經)』이라는 것이 있었는데, 『황제내경』 역시 그때 전수받아간 경전의 일부일 겁니다."

"여기 『황제내경』을 우리나라 한의학 박사들이 번역한 것이 있는데 여기 보면 그때 전수받아간 책 목록이 상세하게 나옵니다."

"그렇다면 『황제내경』은 결국은 배달국의 자부 선인께서 원저자(原著者)가 되는 게 아닙니까?"

"결국 그렇다고 봐야죠."

"그런데 그렇게 탁월한 의학서가 왜 중간에 되지 못한 사방(私方)이 나돌아 인류의 건강을 개선은 시키지 못할지언정 도리어 악화시키게 되었을까요?"

"성인(聖人)들의 처방은 비록 더디기는 하지만 확실한 효과를 낼 수 있는데도, 그때나 지금이나 속인들은 눈앞의 욕심에만 급급한 나머지 즉각적이고 신묘한 효과만을 찾다가 보니까 근본적인 치료는 등한히 하게 되고 지엽적인 것만 치료하는 어리석음을 범하게 된 것입니다.

생식을 하면 무병장수는 보장할 수 있는데, 당장 맛있는 것만 추구하다가 보니까 화식(火食) 맛에 사로잡혀 과식을 하게 되고 마침내 몸은 병들게 된 것입니다. 좋은 처방이 없는 것이 아니고 이를 외면하고 욕심에 사로잡혀 즉효를 내는 것, 맛있는 것만 추구하다 보니 지금과 같이 13만 가지로 병의 종류만 늘어나고 결국은 암이나 에이즈 같은 치명적인 불치병까지 발생하게 된 겁니다. 이 모두가 인간의 천박한 욕심이 만들어낸 것이지 좋은 처방이 없었던 것은 결코 아닙니다. 이 얼마나 어리석고 한심한 일입니까. 인간은 자기 꾀에 자기가 걸려 넘어진 겁니다."

"원장님은 응당 이런 일에 관심을 기울여야 할 한의사들 대신에 어떻게 4천 6백 년 전에 쓰였던 생식을 연구하시게 됐습니까?"

"『황제내경』을 공부하다가 우연히 착안을 하게 되었습니다. 혼자 연구를 하면서 가만히 생각해보니 영리 목적으로는 이런 일에 손대면 안 된다는 것을 알게 됐습니다."

"왜요?"

"우선 생식은 한번 배워 놓으면 너무 쉬워서 누구나 할 수 있는 아주 간단한 거니까 전문가를 찾을 필요도 없는 겁니다. 그러니 무슨 돈벌이가 되겠습니까? 수요가 없는데 공급이 있겠습니까? 팥, 보리, 밀, 수수, 기장쌀, 고구마, 현미, 율무, 콩, 쥐눈이콩, 옥수수, 녹두, 조 같은 곡

물들을 빻아서 골고루 섞어서 생것으로 채소나 과일을 곁들여 먹기만 하면 무병장수와 건강은 누구나 보장이 됩니다.

알고 나면 누구나 할 수 있는 일이니 생식을 전문으로 취급하는 의사 따위는 필요가 없게 됩니다. 따라서 생식을 취급하는 직업인도 없어지게 됩니다. 너무나 쉽고 보편적이기 때문에 아무도 돌보지 않게 되어 사람의 뇌리에서 망각되어 버린다는 역설이 성립됩니다.

생식 대신에 맛을 추구하다 보니까 화식(火食) 요리가 발달하게 되고 그러다 보니 과식으로 각종 질병이 발생되었습니다. 이때 현명한 사람이라면 다시 생식을 하면 병은 고쳐질 수 있을 텐데도 너무나 쉽고 간편해서 잊어버린 생식을 사람들은 다시 찾는 대신에 약을 구해서 즉각적인 신묘한 효과만을 탐하게 되자 약, 뜸, 침이 발달하게 되었습니다.

맛없는 생식으로 병을 고치는 대신에 빠른 효과를 낼 수 있는 약과 침과 뜸을 전문으로 하는 의원들은 번창하게 되었습니다. 용한 의원이 있다는 소문이 나면 환자들이 구름처럼 모여들기 시작하니까 우선 돈벌이가 됩니다. 맛대가리 없는 생식 대신에 약 몇 첩 먹고, 아니면 침 몇 대 맞고, 뜸 몇 장 뜨고 즉각적인 효과를 내는 의원들은 돈방석 위에 앉게 될 수밖에 더 있겠습니까. 약, 침, 뜸은 보조수단은 될지언정 병을 근본적으로 치료하는 것이 아닙니다. 자연 국소나 병명 치료에 치중하다 보니까 병의 뿌리는 뽑아낼 수 없습니다.

쉽게 말해서 뿌리는 그대로 둔 채 웃자란 가지만 치는 격입니다. 약, 침, 뜸은 아무리 즉각적이고 신묘한 효과가 있다고 해도 일상생활화할 수는 없습니다. 어떻게 약을 상식할 수 있겠으며, 침과 뜸을 매일 쉬지 않고 시술할 수 있겠습니까?

그러나 식사만은 생명을 유지하기 위해서라도 매일 먹지 않을 수 없는 겁니다. 이 매일 거르지 않고 하루 세끼 먹어야 한다는 데 생식은 큰 효과를 발휘합니다. 생식은 몸을 움직이는 데 필요한 에너지원일 뿐만 아니라 병을 치료하는 이중 효과를 낼 수 있는 크나큰 장점이 있는 겁니다.

아무리 좋은 약이라도 일 년 내내 하루도 거르지 않고 먹을 수는 없습니다. 그러나 음식은 생체 활동을 유지하기 위해서라도 어쩔 수 없이 먹지 않을 수 없습니다. 영양과 약효의 이중 효과를 올리는 데 있어서 생식만큼 이상적인 식품은 이 세상에 존재하지 않습니다."

"과연 그렇겠는데요."

나는 어느덧 생식에 대한 확고한 신념을 갖게 되었다.

"그렇다고 해서 나는 병을 치료하는 데는 무조건 생식만을 주장하는 고집불통은 아닙니다. 필요하다면 약이고 침이고 뜸이고, 얼마든지 보조수단으로 이용할 수 있다고 봅니다. 선생님의 경우는 우선 다리가 불편하시니까 생식으로도 물론 치료가 되긴 하지만 너무 시간이 많이 걸리니까 뜸을 좀 떠보는 것이 좋겠습니다."

이렇게 말하면서 그는 상자 속에 포장된 '배달뜸'이라고 하는 쑥뜸을 내놓았다. 그 안에는 권련 반 토막만한 쑥을 다져 넣어 뜸뜨기 좋게 만든 것이 5백 개씩 들어 있었다. 그는 그 권련 반 토막만한 뜸을 한 개 꺼내어 성냥불을 붙여서 접착제가 칠해져 있는 쪽을 환부에 세워서 고정시키는 법을 가르쳐 주었다.

오른쪽 발목 바깥 복숭아뼈 밑 방광경의 신맥(申脈)이라는 혈에다가 시험적으로 뜸을 떴다. 향긋하고 구수한 내음을 풍기면서 쑥이 타 들어 갔다. 처음에는 참기 힘들 정도로 뜨겁더니 한 고비를 넘기니까 견딜 만했다. 다음 순간 그 부위가 시원해졌다.

"약쑥은 강화도 것을 제일로 쳐줍니다. 하도 구하는 사람이 많아서 요즘은 구하기가 아주 힘이 들긴 하지만."

"그럼 이 뜸도 강화도산인가요?"

"그렇다고 합니다."

"왜 강화도산 쑥을 제일로 쳐주죠?"

"써 본 사람들이 그러는데 약효가 제일 좋다고 해요."

"인삼도 강화산은 알아주지 않습니까?"

"그렇죠."

"그 이유를 아시겠습니까?"

"글쎄요. 무슨 이유가 있기는 있을 테죠."

"혹시 강화도 마리산에 가 보신 일이 있습니까?"

"아뇨. 아직 안 가봤습니다."

"원장님은 꼭 한번 가보시는 게 좋을 겁니다. 마리산은 물론이고 강화도 전체의 기운이 참 좋습니다. 언제나 가보면 포근하고 아늑하고 평화로운 기운이 몸을 감싸주고 있습니다. 단군왕검 할아버지가 그곳에 아들을 시켜서 참성단을 쌓게 한 것도 이렇게 좋은 기운이 흐르는 것을 일찍부터 아셨기 때문일 겁니다.

이런 좋은 기운을 받고 자란 쑥이나 약초나 곡식이나 채소는 질이 좋을 수밖에 더 있겠습니까. 참성단에 올라가서 주위를 한번 둘러보면 사방팔방으로 뽀오얀 기운의 띠가 서려 있는 것을 육안으로도 확인할 수 있습니다. 그래서 그런지 강화 사람들은 사리분별이 명확하고 기개가 높습니다. 지금도 강화 사람들 누구한테 물어보아도 '마리산' 이라고 하지 '마니산' 이라고는 아무도 말하지 않습니다. 왜 그런지 아십니까?"

"마리산 하고 마니산 하고 다른 모양이죠?"

"마리산이 맞습니다. 마리는 우리나라 고어(古語)로 '머리'를 말합니다. 산은 그리 높지 않지만 우리 선조들은 그 정상에 참성단을 쌓을 만큼 이 산을 굉장히 중요시한 것을 알 수 있습니다. '제일' 또는 '첫째'를 상징하는 '마리' 라는 낱말을 붙여서 불렀으니까요.

그런데 불교 사대주의에 빠진 어떤 승려가 불교 경전에 나온 '마니산' 과 이름이 비슷하다 하여 '마리산' 대신에 '마니산'이라고 고쳐 부르기 시작하면서 요즘은 각종 기록에도 마니산으로 기록되어 있지만 이것은 크게 잘못된 겁니다.

주체성을 망각한 불교 사대주의적 발상이 빚은 잘못이죠. 제 말이 의심나면 지금도 강화 사람을 보고 '마리산' 이 맞는지 '마니산' 이 맞는지 한번 물어보세요. 백발백중 마리산이라고 할겁니다."

"아 그런 사연이 있군요."

"그럼 이 쑥뜸은 하루에 몇 장씩 뜨면 됩니까?"

"열 장씩 저녁에 꼭 뜨도록 하세요."

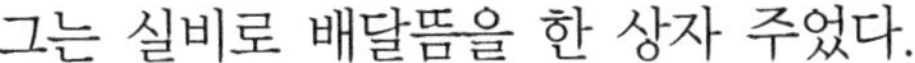
그는 실비로 배달뜸을 한 상자 주었다.

1991년 6월 29일 토요일 22~27℃ 비

아침 7시 현준이가 두 달 동안 배낭을 지고 유럽 여행을 떠났다. 적지 않은 비용이 들지만 보내지 않을 수가 없었다. 제 누이도 일찍이 유럽 여행을 다녀 온 일이 있고 지금은 파리에 유학까지 하고 있는데 안 보낼 구실이 서지 않았다.

아내와 나는 아직 제주도 여행도 못 해 보았는데 아이들은 세계를 누비고 있다. 묘한 세상이 되었다. 전공이 고고학이라서 고대 그리스와 로마, 이집트의 유적들을 주로 돌아보겠단다. 한 달 이상을 두고 떠날 준비를 하느라고 제 어미와 돈 문제로 매일같이 말다툼을 벌이느라고 귀가 따가왔는데 막상 떠나는 마당에,

"아버지 어머니 여비 대주셔서 고맙습니다. 잘 다녀오겠습니다" 하고 절을 할 때는 눈시울이 뜨거웠다. 비행기 탈 시간에 대느라고 비가 장대같이 쏟아지는 속을 대형 배낭을 지고 가방을 들고 택시를 잡느라고 이리 뛰고 저리 뛴 끝에 겨우 중형 택시를 잡아타고 떠났다. 집안이 텅 빈 듯 허전하다.

가부좌 틀고 앉아 『천부경』, 『삼일신고』를 암송했다. 강한 운기현상이 일면서 명상에 들었다. 문득 인도의 주화에 새겨져 있는 명귀(銘句)가 생각났다. "하느님이 따로 있는 것이 아니다. 내가 바로 하느님이다(There is no God. I am God)." 선도수련을 한다면 적어도 이 정도의 자부심은 명실공이 가져야 한다. 아들이 두 달 동안 유럽 여행을 떠났다

고 해서 공허감이나 허전한 느낌을 갖는 것은 비록 인지상정일 수는 있다 해도 구도자의 마음 자세는 될 수 없다.

이런 감정에서조차도 초연할 수 있어야 한다. 천지만물이 다 내 것인데 부족한 것이 어디 있고 허전한 것이 어디에 있을 수 있단 말인가? 하느님과 나, 남과 나, 우주와 내가 하나임을 깨달았다면 부족한 것이 있을 수 없다. 없는 것 없이 다 갖추고 있는데, 왜 상실감을 느껴야 한단 말인가? 그것은 분명 깨달음이 모자라기 때문이 아닐까?

1991년 7월 20일 토요일 23~29℃ 가끔 흐리고 비

오후 4시. 우리집에 몇 번 출입하면서 나에게 수련을 도움 받은 일이 있는 중소기업을 경영하는 서경훈 사장에게서 오래간만에 전화가 걸려 왔다.

"김 선생님 안녕하십니까?"

"네, 안녕하세요. 수련 잘되십니까?"

"그렇지 않아도 선생님 댁에 갔다가 백회가 열린 뒤로는 기운이 엄청 들어오더니 요즘은 이빨이 아파서 치과엘 가야겠다 하고 생각 중입니다."

"이가 어떻게 아프십니까?"

"이 전체가 흔들리고 아픕니다."

"그전에도 그렇게 아파 보신 일이 있었습니까?"

"십 년 전에 그런 일이 있었죠. 풍치라고 하던가요?"

"그럼 수련이 잘되어 운기가 활발해지면서 옛날에 아팠던 병의 둥지가 부숴져 나가는 명현현상이니까 아프시더라도 좀 참아 보십시오. 치과에 가면 의사가 운기에 대해서 뭘 압니까? 덮어놓고 제일 통증이 심한 이부터 뽑으라고 할 겁니다."

"그럴까요?"

"내 말을 한번 믿어 보십시오. 며칠 참아보면 곧 아시게 될 겁니다."

"그럼 그렇게 하겠습니다."

그로부터 일주일쯤 뒤에 서경훈 씨로부터 전화가 걸려 왔다.

"김 선생님 안녕하십니까. 선생님 덕분에 하마터면 이를 몽땅 빼어 호물떼기가 될 뻔한 화를 면했습니다. 선생님 말씀대로 꾹 참고 있었더니 일주일이 지나면서 언제 아팠더냐 싶게 감쪽같이 나아버렸습니다."

"축하합니다."

"정말이지 그때 제가 선생님 충고를 듣지 않았더라면 호물떼기가 되든가 틀니를 끼고 다니든가 할 뻔 했습니다. 이 은혜를 어떻게 갚죠?"

"반망즉진(返妄卽眞) 발대신기(發大神氣)하시어 성통공완(性通功完)하셔야죠."

"그게 무슨 뜻입니까?"

"『삼일신고』 암송 안 하십니까? 수련을 계속 밀고 나가시면 진리를 깨닫게 되실꺼구 그렇게 되면 신기(神機)가 크게 발동되어 드디어 성통공완하시는 것이 은혜를 갚는 길이라는 뜻입니다. 신기(神機)란 신기(神氣)가 발휘되는 기틀이란 뜻이구요."

"아유 정말 감사합니다. 선생님 열심히 수련하겠습니다."

이 이야기를 듣고 있던 수련생 한 사람은 "아이구 참 제가 진작 그걸 알았더라면 일전에 어금니를 하나 빼지 않는건데" 하고 무릎을 치면서 한탄을 했다.

"아니 그럼 『선도체험기』를 읽어보시고도 그걸 미처 깨닫지 못하셨단 말입니까?"

"읽을 때야 알고 있었지만 운기 때문에 막상 이가 아플 때는 깜빡했죠."

"좌우지간에 선도수련을 시작한 이후에 몸에 이상이 오면 거의가 다 명현현상이라고 생각하면 틀림없습니다. 특히 과거에 심하게 아팠던 부위가 도지면 그건 백발백중 명현현상입니다. 명현현상의 특징은 그 전에 크게 앓았던 부위가 도지든가, 아니면 군대에서 빳따 망방이로 매 맞았던 부위가 다시 아프든가, 수술받았거나 골절당했던 곳이 재발하든가 하는 것입니다.

당황하면 습관 때문에 곧 병원을 찾게 되지만 자기 자신이 지금 선도수련을 하고 있다는 사실을 잠시도 잊지 말고 아픈 데가 있으면 이게 명현현상이라고 생각해야 합니다. 운기가 왕성한 사람에게는 우선 병이 침입하지 못합니다. 병균이란 언제나 몸이 약할 때 침입하게 마련이 아닙니까. 운기가 활발해지면 몸이 좋아질 때인데 어떻게 병균이 침입하겠습니까? 병균도 일종의 사기(邪氣)라고 보면 틀림없습니다.

몸에 정기(正氣)가 충만하면 절대로 사기는 접근조차 못하게 되어 있습니다. 사기불범정(邪氣不犯正)의 원칙에 따라 정기(正氣)가 왕성한 사람은 사기가 피해 가게 되어 있습니다. 어둠이 빛을 보면 사라지는 것과 같습니다. 도인의 기초 조건은 자기 심신의 건강은 물론이고 병까지도 다스릴 줄 아는 것입니다. 도인이라는 사람이 병에 걸려서 병원을 찾는다면 그것은 이미 도인이라고 할 수 없습니다. 내 병은 내가 다스린다는 확고한 믿음을 가지고 수련에 정진하면 병은 절대로 얼씬도 하지 못하게 되어 있습니다."

"뒤늦게라도 명현현상을 알았으니 다행입니다. 이를 하나 뽑고 나서 진리를 깨달은 것을 다행으로 여길 수밖에 없군요."

"잘 생각하셨습니다. 어금니 하나는 수업료였다고 생각하십시오. 수업료 치고는 되게 비싼 거지만."

"좋은 것을 일깨워주셔서 고맙습니다."

음차(音叉)의 공명

1991년 7월 21일 일요일 23~29℃ 비

오후 3시. 안창수 씨가 동료 직원인 이영철 씨를 데리고 왔다. 이 씨가 나를 유심히 눈여겨보다가 말했다.

"책 표지에서 선생님 얼굴을 보았을 때는 매우 날카롭고 신경질적이라는 인상을 받았었는데, 실제로 대해보니 부처님처럼 원만해 보입니다."

"면찬(面讚)을 받고 보니 사실 낯이 좀 뜨겁습니다. 한두 번도 아니고 벌써 여러 번 방문객들로부터 그런 말을 듣고 보니 제 얼굴이 지난 5년 사이에 변하긴 변한 것 같습니다. 눈은 마음의 창이고 얼굴은 마음의 집이라는 말도 있긴 합니다만 나는 아직 도를 이루지 못하고 있는, 겨우 그 관문을 통과하지 않았나 생각될 뿐입니다."

"그건 지나친 겸손의 말씀이십니다."

"어쨌든 수련은 인상(人相)을 바꾸어 놓는 것은 사실입니다. 우리집에 열심히 출입하는 수련자들도 1년 전하고 지금을 냉정히 비교하면 좋은 쪽으로 변한 사람이 많습니다. 얼굴은 그 사람의 수양과 성격을 외부로 나타내줍니다. 얼굴뿐만 아니고 손금까지도 바뀐 사람이 있습니다.

난 내 얼굴을 거울에 자세히 비춰보면 유달리 변한 것이 꼭 하나 눈에 띕니다. 그게 뭔지 아십니까? 눈썹과 눈썹 사이의 미간이 그전보다 넓어진 것입니다. 그것은 지금부터 7년 전에 찍은 사진과 비교하면 확실히 알 수 있습니다. 미간이 좁은 사람은 대개 성질이 급하고 참을성이 없다고 합니다. 사실 미간이 바짝 붙은 사람 쳐 놓고 성격이 원만한 사람은 찾아볼 수 없는 것도 사실입니다. 제 미간이 넓어진 것은 조급했던 내 성격이 많이 누그러진 것을 웅변적으로 말해 주는 것 같습니다. 수련을 쌓으면 마음이 바뀌니까 거기에 따라 얼굴 모양, 심지어 손금까지도 변하는 것은 확실합니다."

이렇게 이야기를 나누는 동안 이영철 씨의 모습을 나도 모르게 눈을 감고 보았다. 전복(戰服) 차림의 무장(武將)이 보였다.

"혹시 선조 중에 무장으로 활약하신 분 계십니까?"

"네, 계십니다. 제13대조 할아버님이 임진왜란 때 이순신 장군 휘하에서 활약하신 이영남 장군이십니다."

"그렇군요."

안창수 씨가 말했다.

"제 눈에도 전복 입은 무장의 모습이 보이는데요."

두 사람이 동시에 같은 모습의 보호령을 보았으니 객관적으로 확인이 된 셈이다. 갖가지 사회악이 판을 치는 속에서도 세상이 완전히 악으로 물들지 않는 것은 사람마다 깃들어 있는 양심 때문이다. 이 양심이 바로 신성인데 이 신성의 발현을 도와주는 생명체가 바로 보호령이다. 어떻게 하면 신격(神格)이 높은 보호령을 모실 수 있느냐의 여부는 전적으로 당사자의 마음에 달려 있다. 도심(道心)이 깃들기 시작한 사람에게는 훌륭한 보호령이 지정될 것이며 그렇지 못한 사람에게는 영계의 영격이 낮은 보호령이 지정될 것이다. 일체유심소조(一切唯心所

造)요. 삼계유심소현(三界唯心所現)이다. 과거, 현재, 미래, 전생, 현생, 내생에 걸쳐서 모든 것이 마음먹기에 달려 있다는 것을 알아야 한다.

1991년 7월 24일 수요일 23~28℃ 상오 비

오후 3시 전철과 버스를 갈아타면서 오행생식원에 도착했다. 한 달 분 생식을 다시 구입하기 위해서였다. 김춘식 원장이 말했다.

"이제 뜸을 그만 하시고 도장침은 부은 뼈가 가라앉을 때까지 계속 놓으세요. 생식은 몇 달째 하시죠?"

"5월 28일에 시작했으니까 두 달 동안 했고 이번에 가져가면 석 달째 들어갑니다."

"그동안에 뭐 좀 변한 거 없습니까?"

그는 내 얼굴과 몸매를 요모조모 살펴보면서 이렇게 물었다.

"복원수술한 뒤에는 양발이 10밀리씩 커졌습니다. 그래서 그전에 신던 신은 전부 무용지물이 됐습니다."

"빠졌던 앞머리도 곧 나올 것 같은데요."

"대머리도 생식으로 치유되는 수가 있습니까?"

"그럼요. 신 · 방광이 약하면 대머리가 되거나 머리가 성기거나 합니다. 이때는 신 · 방광을 영양하는 짠 것이나 꼬랑내나 지린내 나는 음식 예컨대 쥐눈이콩, 콩, 밤, 마, 수박, 간장, 소금, 젓갈, 돼지고기, 해삼, 두부, 된장, 해조류, 김, 베지밀, 두유, 멸치, 콩팥, 새우젓, 굴젓, 장아찌, 치즈, 미역, 다시마, 콩떡잎 같은 식품을 상식하면 모근이 새로 돋아나게 됩니다.

그리고 선생님은 두 달 전에 여기 오셨을 때보다도 양미간이 조금 더 넓어지셨고 날카롭던 하관도 타원형으로 바뀌고 있습니다. 이제 생식을 계속하시면 얼굴이 계란형으로 보기 좋고 원만한 부처님 상처럼 표준형으로 바뀌게 됩니다."

"그럼 이 세상 사람들 모두가 생식을 하게 되면 누구나 얼굴이 타원형으로 변해버리면 어떻게 되는 거죠?"

"그땐 지상천국 용화세계가 되는 거죠."

"지상천국 용화세계가 되는 것은 좋지만 사람들의 얼굴이 다 똑같아지면 특징이 없어져서 무미건조해지는 거 아닙니까?"

"아니죠. 그때 가면 새로운 상황이 펼쳐져서 지금과는 차원이 다른 세계가 분명 열리게 될 겁니다."

"그럴까요?"

1991년 7월 26일 금요일 25~28℃ 구름 많음

단식 18일 만에 야차처럼 생긴 우주복 차림의 두 선녀에 의해 연행되어 갔던 곳은 이제 곰곰이 생각해 보니 천부전(天符殿)이었다. 대부전(大府殿)은 88년도엔가 가 본 일이 있었고 이번엔 틀림없이 천부전이었다. 마치 죄인처럼 천제(天帝)앞에 꿇어 앉혀진 것은 아무리 생각해도 내가 맡은 사명을 제대로 이행치 못했기 때문이라는 느낌이 든다.

1991년 7월 31일 수요일 22~28℃ 대체로 흐림

백회에서 회음까지 팔뚝만한 기운 기둥이 푹 꽂혀 있고 그 속으로 끊임없이 청신한 기운이 쏟아져 들어오고 있다. 인당에도 수평으로 기운 기둥이 꽂혀 있어서 전체적으로 니은자 형국을 이루고 있다. 신성(神性)에 불이 붙은 듯 손발이 더워온다.

1991년 8월 1일 목요일 23~29℃ 가끔 흐림

아내는 요즘 직장의 교습소에서 고전 무용을 공부하고 있다. 저녁 식사 후에 춤 연습하는 것을 지켜보고 있자니까 기(氣) 춤(단무)과 비슷한 데가 너무나 많았다. 기 춤이 기운의 움직임을 그대로 팔다리 몸의 동작으로 바꾼 것이라면 우리나라의 정통 춤은 기 춤의 동작들을 일정한 규칙에 따라 양식화한 것이라고 할 수 있다. 내가 기(氣) 춤추는 것을 아내가 보고 있다가 말했다.

"내가 춤 선생한테 배운 것보다 당신이 기(氣) 춤추는 것이 오히려 더 자연스럽고 멋진데요."

"그럴 수밖에 이것은 순수하게 자연의 기의 흐름을 동작으로 바꾼 것이니까."

"환갑잔치 같은 데 가서 한판 추어도 손색이 없겠는데요."

"당신은 춤을 출 때 선생에게서 배운 동작을 흉내내지만 나는 기 춤을 출 때 나 자신은 완전히 잊어버리고 단전에만 의식을 두고 팔다리 몸은 그대로 기의 흐름에 내맡겨 버리면 되니까 춤사위가 잘못되지 않을까 신경쓸 필요는 전혀 없다구요. 단지 음악의 흐름을 따라 사지와 몸의 움직임에 순응하기만 하면 되니까 흥은 저절로 날 수밖에 없어요."

"나두 좀 그래 봤으면 좋겠네."

“누가 하지 말라고 그랬나. 부뚜막에 있는 소금도 입에 집어넣어야 짠맛을 볼 수 있지 않소?”

“무슨 뜻이예요?”

“눈치 빠르다는 사람이 그 말귀도 못 알아들어요?”

“날 보고 선도수련을 안 한다고 그러시는 거죠?”

“두말하면 잔소리지.”

“알았어요. 이제 직장 그만두면 본격적으로 할 꺼예요.”

“무슨 일이든지 마음에 작정이 됐을 때 당장 시작해야지. 뒷날로 미루다가는 생전 실천해 보지 못하고 말아요. 과거는 이미 지나가 버린 거고 미래는 불확실한 겁니다. 어떻게 될지 한치 앞을 못 내다보는 것이 미래예요. 그래서 우리가 늘 생각하는 미래는 가상의 세계일 수밖에 없어요. 그래서 우리가 사는 세계는 현재밖에 없다는 것을 알아야 해요. 영원한 현재가 우리가 살고 있는 현실이고 실상이예요. 그래서 삶의 실상은 영원한 현재라고밖에 표현할 방법이 없어요. 그게 또 사실이구요.”

“요컨대 무슨 일이든지 현재 당장 실천하는 것이 중요하지 앞날로 미루지 말라는 얘기군요.”

“이담에 돈 벌어 잘살게 되면 아버지 어머니께 효도하겠다고 벼르면서 부모님에게 소홀히 대하다간, 막상 잘살게 되었을 때는, 어머님 아버님은 이 세상 사람이 아닌 거예요. 시간이란 그렇게 매정한 거예요. 어떤 목사가 우연히 사업하는 중학교 동창생을 만났어요. 예수를 믿으라고 간곡히 권하니까 지금 한창 벌여놓은 사업을 마무리 해놓고 석 달 뒤에는 꼭 믿겠다고 했어요. 그런데 그 친구는 석 달을 못 참고 교통사고로 저승으로 떠나버렸어요. 시간이란 이렇게도 냉정한 겁니다. 그래서 무엇이든지 지금 무엇을 하느냐가 중요하지 앞으로 무엇을 하겠다고 벼르는 것은 불확실성이라 그겁니다.

지금 시간이 없다는 것은 어디까지나 하나의 구실에 지나지 않아요. 솔직히 말해서 마음에 없다는 것밖에는 되지 않아요. 그 마음이 문제예요. 이 마음을 좋은 방향으로 발전하도록 움직이고 영격을 높이도록 작용하는 것이 신성(神性)이예요. 이 신성이 하찮은 세상의 욕망에 가려 있으면 언제나 구름이 해를 가려 잔뜩 흐렸을 때처럼 상황은 불투명하게 마련입니다. 이것을 무명(無明) 또는 미망(迷妄)이라고 하는데, 이 미망을 걷어버리는 것 역시 마음이예요. 무슨 일이든지 생각났을 때 확실히 계획을 세워 뒤로 미루지 말고 즉각 실천하는 것이 신성을 발현시키는 지름길이예요."

"무슨 뜻인지 알겠어요."

아내는 이렇게 말했지만 선도수련을 당장 시작하겠다는 말은 끝내 하지 않았다. 아직 때가 무르익지 않은 모양이다.

1991년 8월 2일 금요일 24~27℃ 가끔 비

오후 2시. 오래간만에 민소영 씨가 찾아왔다.

"중단이 심하게 막혀 있군요."

"요즘 그럴 일이 좀 있어서 그래요."

"가까운 장래에 민 선생님이 이럴 때 스스로 중단을 뚫을 수 있는 능력을 갖게 될 겁니다. 그때는 다시는 나를 찾지 않게 될 겁니다. 그럴 날이 점점 가까워 오고 있는 것이 제 눈에 보입니다."

"무슨 뜻이예요?"

"그만큼 수련이 급진전되고 있다는 얘깁니다."

"비행기 태우시는 거 아니예요?"

"그런 게 아니고 제 눈에 무엇이 보이기 때문에 이런 소리를 하는 겁니다."

한 시간 반 만에야 중단이 완전히 다 뚫렸다. 상단 점검도 끝났다.

"무엇이 보이시는지 말씀 좀 해주세요."

"그게 그렇게 중요합니까? 민 선생님 스스로도 다 보이실 텐데요."

"중이 제 머리 깎는 거 보셨습니까?"

"하긴 그렇군요. 등을 든 선녀들이 민 선생님의 머리를 정점으로 하여 세 줄로 끝 간 데 없이 늘어서 있군요."

"김 선생님이 저에겐 가장 좋은 의사예요."

"지금 당장은 그런 말이 나올 수도 있겠죠. 그러나 얼마 뒤에는 지금 그런 말 하신 걸 후회할 때가 있을 겁니다."

"그렇지 않을 거예요."

"두고 보세요. 꼭 그렇게 될 겁니다."

1991년 8월 4일 일요일 22~28℃ 구름 많음

아무리 집중적인 수련을 한다고 해도 큰 깨달음을 얻는 것은 순간에 지나지 않는다. 그 깨달음의 순간이 영원히 지속되는 것은 아니다. 비록 그 대각(大覺)의 순간이 생활 태도를 바꿀 만큼 극적인 것이었다고 해도 현실적인 삶을 영위하고 있는 인간은 곧 일상사에 파묻히게 된다. 까딱하면 그 하찮은 일상사 속에서 깨달음의 황홀한 순간과 법열은 퇴색되고 만다. 이래서는 별로 의미가 없다.

일단 그 영원을 흐르는 생명을 확실히 거머잡았다면 그것을 끝까지 놓치지 말아야 한다. 항상 자신의 잠재의식에 그 영원을 흐르는 생명을 거머쥐었던 순간을 되새겨 주어 깊게 각인(刻印)이 되게 하여야 한다. 이 세상에 나와 있는 모든 고등 종교의 경전들은 바로 이래서 만들어진 것이다. 바로 그 영원을 흐르는 생명과 합류하여 이와 동떨어지지 않기 위해서이다.

그러나 그 경전들은 너무나 길고 번잡하고 두꺼운 책으로 되어 있어서 머릿속에 전부 기억시킬 수도 없다. 어떻게 하면 그 핵심을 한두 개의 문장으로 요약시킬 수 있을까 궁리 끝에 만들어 낸 것이 '큰 깨달음(대각경)' 이라는 것이다. 이것은 내가 그동안 수련을 통해서 터득한 것을 단 두 개의 문장으로 압축한 것이기도 하다.

나는 하느님의 분신으로 하느님의 무한한 사랑, 무한한 지혜, 무한한 능력과 생명력을 구사하고 있다. 이 큰 깨달음을 통하여 나는 뜬구름과 같은 오감의 세계를 벗어나 상부상조하는 대조화의 세계, 하느님과 나, 남과 나, 우주와 내가 하나로 합쳐지는 실상의 세계 속에 살고 있다.

써놓고 보니 전연 새로운 것도 아니었다. 그러나 선배 도인들이 써

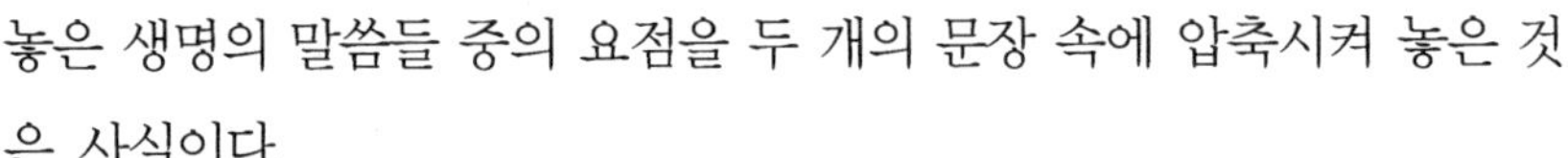

놓은 생명의 말씀들 중의 요점을 두 개의 문장 속에 압축시켜 놓은 것은 사실이다.

1991년 8월 7일 21~30℃ 구름 많음

우리집에 모이는 일부 수련생들은 내가 새로운 선도수련 단체를 운영하는 지도자가 되기를 바라고 있다. 그렇게 하려면 돈도 쓰고 조직도 하고 동지도 규합하고 해야 할 텐데 그렇게 하지 않는다고 은근히 불평을 한다.

그러나 그들은 나를 잘못 보고 있다. 나는 선도도장을 운영하고 이끌어 나갈 수 있는 재목이 아니라는 것을 그들은 모르고 있다. 나는 어디까지나 내가 경험한 선도의 현장을 작품에 반영하는 작가일 뿐이다. 선도 단체를 이끌어 나갈 올바른 지도자는 따로 있을 것이다. 나는 그런 지도자가 아니다. 그런 지도자나 선도 단체가 있다면 내 능력껏 글을 통하여 도움을 줄 것이다. 나는 글을 쓰는 사람이니까.

과거 F도장을 지원해 주었듯이 홍보면에서 도움을 줄 용의는 있다. 또 수련에 조금이라도 보탬이 된다면 누구나 내 능력껏 도와줄 용의는 있다. 그것뿐이다. 나는 내가 할 수 있는 일이 무엇인가를 알고 있다. 그 일을 할 것이다. 그 이상의 것을 나에게서 기대하지 않기 바란다. 뜻 맞는 사람들끼리 모여서 서로 사이좋게 의논하여 선원을 차리고 그 중에서 지도자를 선출하든가 하는 것이 좋을 것이다.

장로들이 모여서 교회를 이끌 듯, 뜻 맞는 도우들끼리 모여서 호주머니를 털어 도장을 차려주기 바란다. 그렇게 하여 오순도순 의논해

가며 사범들을 영입도 하고 봉급도 책정하고 수련생들을 맡겨보았다가 수틀리면 바꿔치기도 하여 다른 유능한 사범이나 법사들을 영입할 수도 있을 것이다. 절대로 어떤 우상을 모시려고 하지 말아야 한다. 우상을 모시면 백발백중 사교(邪敎)로 전락해 버리고 만다. 우상을 모신 사람들은 틀림없이 자기네가 모신 우상의 맹신자나 광신자로 타락해 버리고 만다.

1991년 8월 9일 금요일 22~29℃ 구름 많음

『천부경』의 "일시무시일 … 일종무종일"은 무엇을 말하는가? 진리는 시작도 끝도 없는 무한한 것임을 말해 주고 있다. 인간의 욕망은 무한하다. 그럴 수밖에 더 있겠는가. 인간은 원래가 무한한 존재이니까 무한을 염원할 수밖에. 무한과 영원을 희구하는 인간은 바로 하느님의 속성을 그대로 빼어 닮은 것이다.

그러니까 사람은 하느님인 것이다. 무한한 욕망을 가진 인간의 마음은 절대로 유한한 물질로는 채워질 수 없다. 그래서 사람은 시공과 물질로는 얽어 맬 수 없는 무한하고 영원한 존재이다. 사람은 원래가 하느님이기 때문에 유한한 물질과 시공에 만족할 수 없는 것이다. 사람은 원래가 신(神)이기 때문에 신이 될 수밖에 없는 운명을 타고 난 것이다. 이것이 실상이다. 그런데 인간은 되지 못한 상상력을 기동하여 자기 자신을 이 실상의 세계에서 소외시켜 버렸다.

이 잘못된 상상력이 미망이다. 이 미망의 힘으로 시공과 물질의 세계를 만들어 그 속에 자신도 모르게 갇혀 있는 것이다. 그리고는 있지도 않는 물질의 세계가 실재하고 있다고 망상하고 있다. 마치 악몽을 꾸면서 그것이 실재라고 착각하고 있는 것과 흡사하다. 우리는 한시바삐 이 착각에서 벗어나야 한다. 그것이 깨달음이다. 이런 자각이야말로 개아(個我)에서 벗어나 진아(眞我)를 찾는 지름길에 이미 들어 서 있는 것이다.

업은 아기 삼 년 찾는다고 우리는 자기 자신 속에 들어와 영원부터 영원까지 좌정하고 있는 진아(眞我)를 찾고 있었던 것이다. 업은 아기가 바로 진아이다. 진아를 발견하는 것을 견성, 성통, 해탈, 성도(成道), 득도(得道)라고 한다. 진아를 찾은 사람은 우선 눈빛부터 달라진다. 눈은 마음의 창이기 때문이다. 눈에 이상이 있음은 마음에 이상이 있음을 나타낸다. 늘 자기중심적이고 이기적이고 눈앞의 작은 이익만 탐하는 사람은 근시에 걸리기 쉽다.

또 앞날이 어떻게 될지 늘 불안해하고 근심걱정 하느라고 현실을 등한시하는 사람은 원시(遠視)에, 마음이 흩어져 있으면 난시(亂視)가 되어 사물을 바로 보지 못하고, 늘 곁눈으로 보는 습성이 있는 사람은 사팔뜨기 즉 사시(斜視)가 될 확률이 높다. 의식적으로 늘 남을 차별해 보려고 하는 사람은 색맹에 걸리기 쉽다. 그러나 '참나'를 찾은 사람은 이 모든 안질(眼疾)에서 벗어날 수 있다.

이것은 나 자신의 경험을 토대로 한 결론이다. 실제로 나는 몇 해 전까지만 해도 심한 근시였다. 그런데, 선도수련이 진척되면서 내 눈을 가렸던 뿌우연 안개 같은 것이 조금씩 걷혀가면서 사물이 선명해지는 것을 알 수 있다.

1991년 8월 10일 토요일 21~28℃ 구름

부상 후 처음으로 도봉산을 찾았다. 냇골 입구에 도착해 보니 9시. 내 발이 커진 것을 알면서도 미처 암벽화를 새로 장만하지 못하여 그 전에 신던 275밀리짜리를 신고 간 것이 잘못이었다. 7시간 20분 동안 도봉산 포대능선과 우이암 코스를 보행하면서 내내 발이 아파서 고생을 했다.

오래간만에 쉽고 안전한 암벽을 탈 작정을 했었지만 아직은 오른발의 통증으로 어림도 없었다. 토요일이라 등산객은 드물었다. 포대 입구에서 하도 발이 아파서 도봉동 골짜기로 해서 되돌아오려고 50미터나 내려갔다가 갑자기 발이 멎으면서 되올라가고 싶어졌다.

철책을 이용하여 조심조심 포대 난코스와 와이 계곡을 탔다. 전에 아내와 같이 늘 점심을 들던 주봉 앞에서 생식으로 점심을 했다. 얼마나 간편한지 몰랐다. 우선 양이 얼마 안되니까 휴대하기가 도시락보다도 훨씬 가볍다.

가만히 생각해 보니 군대에서 만약에 생식을 이용한다면 작전 수행에 큰 보탬이 될 것이다. 취사가 거의 불가능한 적지 속에서의 정찰 활동에는 생식 이상의 좋은 식사 방법은 없을 것이다. 유격 활동에서도 안성맞춤일 것이다. 또 원거리 강행군 때도 산악 전투 때도 생식은 편리하기 짝이 없을 것이다. 또 장거리 등산 시에도 생식은 더없이 편리할 것이다. 그러나 한 가지 결점은 맛이 없다는 것이다. 맛이 없기 때문에 과식을 안 하게 되어 건강 유지에는 이점이 있다.

맛은 탐할 것이 아니라 적당히 조절할 줄 알아야 한다. 맛은 생명을 유지하기 위한 수단이 되어야지 맛 자체가 목적이 되어서는 안 된다. 색욕을 탐하면 패가망신하는 것은 진실이다. 맛과 색을 탐하는 것은 꿀을 탐하던 곤충이 꿀통에 빠져 죽는 것과 흡사하다. 이런 생각에 잠긴 나는 280밀리짜리 운동화를 안 신고 온 것을 두고두고 후회하면서 쩔룩쩔룩 걸어가고 있었다.

어느덧 작년 3월 25일에 추락당한 끝바위 앞에 와 섰다. 가파른 직벽은 그저 묵묵히 거기 그대로 있을 뿐이었다. 자연은 의구한데 인간이 말썽을 부렸을 뿐이다. 1년 반 만에 보는 정든 산이었다. 역시 도봉산은 수려하고 아기자기한 맛이 있고 다양한 수목들이 우거져 있어 풍성한 그늘을 드리우고 있었다. 아득하게 바라보이는 산들이 한결 똑똑하게 보였다. 작년 이맘때와는 달리 멀리 떨어진 광경들이 이렇게 선명하게 눈에 들어오는 것이 이상했다.

처음에는 왜 그런지 몰랐다가 한참 뒤에야 그 이유를 알았다. 1년 반 동안에 내 시력이 한결 좋아진 것이다. 그것은 틀림없이 수련 덕분이었다. 선도수련에 정진을 하고 생식을 하는 동안 몸이 좋아지고 부상당한 발도 급격히 나아지고 있다. 내 건강이 향상되면서 시력도 좋아진 것을 비로소 확인했다. 정관 복원수술을 한 이후 발은 10밀리가 커져서 그전에 신던 신들은 전부 무용지물이 되어 버린 얘기는 이미 했지만 키도 15밀리 정도 늘어났다. 내 키는 20대에는 173센티였다가 50대에 접어들면서는 170센티 정도로 줄어들었었다. 그러던 것이 발이 커진 것을 보고는 키를 재어보았더니 170에서 171.5센티로 늘어났다. 그러나 이것은 어디까지나 가시적이고 물질적인 것이다.

내 육체와 오감은 내 의식을 반영한 것에 지나지 않는다. 지난 1년 반 동안에 실제로 변한 것은 내 마음이다. 인심은 천심이고 인간은 바로 진리 그 자체라는 확신을 갖게 된 것이 이러한 신체적인 변화를 촉진시킨 것이다. 진리는 원리이고 에너지이고 하느님이다. 인간은 누구나 다 하느님 자신이다. 따라서 인간은 누구든지 이 사실을 깨닫기만 하면 누구나 하느님의 속성인 무한한 사랑, 무한한 지혜, 무한한 능력을 구사할 수 있는 존재로 바뀔 수 있다는 것을 알게 되었다. 우주 만물과 조화를 이루면 인간은 자유자재하고 융통무애하다는 것도 알게 되었다.

우주만물과 참다운 조화를 이룬다는 것은 영원을 흐르는 대생명의 본류(本流)와 맞닿아 하나로 합쳐지는 것이다. 다섯 개의 손가락이 따로 노는 것 같지만 손바닥으로 하나가 된다. 머리, 팔, 다리도 각기 따로 노는 것처럼 얼핏 보일 때가 있다. 그러나 이것은 어디까지나 가상의 세계이다. 머리와 사지는 실상은 한몸이다. 가족과 민족과 인류와 만물이 그와 같이 한몸이다.

내가 생식을 하는 것은 건강에 대한 집착 때문은 아니다. 음식을 자연 상태 그대로 먹는 것이 자연의 원리에 합당하다고 생각되기 때문이다. 그래서 옛 조상들이나 도인들은 전부가 생식을 하였고 환국(桓國) 연방시대에는 임금들이 평균 5백 세의 수명을 누릴 수 있었다. 그러나 화식(火食)을 하면서부터 수명은 급격히 줄어들었다. 배달국 시대에는 그래도 화식과 생식을 겸했기 때문에 평균 150세 정도의 수명을 누릴 수 있었지만 단군 시대에 들어오면서부터는 70~80십 세 정도로 수명이 줄어들었다. 오늘날과 같은 화식이 정착했기 때문이었다. 어리석게도 인류는 맛과 수명을 맞바꾼 어리석음을 저지른 것이다. 맛을 탐하다가 육체 생명을 단축시킨 것이다. 꿀을 탐하다가 꿀 속에 빠진 격이다. 그렇다고 육체 생명에 집착하자는 건 아니다. 삶에 대한 지나친 집착은 오히려 생명을 잃게 하지만 깨달음은 자신의 생명을 대생명과 일치시켜 영원한 생명을 얻게 된다.

1991년 8월 18일 일요일 25~31℃ 가끔 구름

오후 3시. 오창균, 임재숙 부부가 수련을 도움받으러 왔다. 수련이 끝나자 오창균 씨가 물었다.

"선생님, 윤회와 전생 그리고 죽음의 문제를 어떻게 생각하십니까?"

"윤회와 전생(前生)은 요즘은 심령과학으로도 입증이 되고 있지 않습니까? 선도수련이 어느 단계에 이르게 되면 자신의 전생쯤은 스스로 알게 되고 가까운 도우들의 전생도 볼 수 있습니다. 죽음은 육체 생명의 파괴나 소멸을 말하는 것입니다.

영원한 생명인 영혼은 육체가 생체활동을 정지했다고 해서 사라지는 것은 아닙니다. 영혼에게는 수련이나 신앙생활을 통하여 자신의 생명이 하느님 자체임을 깨달아 신(神)과 하나로 합쳐지는 길이 있고, 비양심적이고 비윤리적인 생활을 통하여 끝없이 타락하는 길이 있습니다.

어느 쪽을 택하든 그것은 당사자의 마음에 달려 있습니다. 우리가 이 풍진(물질) 세상에 태어난 이유는 참 생명을 깨닫기 위해서입니다. 영원과 무한을 흐르는 생명의 대하 옆에 인간은 잘못된 상상력을 구사하여 시간과 공간에 얽매인 물질세계의 둑을 쌓았습니다. 이 잘못된 상상력이 바로 미망(迷妄)이고 무명(無明)입니다. 우리는 이 미망의 악몽에서 깨어나야 할 사명을 띠고 있습니다. 왜 그럴까요? 인간은 본래가 무한한 욕망을 가지고 있는데 유한한 물질로는 이것을 충족시킬 수 없기 때문입니다.

영원을 희구하는 인간은 또한 한정된 시간밖에 못 사는 육체에도 만족할 수 없습니다. 무한과 영원은 인간의 본성이기 때문입니다. 무한과 영원은 신의 속성이기도 합니다. 인간은 본래가 신이기 때문입니다. 윤회와 전생은 이러한 깨달음의 과정이고 죽음은 육체 생명의 종결이지 영원과 하나로 합쳐진 영혼의 죽음은 아닙니다. 참 생명을 깨달은 영혼에겐 죽음 같은 것은 있을 수 없습니다."

1991년 8월 20일 화요일 24~31℃ 구름 많음

오전 10시 민소영 씨가 전화로 알려 주었다.

"김 선생님을 헐뜯는 사람들이 있어서 알려 드립니다. 제가 아니면 선생님에게 이런 말을 곧이곧대로 알려드릴 사람도 없을 것 같네요. 별로 듣기 좋은 얘기도 아니구 해서 안 하려고 했는데, 가만히 생각해보니 참고로 알아 두셔야 하실 것 같아서 말씀드립니다."

"고맙습니다. 유명세라는 것도 있는 것이니까 무슨 얘기든지 기꺼이 경청하겠습니다."

"그렇게 말씀 하시니 편한 맘으로 말씀드리겠습니다. 선생님이 찾아오는 사람들의 기를 빼앗는다고 말하는 사람이 둘이 있습니다. 하나는 남자고 하나는 여자예요. 그러니 앞으로 찾아오는 사람들 상대할 때 조심하시라고 알려드리는 거예요."

"누가 그런 말을 했는지 짐작은 갑니다. 민 선생님도 그렇게 생각하십니까?"

"제가 그렇게 생각한다면 이런 말을 하겠습니까?"

"물론 그러시겠죠. 우리집에 찾아오는 사람들은 전부 다 저에게 수련을 도움받으려는 분들입니다. 기운이 저보다 맑지도 못하고 강하지도 못합니다. 물이 높은 데서 낮은 데로 흐르듯 기운도 강한 데서 약한 데로 흐르게 되어 있습니다.

내가 무엇이 부족해서 나보다 기운도 약하고 탁기도 많은 수련생들의 기를 빼앗겠습니까? 원하기만 하면 맑고 청신한 천기(天氣)를 얼마든지 허공(虛空)에서 받아들일 수 있는데 무엇 때문에 그분들의 탁기를 빼앗겠습니까? 그건 말도 안 되는 소립니다. 나쁜 짓을 하여 하늘 기운줄이 막힌 가짜 도인들이 흔히 남의 기운을 빼앗았습니다. 난 그렇진 않습니다. 뭣 주고 뺨 맞는 격이군요."

"그러니까 사람들 함부로 출입시키지 마세요. 그리고 『선도체험기』 4권을 하룻밤 사이에 다 읽었는데요. 문장은 그전보다 훨씬 더 세련되어서 단숨에 읽혔습니다. 그런데 너무 신변잡기에 치우친 것 같고, 부인과의 대화가 많아서 독자들이 식상하겠어요. 그리고 선도에 대해서 체계적으로 일목요연하게 서술하시지 않고 너무 장황해서 추려야 할 부분이 많은 것 같습니다."

"솔직히 충고해 주셔서 감사합니다. 『선도체험기』는 말 그대로 제가 겪은 체험을 쓴 겁니다. 단학이나 선도에 대한 개론서가 아닙니다. 단학에 대한 개론서는 시중에 여러 종류가 나와 있지만 체험기는 거의 볼 수 없습니다. 실제로 수련을 하려는 사람들에게는 개론서보다는 체험기가 더 도움이 된다고 생각합니다. 저는 대학에서 강의를 받을 때도 교수들이 말하는 일반적인 개론에는 언제나 별 흥미를 느낄 수 없었습니다.

뻔한 얘기이기 때문입니다. 그러나 교수 자신이 직접 겪은 얘기를 할 때는 나도 모르게 귀가 솔깃해지고 구미가 동했습니다. 그거야말로 살아있는 공부였기 때문이었습니다. 단학에 대한 수많은 책이 시중에 나왔지만 생생한 경험을 쓴 책이 없다는 데 착안한 것이 바로 제가 쓴 『선도체험기』입니다.

독자들은 내 책을 읽으면서 마치 자기 자신이 저와 함께 수련을 하는 듯한 느낌을 갖고 공부할 수 있게 꾸며보려고 애썼습니다. 그래서 이 책을 읽는 동안 자기도 모르게 스스로 수련이 향상된 사람도 있습니다. 소설을 읽을 때 독자들은 자기도 모르게 주인공과 자기 자신을 동일시하는 경향이 있습니다. 그래서 그 주인공과 함께 울고 웃고 한숨짓습니다. 나는 이러한 문학적인 기법을 수련에 이용한 것입니다.

다행히도 지금까지의 독자들의 반응을 살펴보면 제 의도가 어느 정도 적중한 것 같습니다. 그래서 『선도체험기』가 발간될 때마다 다음 책이 언제 나오느냐는 문의 전화가 빗발치듯 합니다. 독자들의 호응이 있는 한 저는 체험기를 언제까지고 쓸 작정입니다. 그러나 절대로 독자들의 취향에 질질 끌려가는 일은 결코 없을 겁니다. 오히려 대부분의 내

독자들은 선도수련에 있어서는 내 뒤를 따르는 후배라고 생각하고 이들을 이끌어간다는 자부심을 갖고 계속 글을 써 나갈 작정입니다.

인쇄술이 대중 매체가 된 이래 전도(傳道)나 선교(宣敎)의 방법도 획기적인 변화를 겪고 있다고 봅니다. 스승이 몇몇 제자들을 앞에 놓고 수련 기법(技法)이나 도법(道法)을 전수하는 방식은 지극히 가내수공업적인 낙후된 방법이 되어 버렸습니다. 성경이 대량 인쇄되어 보급되고 유명한 승려나 성직자들의 설교집이 발간됨으로써 전도 방법도 혁신적인 변화를 겪게 되었습니다.

그러나 특정 인물이나 단체가 시리즈물로 계속적으로 독자들에게 영향을 주는 방법은 19세기부터 시작된 미국의 《크리스찬 사이언스(Christian Science)》라는 잡지가 효시라고 생각됩니다. 또 시리즈물로 광범위한 독자층에게 큰 영향을 끼친 사람은 『생명의 실상』이라는 40권짜리를 써낸 일본의 다니구찌 마사하루가 아닌가 생각됩니다.

그러나 다니구찌 마사하루 씨는 문필가이긴 하지만 정식으로 문단에 데뷔한 작가는 아닙니다. 그는 또 두 개의 희곡 외는 소설적인 기법을 그의 글에 구사한 일도 없습니다. 그러나 저는 정식으로 작가가 되어 20년 가까이 집필을 해오다가 어느 날 선도수련을 하게 되었습니다.

따라서 제 체험기는 소설적인 기법이 유감없이 작품 속에 구사되고 있습니다. 물론 처음에 『선도체험기』를 쓸 때는 순전히 작가적인 호기심과 양심으로 집필을 시작했지만 차츰 글을 써나가는 동안 선도를 독자들에게 전파하는 역할도 담당하고 있다는 것을 깨닫게 되었습니다.

처음에 이 글을 썼을 때는 전연 의도하지 않았던 일이었습니다. 그것을 의도했든 아니했든 간에 지금에 와서는 선도를 널리 독자들에게 알릴 뿐만 아니고 이를 전수하는 역할까지도 담당하게 되었습니다. 따라서 소설 기법을 시리즈물을 통하여 구사함으로써 독자들에게 수련을 시키는 이색적인 일을 하고 있습니다.

이런 일이 과거에도 있었는지는 과문의 탓인지는 모르겠지만 아직 들어 본 일이 없습니다. 이것이 만약 진리를 전달하는 효과적인 방법이라면 나는 사양치 않을 작정입니다. 그러니까 『선도체험기』는 처음부터 단학에 대한 개론서가 아니고 글자 그대로 작가의 체험을 바탕으로 한 글입니다.

그러니까 작가의 신상에 벌어졌던 일이 필자의 선택에 따라 그대로 등장할 수밖에 없습니다. 만약에 이런 얘기들이 전부 빠진다면 『선도체험기』라는 제목을 달수가 없지 않겠습니까? 지나치게 아전인수격이 되지 않았는지 모르겠습니다."

"아유 너무 빈틈없게 말씀하셔서 반박의 여지도 없네요."

중풍환자의 전화

1991년 9월 5일 목요일 20~24℃ 비

오후 6시 반쯤 삼양동에 산다는 김인영 씨가 전화를 걸어왔다.

"『선도체험기』 작가 선생님 되십니까?"

"네 그렇습니다."

"이거 전화로 죄송합니다. 저는 『선도체험기』를 읽고 하도 신기한 경험을 했기에 선생님한테 전화를 걸었습니다. 귀중한 집필 시간을 빼앗은 것 같아서 죄송합니다. 제 얘기 좀 해도 괜찮을런지요?"

"좋습니다. 어서 말씀해 보십시오."

"저는 금년에 55세 된 중풍환자였습니다. 온몸이 마비가 되어 꼼짝을 못하고 누워서 지냈습니다. 겨우 손을 들어 신문이나 읽을 정도였습니다. 벌써 몇 해 동안을 그렇게 반송장처럼 누워서 지내자니 집안 식구들에게 미안한 것은 말할 것도 없고 차라리 죽는 것만 못한 인생이었죠.

그런데 어느 날 신문에서 선생님께서 쓰신 『선도체험기』 책 광고가 난 것을 보고 어쩐지 저도 모르게 번쩍 눈이 뜨이면서 이 책을 꼭 읽어야겠다는 생각이 드는 거였습니다. 그래서 집 식구에게 부탁을 해서 4권을 모조리 사다가 읽기 시작했습니다. 그런데 신기하게도 『선도체험기』를 읽으면서부터 몸이 훈훈하게 달아오르고 단전도 따뜻해지기 시작했습니다. 단전이 달아오르기 시작하자 팔다리의 마비가 정말 신기하게도 조금씩 풀리는 것이었습니다.

『선도체험기』를 읽으면 읽을수록 기운이 점점 강하게 제 몸 구석구석을 파고들었고 이곳저곳 소용돌이치면서 흐르는 것을 느낄 수 있었습니다. 드디어 4권을 다 읽고 나니까 간신히 일어나 앉을 수 있게 되었습니다. 저는 이에 용기를 얻어 재차 읽기 시작했습니다. 그러자 약한 진동이 일면서 얼음장처럼 차갑기만 하던 손발이 훈훈하게 더워지기 시작하는 것이었습니다. 세 번째 읽으니까 임·독맥이 유통되는 것을 알 수 있었습니다.

저는 쉬지 않고 계속 『선도체험기』를 읽었습니다. 네 번, 다섯 번 드디어 지금까지 스무 번을 읽었습니다. 그동안에 저도 모르게 수련이 되어 임·독맥이 유통된 뒤에는 24정경이 열리고 뒤이어 기경팔맥이 열리면서 중풍은 차츰차츰 봄날에 얼음덩이 녹아내리듯 하는 것이었습니다. 드디어 일어나 앉았습니다. 그다음에는 일어서서 지팡이를 짚고 조금씩 발걸음을 떼어 놓기 시작했습니다. 계속 책을 읽는 동안에 이제는 전중이 스스로 열리고 인당도 열리고 신정혈도 열리고 백회도 저절로 열리면서 시원하고 상쾌한 기운이 하늘에서 폭포처럼 쏟아져 내렸습니다. 지금은 1,000m를 지팡이 없이도 걸을 수 있게 되었습니다.

전 솔직히 말해서 김태영 선생님이 써주신 『선도체험기』 덕분으로 기적처럼 살아난 사람입니다. 하도 고맙고 고마워서 우선 전화로 나마저의 감사한 마음의 만분의 일이라도 전해드릴 수 있을까 해서 실례를 무릅쓰고 전화를 걸었습니다."

"정말 축하드립니다. 김인영 씨의 지성이 하늘에 통한 것 같습니다."

"선생님! 선생님이 방금 한 말씀을 들으니까 가슴이 찡하게 울리면서 백회와 인당으로 강한 기운이 무더기로 쏟아져 들어오고 있습니다. 선생님 정말 감사합니다."

"저에게 너무 감사해 할 필요는 없습니다. 저는 다만 김인영이라는 소우주와 대우주를 연결시켜 준 매개자 역할을 했을 뿐입니다. 김인영 씨가 『선도체험기』를 읽는 동안에 자기중심의 개아(個我)의 껍질에서 튀어나와 진아(眞我)를 찾았기 때문에 그 큰 그릇에 어울리는 새로운 기운이 채워졌을 뿐입니다."

"네네, 지금도 선생님의 말씀을 듣고 있자니까 마치 감전이라도 된 듯이 제 몸이 찡하니 울리면서 자꾸만 강한 기운이 들어오고 있습니다. 너무 많은 시간을 빼앗아서 죄송합니다. 불원간 꼭 완치될 것으로 확신합니다. 그때는 꼭 선생님을 찾아뵙고 정식으로 인사를 드리겠습니다."

"그런데 너무 신경 쓰지 마시고 하루 빨리 몸이 완치되는 데 전력을 기울이십시오."

"네 감사합니다. 그럼 안녕히 계십시오."

『선도체험기』가 전신마비를 일으킨 중풍환자를 일어나게 했다니 나는 이때처럼 작가로서의 보람을 느껴 본 일이 없었다.

1991년 9월 6일 금요일 20~27℃ 아침에 비

오후 2시부터 7시 사이에 다섯 명의 수련생들이 다녀갔다. 나를 아끼는 주위 사람들이 찾아오는 사람들에게 너무 많은 기운을 쓰지 말라고 충고한다.

"김 선생님은 마음이 좋아서 그런지 동정심이 많아서 그런지 모르지만 찾아오는 수련생들에겐 누구에게나 너무 많은 기를 쓰시는 것 같습니다. 기는 꼭 써야 할 때만 써야 하는데, 우선 단전에 기운을 느끼고 운기를 할 수 있고 명문, 중단전, 인당, 백회에도 기운을 충분히 느끼는 사람이 아니면 절대로 백회를 열어주시면 안 됩니다. 수련자 스스로 해야 할 일을 무엇이 안타까워서 선생님께서 대신해 주시는 겁니까? 선생님 자신의 수련과 건강을 위해서라도 언제나 충분한 축기를 해 두셔야 합니다."

듣고 보니 구구절절이 다 옳은 말이었다. 전부가 나를 아끼려는 충정이 서려 있는 조언이었다. 그렇지 않아도 요즘 나는 의도적으로 수련자의 백회를 열어 주지는 않는다. 그런데도 어떤 경우에는 거의 내 의도와는 상관없이 내 기운이 스스로 움직여서 마주 앉아 있는 수련자의 백회를 열어 주는 수가 있다. 그러나 이것 역시 앞으로는 절제를 해야 할 것 같다. 상대의 인품을 파악해 보지도 않고 기운이 움직이는 대로 백회를 열어 주어서는 안 된다. 그것은 나 스스로 기를 통제하지 못하는 것과 같기 때문이다.

정(精), 기(氣), 신(神)은 절대로 따로따로 놀아서는 안 된다. 셋이 혼연일체가 되어 하나로 통합되어 움직여야 한다. 이 셋을 완전히 하나로 만드는 것이 내 본성이다. 내 본성은 나의 진아(眞我)를 말한다. 기의 움직임을 방관하는 것은 나 스스로 나를 포기하는 것과 같다. 어디까지나 진아의 판단에 따라 기(氣)도, 정(精)도, 신(神)도 온전히 하나로 움직여야 한다.

인인사사(人人師師)

1991년 9월 8일 일요일 17~29℃ 구름 조금

며칠 전부터 삼초경에 속하는 귀 앞쪽에 있는 화료혈이 몹시 아프기 시작했다. 음식을 씹을 때는 유독 통증이 심했다. 역시 명현현상임에 틀림없다. 이런 때 병원에 찾아가는 것은 지극히 어리석은 일이다. 이비인후과 전문의가 경혈학이나 운기현상을 알 리가 없기 때문이다. 까딱하면 수술이나 하라고 할지 모른다. 만약에 수술을 하게 되면 중요한 경락 체계가 손상을 입게 될 것이고 수련에 막대한 지장을 초래하게 된다.

선도는 자기와의 싸움을 효과적으로 전개하기 위한 수단이 되어야 한다. 『선도체험기』를 읽는 사람 중에는 저절로 수련이 되어 명현현상이 일어나는 일이 비일비재하다. 이때를 대비하여 나는 내가 겪은 명현현상을 비교적 상세하게 여러 번에 걸쳐서 치밀하게 묘사해 놓았다. 그런데도 독자들 중에는 명현현상을 깜빡 잊어버리고 맹장이 아프다고 해서 평소의 생각대로 병원부터 찾는 사람이 많다.

의사가 선도수련이 무엇인지 운기(運氣)가 무엇인지 어떻게 안단 말인가. 맹장이 아프다면 덮어놓고 맹장염이라고 하면서 조금만 늦었으면 큰일날 뻔했다면서 수술을 해야 한다고 서두른다. 이때 환자는 선도고 운기고 명현현상이고 나발이고 우선 살고 봐야겠다는 공포심에 사로잡혀 덜커덕 수술부터 해버린다. 이렇게 되면 차라리 처음부터 선도수련을 하지 않는 것만 같지 못하다. 맥진법과 오행생식은 이런 때 수술하지 않고도 능히 자기 병을 자기가 고칠 수 있는 훌륭한 방편이 될 것임을 의심치 않는 바이다.

수련이 진전되고 운기가 점차 활발해지면 옛날 젖 먹던 시절에 앓았던 병까지도 도지는 수가 있다. 몸속 구석구석에 잠재해 있던 온갖 질병의 찌꺼기들이 기운의 힘으로 결전장에 끌려 나와서 다시 한번 싸움이 붙는 것이다. 그 싸움이 너무나 치열해서 어떤 때는 수련자가 까무러치는 수도 있다. 이때 구도자는 한치의 방심도 있어서는 안 된다. 그것이 수련 중에 일어나는 명현현상인지 보통 병인지를 재빨리 분별할 줄 알아야 한다. 수련이 잘되고 운기가 활발한 사람일수록 명현현상은 빈번하다. 명현현상은 체질이 변하는 데 따른 생체의 반작용이라고 할 수 있다.

허리가 꾸부러졌던 사람이 운기가 활발해지면 굽은 뼈가 바로 펴질 때 심한 통증이 수반될 것은 당연한 일이다. 이것을 못 참고 병원으로 달려가면 지체없이 척추수술을 하게 된다. 치통도 마찬가지다. 상치통이 있을 때는 매운 것을 먹거나 대장경의 상양혈에, 하치통(下齒痛)이 있을 때는 단것을 먹거나 위경의 여태혈에다 침을 놓으면 한두 시간 안에 부었던 것이 가라앉게 되어 있다. 이런 것도 모르고 치과병원으로 달려가면 가차없이 이빨을 뽑아버린다.

『선도체험기』를 읽으면서 열심히 수련하던 사람들 중에서 깜빡 잊고 이런 때 병원으로 달려가 이빨을 빼거나 맹장수술을 한 사람이 하

나둘이 아니다. 선도수련을 하는 사람들은 불의의 사고로 큰 외상을 입기 전에는 병원으로 달려가는 일은 삼가야 한다.

1991년 9월 9일 월요일 19~30℃ 구름 조금

오후 3시반. 김수민 씨의 중단을 열어 주는 것을 마지막으로 나는 나를 아끼는 주위 사람들의 충고를 받아들여, 앞으로는 일체 운사합법은 시행치 않기로 작정했다. 내 귀중한 생명력을 별로 뜻도 없는 일에 낭비할 필요가 없다고 생각되었기 때문이었다.

지금껏 190명이나 되는 사람들의 백회를 열어 주었지만 지금 와서 냉정하게 생각해 보면 그것이 수련자들에게 과연 큰 도움이 되었다고 단정할 수 있을지 지극히 회의적이다. 운사합법 능력은 어쩌면 수련과정에 부수적으로 생겨난 하나의 작은 초능력에 지나지 않을지도 모른다. 그런데 그 능력을 될수록 많은 사람들에게 과시하려는 잠재된 명예욕 같은 것이 작용되지 않았다고 장담할 수도 없다.

이제 나는 이런 유치한 명예욕에서 과감하게 벗어날 때가 된 것이다. 경혈 열어주고 책 팔아먹는 것도 지금 생각하면 치사하기 그지없는 일이다. 이 모두가 이기적인 욕망에서 출발한 것이었다. 이 모든 욕심에서 벗어나야 한다.

1991년 9월 10일 화요일 18~29℃ 구름 조금

오후 5시경 세 사람의 수련자가 다녀갔다. 오늘부터는 나를 찾아오는 수련자들의 경혈을 열어 주는 대신에 그들에게 스스로 경혈을 열

수 있는 방법을 가르쳐 주고 혼자 힘으로 수련을 해 나갈 수 있는 능력을 키워주기로 했다. 마주 앉아서 대화를 하다가 때가 되어 백회가 스스로 열리게 되면 나는 뒷정리만을 해주기로 했다. 이러한 방법이 수련생에게도 나 자신에게도 가장 유익한 방법이 될 것이다.

1991년 9월 12일 목요일 18~25℃ 구름 조금

어제부터 명현현상이 뚜렷해졌다. 삼초경의 화료에서 이문(耳門)혈로 통증이 확대되고 있다. 그와 함께 몸살 증세도 온몸으로 번져나가고 있다. 강의받는 중에 김춘식 원장에게 말했더니 심포경의 중충과 삼초경의 관충에 침을 놓아주었다. 그래도 아무런 반응이 없었다.

맥이 바뀔 때는 침도 효력이 없다고 한다. 체질이 바뀌느라고 그렇단다. 이럴 때는 그저 꾹 참는 수밖에 없다고 한다. 발명가 황윤형 씨가 자신이 발명한 자석침 네 개짜리를 선물로 주어서 차 보았더니 가슴이 울렁거리고 어지러워서 떼어놓았다. 반작용이 심해서 그렇다고 한다.

1991년 9월 17일 화요일 16~27℃ 구름 조금

생식원에서 강의받는 도중 생전 처음 침을 찔러보았다. 지금껏 남에게서 침을 맞아만 보다가 스스로 내 경혈에 침을 찌르자니 처음엔 약간 떨렸지만 몇 번 해보니 할 만했다. 침을 찌르는 순간엔 찌르는 사람이나 찔리는 사람이나 다 같이 온 신경을 침에 집중하기 때문에 시술자로부터 피시술자에게 엄청난 기운이 흘러들어 간다고 한다. 김춘식 원장이 말했다.

"침을 정확하게 침자리에 제대로 찔렀느냐 하는 것도 중요하지만 침을 놓는 사람이 얼마나 수련이 되어 있어서 얼마나 강한 기(氣)를 가지고 있느냐도 침의 효과에 큰 작용을 합니다. 똑같은 침자리에 똑같은 크기의 침을 놓았는데도, 어떤 경우엔 효과가 있고 어떤 경우엔 별로 효과가 없는 것은 시술자의 기운이 피시술자에게 얼마나 들어갔느냐의 차이 때문입니다.

그래서 침 많이 놓으면 지쳐 버립니다. 그래서 진짜 침쟁이는 절대로 함부로 침을 놓지 않습니다. 침 맞는 사람들은 이것도 모르고 침놓는 공을 모릅니다. 침 맞고 병이 나았는데도 슬그머니 꽁무니를 빼는 것은 이 때문입니다. 이처럼 남의 은혜를 모르는 사람에겐 침을 놓아줄 필요가 없습니다.

공짜 근성, 거지 근성이 꽉 차 있는 사람들은 애써서 치료를 해 주어 보았자 다 헛일입니다. 사람이 사람과 더불어 이 세상을 살아가는 도리를 모른다면 인간으로서는 실격자일 수밖에 없습니다. 이런 사람이 선도수련을 계속해 나간다면 틀림없이 사욕(私慾) 때문에 접신이 되어 결국은 사이비 교주로 전락해 버리고 말 것입니다. 이처럼 기본적인 인간 됨됨이가 부실한 자에게는 단학수련도 시켜 주지 말아야 할 이유가 바로 여기에 있습니다.

그럼 인간은 어떻게 이 사회를 살아가야 하는가? 기본적인 불변의 법칙은 상부상조하는 데 있습니다. 은혜를 받았으면 갚을 줄도 아는 사람이 진정 인간다운 인간입니다. 남의 집에 도움을 받으러 가면서도 빈손으로 갔다가 충분한 도움을 받고도 빈손으로 그냥 뺑소니치듯 빠져 나오는 사람은 인간으로 이 세상을 살아나갈 자격이 없습니다.

받을 줄만 알고 남에게 줄 줄은 모르는 사람은 흐를 줄 모르는 물웅덩이처럼 결국은 그 심성이 썩어버리고 말게 되어 있습니다. 기생충과 같은 생활을 하는 그러한 공짜, 거지 근성을 청산 못한 사람들은 어디를 가도 남들 앞에서 떳떳하지 못하고 항상 무슨 요행수만을 바라기 일쑤입니다. 이런 사람에겐 치료도 해줄 값어치가 없습니다.

차라리 집도 절도 없는 극빈자라면 동정이나 살 수 있겠지만 어엿한 직장이 있고 집도 재산도 있는 사람들이 이따위 파렴치한 짓을 하니 아무리 좋게 봐주려고 해도 좋게 보아줄 수가 없습니다. 상부상조하는 대조화의 세계에 참여할 기본적인 자격을 상실하고 있기 때문입니다."

김춘식 원장의 말에 나는 전적으로 동감한다. 많은 방문객을 맞고 있는 나 역시 평균 20명에 한 명 꼴로 이런 얌체들이 끼어 있는 것을 발견하게 된다. 그러나 나는 언제나 그런 얌체족이 떠난 다음에야 뒤늦게 그러한 사실을 새삼스럽게 깨닫게 된다. 섭섭하고 안쓰럽기 짝이 없는 일이지만 구더기 무서워 장을 못 담글 수도 없는 일. 그저 꾹 눌러 참는 수밖에 없다. 시간이 흐르노라면 그러한 얌체족도 반드시 큰 깨달음이 있게 되기를 간절히 바랄 뿐이다. 도문(道門)은 열렸지만 인문(人門)은 꽉 막힌 사람들이 쌀에 뉘 섞이듯 간간히 섞여 있음을 부인할 수 없다.

오후 6시 15분, 호주에 사는 김용수 씨가 기 점검을 부탁해 왔다. 그는 평균 일 주일에 한 번 꼴로 이러한 부탁을 해왔다. 고국에서 이역만리 떨어져 있으니까 외로움 때문에 이런 부탁을 해온 것이다. 그러나 그 역시 빨리 수련이 진척되어 나에게 이런 도움을 받지 않고도 독자적으로 수련을 해 나갈 수 있기를 바란다. 10분 동안 운기를 하는 동안 그의 왼쪽 가슴과 등에 통증이 감지되었다. 그는 이처럼 나와 기운을 교류하고 나면 수련에 도움이 되는 모양이다. 그렇지 않다면 비싼 국제전화요금 들이고 먼 외국에서 이렇게 일주일에 한 번씩 전화를 걸어올 리가 만무하다.

1991년 9월 19일 목요일 18~24℃ 한두 차례 비

밤 10시가 넘어 수원에 사는 박종진 씨가 배를 한 궤짝 사 들고 오래간만에 찾아 왔다. 나와 한번 수련으로 인연을 맺은 사람들은 평소에는 나를 찾지 않다가도 수련이 잘되지 않든가 건강에 이상이 있으면 꼭 찾아온다.

마주 앉아서 운기를 해 보니 전에는 열렸던 중단의 네 개 혈이 꽉 막혀 있었다. 건강이 깨어지면 수련도 답보상태에 빠지게 마련이다. 건강과 수련은 수레의 양 바퀴와 같다. 그의 수련을 도와주기 위해서라도 그의 건강에 어디에 이상이 있는지 알아야 했다. 이런 때 생식원에서 배운 맥진법은 큰 도움이 되었다.

『황제내경』에 보면 만병의 근원은 오장육부의 음양, 한열, 허실에 있다고 했다. 이것을 알 수 있는 방법은 맥진법이다. 양쪽 인영과 촌구에 엄지손가락을 대고 맥이 뛰는 모양을 알아보는 것이다. 한의사들이 쓰는 촌관척법(寸關尺法)과는 전연 다른 진단 방법이다. 한의사들의 진맥 방법과는 다를 뿐만 아니라 수련을 도와주거나 점검하기 위해서 보는 것이니까 의료법 위반에 걸릴 우려도 없다. 그러면 구체적으로 어떻게 진맥을 하는가 알아보자.

우선 양 손목 안쪽에 있는 폐경의 태연혈 부근에 있는 촌구를 엄지로 눌러본다. 다음에는 목의 전면 양쪽에 있는 위경의 인영혈에도 엄지를 대어 본다. 이때 우선 알아볼 것은 맥력(脈力)이 어느 쪽이 강한가를 분별하는 것이다. 양쪽 인영의 맥력이 촌구보다 크면 기혈(氣血)이 머리쪽으로 지나치게 많이 흐르고 있는 것을 말한다. 다시 말해서 음·양의 균형이 깨어져 있는 것이다.

또 좌우의 인영이나 촌구의 맥력이 다를 때도 있다. 이때는 좌우의 기혈의 흐름의 균형이 깨어진 것을 말한다. 현맥, 구삼맥, 구맥, 홍맥, 모맥, 석맥, 이렇게 여섯 개의 맥을 구별할 수 있기 전에 우선 촌구와 인영의 맥력의 차이만을 알아내는 것도 건강상태를 점검하는 데 큰 도움이 된다. 우선 음·양의 균형이 어떤 가를 알아낼 수 있기 때문이다.

인영이 크면 우선 들이쉬는 숨을 맥의 크기에 따라 1배, 2배, 3배 길게 쉬면 된다. 인영과 촌구의 맥력의 차이뿐만 아니라 여섯 가지 맥의 모양까지도 알 수만 있다면 병이 어디에 있으며 처방은 어떻게 해야 된다는 것까지 즉각 알아낼 수가 있는 것이다. 나는 이 맥진법을 나도 모르게 수련에 이용하기 시작했다.

그래서 박종진 씨의 인영·촌구 맥을 짚어보았다. 왼쪽 인영이 크게 뛰었는데, 맥이 뛰는 모양을 가만히 살펴보니 굵고 넓고 짧고 솜과 같은 모맥(毛脈)이 감지되었다. 모맥이 나오면 폐·대장경에 이상이 있다는 것을 알 수 있다. 또 인영이 크니까 폐·대장 중에서도 양경에 속하는 대장경에 이상이 있다는 것을 알 수 있다. 모맥은 화극금을 해서 생겨났으니까 심·소장이 지나치게 항진되어 있다는 것도 알 수 있었다. 심·소장이 이처럼 항진된 것은 수극화를 제대로 못했기 때문이므로 대장 이외에 방광을 영양할 필요가 있다.

"맵고 짜게 들어야겠는데요."

"그렇지 않아도 생식원엘 일전에 찾아갔더니 김춘식 원장이 맵고 짜게 먹으라고 하면서 생식을 처방해 주더군요."

과연 그러고 보니 그의 얼굴색이 껌했다. 인영이 두 배 크니까 신·방광 중에서 방광에 이상이 있는 것을 알 수 있었다. 그는 한 시간쯤 마주 앉아서 운기하면서 이런 얘기 저런 얘기 하다가 돌아갔는데, 자리를 뜰 임시에는 막혔던 중단의 전중, 중완, 등쪽에 있는 방광경의 양심유혈이 활발하게 가동되었다. 인영이 두 배 컸으므로 흡입을 두 배 길게 들이쉬게 했다면 인영이 내리면서 막힌 중단을 여는 데 도움이 되었을 것이다.

1991년 9월 21일 토요일 11~22℃ 구름 조금

오늘은 1991년 추석 전날이다. 밤 11시, 자시가 되자 관례대로 조상님께 차례를 지냈다. 차례상 한가운데 환웅 천황 할아버지 초상을 모시고 나서 조부모님과 부모님 지방을 붙여 놓고 아내와 현준이 나 이렇게 셋이서 3배를 올렸다. 3배를 끝낸 뒤에 둘은 밖으로 내보내고 나 혼자 차례상 앞에 정좌하고 명상에 잠겼다.

문득 한 장면이 선명하게 떠오른다. 환웅천황께서 우리집에 있는 초상화의 모습 그대로 서 계셨는데, 단지 다른 것은 환하게 웃는 얼굴로 이쪽을 바라보고 계시는 것이었다. 그 앞에 정자관에 하얀 두루마기 차림의 할아버지와 흰 치마저고리 차림의 할머니, 그리고 두루마기만 입으신 아버님 세 분이 차례상에 둘러앉아서 음식을 드시다가 갑자기 일어나서 너울너울 춤을 추었다.

할아버지는 내가 태어나기 전에 타계했고, 할머니는 내가 두 살 때 돌아가셨으므로 두 분 다 내 기억에는 없었는데, 오늘 처음으로 그 모습을 대한 것이다. 그것은 어쨌든 세 분은 자손이 이렇게 조상을 위해 차례상을 차려 준 것이 마냥 즐거운 것 같았다.

그런데 어머니는 그 춤추는 판에 끼어들지 않고 차례상 가장자리에 앉아서 춤추는 것을 구경만 하고 계셨다. 때가 되면 응당 이런 춤판에 끼어들어야 하는데 아직은 때가 아니라는 직감이 왔다. 그러니까 어머님은 아직 생존해 있는 모양이다. 비록 머리는 파뿌리처럼 하얗고 폭싹 늙으셨지만 아직 세상을 뜨시지 않은 것이 확실했다.

세 분이 돌아가면서 흥겹게 춤추는 것을 지켜보면서 나는 태평가나 풍년가 테입이라도 틀어드리고 싶은 충동이 일 정도로 생생한 현장감을 느꼈다. 마리산 천제 때에도 이와 비슷한 장면을 본 일이 있어서 생소하지는 않았다.

수련을 통하여 약간이라도 영안(靈眼)이 뜨인 사람은 제사 때 조상령들이 찾아와서 제사 음식을 흠향하고 이처럼 흥겹게 춤추는 장면을 볼 수 있다는 것을 알았다. 나한테 와서 수련을 받은 일부 수련생들 중에도 제사 때 이와 비슷한 장면을 본 사람들이 있다.

누가 성인(聖人)인가

1991년 9월 22일 일요일 갬

일요일인데도 추석이어서 그런지 산에는 등산객이 별로 없었다. 다른 때 같으면 시장바닥처럼 붐볐을 골짜기 길이 휑했다. 그러나 날씨는 지난주보다 훨씬 더 더워서 땀방울이 뚝뚝 떨어졌다.

최근에 광주에서 어떤 사람이 찾아와서 한 말이 자꾸만 귓가에 맴돌고 있었다.

"김 선생님이 수련에 전력투구하시는 게 아니고 어디까지나 정상적인 사회생활을 남과 똑같이 하시면서 수도를 하시려는 의도를 『선도체험기』를 읽어보면 알 수 있는데 그게 가능한 일일까요?" 하고 그 방문객은 진지하게 물어왔다.

"그러한 가능성을 입증하기 위해서 나는 이 책을 쓰고 있습니다."

"과거에 몇천 년 동안 헤아릴 수 없이 많은 수도자들이 이 세상과의 모든 인연을 끊고 깊은 산속 동굴이나 암자 속에서 혹은 수도원에서 오직 수도에만 용맹정진을 했어도 이룩하지 못했던 일을 어떻게 일상생활을 겸하면서 할 수 있다고 하시는지 저는 전연 이해가 되지 않습니다.

저는 25년 전에 출가하여 수도에만 20년을 정진했는데도 아무런 성과를 얻지 못하고 허탈상태에 빠졌다가 환속하고 말았습니다. 그래서 뒤늦게야 결혼을 하고 지금 오십이 가까운 나이에 겨우 세 살짜리 아들이 있습니다만 우연히 『선도체험기』를 읽고 지난 20년 동안의 수도 생활이 새롭게 회상되어 이렇게 찾아왔습니다."

"선생님께서는 자신이 20년 동안 전력투구를 했는데도 이루어 내지 못한 일을 어떻게 처자를 거느리고 월급생활을 하든가 사업을 하면서도 이룩해 보려고 하는가 하고 한심스럽게 여기실 수도 있을 것입니다. 그러나 그것은 어디까지나 사람 나름이 아닐까요?

우주의 진리를 깨달은 사람, 다시 말해서 성인(聖人)이나 도인이 된다는 것이 어떻게 반드시 어떤 정해진 과정을 거치느냐 안 거치느냐에 달려 있다고 생각하십니까? 오히려 저는 도와 진리를 깨달은 사람은 처자를 다 버리고 산속에 들어가 수도에만 전념하는 사람들보다는 일상적인 평범한 생활인들 속에 더 많다고 보는 겁니다.

진리에 대한 깨우침은 수도자라는 특수층만의 전유물이 아니고 얼마나 진실한 생활을 하고 마음이 순수하고 왜곡되지 않았느냐 하는 데 있다고 봅니다. 진리는 결국 소우주인 인간의 외부의 틀 속에 있는 것이 아니고 내부에 있다고 봅니다. 순박한 농민이나 정직한 근로자나 거리의 환경미화원들 속에 오히려 진리를 깨닫고 실천하는 사람이 수도자들 속에 보다 더 많다고 보는 겁니다. 어떤 직업을 가지고 있든지 그것이 양심에 저촉되지 않는 한 수련과는 하등의 상관이 없다고 봅니다.

수도를 어떠한 방식으로 하느냐가 중요한 것이 아니라 마음이 얼마나 진리를 꿰뚫어 볼 수 있게 열려 있느냐에 성패는 달려 있다고 봅니다. 사람이 어떠한 처지에 있든지 어떠한 직업을 가지고 있든지 그것은 수련 자체에는 전연 결정적인 영향을 끼칠 수 없다는 것이 저의 신념입니다. 바로 이런 신념이 있기에 저는 자신감을 가지고 이런 글을 쓸 수 있게 된 겁니다. 산속의 동굴이나 암자나 수도원만이 도장이 아니고 일상생활 현장도 얼마든지 더없이 좋은 수련 현장이 될 수 있다는 것이 저의 변함없는 신념입니다.

눈앞에 닥치는 하나하나의 난관을 전부 다 시련으로 보고 한발 한발 헤쳐나간다면 불가능은 없다고 봅니다. 마음이 열린 사람에게는 아귀다툼의 생활현장 속에서도, 치열한 생존경쟁 속에서도, 삶과 죽음이 한 찰나에 부침하는 전쟁터에서도, 어두운 감옥 속에서도 수련장에서보다 오히려 더 생생하게 진리와 광명이 번득일 수도 있는 것입니다. 진리는 마음속에 있는 것이지 외부 환경 속에 있는 것이 아니기 때문입니다."

"선생님은 생활현장이 곧 수도장이라고 하셨는데, 생존경쟁 속에서 번번이 입게 되는 마음의 상처, 상실감은 도대체 어떻게 처리하면 되겠습니까?"

"철석같이 믿는 친구나 동업자에게 사기를 당해서 밑천을 몽땅 날려서 생계가 막연할 수도 있을 것입니다. 애지중지하는 삼대독자를 뜻하지 않은 교통사고로 잃고 눈앞이 캄캄할 수도 있을 겁니다. 사교(邪敎) 교주의 꼬임으로 사랑하는 아내를 잃고 절망 상태에 빠져 있을 수도 있을 겁니다.

그러나 큰 깨달음을 얻은 사람은 이런 때 마음의 상처를 입지 않습니다. 상실감도 느끼지 않을 것입니다. 왜 그럴까요? 사랑하는 아내를 잃고 장자(莊子)는 비파를 뜯으면서 노래를 불렀다고 합니다. 죽음은 새 생명의 탄생이라고 하면서 노래를 불렀다고 합니다. 큰 깨달음으로 우주와 하나가 된 사람에게는 도대체 마음의 상처니 상실감이니 하는 말이 있을 수 없는 것입니다. 이 사욕을 떠난 사람에게는 슬픔이니 비통이니 애절함이니 통분이니 탐욕이니 증오니 하는 것이 없는데 어떻게 마음의 상처니 상실감 따위를 느낄 수가 있겠습니까?

우주의 삼라만상이 바로 나 자신임을 깨닫고 실천하는 사람이 바로 도인이고 성통공완한 사람이고 구세주고 부처고 하느님이고 성인이지, 남의 눈에 띄게 특이한 외모를 갖추고 비상한 초능력을 발휘하는 사람이 도인이라고 착각을 하시지 마시기 바랍니다."

"물론 저도 어떤 사람이 도인이라는 것쯤은 알고 있습니다. 그러나 막상 생존경쟁 속에 뛰어 들면 우선 처자를 먹여 살려야 하니까 하기 싫은 거짓말도 하게 되고 어쩔 수 없이 남을 속이게도 되고 하니 그런 게 문제죠."

"그럴 때도 마음의 중심이 흔들리지만 않으면 됩니다. 일묘연만왕만래 용변부동본(一妙衍萬往萬來 用變不動本)입니다. 자기중심에서 떠난 사람 다시 말해서 자기 욕심에서 벗어난 사람은 전체와 우주를 중심 삼고 결국 공익을 위해서 일을 하게 됩니다. 공익을 위한다고 해서 무슨 거창한 일을 생각할 필요는 없습니다. 거리에 함부로 휴지나 담배꽁초를 버리지 않고 산에 가서 쓰레기를 숲속에 슬그머니 놓아두고 내려오는 짓을 하지 않는 사람을 말합니다. 낚시질 갔다가 식수원이 되는 강이나 하천을 오염시키지 않는 사람을 말합니다.

이처럼 생활의 중심을 자기 욕심에 두지 않고 공공의 이익에 둔 사람은 우선 마음씨가 곱습니다. 마음씨가 곱다는 것은 우주만물과 하나가 된 것을 말합니다. 우주와 일체가 된 사람은 마음을 완전히 비운 사람입니다. 이런 사람은 우주 전체의 기운을 받게 되어 있습니다. 이러한 사람에게는 상실감이나 마음의 상처 같은 것이 비집고 들어갈 수가 없는 것입니다.

나 자신이 바로 우주인데 없어져 봐야 다 그 안에 있는 것입니다. 내 가장 가까운 피붙이가 죽었다고 해야 다 그 안에서 형태만 바뀌었을 뿐인데 무슨 마음의 상처니 상실감이니 하는 말이 있을 수 있겠습니까? 내 것이 네 것이고, 주머니돈이 바로 쌈짓돈이라는 생각을 생활화하면 됩니다."

"그럼 선생님, 돈을 몽땅 떼이고도 허허 웃고, 아내나 자식이 죽었어도 허허 웃고 집을 몽땅 불태우고도 허허 웃고 만다면 그것은 바보가 아닙니까?"

"바보요? 그렇죠. 바보죠. 바보고 말구요, 바보치고는 아주 위대한 큰 바보죠. 우주만큼 큰 바보라고 할 수 있죠. 어떠한 고난을 당하고도 상실감이나 마음의 상처를 입지 않는 바보라면 그 사람이야말로 진짜 도인이고 성통공완한 사람임에 틀림없습니다.

그 사람은 우주와 한몸이 된 사람이 틀림없으니까요. 우아일체(宇我一體)가 된 사람이 아니면 그럴 수는 없을 것입니다. 그 사람이야말로 희구애노탐염, 성색취미음저(喜懼哀怒貪厭, 聲色臭味淫抵), 분란한열진습(芬爛寒熱震濕)을 초월한 성인이 아닐 수 없을 것입니다. 그런데도 그 사람은 엄연히 현실을 살고 있습니다.

처자를 거느리고 월급을 타거나 사업을 하여 남과 다름없는 일상생활을 묵묵히 영위하고 있는 사람일 수도 있는 겁니다. 수도를 한다고 부모처자 다 버리고 머리 깎고 산속으로 들어간다고 요란 떨지 않고도 그 사람은 이미 성인이 되어 말없이 살아가고 있는 겁니다.

내가 이상으로 하는 도인은 바로 이런 사람입니다. 남에게 조금도 이상한 티를 내는 법도 없이 자기 할일 다 하면서 남에게 큰 도움은 못 줄망정 절대로 남을 괴롭히거나 남에게 피해를 끼치지 않고 모나지 않게 둥글둥글 살아가는 사람입니다. 그렇게 살아나가다가 많은 사람에게 이익이 되는 일이라면 다시 말해서 공익을 위한 일이라면 남의 눈치 볼 것 없이 발 벗고 나서기도 하지만, 일단 그 일이 끝나면 아무런 보상도 원하지 않고 자기 몫만 챙기고는 다시금 남의 눈에 띄지 않는 조용한 생활로 돌아갑니다.

바로 이러한 사람이 도를 깨친 성인(聖人)입니다. 이런 사람이 어떻게 마음에 상처를 입을 수 있으며 상실감을 느낄 수 있겠습니까?"

"가슴에 와닿는 말씀 감사합니다."

5백세 수명에 도전한다

1991년 9월 23일 월요일

오행생식 강의를 받다가 보니, 자연 생식에 대해서 자꾸만 생각하게 된다. 그러고 보니 기록으로 전해져 오는 옛 도인들은 전부가 생식을 했다는 것을 알 수 있다. 임진왜란 때 곽재우 장군 같은 분도 말년에는 망우당에서 송홧가루와 솔잎만을 먹고도 조금도 주린 기색이 없이 오히려 온화하고 환한 얼굴이었다고 한다.

생식은 화식의 6배의 영양을 공급한다고 한다. 처음에는 별로 실감이 가지 않았었는데 실제로 먹어보니 그게 사실이라는 것을 알 수 있다. 생식을 처음 시작했을 때는 밥숟갈로 생식원에서 말한 대로 네 숟갈씩 들었다. 생식 네 숟갈을 우유 반 컵에 타고 생강차 가루, 소금, 흑설탕을 취향에 따라 첨가해서 먹었다.

처음 며칠 동안은 너무 양이 적은 것 같았는데, 곧 그렇지 않다는 것을 알았다. 생식 네 숟갈을 들면 배가 가쁘고 설사를 하려고 했다. 양이 너무 많다는 것을 알고는 세 숟갈로 줄였다. 그랬더니 속이 편했다. 그런데 며칠이 지나자 또 배가 가빠오기 시작했다. 다시 한 숟갈을 줄였다. 그러자 편해졌다. 며칠 지나자 그것마저 가빠왔다. 지금은 겨우 3분의 2 숟갈 정도로 만족한다. 한끼에 생식 한 숟갈을 먹어도 일상생활에 아무런 지장이 없고 속이 편해서 오히려 좋다. 생식 이외에는 양배추, 오이, 당근, 풋고추, 양파 같은 것을 고추장이나 된장에 찍어 먹고 가능하면 과일을 드는 것으로 식사를 마친다.

위장에 들어가는 식사량이 적으니까 소화에 부담이 되지 않아 속은 마냥 편했다. 화식을 할 때 같으면 식사 후에 곧바로 책을 읽는다든가 글을 쓰기가 거북했다. 적어도 한 시간쯤 소화를 시켜야 정상적인 활동을 할 수 있었다. 그런데 생식은 워낙 양이 얼마 안 되니까 먹으나마 나다. 그렇다고 공복감을 느끼는 것도 아니다. 언제든지 속은 든든하다. 그렇게 소량을 먹는데도 어쩌다가 한끼 두끼씩 바쁜 일이 있어서 걸러도 허기지는 일이 없다. 단지 섭섭한 것이 있다면 맛의 세계를 떠난 것뿐이다. 건강과 맛과 어느 쪽을 택하느냐는 문제만 해결할 수 있으면 된다.

나는 맛보다는 단연 건강 쪽을 택하기로 했기 때문에 생식을 한다. 생식은 또한 수련에도 큰 도움을 준다. 화식을 하다가 생식으로 바꾸어 먹은 후에 운기를 할 수 있는 사람은 찬찬히 기운의 변화를 주시해 보면 금방 알 수 있다. 단전에 쌓이는 기운의 강도와 양이 화식 때보다 훨씬 많다는 것을 피부로 느낄 수 있을 것이다. 화식은 비록 맛은 있다고 해도 끓이고 굽고 삶고 데치는 과정에서 영양가만 상실되는 것이 아니고 탁기까지 쌓이게 되는데 생식은 이러한 탁기까지 먹을 필요가 없다. 따라서 기운도 맑아진다.

선배 도인들이 생식을 한 이유를 이제야 확실히 알 것 같다. 그뿐 아니라 생식을 했거나 생식과 화식을 반반씩 했을 것으로 생각되는 먼 옛날 사람들은 지금보다 훨씬 오래 살았다는 것을 각종 기록들은 말해

주고 있다. 구약성서에 나오는 아담은 930세, 그의 아들 셋은 912세, 노아의 방주로 이름난 노아는 950세, 야곱은 147세, 아브라함은 175세, 모세는 120세를 살았다고 한다. 초 상대성 이론을 주장한 어느 과학자는 노아의 950세도 과학적으로 보면 전연 불가능한 것이 아니라고 했다.

시야를 동아시아 쪽으로 돌려 보자. 우리나라 환인 시대의 환인천제 일곱 분은 평균 471년간 나라를 다스렸으므로 30세쯤에 임금이 되었다고 가정해도 평균 501세를 살았다는 말이 된다. 배달국 시대의 치우천황은 151세, 거야발 한웅천황은 149세, 강태공(姜太公)은 136세, 치우천황에게 세 번이나 항복했던 황제헌원은 110세, 달마대사는 280세, 히말라야의 성자 바바지는 600세, 이팔백(李八百)이라는 도인은 이름 그대로 800세를 살았고, 제1세 단군 할아버지는 117세를 살았다. 500세 이상 950세까지 살았던 시대에는 생식만을 했던 것으로 보인다.

비록 화식을 하는 시대에도 생식을 한 도인들은 바바지나 이팔백의 경우처럼 600세 이상 800세까지도 살 수 있었다는 것을 알 수 있다. 선도와 생식을 알기 전에는 무슨 허황된 소리일까 했으나 내가 생식을 하는 지금은 위에 나온 기록들이 결코 거짓이 아니라고 나는 확신한다.

인간의 생체 구조를 순전히 과학적으로만 규명해 보아도 적어도 1천년은 살아야 한다고 주장하는 학자들이 있다. 그런데 수련을 통해 영성(靈性)이 개발되고 생식까지 하게 된다면 인간은 상상 이외로 오래 살 수 있을 것이다.

비행접시를 타고 지구를 방문한 다른 별에서 온 사람들의 얘기를 쓴 『그대, 반짝이는 별을 보거든…』이라는 책을 보면 이들 지구촌 이외의 우주인들은 보통 몇천 년씩 사는 것으로 되어 있다. 몇백 년 산 사람은 어린애 취급을 당하고 있다는 것을 알 수 있다. 지구촌에 사는 우리도 수련을 통해 영성이 회복되고 생식을 하면 우주인 못지않게 수명을 연장시킬 수 있을 것이다.

영성 회복은 제외하고라도 순전히 생식 하나만 가지고 생각해 보기로 하자. 생식은 화식의 6배의 영양분을 공급한다고 한다. 기록으로 볼 때 생식을 하면 500 내지 1,000년은 수명이 연장된다는 것을 알 수 있다. 과연 그럴 수 있을까? 그 근거는 무엇일까를 곰곰이 생각해 보았다. 현재의 인간의 평균 수명을 80세라고 할 때 생식을 하면 얼마나 수명이 연장될 수 있을까? 사람이 죽는 것은 노쇠 때문이기보다는 질병이 그 원인이다. 노쇠 역시 일종의 질병으로 볼 수 있다.

질병은 왜 생기는가? 만병의 근원은 육장육부의 음양, 허실, 한열에 있다. 노쇠 역시 이 범주 안에 든다. 육장육부의 음양, 허실, 한열의 균형만 깨어지지 않는다면 김춘식 원장 말대로 달이 지구를 돌고 지구가 태양을 돌고 태양계가 북극성을 돌듯 인간도 영원히 삶을 영위할 수 있다는 말이 된다. 그런데 실제로는 그렇게 되지 않는 원인은 육장육부의 균형이 깨어져 있기 때문이다. 이 균형을 깨어지지 않게 하려면 어떻게 해야 되는가?

생체의 균형을 가장 원활하게 장기간 유지할 수 있는 영양분을 공급해 주면 된다. 지구상에서 구할 수 있는 것은 육곡(六穀), 육조미(六調味), 육축(六畜), 육채(六菜), 육근(六根)과, 육과(六果) 등이라고 할 수 있다. 이것을 생식으로 흡수하면 생체의 균형을 가장 잘 유지할 수 있는 것이다. 과연 그럴까? 그것을 기록을 더듬어 가면서 살펴보기로 하자.

우선 생식은 화식보다 6배의 영양가를 공급한다는 것을 전제로 하여 계산을 해보자. 현대인의 평균 수명을 80세로 칠 때 생식을 하면 수명을 6배로 연장할 수 있다고 보고 계산을 해본다. 즉 80세 곱하기 6은 480이 나온다. 다시 말해서 인간은 생식을 하면 480세는 살 수 있다는 계산이 나온다. 왜 그럴까? 화식을 하면 생식보다 6배의 음식물을 더 섭취해야 한다. 인간의 생명력 역시 이를 소화하는 데 6배나 더 많이 소비해야 된다. 음식을 소화 흡수하는 데 너무나 많은 생명력이 소비된다는 것을 알 수 있다. 위에 나온 480이라는 숫자와 7대의 환인천제의 평균 수명 501세와 거의 일치하는 것은 결코 우연이 아니다.

그런데 배달국 시대의 환웅천황의 평균 재위 연수는 87년, 30세 때 등극한 것으로 보면 평균 수명은 117세가 된다. 환인 시대의 평균 수명을 501세로 볼 때 4분의 1로 떨어진 것을 알 수 있다. 이것을 다시 단군 시대로 연장시켜 보자. 단군 시대의 평균 재위 기간은 46년 등극 연세를 30세로 볼 때 76세가 평균 수명이 된다. 환웅 시대의 거의 절반으로 수명이 떨어진다.

이렇게 수명이 급격히 저하되는 원인은 무엇일까? 환인 시대의 평균 수명 501세가 단군 시대의 평균 수명이 76세로 푹 떨어진 이유가 무엇일까? 환인 시대에서 단군 시대까지 이르는 데 불과 1565년의 시폭(時幅)밖에는 없는데 무엇 때문에 이렇게 급격히 수명이 저하되었을까? 그동안에 지구 환경이 급격히 악화되었다는 기록은 보이지 않는다.

그러면 환인 시대로부터 단군 시대에 이르는 동안 실제로 수명은 얼마나 줄어들었는지 알아보기로 하자. 환인 시대의 평균 수명 501세 나누기 단군 시대의 평균 수명 76세는 6.5 정도가 된다. 수명이 불과 1565년 동안 6.5배로 감축된 것이다. 이것은 신기하게도 생식은 화식보다 6배의 영양가를 보급해 준다는 말과 일치한다. 생식을 하다가 불의 이용법이 발달되면서 음식을 익혀 먹어보니 맛을 알게 되었고 맛에 현혹되다 보니 인간은 과식을 하고 그것을 소화시키는 데 과도한 에너지를 소비하니까 자신도 모르게 수명이 단축된 것이다.

다시 말해서 인간은 맛과 수명을 맞바꾸어 버린 것이다. 맛을 추구하다 자연 과식을 하게 되고 과식은 각종 질병을 불러온다. 이 때문에 인간의 수명은 불과 1565년 동안에 6.5배나 줄어들었다는 것을 당시 우리 조상들은 미처 깨닫지 못했던 것이다. 숲속에서는 숲의 전체 모습을 볼 수 없지만 멀리 떨어져서 보면 그 모양이 한눈에 들어오는 것과 마찬가지다. 시대 상황도 이와 같다. 동시대 사람들은 자기 시대의 추이를 똑바로 볼 수 없지만 먼 후대에 시대가 멀리 떨어질수록 점점 더 똑똑히 그 전체 모습이 떠오르는 것이다.

인간은 스스로 자기 수명을 단축시켰다. 화식을 하면서 맛에 현혹되어 너무 많이 먹고 각종 질병을 유발하여 스스로 생명을 단축시킨 것이다. 그런데도 사람들은 그 원인을 나이 탓으로 돌렸다. 익힌 음식을 먹으면서 맛을 탐하다가 과식을 하고 그 때문에 각종 병에 걸려 숨을 거두면서도 죽음의 원인을 규명할 생각은 않고 인간칠십고래희(人間七十古來稀)니 어쩌구 되지도 않는 말로 자기 합리화만을 꾀했다. 사람이 죽는 것을 나이 때문이라고 했다. 나이 먹으면 죽는다는 고정관

념은 근 6천 년 동안 인류사회를 지배해온 것이다.

바로 이 집단적인 고정관념이 인간의 수명을 급격하게 떨어뜨린 두 번째 원인이 되었다. 무지와 잘못된 자기 최면이 인류의 수명을 점점 줄여오다가 지금에 이르렀다. 그러나 수련을 통하여 진리를 꿰뚫어본 극소수의 도인들은 이러한 터무니없는 인간의 무지와 잘못된 고정관념을 알았지만 하도 그 벽이 두꺼워서 이것을 깨어버릴 엄두도 못 내었었다. 간혹 4대 성인 같은 사람들이 나타나 이러한 무지를 깨우쳤건만 알아듣는 사람은 별로 없었다.

그러나 이제 인간의 수명이 500세에서 80세로 줄어든 원인이 밝혀졌다. 원인이 밝혀졌으면 응당 대책이 나오게 마련이다. 그럼 어떻게 하면 인간의 수명을 500세로 환원시킬 수 있을까? 처방은 간단하다. 인간이 스스로 수명을 단축시킨 과정을 거꾸로 거슬러 올라가면 된다.

첫째 생식을 함으로써 식량을 화식의 6분의 1로 줄여서 지금껏 소화흡수에 과도하게 낭비되던 생명력을 회수하여 보다 더 창의적이고 건설적인데 이용하면 된다.

둘째, 사람은 나이 먹으면 죽는다는 근 6천 년 동안 인류를 지배해 온 집단 최면에서 깨어나는 일이다. 인간칠십고래희(人間七十古來稀)라는 집단 최면에 사로잡혀 오면서 스스로 자기 자신을 비하하고 학대해 온 결과 수명은 줄어들었다. 발상의 전환, 사고방식의 일대 혁신이 요구되는 소이가 여기에 있다.

셋째, 인간은 절대로 동물적이고 육체적이고 물질적인 존재만은 아니라는 엄연한 사실을 깨닫는 것이다. 인간은 영적(靈的)인 생명체라는 진실을 깨달아야 한다. 수련을 통하여 인간의 영성(靈性)이 점차 개발되어 점점 더 신령스러워지면 『그대, 반짝이는 별들을 보거든…』이라는 책에 나온 우주인처럼 우리 지구촌 인간들도 수천 년씩 아니 수만 년씩 수명을 연장할 수도 있고 지금보다 훨씬 더 보람 있고 창의적이고 의욕적인 일을 할 수 있을 것이다.

과학은 겨우 물질세계를 규명하고 연구하는 데 그치고 있을 뿐 영성을 외면한다. 오관으로 알 수 있는 물질적인 것 이외의 것은 무조건 거부하기 때문에, 인체에 엄연히 존재하는 경혈(經穴)도 기(氣)도 부인한다. 바로 이 때문에 현대의학은 고혈압, 중풍, 당뇨병, 에이즈, 소아마비, 암 따위의 난치병을 하나도 고치지 못한다. 그것은 그러한 난치병의 원인이 과학의 한계를 뛰어넘은 곳에 있기 때문이다. 과학은 우선 기(氣)의 존재를 부인하거나 무시한다. 그러나 단학 수련을 조금이라도 해 본 사람은 이를 느끼고 운용할 수 있다.

기는 시간과 공간의 한계를 초월한다는 것을 선도 수련자들은 누구나 다 알고 있다. 인간의 몸에는 760개의 경혈이 있고 24개의 정경(正經)과 기경팔맥(奇經八脈)이 엄연히 흐르고 있다. 그러나 과학자들은 이것을 무시한다. 그러니까 모든 병을 수술과 항생제 백신 따위로만 해결하려고 한다.

이기적인 욕망에 사로잡힌 지구인들이 과학만능의 망상 속에 사로잡혀 있는 한 인간은 결코 구원될 수 없다고 비행접시 타고 온 우주인들은 경고하고 있다. 이들 우주인들은 우주에 널려 있는 무한한 에너지를 이용하여 순식간에 성간(星間)이동을 한다. 과학적으로는 수백억

광년이 걸리는 거리도 불과 몇 시간 안에 이동을 하는 것이다. 이들의 이동 수단은 가히 시간과 공간을 초월한다. 겨우 물질에 사로 잡혀 있는 과학자들의 두뇌로는 몇백 년이 걸려도 해명이 되지 않는 신비일 수밖에 없다.

이제 지구촌 인류는 이러한 저차원의 과학만능의 망상에서 벗어나야 한다. 과학만능이라는 집단 최면에서 해방되지 않는 한 지구인은 구원될 수 있는 길이 막혀 있음을 알아야 한다. 이를 극복하기 위해서는 우리도 우주인들처럼 영성이 개발되어야 한다. 어떻게 하면 영성이 개발될 수 있을까?

무엇보다도 온갖 형태의 이기주의에서 벗어나야 한다. 개인 이기주의, 지역 이기주의, 집단 이기주의, 국가 이기주의, 지구촌 이기주의, 은하계 이기주의에서도 해방되어야 한다. 모든 형태의 이기주의는 결국 자살행위라는 것을 깨달아야 한다. 지금처럼 지구 환경이 오염된 것도 근본적으로는 이기주의의 소산이다. 인간은 이 이기주의에서 떠나 자연과 인간, 생물, 무생물 모두와 상부상조하지 않는 한 살아남을 수 없다는 절실한 깨달음이 있어야만이 새로운 지평(地平)을 열 수 있다.

그것이 바로 영성(靈性) 개발의 첫걸음이 된다. 지구촌을 방문한 우주인들은 바로 지구인의 이 이기주의 때문에 무한한 우주에너지를 이용할 수 있는 비결을 전수할 수 없다고 했다. 만약에 이 우주에너지를 자기 욕망을 실현하는 데 이용한다면 지구인만이 아니고 다른 천체에도 악영향을 끼치기 때문이라는 것이다.

지구를 찾는 우주인은 하나같이 초능력을 가지고 있었다. 텔레파시

(원격감응)를 하고 상대방의 마음을 꿰뚫어보는 독심술에 능했고, 투시 능력이 있었다. 다시 말해서 이들 우주인들은 신족통(神足通), 숙명통(宿命通), 천안통(天眼通), 천이통(天耳通), 타심통(他心通), 누진통(漏盡通)의 육신통에 통달해 있었던 것이다. 인간도 5백세 이상 수명을 누렸을 때는 이러한 육신통을 구사할 수 있었다.

사람은 정(精), 기(氣), 신(神) 세 요소로 이루어져 있는데 현대인은 과학 만능에만 사로잡힌 나머지 기(氣)와 신(神)을 잃어버리고 겨우 오감으로 확인할 수 있는 정(精)에만 매달려 물질을 대상으로 하는 과학에만 최대한의 가치를 부여해 왔다. 바로 이 때문에 지구인은 인간 능력의 3분의 1밖에는 발휘하지 못하고 있다. 영성을 개발하여 기와 신을 충분히 이용할 수 있다면 우리도 우주인들처럼 육신통을 구사할 수 있다. 그때는 우리 인간의 수명도 무한히 연장될 수 있을 것이다. 이것은 새로운 발견도 아무 것도 아니다. 먼 옛날의 신령스러운 본래의 인간으로 복귀하는 것을 의미할 뿐이다.

거듭 말하지만, 인간이 잃었던 수명을 연장시킬 수 있는 방법은 첫째 생식을 하여 80세 수명을 6배로 늘리고, 둘째 나이 먹으면 죽는다는 집단 최면에서 벗어나는 일이고, 세 번째는 영성을 개발하여 퇴화된 육신통을 되찾는 일이다.

마지막으로 한 가지만 더 추가하겠다. 인간은 어떤 외부 요인보다는 자기 자신이 자기를 죽인다는 것이다. 희구애노탐염과 성색취미음저분란한열진습 이 외에도 말끝마다 죽어버려야지, 지겨워서 못살겠다, 빨리 죽어서 험한 꼴 보지 말아야지 하고 스스로 자기 자신을 죽이고 있다는 것을 알아야 한다. 말은 반드시 씨가 된다. 이처럼 죽어야지 죽어야지 하고 자신의 잠재의식에 끊임없이 입력을 시켜놓으면 인간은 잠재 능력에 의해 서서히 죽음을 향해, 모든 생체의 메커니즘이 변해 가면서 죽음을 계획하고 실천해 나갈 수밖에 없는 것이다.

이처럼 인간은 스스로 자기 자신을 죽이고 있다는 사실을 깨닫고 한시 바삐 자살 충동에서 벗어나야 한다. 이것이 수명을 연장시키는 강력한 지름길이 된다.

저자 약력

경기도 개풍 출생
1963년 포병 중위로 예편
1966년 경희대학교 영어영문학과 졸업
코리아 헤럴드 및 코리아 타임즈 기자생활 23년
1974년 단편 『산놀이』로 《한국문학》 제1회 신인상 당선
1982년 장편 『훈풍』으로 삼성문예상 당선
1985년 장편 『중립지대』로 MBC 6.25 문학상 수상

저서로는 단편집 『살려놓고 봐야죠』(1978년), 대일출판사, 민족미래소설 『다물』(1985년), 정신세계사, 장편 『소설 한단고기』(1987년), 도서출판 유림, 『인민군』 3부작(1989년), 도서출판 유림, 『소설 단군』 5권(1996년), 도서출판 유림, 소설선집 『산놀이』 ①(2004년), 『가면 벗기기』 ②(2006년), 『하계수련』 ③(2006년), 지상사, 『선도체험기』 시리즈 등이 있다.

약편 선도체험기 3권

2021년 1월 20일 초판 인쇄
2021년 1월 30일 초판 발행

지 은 이 김 태 영
펴 낸 이 한 신 규
본문디자인 안 혜 숙
표지디자인 이 은 영
펴 낸 곳 글터
주소 05827 서울특별시 송파구 동남로 11길 19(가락동)
전화 070-7613-9110 Fax 02-443-0212
등록 2013년 4월 12일(제25100-2013-000041호)
E-mail geul2013@naver.com

ISBN 979-11-88353-26-2 03810 정가 20,000원
ISBN 979-11-88353-23-1(세트)